Yıldız-Palast
ORTAKÖY
BEŞIKTAŞ
Cumhuriyet Cad.
İnönü Caddesi
Meclis-i Mebusan Caddesi
İstiklal Caddesi
Kılıç-Ali-Paşa-
Moschee
Bosporus
Mädchenturm
Paşalimani Caddesi
Selâmsız Caddesi
ÜSKÜDAR
Tunusbaği Caddesi
Gündoğumu Caddesi
Gülhane-
Park
Topkapı-Serail
CANKURTARAN
Hagia Sophia
Stadtmauer
Ishak Paşa Cad.
Kutlugün Sk.
Dalbasti
Sk.
Bahnhof
Cankurtaran
SULTAN
AHMET
HAYDARPAŞA
Tıbbıye Caddesi
0 200 400 600 800 1000 m

Barbara Nadel
Schleier des Todes

Barbara Nadel

Schleier des Todes

Roman

Aus dem Englischen von
Franca Fritz und Heinrich Koop

List

Die Originalausgabe erschien 2004 unter dem Titel *Petrified*
bei Headline Book Publishing, London.

List ist ein Verlag der Ullstein Buchverlage GmbH

ISBN 3-471-78243-5

Lektorat: Claudia Schlottmann
Vorsatzkarte © Peter Palm, Berlin
Gesetzt aus der Sabon bei
Pinkuin Satz und Datentechnik, Berlin
Druck und Bindung: Bercker Graphische Betriebe GmbH, Kevelaer
Printed in Germany

Prolog

»Hallo?«

Der Mann im Sessel blickte unverwandt aus dem Fenster, als habe er nichts gehört. War es möglich, dass ihn das Treiben auf den Straßen von Kuloğlu mehr interessierte als die tote Frau nebenan?

Mit gezückter Waffe drehte Polizeioberwachtmeister İsak Çöktin sich zu der kleinen Gruppe uniformierter Polizisten um, die sich hinter ihm versammelt hatte. Aber ihre ratlosen Mienen verrieten, dass sie auch nicht wussten, was in solch einer Situation zu tun war. Çöktin wandte sich wieder der reglosen Gestalt im Sessel zu.

»Hören Sie, ich weiß ja nicht, was hier vorgefallen ist, aber wenn Sie mir einfach ein Zeichen geben könnten, dass Sie mich verstehen …«

Die perfekte Haltung des Mannes ließ ihn verstummen. Wie konnte jemand nur so regungslos dasitzen, so statuenhaft? Çöktin hatte schon viele Arten von Schockzustand gesehen, aber noch nie solch eine … Katatonie.

Vielleicht konnte er den Mann aus seiner Erstarrung befreien, wenn er ihn berührte. Die Hände ruhten links und rechts neben dem Körper auf dem Sitzpolster. Theoretisch konnte der Mann zwar blitzschnell in seine Uniformjacke greifen und eine Waffe ziehen, aber war das auch wahrscheinlich? Oder überhaupt möglich angesichts einer solch vollkommenen Reglosigkeit?

Çöktin beschloss, das Risiko einzugehen. Doch als er den Mann mit seiner unbewaffneten Hand leicht berührte, fiel dieser vornüber aus dem Sessel und blieb in einer embryonalen Haltung auf dem Boden liegen.

Sofort scharten sich sämtliche Polizisten um Çöktin.

»Ist er in Ohnmacht gefallen?«

»Helft ihm hoch!«, befahl Çöktin.

Einer der jüngeren Beamten, Polizeiwachtmeister Hikmet Yıldız, ging in die Hocke und griff nach dem Handgelenk des Mannes. Es war eiskalt. Yıldız blickte in Çöktins durchdringende blaue Augen und sagte: »Ich glaube, er ist tot.«

Rasch hockte Çöktin sich neben Yıldız und fasste behutsam unter das Kinn des Unbekannten. Ganz Istanbul stöhnte unter der brütenden Hitze dieses Hochsommernachmittags, aber die Haut des Mannes fühlte sich an, als käme er geradewegs aus dem Kühlschrank. Hastig zog Çöktin seine Hand zurück und beugte sich vor, um dem zweiten Toten dieses Tages ins Gesicht zu sehen.

Doch im Gegensatz zum ersten Leichnam hatte dieser die Augen offen. Es waren veilchenblaue, geradezu verstörend schöne Augen. Çöktin spürte, wie er sie voller Bewunderung anstarrte, bis ihm plötzlich klar wurde, dass sie nicht aus wässrigem, durchscheinendem Körpergewebe bestanden, sondern aus buntem Glas.

I

Çetin İkmen wischte sich mit der Hand den Schweiß von der Stirn und seufzte. Er konnte ja verstehen, warum die von Kopf bis Fuß verhüllte ältere Dame weinte. An ihrer Stelle wäre er zu derselben Schlussfolgerung gelangt. Aber ihre Sorge war unbegründet oder zumindest – bis jetzt – durch nichts bewiesen, ganz gleich, welche bösen Vorahnungen sie auch immer haben mochte.

»Ich bin fest entschlossen, Ihre Enkelkinder unversehrt zu ihrer Familie zurückzubringen«, sagte İkmen und zündete sich eine der vielen Zigaretten an, die er im Laufe eines Tages rauchte. »Bisher haben wir keinen Grund zu der Annahme, dass ihnen etwas …«

»Aber Sie sind von der Mordkommission!«, jammerte die Frau mit dem leuchtend bunten Kopftuch. »Sie bringen nur den Toten Gerechtigkeit! Jeder in der Stadt kennt Sie und weiß, was Sie tun! Sie sind ein großer Mann, Çetin Bey, Sie sehen Dinge …«

»Ja, aber ich kümmere mich auch um die Belange der Lebenden, Mirimar Hanım«, erwiderte İkmen die traditionelle höfliche Form der Anrede, »und in diesem Fall wurde ich wegen meiner Ortskenntnisse und meiner langjährigen Erfahrung als Polizist mit der Suche nach Ihren Enkelkindern betraut. Wir nehmen das Verschwinden der Zwillinge sehr ernst.«

»Meine Tochter ist schon fast wie eine Tote, Çetin Bey! Sie kann weder essen noch schlafen noch ihren sonstigen Verpflichtungen nachkommen ... Und Melih ... der ist ihr auch keine Hilfe, er arbeitet immer noch wie ein Besessener ...«

Von Gefühlen übermannt, verbarg die Frau ihr Gesicht und fing wieder an zu schluchzen.

Die achtjährigen Zwillinge der Familie Akdeniz, Yaşar und Nuray, wurden seit sechsunddreißig Stunden vermisst. Die Kinder hatten das elterliche Haus in Balat am Samstagmorgen verlassen, um in der frühen Morgensonne zu spielen, waren aber nicht zurückgekehrt und auch von niemandem gesehen worden. Scheinbar hatten sie sich in den steilen Gassen von Balat auf wundersame Weise in Luft aufgelöst.

Es war jetzt fünfundfünfzig Jahre her, dass Çetin als Sohn des Universitätsdozenten Timür İkmen und dessen albanischer Ehefrau Ayşe das Licht der Welt erblickt hatte – Ayşe, der berühmten Hexe von Üsküdar. Und obwohl dieser dünne, vom Zigarettenqualm geräucherte Mann seit Ewigkeiten für die Istanbuler Polizei arbeitete, schlummerten unter der pragmatischen, sachlichen Oberfläche die magischen Kräfte seiner Mutter. Allerdings erschien es ihm ratsam, der Frau, die ihm gegenüber saß, nur Fakten mitzuteilen – auch wenn sie diese schon alle kannte. Die Großmutter der verschwundenen Kinder zählte aufgrund ihres Alters und ihrer Herkunft zu der Sorte Menschen, die gegenüber Ayşe İkmen und ihrem »magischen« Sohn von der Polizei große, fast schon religiöse Bewunderung hegten. İkmen wusste aus Erfahrung, dass sie eine Lösung ihrer Probleme erwartete, die weder von dieser Welt war noch lange auf sich warten ließ.

»Meine Mitarbeiter stellen zurzeit Nachforschungen in Balat und in der näheren Umgebung an«, sagte İkmen.

»Ja, aber was ist, wenn man sie aus Balat fortgebracht hat?«

»Und wohin?« İkmen hob fragend die Hände. »Bisher haben wir noch nicht einmal alle Kontakte der Kinder in Balat überprüft. Zurzeit gibt es keinerlei Hinweise darauf, dass Ihre Enkelkinder das Viertel verlassen haben. Sie wurden nirgendwo außerhalb Balats gesehen, und in einer Stadt mit zehn Millionen Einwohnern …«

»Yaşar hat mir aber erzählt, dass Melih mit ihnen nach Sarıyer wollte.«

»Ja, doch dazu ist es offenbar nicht gekommen, Mirimar Hanım, oder?« İkmen drückte seine Zigarette aus und zündete sich sofort die nächste an. »Ihre Tochter und Ihr Schwiegersohn waren noch im Bett, als die Kinder verschwanden. Nachdem Melih überprüft hatte, dass die Zwillinge nicht bei einem ihrer Freunde steckten, rief er uns an … von Balat aus, am späten Samstagvormittag.«

»Ja.« Mirimar schüttelte hilflos den Kopf. »Ich weiß, ich weiß. Sie sind wahrscheinlich ganz in der Nähe. Sogar meine Tochter sagt das, und Eren neigt nicht dazu, sich trügerischen Hoffnungen hinzugeben.«

Es überraschte İkmen keineswegs, dass die Frau den Namen ihres Schwiegersohns nicht in einem Atemzug mit dem ihrer Tochter nannte. Denn außer Eren Akdeniz schien niemand besonders viel für den Vater der Kinder übrig zu haben. Andererseits war das nicht ungewöhnlich bei einem berühmten Menschen wie Melih Akdeniz, zumal dessen Arbeiten immer wieder auch heftige Kontroversen hervorriefen.

Der gebürtige Balater war der wohlhabendste und experimentierfreudigste bildende Künstler der Türkei. Trotz seiner nach herkömmlichen Maßstäben mangelhaften Bildung hatte Akdeniz erstmals gegen Ende der siebziger Jahre einheimische wie ausländische Kunstliebhaber schockiert. In seinen aus verschiedensten Materialien hergestellten Werken nahm er moderne, kontroverse Themen auf und stellte sie in einen Zusammenhang mit traditionellen, spezifisch türkischen Themen. Sein berühmtestes Kunstwerk – eine

Serie von Wandteppichen mit stilisierten Darstellungen innerer Geschlechtsorgane – war aus menschlichem Haar gewebt. Diese »Anklage wider den Mythos türkischer Keuschheit« hatte ihm an so unterschiedlichen Orten wie New York und Ankara den Ruf eines Genies eingebracht – und zwar zu Recht, wie Melih Akdeniz mit jeder Faser seines Herzens glaubte. Doch ungeachtet seiner Arroganz bereitete ihm das Verschwinden seiner Kinder zweifellos großen Kummer; auf seine hektische, arbeitswütige Art litt er sicherlich ebenso sehr wie Mirimar und ihre geisterhafte Tochter.

Aber wenn der Junge, Yaşar, seiner Großmutter erzählt hatte, dass er und seine Schwester zusammen mit ihrem Vater nach Sarıyer, einem Ort am Bosporus, fahren wollten, war es durchaus denkbar, dass die Kinder versucht hatten, auf eigene Faust dort hinzukommen. İkmen dachte nicht zum ersten Mal über diese Möglichkeit nach und hatte sogar schon entsprechende Nachforschungen angestellt, aber weder in Sarıyer selbst noch in der näheren Umgebung wusste irgendjemand etwas über die Geschwister Akdeniz. Natürlich konnte er noch einmal nachhaken.

»Hören Sie, ich werde ein paar meiner Beamten nach Sarıyer schicken«, sagte er, »einfach, um sicherzugehen.«

»Oh, ich danke Ihnen!«, rief Mirimar. »Ich danke Ihnen so sehr …«

»Ich nehme nicht an«, unterbrach İkmen ihre überschwänglichen, tränenreichen Dankesbezeigungen, »dass Sie wissen, warum die Kinder und Melih Bey nach Sarıyer wollten?«

»Nein.«

»Na gut, dann werde ich Ihren Schwiegersohn fragen müssen. Er wird es ja wissen.« İkmen lächelte.

»Ja.«

»Also gut.« Er lächelte noch breiter. »Mirimar Hanım …«

»Sie möchten, dass ich gehe, Çetin Bey?« Sie senkte den

Blick, während sie den Sitz ihres Kopftuchs erneut überprüfte. »Natürlich. Ich weiß, ich falle Ihnen zur Last.«

»Aber nicht doch, nicht doch.«

Sobald sie sich erhob, stand auch İkmen auf und öffnete rasch die Tür seines Büros. Die alte Frau nahm ihre große, mit Tomaten und Brot gefüllte Einkaufstasche und schlurfte müde auf ihn zu.

»Hoffentlich kehren die Kinder bald zurück, Inschallah«, sagte sie und ging an ihm vorbei auf den Flur hinaus.

»Inschallah«, erwiderte İkmen. »Wir sind alle in der Hand des Allmächtigen, Mirimar Hanım.«

»So ist es, Çetin Bey, so ist es.«

Sie murmelte noch ein paar Segenswünsche und ließ ihn allein.

İkmen, der gegen den Türrahmen lehnte, hob den Blick gen Himmel.

»Ich weiß ja, dass du und ich in Bezug auf Religion, Moral und deine bloße Existenz unterschiedliche Ansichten vertreten«, sagte er müde, »aber diese Kinder sind noch sehr klein, und obwohl wir natürlich alles tun, was in unserer Macht steht, würde ich ein wenig Hilfe wirklich zu schätzen wissen …«

In früheren Zeiten hätte man über die Vorstellung, dass einmal Künstler in Balat leben würden, nur gelacht. Das heruntergekommene Arbeiterviertel war immer ein Zufluchtsort für Flüchtlinge und all jene gewesen, die ein wenig anders waren – aber nicht für Künstler.

Nach ihrer Vertreibung aus Spanien im Jahr 1492 hatten sich viele Juden in Balat niedergelassen, wie Nilüfer Cemal nur allzu gut wusste. Von Sultan Beyazıt II. im Osmanischen Reich willkommen geheißen, hatten es die Einwanderer dort zu einigem Wohlstand gebracht. Neben erst in jüngerer Zeit eingetroffenen Flüchtlingen aus dem Kosovo lebten die Nachkommen dieser ersten Immigranten – Familien mit Namen wie Levi, Baruh, Leon oder Palombo – heute noch hier, meist in großen Häusern, vor deren Eingängen sich zahlreiche kleine Zigeunerkinder tummelten. Nilüfers Großmutter väterlicherseits war eine geborene Palombo gewesen, und nach ihrem Tod in den siebziger Jahren hatte Nilüfer ihr dunkelbraunes Holzhaus mit den kunstvoll verschnörkelten Fenstergittern geerbt. Was für ein herrlich exzentrischer Ort für ihr erstes Atelier! Ihr Vater hatte getobt. Wer wollte schon einen Fuß in dieses dreckige, alte Viertel setzen, um sich irgendwelche Kunstwerke anzusehen oder gar zu kaufen? Selbst wenn der Künstler noch so begabt war, würde jeder davor zurückschrecken.

Doch Nilüfer war zuversichtlich. Sie kaufte die nötige Ausstattung und stellte ihren Brennofen in den kleinen Hinterhof auf der Rückseite des Hauses. Mit viel Liebe und Sorgfalt schuf sie exquisite Keramiken und fertigte gleichzeitig eine Fülle von kunstgewerblichen Gegenständen an, wie sie gerne von Touristen erworben wurden. Abmachungen mit verschiedenen Souvenirläden im Großen Basar sorgten für Essen, Kleidung und Arbeitsmaterialien, während ihre »richtige« Arbeit – moderne Interpretationen traditioneller türkischer Keramiken – ihr einiges Ansehen in Künstlerkreisen einbrachte. Einer ihrer Studienfreunde, ein ebenfalls aufstrebender Künstler, zog vorübergehend in ihr Viertel, sodass sie eine Weile von der Entstehung einer Künstlerkolonie in Balat träumte.

Als Melih Akdeniz 1979 wie eine Bombe in der internationalen Kunstszene einschlug, war Nilüfer begeistert. Der berühmteste Künstler der Türkei wohnte in Balat, und das bereits seit seiner Geburt. Der Traum einer Künstlerkolonie nahm in ihrem Kopf erneut Gestalt an, und sie beschloss, dieses so genannte »Phänomen« in seinem großen, ockergelben Haus gegenüber der griechischen Jungenschule aufzusuchen. Obwohl seine Arbeiten nicht ihrem persönlichen Geschmack entsprachen, würdigte sie sie dennoch wegen ihrer Innovationskraft und ihrer aufregenden künstlerischen Aussage. Nilüfer ging zwar nicht davon aus, dass Melih ihre eigene Kunst zu schätzen wüsste, aber vielleicht würde sie ihn in akademischer Hinsicht interessieren – vergleichbar ihrer eigenen Haltung gegenüber seinen Werken. Also nahm Nilüfer eine ihrer Keramiken und stieg die steilen Gassen hinauf zu dem ockergelben Haus mit dem einzigartigen Blick über das Goldene Horn.

Als Nilüfer läutete, befand sich der größte Künstler der Türkei mitten in einem seiner Heroinräusche, für die er später berühmt werden sollte. Missmutig und vollkommen benebelt betrachtete er die junge, unauffällige Frau, die etwas in der Hand hielt, das er verächtlich als »Touristenramsch« bezeichnete.

Doch Nilüfer wollte, dass er sie mochte, dass er ihr beim Aufbau der Künstlerkolonie half, zur Erneuerung des Viertels beitrug und Balat aus seiner Außenseiterrolle befreite. Daher schenkte sie ihm die wunderschöne blaugrüne Fliese mit der abstrakten Wiedergabe seldschukischer Ornamente. Akdeniz warf sie ihr jedoch umgehend vor die Füße, wo sie in tausend Stücke zerbrach.

»Das ist Schrott!«, schrie er. »Wertloses Zeug, türkischer Jungfrauenplunder!«

Und dann lachten er und die beiden Prostituierten, die er an diesem Tag gemietet hatte, während Nilüfer tränenüberströmt aus dem Haus floh, den Hügel hinunter, zurück in die Sicherheit ihres eigenen Ateliers.

In den darauf folgenden dreiundzwanzig Jahren hatte Nilüfer nicht ein einziges Mal auch nur in die Richtung des ockergelben Hauses auf der Hügelkuppe geblickt. Lange Zeit hatte sich kein anderer Künstler in Balat niedergelassen, um sie oder Melih aus ihrer jeweiligen künstlerischen Isolation zu befreien. Obwohl Nilüfer hart arbeitete, hatte sie ihr künstlerisches Potenzial noch nicht voll entfalten können und kaum Anerkennung erfahren – jedenfalls längst nicht so viel wie Melih. Trotzdem war sie diejenige, die die wenigen, aber bedeutenden Künstler kannte, die

Balat seit Beginn des neuen Jahrtausends allmählich für sich entdeckten. Der englische Schriftsteller, der von seinen einheimischen Großeltern ein hübsches, rosarotes Haus geerbt hatte; das Ehepaar, das sich auf Porträtmalerei spezialisiert hatte, und Gonca, die stattliche Zigeunerin, deren Collagen mit Objekten aus dem Reitwesen und der Wahrsagerei es bis ins Museum für Moderne Kunst in Ankara geschafft hatten. Allem Anschein nach entwickelte sich Balat schließlich doch noch zu einer Künstlerkolonie, und zwar ganz ohne Hilfe von Melih Akdeniz, der dem Vernehmen nach seinen Lebensstil nicht entscheidend geändert hatte, auch wenn er inzwischen geheiratet hatte und Vater geworden war. Noch immer prägten Drogen und Alkohol seine Arbeit und sein Benehmen, wie Nilüfer jetzt, nach dreiundzwanzig Jahren, wieder erfahren durfte.

»Das mit Ihren Kindern tut mir Leid«, rief sie dem ungekämmten Mann zu, der sie aus einem der Fenster im zweiten Stock seines Hauses misstrauisch beäugte. »Ich hoffe, dass sie bald gefunden werden, zu ihrem eigenen Wohl.«

»Wer sind Sie?«, erwiderte Melih Akdeniz barsch. Er wirkte dünner und ungepflegter als Nilüfer ihn in Erinnerung hatte, und sah sehr mitgenommen aus. »Was interessiert Sie das überhaupt?«

»Ich bin Nilüfer Cemal, eine türkische Jungfrau«, sagte sie mit einem ironischen Lächeln. »1979 haben Sie mal eine meiner Keramikfliesen zerstört. Um Sie tut es mir auch nicht Leid, aber um Ihre Frau und die Zwillinge. Kleine Kinder sollten nicht so lange von ihren Eltern getrennt sein, wer auch immer diese Eltern sein mögen.«

Melih schniefte laut – konsumierte er inzwischen vielleicht Kokain? »Sparen Sie sich Ihr Mitleid für Ihren eigenen Mangel an Talent und lassen Sie mich endlich mit meiner Arbeit fortfahren.«

»Wie Sie wünschen, Melih Bey«, erwiderte Nilüfer ruhig, »aber nicht einmal Ihr Talent kann die Kinder zurückbringen, stimmt's? Nicht einmal Sie schaffen das, oder?«

Einen kurzen Moment lang starrte er sie aus seinen zu schmalen Schlitzen verengten Augen an, fixierte ihr leicht amüsiertes und seltsam regloses Gesicht.

»Verfluchte Schlampe!«, zischte er, warf das Fenster zu und verschwand in den Tiefen des Hauses.

Sobald er außer Sichtweite war, drehte Nilüfer sich um und ging die steile, kopfsteingepflasterte Straße hinunter. Mit unbewegter Miene bahnte sie sich einen Weg durch die um Geld bettelnden oder häusliche Dienste anbietenden Kinderscharen und blickte über deren Köpfe hinweg auf die schillernde Wasserfläche am Horizont – das Goldene Horn und dahinter der Bosporus. Auch von Melih Akdeniz' protzigem Haus mit dem beeindruckenden, verglasten Atelier auf dem Dach waren die mächtigen Wassermassen zu sehen, die in der Nachmittagshitze schimmerten. Nilüfer malte sich aus, wie er dort oben saß und in seinem drogenumnebelten Hirn neue, noch schockierendere Möglichkeiten ausbrütete, sein Genie in Szene zu setzen. Viele Male hatte sie ihn sich auf diese Weise vorgestellt – ein arroganter Sultan kurz vor dem Fall, überreif wie eine weiche, runzlige Pflaume. Nilüfer lächelte. Jetzt war der Moment des Falls gekommen, und es gab nichts, was Melih dagegen tun konnte. Die Kinder, seine Schöpfung, waren fort, und er war vollkommen machtlos – genau wie Nilüfer, als Melih ihre mit viel Liebe geschaffene Keramik zerschmettert hatte.

Der Pathologe nahm seine Brille ab, bevor er die Jacke sorgfältig studierte.

»Die gehört zu keiner mir bekannten Uniform«, sagte er schließlich mit gerunzelter Stirn. »Sie scheint ziemlich alt zu sein.«

Polizeioberwachtmeister İsak Çöktin neigte den Kopf zur Seite, und eine rötliche, dunkle Haarsträhne fiel ihm in die Stirn. Er fühlte sich noch immer etwas mitgenommen von seiner jüngsten Begegnung mit den zwei Leichen.

Auf den Anblick der toten Eigentümerin der Wohnung in Kuloğlu – eine ältere Frau namens Keyder – war er vorbereitet gewesen, nicht aber auf den des anderen Toten, und der Aufenthalt im Leichenschauhaus trug auch nicht gerade dazu bei, dass er sich besser fühlte. Den Pathologen, Dr. Arto Sarkissian, traf jedoch keine Schuld an Çöktins Unbehagen. Der rundliche und trotz seiner Arbeit stets vergnügte Gerichtsmediziner war fast seit Beginn seines Berufslebens für die Istanbuler Polizei tätig – eine ziemlich lange Zeit, wenn man bedachte, dass er inzwischen achtundfünfzig Jahre zählte.

»Wissen wir irgendetwas über den anderen Leichnam, diese Frau Keyder?«, fragte Sarkissian, während er sich dem Innenfutter der Jacke zuwandte.

Çöktin zuckte die Achseln. »Sie besuchte regelmäßig den Gottesdienst der St. Antonius-Kirche«, sagte er. »Der dortige Geistliche, Pater Giovanni, war der Erste, der sie vermisste. Als er sie in ihrer Wohnung aufsuchen wollte, stand er vor verschlossener Tür – und der Hausmeister, dieser faule Nichtsnutz, hatte den Ersatzschlüssel verloren. Daraufhin bat Pater Giovanni schließlich uns um Hilfe.«

»Die Frau war also christlichen Glaubens«, murmelte Sarkissian, ohne von seiner Arbeit aufzublicken.

»Ja.«

Obwohl es in der Türkei keine Staatsreligion gab, bekannten sich über neunzig Prozent der Bevölkerung zum Islam; den Rest bildeten verschiedene Minderheiten, die anderen Glaubensrichtungen angehörten, wie etwa diese Frau Keyder oder Dr. Sarkissian und auch er selbst, dachte İsak Çöktin. Allerdings würde er seinen Glauben, die Religion der kurdischen Jesiden, niemals zum Gesprächsthema machen. Sarkissian dagegen war Christ, genau wie die kürzlich verstorbene Frau, die nun im Leichenschauhaus lag. Doch im Gegensatz zu ihr gehörte er, wie die meisten Armenier, der orthodoxen Kirche an, nicht der katholischen.

Jetzt kniff der Pathologe die Augen leicht zusammen,

um ein verblasstes Etikett in der Innentasche der Jacke zu entziffern.

»Wissen wir vielleicht, woher Frau Keyder stammte?«, fragte er blinzelnd. »Ihrem Familiennamen nach zu urteilen, müsste ihr Mann Türke gewesen sein.«

»Die meisten Leute, die in diese St. Antonius-Kirche gehen, kommen doch aus Italien, oder?«, erwiderte Çöktin.

»Frau Keyder hieß mit Vornamen Rosita.« »Das deutet möglicherweise auf eine italienische Herkunft hin«, meinte Sarkissian, die Augen noch immer auf das ausgeblichene Etikett geheftet. »Es könnte aber auch ein spanischer Name sein.« Er blickte zu Çöktin auf und lächelte.

»Spricht man nicht auch in Argentinien Spanisch?«

»Ich glaube schon«, erwiderte Çöktin. »Warum?«

»Weil dieses Jackett, oder was auch immer es ist, in Buenos Aires angefertigt wurde.«

»Wir wissen noch nicht, ob überhaupt eine Verbindung zwischen Frau Keyder und dem toten Mann bestanden hat, und wenn ja, welcher Art sie war«, meinte Çöktin und griff in die Tasche, um seine Zigaretten hervorzuholen. »Soweit ich weiß, ist Pater Giovanni der Ansicht, dass die alte Frau allein lebte. Deswegen hat er sich ja solche Sorgen gemacht.« Çöktin seufzte. »Aber in Anbetracht der neuen Entwicklung werde ich wohl noch mal mit ihm reden müssen.«

Sarkissian legte die Jacke auf seinen Schreibtisch und richtete sich auf. »Ich kann Ihnen nicht viel sagen, solange ich meine Untersuchung noch nicht abgeschlossen habe. Aber morgen werde ich Ihnen weitere Informationen zukommen lassen.«

Çöktin steckte sich eine Zigarette an. »Gut. Falls Inspektor Süleyman mich nicht braucht, werde ich versuchen, heute Abend noch mit Pater Giovanni zu sprechen.«

»Inspektor Süleyman ist demnach im Augenblick sehr beschäftigt?«, fragte Sarkissian lächelnd.

»Mein Chef ist immer beschäftigt, Dr. Sarkissian.« Çöktin stieß seufzend den Zigarettenrauch aus. »Ein paar Kollegen behaupten schon, er würde Inspektor İkmen von Tag zu Tag ähnlicher.«

Sarkissian lachte. Der für seine geradezu manische Arbeitsweise berühmte Inspektor Çetin İkmen war der erfahrenste und erfolgreichste Beamte der Istanbuler Kriminalpolizei und zugleich Sarkissians ältester und bester Freund.

»Naja, Inspektor Süleyman hat schließlich ziemlich lange für Inspektor İkmen gearbeitet«, sagte er, »und Çetins ›Enthusiasmus‹, wenn ich es einmal so nennen darf, ist ansteckend.«

»Ja.« Çöktin ließ den Kopf ein wenig sinken. »Ich weiß. Aber manchmal frage ich mich doch ...«

»Was denn?« Sarkissian hörte den Ernst in der Stimme des jungen Mannes und runzelte die Stirn. »Was fragen Sie sich, Çöktin?«

»Also, das soll jetzt bestimmt keine Kritik sein, Dr. Sarkissian, aber ... schließlich würde ich alles für Inspektor Süleyman tun, er behandelt mich immer sehr gut ...«

»Aber ...«

»Aber ... hören Sie, das haben Sie jetzt nicht von mir ... aber ich weiß, dass er einen Mafiaboss im Visier hat. Er ist schon eine ganze Weile hinter ihm her. Sein Schreibtisch ist übersät mit Informationen über diesen Mann.« Çöktin blickte dem Pathologen direkt ins Gesicht. »Ein Russe.«

»Hm.«

Seit dem Zerfall der ehemaligen Sowjetunion waren haufenweise russische Emigranten nach Istanbul gekommen, um hier zu leben und zu arbeiten. Vom scheinbaren Reichtum der Stadt angezogen, hatten die Exil-Russen manche Viertel fast vollständig übernommen. Während der Großteil dieser Einwanderer sich nichts anderes wünschte, als in der Türkei ein neues, besseres Leben zu beginnen, hegten andere, wie etwa die Zuhälter, die sogar ihre eigenen Frauen auf den Strich schickten, eindeutig kriminelle Absichten.

Wieder andere, wie etwa die Mafiabosse, die manchmal riesige Verbrecherorganisationen führten, wandten sich noch finstereren und Furcht erregenderen Geschäften zu. Und obwohl es natürlich gut war, dass endlich jemand versuchte, dieses gewaltige Problem in Angriff zu nehmen, jagte der bloße Gedanke daran Çöktin und Sarkissian einen kalten Schauer über den Rücken. Die Tatsache, dass der attraktive Süleyman ein ehrlicher Mann war, bedeutete noch lange nicht, dass auch alle anderen, mit denen er in Kontakt kam oder sogar zusammenarbeitete, aus demselben Holz geschnitzt waren. Kaum ein Jahr zuvor hatten die Machenschaften eines osteuropäischen Verbrechers namens Schiwkow, der einen Informanten im Ermittlerteam sitzen hatte, die gesamte Abteilung in ihren Grundfesten erschüttert. Selbst wenn Schiwkow jetzt nicht mehr unter den Lebenden weilte, würde es nicht leicht sein, den Kampf gegen das organisierte Verbrechen zu führen. Sarkissian wusste zwar nicht, auf Basis welcher Informationen Süleyman vorging, doch er hoffte, dass dieser sich darüber im Klaren war, worauf er sich einließ. Im Laufe der Jahre hatte der Gerichtsmediziner immer wieder hautnah miterlebt, was diese Menschen mit denjenigen machten, die sich ihnen in den Weg stellten. Allein der Gedanke daran ließ ihn innerlich zusammenzucken.

»Ich sollte jetzt besser gehen und Sie wieder Ihrer Arbeit überlassen«, sagte Çöktin, drückte seine Zigarette aus und stand auf.

Auch Sarkissian erhob sich, ging langsam zur Tür und legte eine Hand auf die Klinke. »Wir reden morgen weiter.«

»Ja. Vielen Dank, Dr. Sarkissian.«

»Auf Wiedersehen.« Der Pathologe öffnete die Tür.

Doch anstatt weiterzugehen, blieb Çöktin stehen. Sein Gesicht wirkte sehr ernst, als hätte er sich plötzlich an etwas Unangenehmes erinnert.

»Ist noch irgendetwas, Çöktin?«

Der Polizist biss sich auf die Unterlippe. »Ich nehme an, der tote Mann in der Keyder-Wohnung war blind.«

»Er hatte zwei Glasaugen«, erwiderte Sarkissian, »also steht das meines Erachtens völlig außer Frage.«

»Aber ist es dann nicht merkwürdig, dass er eine Militäruniform trug? Ich meine, wenn er blind war ...«

Arto Sarkissian seufzte. Er hatte im Laufe der Jahre so viele offensichtlich merkwürdige, ungewöhnliche Dinge gesehen, dass er weniger auffällige Besonderheiten wie diese Unstimmigkeit im Falle des unbekannten männlichen Leichnams manchmal beinahe vermisste.

»Ich weiß es nicht«, sagte er müde. »Die Menschen gehen auf unterschiedlichste Weise mit Problemen um. Vielleicht war der Mann früher beim Militär und trug seine Uniform einfach weiter, nachdem er das Augenlicht verloren hatte. Vielleicht konnte er sich aber auch nicht damit abfinden, dass er gar nicht in die argentinische Armee eintreten durfte, oder wo auch immer er herkam.« Sarkissian zuckte die Achseln. »Natürlich kann er die Uniformjacke auch in einem Secondhandladen gekauft haben. Oder Frau Keyder hat sie besorgt. Ich habe keine Ahnung. Die Zeit wird es ans Licht bringen – oder auch nicht.«

»Ich weiß«, sagte Çöktin und schob sich an dem Pathologen vorbei in den Flur.

»Zu gegebener Zeit wird sich alles offenbaren, Inschallah«, beendete der Armenier das Gespräch.

Und mit diesem für den Islam so typischen Ausspruch trennten sich der Christ und der Jeside.

2

Ich habe das Gefühl, wir sollten uns noch einmal mit der Frage befassen, warum Melih Akdeniz mit seinen Kindern nach Sarıyer wollte.« İkmen lehnte sich in seinem abgewetzten Ledersessel zurück und zog kräftig an seiner Maltepe-Zigarette.

Die attraktive junge Frau, die ihm gegenüber saß, runzelte die Stirn. »Wieso? Sie sind doch gar nicht gefahren; in Sarıyer hat sie jedenfalls niemand gesehen.«

»Nein, aber ich würde dennoch gern wissen, wie Akdeniz' Pläne aussahen. Was hatten sie in Sarıyer vor, wen wollten sie besuchen, falls sie jemanden besuchen wollten ... Das sind alles Fragen, die wir Melih Akdeniz stellen müssen.«

Polizeioberwachtmeisterin Ayşe Farsakoğlu war erst seit gut sechs Monaten İkmen unterstellt. Davor hatte sie als Uniformierte an verschiedenen Einsätzen teilgenommen, die er geleitet hatte, und kannte ihn darüber hinaus durch seinen früheren Assistenten, mit dem sie liiert gewesen war. Allerdings zog sie es inzwischen vor, nicht mehr allzu häufig an den verstorbenen Oberwachtmeister Orhan Tepe zu denken. Seit Orhans Tod hatte sie sich voll und ganz auf ihre Karriere konzentriert, was vermutlich der Grund dafür war, warum İkmen sie zu seiner Assistentin gemacht hatte. Allerdings war der Inspektor manchmal ein merkwürdiger Kauz, wie schon Orhan stets behauptet hatte. Ihn interessierten kleinste Details, wie etwa diese Sarıyer-Sache – Dinge, die für die laufenden Ermittlungen kaum von Bedeutung zu sein schienen. Aber wie Ayşe inzwischen aus eigener Erfahrung wusste, waren es manchmal genau diese Details, die zur Lösung eines Falls entscheidend beitrugen.

»Soll ich Akdeniz anrufen und ihm sagen, dass wir vorbeikommen?«, fragte Ayşe und griff nach dem Telefonhörer.

»Nein«, sagte İkmen, »wir sollten ihn lieber überraschen.«

»Möglicherweise ist er nicht zu Hause.«

»Doch, doch, keine Sorge.« İkmen stand auf und zog sein Jackett an. »Seine Frau übernimmt alle Aufgaben, die außer Haus zu erledigen sind. So sehr sie der Kummer auch gebrochen haben mag, Eren Akdeniz ist nach wie vor diejenige, die das Haus verlässt, um Brot und Zigaretten zu kaufen. Melihs ›großartiges‹ Werk muss ja fortgesetzt werden ...«

»Sie mögen Herrn Akdeniz nicht besonders, oder?«

İkmen lächelte. »Im Beruf kann ich es mir nicht erlauben, jemanden zu mögen oder nicht zu mögen, Ayşe. Aber wie Sie so treffend beobachtet haben, ist Herr Akdeniz nicht gerade mein Typ, auch wenn ich ihn erst seit kurzem kenne. Ich empfinde durchaus Mitleid für den schrecklichen Zustand, in dem sich sein Körper durch die jahrelangen Drogen- und Alkoholexzesse befindet. Ich meine, gegen ihn wirke ich ja geradezu dick und gesund! Aber die ›Kunst‹, die durch diese Drogen inspiriert wurde, also ... tut mir Leid, das ist nichts für mich. Und was seine Arbeitswut betrifft, das Beharren darauf, ›sein Werk‹ trotz des Verschwindens seiner Kinder unbedingt fortsetzen zu wollen ...«

»Manche Menschen gehen auf diese Art mit Stress um.«

»Ja, ich weiß«, erwiderte İkmen, »und wenn er ein traditioneller Kalligraphie-Künstler wäre oder ein griechischer Mönch, der eine Ikone malt, dann würde ich wahrscheinlich ganz anders darüber denken. Aber es fällt mir nun einmal schwer, den künstlerischen Wert eines Teppichs zu würdigen, der das Innere des Hodensacks darstellt, oder erst dieses Tarkan-›Mosaik‹ …«

»Das Ding, das aus …?«

»… Kondomverpackungen besteht. Ja, genau das.«

»Es ist aber ziemlich naturgetreu«, sagte Ayşe und musste ein Lachen unterdrücken. Der Popstar Tarkan wurde von seinen jugendlichen Fans regelrecht vergöttert. Bei seinen Konzerten kreischten die jungen Mädchen und fielen reihenweise in Ohnmacht, wie Ayşe bei einigen Polizeieinsätzen selbst hatte miterleben können. Ein aus Kondomverpackungen gefertigtes Bildnis von Tarkan – die Ironie des Ganzen leuchtete ihr unmittelbar ein.

»Ich gebe zu, dass es sehr naturgetreu ist«, sagte İkmen, während er den Autoschlüssel aus der Tasche nahm und sein Feuerzeug einsteckte. »Akdeniz hat durchaus Talent. Ich kann sogar einige seiner Aussagen über unsere Gesellschaft und unsere Kultur nachvollziehen. Aber was mich abstößt, ist die Tatsache, dass Kunstsammler und Galerien ihm Geld dafür geben, dass er einen Nachmittag lang etwas Stanniol auf ein Blatt Papier klebt. Und der ganze Unsinn, den die Kritiker über ihn schreiben. Andererseits bin ich nicht mehr der Jüngste – was verstehe ich schon davon?«

Ayşe gab keine Antwort. İkmen war von Natur aus ein wenig reizbar und schien in den vergangenen Monaten besonders verstimmt zu sein. Den Grund dafür kannte sie nicht, obwohl verschiedene Gerüchte die Runde machten. Vor kurzem hatte er in seine ohnehin aus allen Nähten platzende Wohnung – fünf seiner neun Kinder lebten noch zu Hause – noch einen weiteren Verwandten aufnehmen müssen. Und dann gab es dieses »Problem« mit seiner

Tochter Hülya, die einen jüdischen Jungen liebte. İkmen selbst kümmerte sich nicht um Religion und dergleichen, doch seine Frau war offenbar eine gläubige Muslimin, die sich, ebenso wie der Vater des Jungen, ein ehemaliger Kollege von Ayşe und İkmen, dieser Verbindung mit aller Macht widersetzte. All das zusätzlich zu seinem Beruf – kein Wunder, dass er angespannt war.

»Also, dann wollen wir mal«, sagte İkmen, öffnete die Tür seines Büros und ließ Ayşe vorgehen. »Und wenn wir schon einmal in Balat sind, möchte ich gerne noch einen kleinen Spaziergang durch die Gassen machen. Unsere Leute gehen zwar schon von Haus zu Haus und befragen die Nachbarn, doch das kann recht einschüchternd wirken. Es kühlt sich langsam etwas ab. Mal sehen, ob wir nicht den einen oder anderen in ein kleines, informelles Gespräch auf der Straße verwickeln können«, fügte er lächelnd hinzu.

Gemeinsam gingen sie in Richtung Treppe.

»Ich hatte schon seit ein paar Jahren nicht mehr dienstlich in Balat zu tun«, fuhr İkmen fort. »Damals habe ich noch mit Inspektor Süleyman zusammengearbeitet. Das Viertel hat sich ziemlich verändert: weniger Juden, mehr Immigranten, und es wirkt nicht mehr so heruntergekommen.«

»Also, die Häuser sind wirklich wunderschön«, sagte Ayşe. »Und das Anwesen von Akdeniz ist einfach umwerfend. Wenn ich genügend Geld hätte, würde ich in Balat ein Haus kaufen und es restaurieren.«

İkmen fragte sich, wie diese attraktive Polizistin wohl zu den Arbeitern einerseits und den exzentrischen Künstlern andererseits passen wollte, die das Viertel bevölkerten. Doch er behielt den Gedanken für sich, folgte Ayşe die Treppe hinunter und ging mit ihr hinaus auf den Parkplatz.

Im Gegensatz zu manch anderem Vertreter des ausländischen Klerus' mochte Pater Giovanni Vetra die Türkei und deren Bewohner und hatte sich sogar die Mühe gemacht, ihre Sprache zu lernen. Seit zwanzig Jahren stand er der Gemeinde des Heiligen Antonius von Padua in Beyoğlu vor und begeisterte sich sowohl für die Geschichte Istanbuls als auch für die Lebendigkeit dieser Stadt, in der er viele Freunde gefunden hatte. Rosita Keyder war eine von ihnen gewesen.

»Ich weiß nicht, in welchem Jahr Rosita hierher gekommen ist«, sagte er und reichte Çöktin eine winzige Tasse Espresso. »Irgendwann in den Fünfzigern, aber wann genau ...?« Er zuckte die Achseln.

Çöktin schaute auf seine Tasse in seiner Hand und lächelte. Türkischer Kaffee schmeckte nicht schlecht, aber ein echter italienischer Espresso, das war etwas ganz Besonderes. Genüsslich nahm er einen kleinen Schluck, bevor er die nächste Frage stellte.

»Hat Frau Keyder jemals von Argentinien erzählt?«

»Nicht oft.« Der Priester lehnte sich auf dem Gartenstuhl aus Metall zurück und blickte in den dunkler werdenden Himmel. »Als ich sie kennen lernte, lag das alles schon ziemlich lange zurück. Ich vermute, sie hat häufiger mit Pater Carlo darüber gesprochen, als sie gerade erst hier angekommen war.«

»Pater Carlo war Ihr Vorgänger?«

»Ja. Er kannte die Keyders recht gut – sowohl Veli, den Ehemann, als auch Rosita. Bedauerlicherweise lag Veli bereits im Sterben, als ich Pater Carlos' Aufgaben übernahm. Die arme Rosita hat seit über neunzehn Jahren allein gelebt. Ich glaube, es gibt noch eine Schwägerin, die in einem der Orte am Bosporus wohnt, aber sonst wüsste ich niemanden. Rosita hatte keine Kinder, und meines Wissens ist sie nicht ein einziges Mal nach Buenos Aires geflogen, um Verwandte zu besuchen. Sie kam regelmäßig in unsere Kirche, und ich habe sie einmal wöchentlich besucht.«

»Und Sie haben nie eine andere Person in ihrer Wohnung gesehen?«

»Nein. Warum?«

Çöktin blickte auf den warmen Terrakottaboden des Innenhofs, bevor er antwortete. »Hören Sie, Pater Giovanni, diese Information ist im Augenblick noch vertraulich …«

»Natürlich.« Der Priester lächelte. Wenn er an etwas gewöhnt war, dann an vertrauliche Mitteilungen.

»Wir haben in der Wohnung außer dem Leichnam von Frau Keyder noch eine weitere Leiche gefunden«, sagte Çöktin. »Die eines jungen Mannes. Aber wir konnten seine Identität nicht feststellen.«

»Ein junger Mann …« Pater Giovanni schüttelte sein schweres römisches Haupt. »Nein. Sie hat nie irgendeinen anderen Verwandten als ihre Schwägerin erwähnt, jedenfalls nicht mir gegenüber, und diese Schwägerin ist unverheiratet. Rosita hatte ein paar Bekannte in der Gemeinde, aber das sind alles ältere Damen. Kann dieser junge Mann nicht in ihre Wohnung eingebrochen sein?«

»Davon ist nicht auszugehen.« Çöktin trank seinen Espresso aus und stellte die leere Tasse auf das Tischchen neben sich. »Er trug Kleidungsstücke, von denen wir glauben, dass Frau Keyder sie ihm möglicherweise gegeben hat; außerdem sind wir davon überzeugt, dass er blind war.«

»Ach. Und woher …?«

»Der Leichnam hat Glasaugen.«

»Oh.«

Eine Weile saßen sie schweigend da, wobei Çöktin eine wachsende innere Unruhe unterdrücken musste. Katholische Priester – das wusste er von seinem Vorgesetzten Mehmet Süleyman, mit dem er kurz vor dem Besuch noch gesprochen hatte – wurden bei der Beichte in die intimsten Geheimnisse ihrer Gemeindemitglieder eingeweiht. Alle Dinge, die während der Beichte geäußert wurden, blieben ein Geheimnis zwischen dem Priester, dem Gemeindemitglied und Gott. Daran gab es laut Süleyman nichts zu rütteln. Seine Frau war katholisch, er musste es also wissen. Wenn das wirklich zutraf, wusste Pater Giovanni möglicherweise mehr über Rosita Keyder, als er bisher zugegeben hatte. Doch wie sollte Çöktin jemals an Informationen kommen, die eventuell während der Beichte geäußert worden waren?

»Pater Giovanni«, setzte er an, »ich weiß, dass das jetzt möglicherweise schwierig ist für Sie, aber …«

»Sie möchten wissen, ob Rosita mir während der Beichte irgendetwas anvertraut hat«, unterbrach der Priester ihn lächelnd. Obwohl er weder gut aussehend noch jung war, besaßen seine verwitterten, an einen Adler erinnernden Züge eine Würde, die es seinem Gegenüber leicht machte, ihn sympathisch zu finden. »Nein, das hat sie nicht. Und bevor Sie sich jetzt fragen, ob ich lüge, um sie zu schützen, denken Sie bitte daran, dass ich damit eine Sünde begehen würde. Wenn sie mir irgendetwas Wichtiges während der Beichte anvertraut hätte, würde ich es Ihnen sagen. Aber das hat sie nicht.« Er zuckte die Achseln. »Rositas ›Sünden‹ bewegten sich im Rahmen des Harmlosen, zum Beispiel eines Fluchs, wenn sie sich den Zeh gestoßen hatte.«

»Verstehe.« Die Aussage des Priesters bestätigte, zumindest auf den ersten Blick, die Vermutung, dass sich in der Wohnung in Kuloğlu tatsächlich nichts Ungesetzliches abgespielt hatte. Wenn sowohl Rosita Keyder als auch der junge Mann eines natürlichen Todes gestorben waren, dann bestand das einzige Problem der Polizei darin, die Identität des Mannes festzustellen. Aber das war nicht Aufgabe der Kripo, betraf Çöktin also nicht.

Als hätte er die Gedanken des jungen Beamten gelesen, fragte Pater Giovanni plötzlich: »Weiß man eigentlich schon, woran Rosita gestorben ist?«

»Nein, bisher noch nicht«, erwiderte Çöktin.

»Und dieser junge Mann …?«

»Nein.«

Pater Giovanni streckte die Hand aus und strich behutsam über die Blätter einer der zahlreichen Topfpflanzen, die den Boden des Innenhofs fast vollständig bedeckten.

»Hoffen wir, dass Gott sie auf natürliche Weise zu sich gerufen hat«, sagte er mit sanfter Stimme, »und ohne Schmerzen.«

»Ja, das wäre ein schöner Gedanke«, erwiderte Çöktin.

Der Priester blickte auf und sah dem Beamten direkt ins Gesicht. »Inschallah, wie man hier so treffend sagt.«

»Ja ...«

»Alles in die Hände des Allmächtigen zu legen, ist gar kein so schlechtes Lebenskonzept«, fuhr Pater Giovanni fort. »Ich habe oft gedacht, wie verlockend und zugleich vernünftig Ihre islamische Philosophie vollkommener Ergebenheit und vollkommenen Vertrauens zu Allah doch ist. Man lernt, Dinge zu akzeptieren, und das schützt einen vor Habgier und Enttäuschungen. Das Problem des Christentums, und meiner Ansicht nach auch des Judentums, besteht darin, dass wir dazu ermuntert werden zu glauben, wir könnten unser eigenes Schicksal beeinflussen. Und das ist äußerst gefährlich. Je älter ich werde, desto weniger glaube ich an die Freiheit, die uns Wille und Wahlmöglichkeit angeblich schenken. So wenig wie wir verhindern können, dass wir eines Tages sterben müssen, so wenig können wir jede beliebige Person sein, die wir gerne wären, oder alles haben, was wir gerne besitzen würden.«

Çöktin spielte einen Moment mit dem Gedanken, darauf hinzuweisen, dass nicht jeder türkische Bürger Moslem war, beschloss dann aber zu schweigen. Wie sollte er ihm auch den Glauben der Jesiden erklären? Bei allen Nichteingeweihten galten sie als Teufelsanbeter, denn ihre Vorstellung von der Natur des Satans – einer Gottheit, die sie als »Engel Pfau« bezeichneten – war einzigartig. Schließlich sagte Çöktin: »Ich will Ihnen nicht widersprechen, Pater, aber ich denke doch, dass Türken genauso habgierig und ungeduldig sein können wie Westeuropäer.«

Pater Giovanni reagierte nicht. Mit einem traurigen Gesichtsausdruck betrachtete er die mit Weinranken bewachsene Mauer vor ihm, trank seinen Espresso aus und seufzte.

»Ich muss jetzt wirklich gehen.« Çöktin stand auf. »Vielen Dank für Ihre Hilfe und für den köstlichen Kaffee.«

Der Priester erhob sich ebenfalls.

»Gern geschehen. Es tut mir Leid, dass ich Ihnen keine größere Hilfe sein konnte. Wenn ich nur die Adresse von Velis Schwester hätte ...«

»Keine Sorge, es wird nicht schwer sein, sie herauszufinden«, meinte Çöktin. »Wenn die Schwägerin, wie Sie sagen, unverheiratet ist, trägt sie den gleichen Namen wie ihr Bruder. Und außerdem sichten wir zurzeit Frau Keyders persönliche Sachen.«

»Aha. Und dann muss natürlich noch ihre Beerdigung geregelt werden.« Pater Giovanni öffnete die Tür, die zurück ins Haus führte. »Ich weiß, sie hätte sich ein katholisches Begräbnis gewünscht.«

Çöktin betrat das Wohnzimmer des Priesters. »Ja, obwohl wir natürlich zuerst versuchen müssen, ihre Schwägerin und eventuell vorhandene Verwandte in Argentinien ausfindig zu machen und zu kontaktieren. Morgen wird ein Bericht in den Zeitungen erscheinen. Vielleicht erinnert sich ja jemand. Aber ich sage unserem Gerichtsmediziner, dass er Sie auf dem Laufenden halten soll.«

Die beiden Männer durchquerten das Gebäude und kamen dabei an vielen Gemälden und Statuen von Heiligen vorbei. »Glücklicherweise gibt es bei uns keine zeitliche Beschränkung, wann die Toten beerdigt sein müssen«, meinte der Priester, während er die Haustür öffnete. »Dagegen müssen Moslems innerhalb von vierundzwanzig Stunden unter der Erde sein, oder?«

»Ja, obwohl das unter Umständen wie diesen nicht immer möglich ist«, erwiderte Çöktin und trat auf die Straße. »Nochmals vielen Dank für Ihre Hilfe und Ihre Gastfreundschaft, Pater Giovanni.« Er lächelte. »Ihr Innenhof ist wirklich wunderbar – wie ein kleines Fleckchen Italien.«

Pater Giovanni lachte. »Ja, so ist er auch angelegt. Ich bin ausgesprochen gerne in der Türkei, aber ich vermisse meine Heimat, falls Sie verstehen, was ich meine.«

»Ja«, sagte Çöktin, »das verstehe ich sehr gut.«

Und als er die Straße hinunterging, stiegen vor seinem inneren Auge plötzlich Bilder von seinem Heimatdorf auf, an das er sich nur noch schwach erinnern konnte – ein Ort, an dem jeder dem jesidischen Glauben angehörte und wo niemand die Wahrheit verschweigen musste. Aber andererseits gab es dort nicht genügend Arbeit, Geld und Hoffnung, nur die seltsame, herbe Schönheit der Osttürkei und die Gewissheit der Nähe zum Engel Pfau, dem auf wundersame Weise wiederhergestellten, gütigen Satan.

Die beiden waren kein allzu auffälliges Paar. In diesem Teil der Stadt hatten nach Anbruch der Dunkelheit viele Männer und Frauen Sex in Toreinfahrten und verlassenen Hinterhöfen – vor allem russische Frauen wie diese. Die üppige Blondine bildete einen deutlichen Kontrast zu dem Mann, dessen Hände auf ihr ruhten. Er war offenkundig ein Einheimischer, zählte vom Typ her allerdings nicht zu ihren üblichen Freiern. Der groß gewachsene, gepflegte und sehr attraktive Mann wirkte eher wie ein Anwalt oder Arzt, wie jemand, der sich etwas wesentlich Besseres leisten konnte als sie. Er schlang seine Arme um ihren Hals und flüsterte ihr etwas ins Ohr.

»Warum sollte ich Ihnen glauben, Mascha? Es gibt keine Leiche. Was mich betrifft, könnte Wladimir genauso gut ein Phantasiegespinst sein.«

»Aber das ist er nicht!«, zischte sie. »Ich habe es Ihnen doch schon gesagt, Inspektor Süleyman, er war meine große Liebe, und jetzt ist er verschwunden. Ermordet von dieser Bestie Rostow! Ich will, dass sein Tod gerächt wird!«

Inspektor Mehmet Süleyman hob den Kopf und richtete sich zu seiner vollen Größe auf. Sie waren allein, er konnte es sich also erlauben, einen kurzen Moment lang weniger vorsichtig zu sein.

»Hören Sie, wenn Wladimir illegal in dieses Land gekommen ist, kann ich nicht mal beweisen, dass er überhaupt hier war«, sagte er. »Außer Ihrer Behauptung, Rostows Gorillas hätten ihn in einen Sack gesteckt und in den Bosporus geworfen, habe ich nichts in der Hand.«

»Ja, aber kurz bevor Wladimir verschwunden ist, hat er mir erzählt, dass man ihn umbringen will!« Maschas legte Süleyman flehentlich eine Hand auf die Brust. »Rostow tötet nun mal, indem er die Leute ertränkt. Wer ihm in die Quere kommt oder sich nimmt, was ihm gehört, den lässt er ersäufen. Hier gibt es so viel Wasser, da ist das überhaupt kein Problem.«

Süleyman seufzte. Waleri Iwanowitsch Rostow war einer von mehreren, unvorstellbar mächtigen russischen Mafiabossen, die sich in den letzten Jahren in Istanbul niedergelassen hatten. Dieser polizeibekannte, wenngleich noch nicht überführte Drogenbaron besaß Freunde in den höchsten Kreisen der örtlichen Verbrechersyndikate und angeblich auch in der türkischen Gesellschaft. Rostow umgab sich mit gewalttätigen, aber attraktiven jungen Russen, was viele zu der Annahme verleitete, er sei homosexuell. Wenn es stimmte, was die russische Prostituierte sagte, dann war ihr Freund, dieser Wladimir, einer von Rostows Knaben gewesen, auch wenn sie beteuerte, er habe mit seinem Boss nie das Bett geteilt. Er habe lediglich Rostows Drogen dort hingebracht, wo sie »gebraucht« wurden, bis die Versuchung, die von dieser Fracht ausging, einfach zu groß für ihn geworden sei. Süleyman wusste, dass er höchste Vorsicht walten lassen musste. Russinnen wie Mascha, die einen Großteil ihres kurzen Lebens in Istanbul verbrachten, arbeiteten fast immer für den einen oder anderen Mafioso. Es war sogar sehr wahrscheinlich, dass Rostow sie höchstpersönlich auf ihn angesetzt hatte. Schließlich war sie es gewesen, die ihn angesprochen hatte, und nicht umgekehrt: Genau wie an diesem Tag hatte sie ihn auch beim ersten Mal in eine Toreinfahrt gezogen. Süleyman wollte sie schon wegen öffentlichen Sichanbietens festnehmen, als sie Rostow erwähnte, den Mann, hinter dem er seit fast sechs Monaten her war. Woher wusste Mascha davon? Wenn sie es nicht ehrlich meinte, dann musste er sich fragen, welches Spielchen sie spielte oder worauf sie hinauswollte. Und wenn sie doch die Wahrheit sagte?

»Es muss doch irgendetwas von Wladimir in Rostows Haus zu finden sein«, sagte Mascha traurig. »Er war in den letzten Monaten ständig dort. Irgendein Kleidungsstück oder was weiß ich ... Ich könnte jedes einzelne Teil identifizieren, ich erinnere mich an alles.«

»Nein.« Süleyman warf missbilligend den Kopf in den Nacken. »Nein, dann stünde Ihre Aussage gegen die von Rostow, und das würde nicht reichen. Rostow hat zu gute Beziehungen. Ich brauche einen unabhängigen Beweis dafür, dass dieser Wladimir existiert hat.« Plötzlich hörten sie Stimmen, die sich auf der Straße näherten. Süleyman beugte sich vor und zischte: »Küssen Sie mich!«

Er zog Mascha an sich und presste seine Lippen auf ihren Mund. Erschreckenderweise fühlte sich der Kuss wirklich gut an, auch wenn sie mit ihren eiskalten Junkie-Augen unbeteiligt über seine Schulter blickte. Und obwohl er sich rechtzeitig beherrschen konnte, ihre fast nackten Brüste zu berühren, gelang es ihm nicht zu verhindern, dass er eine Erektion bekam. Als die kleine Gruppe von Nachtschwärmern an ihnen vorbeigegangen war, löste Mascha ihre Lippen von seinem Mund und legte ihre Hand auf seinen Hosenschlitz.

»Ich kann dafür sorgen, dass du dich viel besser fühlst«, sagte sie und spielte aufreizend an seinem Reißverschluss herum.

Für den Bruchteil einer Sekunde zögerte Süleyman. Er liebte seine Familie, er betete seine Frau an, aber seit der Geburt ihres gemeinsamen Sohnes vor fast einem Jahr war

Sex ihr unangenehm. Und obwohl er genau wusste, was diese Mascha war …

»Nein.« Grob schob er ihre Hand fort. »Ich kann Rostows Haus nicht aufgrund solch eines fadenscheinigen Vorwands durchsuchen lassen.«

»Also, was brauchst du, mein Inspektor?«, fragte sie aufreizend und legte ihm erneut die Hand auf den Schritt. Dieses Mal ließ er sie gewähren.

»Ich brauche einwandfreie Beweise für Wladimirs Existenz und seine Verbindung zu Rostow. In dessen Haus verkehren so viele junge Männer …« Er senkte den Blick und sah, wie sie ihre Hand durch den geöffneten Reißverschluss schob und seinen Penis zwischen die Finger nahm. »Ich …«

»Du bist ein sehr großer, attraktiver Mann, Inspektor«, hauchte sie. »Ich kann dir so viel Lust schenken.«

»Nein!« Er riss ihre Hand fort und schob sie von sich. »Nein.«

»Was denn?« Sie zuckte die Achseln und beobachtete amüsiert, wie er seinen Reißverschluss zuzog. »Das versteh ich nicht. Ich mach es dir auch umsonst. Du bist doch geil, außerdem hilfst du mir, oder? Und ich geb dir was dafür zurück.«

Süleyman atmete schwer. »Nein, nicht das«, sagte er heiser. »Ich brauche Informationen. Wenn Sie es mit der Vergeltung für den Tod dieses Wladimir ernst meinen, dann müssen Sie mir irgendetwas bringen, womit ich arbeiten kann.«

»Aber …«

»Hören Sie, Mascha, irgendwie werde ich das Gefühl nicht los, dass Sie für Rostow arbeiten.« Er machte wieder einen Schritt auf sie zu. »Ich weiß, dass Sie heroinabhängig sind. Und wir haben Grund zu der Annahme, dass Rostow seinen Mädchen Heroin gibt. Wenn Sie mich also zu der Quelle …«

»Nein!«

»Mascha!«

»Nein!« Sie sah ihn mit glasigen Augen an. »Also gut, ich arbeite für Rostow, woher sollte ich Wladimir sonst kennen? Aber ich bin nicht bereit, das zu Protokoll zu geben, und was die Drogen betrifft ... ich kann Ihnen keine ...«

Süleyman rückte von ihr ab. »Gut, dann kann ich Ihnen auch nicht helfen«, sagte er. »Sprechen Sie mich nicht noch mal an. Falls doch, werde ich Sie festnehmen.«

Er wandte sich ab und ging auf das Licht zu, das von der immer noch belebten Yeniçeriler Caddesi herüberschien.

»Und was ist, wenn ich Ihnen doch beschaffe, was Sie haben wollen? Wenn es mir doch gelingt, näher an Rostow ranzukommen? Vielleicht irgendwann in naher Zukunft ...?«

Er widerstand der Versuchung, sich umzudrehen und sie anzusehen. Ihr langes blondes Haar, ihre vollen Lippen und ihre noch volleren Brüste standen ihm deutlich vor Augen.

»Wenn es sich um Informationen handelt, mit denen ich etwas anfangen kann, dann vielleicht«, erwiderte er und zuckte zusammen, als ihm eine der vielen abgemagerten Straßenkatzen über die Füße lief.

»Vielleicht besorge ich es dann ja«, rief sie. »Vielleicht gehe ich das Risiko ein, für Wladimir. Und für Sie.«

Abrupt drehte er sich um; er wollte ihren billigen Sexappeal nur noch einmal sehen. Doch sie war fort. Lediglich ihre Stimme hallte durch die stickige, dunkle Toreinfahrt: »Ich wollte immer schon mal mit 'nem Fürsten vögeln!«

Süleyman schob eine Hand in seine Sakkotasche und holte zitternd ein Päckchen Zigaretten hervor. Woher wusste sie das? Er selbst trug zwar keinen Titel, aber sein Großvater war einst ein Fürst gewesen. Genau wie Rostow hatten auch Süleymans Vorfahren, die türkischen Sultane, ihre Widersacher in Säcke gesteckt und in den Bosporus werfen lassen. Vielleicht war das ja der Grund, warum

Mascha diese spezielle Hinrichtungsmethode Rostows erwähnt hatte. Denn wenn ihm, Süleyman, das bekannt vorkam, würde er vielleicht etwas dabei empfinden. Rostow und seine Leute hatten aber auch überall Augen, scheinbar sogar in seinem eigenen Schlafzimmer. Seinen sexuell ausgehungerten Körper diesen üppigen, sinnlichen Kurven auszusetzen! Nein, es konnte gar nicht anders sein. Die Geschichte mit Wladimir war erfunden; Mädchen wie sie liebten niemanden. Es musste sich einfach um eine Falle handeln.

Andererseits spielte er diesen Gedanken nicht zum ersten Mal durch. Bei ihrer ersten Begegnung, bei der sie ihn in eine Toreinfahrt gezogen und ihm Geschichten über Wladimir ins Ohr geflüstert hatte, war er davon überzeugt gewesen, dass sie log. Und trotzdem war er noch einmal zurückgekommen, trotzdem hatte er sich an diesem Abend mit ihr verabredet. Nichts von dem, was sie sagte, ließ sich erhärten. Also warum war er hier?

Er zündete sich eine Zigarette an, sog den Rauch tief ein und blies ihn dann langsam wieder aus. Fast wäre er in ihrer Hand gekommen, als sie in seine Hose griff. Der Gedanke daran bereitete ihm jetzt Übelkeit. Er, ein verheirateter Mann mit Frau und Kind, ganz zu schweigen von seiner Karriere! Diese Mascha war eine heroinabhängige Nutte, eine von Rostows Rennpferdchen, die aus irgendeinem Grund versuchte, ihn reinzulegen. Rostow und möglicherweise auch noch andere Syndikatsbosse wussten anscheinend, dass Süleyman, İkmen und ein weiterer Kollege, Metin İskender, beschlossen hatten, den Kampf gegen das organisierte Verbrechen aufzunehmen – was nicht der allgemeinen Polizeistrategie entsprach. Als Schiwkow, der allmächtige bulgarische Gangster, und seine Leute erledigt waren, hatte dies das Ende der Ermittlungen bedeutet. Aber seit Schiwkows Tod waren eine Menge Anwärter auf seinen Thron nachgerückt, darunter auch Rostow, der sowohl für seine Intelligenz als auch für seine Brutalität bekannt war. Deprimiert fragte Süleyman sich, wen Rostow aus seiner Abteilung gekauft hatte und wie nah ihm dieser Informant stand. Es musste irgendjemand sein, der genau wusste, wie verwundbar er zurzeit war, jemand, dem nicht entgangen war, wie unglücklich er sich fühlte. Schließlich hatte er niemandem von seinen persönlichen Problemen erzählt, nicht einmal İkmen. Vielleicht stand er ihm aber auch ins Gesicht geschrieben, dieser nagende Hunger?

Eines jedoch war gewiss: Er musste all das jetzt schleunigst vergessen. Rostow würde sich ihm nicht auf dem Präsentierteller anbieten, deshalb musste er zu der Vorgehensweise zurückkehren, die er vor der Begegnung mit Mascha praktiziert hatte: Beweise sammeln und abwarten. Darin war er nämlich gut, dachte er bitter, als das Gesicht seiner Frau Zelfa für einen kurzen Moment vor seinem inneren Auge auftauchte.

Melih Akdeniz' ockergelbes Haus befand sich schon seit Generationen im Besitz seiner Familie, die sich heute, wenn auch mit wenig Begeisterung, zum Islam bekannte, obwohl ihre Vorfahren einst zur jüdischen Bevölkerung von Balat gehört hatten.

Das ohnehin schon große, dreigeschossige, unterkellerte Haus war durch den riesigen Glaskasten, den Melih in den achtziger Jahren auf dem Dach errichten ließ, noch beeindruckender geworden – nicht nur wegen der unvergleichlichen Aussicht von dort oben. Das Atelier mit seinen kunstvoll verzierten Ornamentglasfenstern und dem Holzdach wirkte, genau wie der Rest des Hauses, einfach überwältigend. Die vielen antiken Möbel, prachtvollen Teppiche und Kelims passten perfekt zu einem Anwesen dieses Alters und dieser Ausmaße. Dagegen trafen die Kunstwerke, mit denen Melih das Haus geschmückt hatte, nicht jedermanns Geschmack.

»Im Badezimmer steht eine Skulptur, die mir noch Albträume bereiten wird«, sagte Polizeiwachtmeister Roditi, als İkmen auf die Terrasse trat und sich zu ihm an den Tisch setzte, an dem die Familie Akdeniz vermutlich während der Sommermonate ihre Mahlzeiten einnahm.

»Was ist es denn für eine Skulptur?«, fragte İkmen.

»Also er …«, Roditi deutete mit dem Kopf in Richtung des Hauses, »er behauptet, das sei die Muttergottheit, was auch immer das sein soll. Das Ganze sieht aus wie ein Lehmklumpen mit Brüsten, wenn Sie mich fragen. Und ohne Kopf.«

»Ähnliche Götzenbilder hat man in Hethiter-Siedlungen wie Çatal Höyük gefunden«, erklärte İkmen, während er einen Stuhl für Ayşe Farsakoğlu zurückzog. »Ich könnte mir vorstellen, dass er mit diesem Werk alte heidnische Themen aufgreift.«

»Also, ich finde es merkwürdig«, beharrte Roditi. »Er ist merkwürdig.«

»Akdeniz?«

Roditi nickte. »Den ganzen Tag hockt er dort oben in seinem Atelier und macht irgendwas mit Stoffballen. Er war nicht ein einziges Mal draußen, um nach den Kindern zu suchen. Heute Nachmittag hat er sich mit einer Frau gestritten, die ihm ihr Mitgefühl aussprechen wollte. Vom Fenster aus hat er auf die Straße hinunter geschrien, wo die Frau stand …«

»Die Schlampe ist nur gekommen, um sich an unserem Leid zu weiden«, unterbrach ihn eine heisere, leicht hysterische Stimme.

Die drei Polizeibeamten drehten sich zu der großen, hageren Gestalt um, die von dem Licht, das aus der Küche auf die Terrasse fiel, erleuchtet wurde.

»Und wer war diese ›Schlampe‹, Herr Akdeniz?«, fragte İkmen.

»Ich weiß nicht, wie sie heißt«, erwiderte Melih verächtlich. »Irgendeine Frau, die sich für eine Künstlerin hält.« Er lachte. »Ich habe sie irgendwann mal, vor vielen Jahren, brüskiert. Damals habe ich ihr gesagt, ihre Arbeit sei

Schrott, was sie schließlich auch ist. Als sie hörte, dass meine Kinder verschwunden sind, nutzte sie die Gelegenheit, um hierher zu kommen und mich persönlich zu beleidigen.«

Er trat zu den Beamten an den Tisch und ließ sich langsam auf einem Stuhl nieder, so als hätte er Schmerzen. Melih Akdeniz war erst siebenundvierzig Jahre alt, aber er wirkte abgemagert und runzlig, und sein Haar, das ihm bis knapp über die Schultern reichte, war fast vollständig ergraut. Er schob sich eine Zigarette, von der İkmen hoffte, dass sie nur Tabak enthielt, zwischen die nikotingelben Zähne und steckte sie an.

»In Balat leben heute etliche so genannte Künstler«, fuhr Melih fort, »die allesamt traditionelle Kunstwerke in neuer, veränderter Form herstellen. Die denken, wenn sie eine Kopie einer İznik-Fliese anfertigen und deren Ornament um dreißig Grad nach links drehen, würden sie damit eine künstlerische Aussage machen. Wichser!«

In seinem Blick lag so viel Verachtung, dass es den drei Beamten für einen Moment die Sprache verschlug. Inzwischen war es auf der Terrasse trotz des Lichtscheins aus der Küche fast vollständig dunkel, was die gespenstische Blässe von Melihs Gesicht noch betonte. Dieser Mann wirkte extrem angespannt, ob er sich nun aktiv an der Suche nach seinen Kindern beteiligte oder nicht. Trotz seiner Abneigung gegenüber dem Künstler entschied İkmen sich deshalb für eine behutsame Vorgehensweise.

»Herr Akdeniz, könnten wir bitte noch einmal auf den Samstag zurückkommen, an dem Sie mit Ihren Kindern nach Sarıyer fahren wollten«, setzte er an.

»Ja, wir wollten dort Fisch essen.« Melih hielt den Kopf noch immer gesenkt und zog an seiner Zigarette. »Die Kinder mögen Fisch.«

»Also Sie und Ihre Frau und die Kinder wollten gemeinsam dorthin fahren?«

»Ja.«

»Warum?«

Melih blickte hoch. »Was meinen Sie damit?«

»Ich meine«, sagte İkmen und zündete sich seinerseits eine Zigarette an, »dass Sie nicht gerade zu den Menschen zählen, die viel Zeit außer Haus verbringen. Sie ziehen es vor, zu arbeiten ...«

»Ich muss arbeiten!«, unterbrach ihn der Künstler. »Irgendjemand muss dieses verdammte Land doch mal wachrütteln!«

»Ja, aber ich meinte ...«

»Sie meinten, dass ich ein schlechter Vater bin!« Akdeniz zeigte mit seiner Zigarette auf İkmen. »Dass ich mich nicht genügend kümmere!« Er senkte die Stimme. »Wenn Sie wüssten! Ich kümmere mich mehr um meine Kinder, als Sie jemals begreifen werden.«

Nach diesem Gefühlsausbruch herrschte einen Moment Stille. Schließlich sagte Ayşe Farsakoğlu mit einem Seufzer: »Wenn Sie nichts dagegen haben, Herr Akdeniz, würde ich gern noch einmal einen Blick in das Zimmer Ihrer Kinder werfen.«

»Sie kennen ja den Weg«, murmelte Melih mit gepresster Stimme.

»Danke.«

Ayşe erhob sich und ging zur Tür.

»Aber wecken Sie meine Frau nicht auf; sie ist gerade erst eingeschlafen«, fügte der Künstler hinzu.

»Ich werde ganz leise sein«, erwiderte Ayşe und betrat das Haus.

Sobald sie verschwunden war, schickte İkmen Roditi zu den Ställen im westlichen Teil des Anwesens. Vor der Errichtung des Glaskastens auf dem Dach des Hauses hatte Akdeniz die alten Stallungen als Atelier genutzt. Obwohl sie jetzt keinem besonderen Zweck mehr dienten, standen sie immer noch voll mit alten Materialien und ausgemusterten Kunstwerken, die Roditi und zwei weitere junge Polizisten systematisch zu durchkämmen versuchten. Derart alte und weitläufige Gebäude verfügten häufig über eine Vielzahl ungenutzter Räume, Keller und so weiter, in denen sich vor allem kleine Kinder mühelos verstecken konnten. Die Zisterne im östlichen Bereich des Gartens hatten İkmens Leute bereits durchsucht und waren dabei auf eine Kammer gestoßen, die vermutlich im neunzehnten Jahrhundert zugemauert worden war.

İkmen drückte seine Zigarette aus und zündete sich sofort die nächste an. »Meine Kollegin und ich sind heute zu Fuß hierher gekommen und ein wenig durch die alten Straßen spaziert. Ist schon ziemlich lange her, dass ich dienstlich in Balat war. Es zählt ja nicht gerade zu den gefährlichsten Gegenden Istanbuls.«

Melih warf seinen Zigarettenstummel auf den Boden und trat ihn mit dem Fuß aus. Winzige orangerote Funken leuchteten in der Dunkelheit auf.

»Balat war schon immer ein freundliches Viertel«, fuhr İkmen fort, »mit einem ausgeprägten Gemeinschaftssinn.«

Das Gesicht des Künstlers zeigte einen verächtlichen Ausdruck, als er sich İkmen zuwandte: »Ich beteilige mich nicht an Gemeinschaften. So was brauche ich nicht. Ich bin ein Balater und nicht irgend so ein Neuankömmling. Die Menschen hier kennen mich, und ich kenne sie, das war's dann aber auch schon. Auf ihre kleinkarierten Ansichten über mich und meine Arbeit kann ich getrost verzichten.«

»Es sind ganz normale Balater, genau wie Sie …«

»Ignorante Kleingeister sind das.«

»Aber sie sind nicht dumm«, sagte İkmen, »und alles andere als unaufmerksam.«

Melihs Augen verengten sich zu Schlitzen. »Sie meinen wohl, sie stecken ihre Nase in anderer Leute Angelegenheiten.«

»Ich meine, ich bin überrascht, dass niemand Ihre Kinder am Samstagmorgen gesehen hat.« İkmen lächelte. »Aus den wenigen Gesprächen, die meine Kollegin und ich heute mit einigen Ihrer Nachbarn geführt haben, geht deutlich hervor, dass Sie hier nicht besonders beliebt sind.«

»Ach wirklich?«, sagte Melih und grinste schief. »Das überrascht mich jetzt aber.«

»Yaşar und Nuray hingegen sind beliebt und haben viele Freunde«, fuhr İkmen fort. »Ihrer Aussage zufolge sind die Kinder früh aufgestanden, so gegen …«

»Ich sagte Ihnen doch, dass ich gehört habe, wie die Kinderzimmertür um sechs Uhr geöffnet wurde …«

»Ja, zu einer Zeit, wenn schon eine Menge Leute auf den Beinen sind und ihren Geschäften nachgehen. Balat ist ein Arbeiterviertel, Herr Akdeniz.«

Melih verschränkte die Arme vor der Brust; seine Züge verhärteten sich. »Wollen Sie damit etwa sagen, dass ich lüge?«

İkmen seufzte. Dieser Mann war so angespannt, dass das Gespräch mit ihm einem Tanz auf einem Vulkan gleichkam. »Nein, das will ich nicht damit sagen. Ich meine nur, ob es denn nicht möglich wäre, dass Sie sich bezüglich des Zeitpunkts, an dem die Kinder das Haus verließen, irren könnten? Wenn sie mitten in der Nacht verschwunden wären, wäre es nicht verwunderlich, dass niemand sie gesehen hat.« Er zwang sich, Melih direkt in die tief liegenden, misstrauischen Augen zu schauen. »Ich versuche hier, die Ermittlungen auszuweiten: Falls nämlich jemand in der Nacht zu Samstag etwas Ungewöhnliches beobachtet hat, ein unbekanntes Fahrzeug oder …«

»Die Kinder haben das Haus um sechs Uhr verlassen. Das weiß ich, weil ich sie gehört habe. Ich kann auch nichts dafür, wenn die Bewohner dieses Viertels blind oder taub sind.« Melih wandte sich ab und heftete seinen Blick auf das Dickicht aus Ackerwindentrieben, das eine seiner Weinreben zu erwürgen drohte.

»Wenn Sie sich absolut sicher sind«, sagte İkmen und zuckte die Achseln.

»Ja, das bin ich.«

Erneut verstummte das Gespräch, bis schließlich Ayşe Farsakoğlu wieder auftauchte.

»Und, haben Sie irgendwas Neues, Wichtiges im Kinderzimmer entdeckt?«, fragte Melih säuerlich, als sich die junge Frau neben ihm am Tisch niederließ.

»Nein, aber ich kann mir allmählich ein besseres Bild von Yaşar und Nuray machen«, erwiderte Ayşe.

İkmen sah sie an. »Aha?«

»Die Kinder schlagen offensichtlich nach Ihnen, Herr Akdeniz«, sagte sie und betrachtete den Künstler mit einem feinen Lächeln.

»Wie meinen Sie das?«

»Soweit ich weiß, üben Sie Kritik am derzeitigen Zustand der türkischen Gesellschaft und bringen dies in Ihren Kunstwerken zum Ausdruck.«

»Sie wissen doch, womit ich mich beschäftige. Worauf wollen Sie also hinaus?«

İkmen fragte sich ebenfalls, worauf seine Mitarbeiterin anspielte, und runzelte die Stirn.

»Ich denke nur, dass es im Zusammenhang mit Ihrer Arbeit doch ziemlich interessant ist«, fuhr Ayşe mit einem Achselzucken fort, »dass Yaşar und Nuray sich offensichtlich sehr für Karagöz begeistern und nicht für Tarkan oder Britney Spears, wie die meisten Kinder heute.« Sie wartete einen Moment, um Melih Gelegenheit zu einer Antwort zu geben. Da er jedoch schwieg, fuhr sie schließlich fort: »Ich meine damit, dass das Karagöz-Schattentheater in der osmanischen Zeit als künstlerisches Medium zur Äußerung von Sozialkritik diente. An den Wänden im Kinderzimmer hängen ausschließlich Schattenspielfiguren. Keinerlei Popstars, nur die beiden wichtigsten Helden: Karagöz und sein Gegenspieler Hacıvat«, wandte sie sich an İkmen.

»Tatsächlich?«

»Ja.« Melih stand auf und fuhr sich mit den Händen durch die Haare. »Ich bin davon überzeugt, dass man seine Kinder anständig erziehen muss.« Er sah hinauf in den dunklen, mit Sternen übersäten Himmel. »Wenn man ihnen Tarkan vorsetzt, wachsen sie in der Überzeugung auf, Keramikfliesen mit leicht verändertem Dekor wären Kunst. Wenn man sie jedoch mit archetypischen Figuren wie denen des Karagöz-Spiels bekannt macht, dann verstehen sie vielleicht, was es bedeutet, ein Künstler zu sein und welche Verantwortung damit verbunden ist. Junge Seelen und junge Körper sind Materialien wie Ton, Farbe und Tuch – wir haben die Verpflichtung, sie mit Respekt zu behandeln und sie nicht zu besudeln.« Mit Tränen in den Augen wandte er sich an die beiden Beamten: »Ich liebe meine Kinder. Ich liebe sie mehr als mein eigenes Leben.«

3

Die Autopsie von Rosita Keyders Leichnam ergab, dass sie eines natürlichen Todes gestorben war. Bereits 1990 hatte sie einen leichten Schlaganfall erlitten, wie Arto Sarkissian von ihrer Hausärztin erfuhr, und nun war in ihrem Gehirn ein Aneurysma geplatzt, eine krankhaft erweiterte Arterie. Der Tod war auf der Stelle eingetreten. Weder an ihrem Körper noch in ihrer Wohnung fanden sich Hinweise darauf, dass sie möglicherweise eines gewaltsamen Todes gestorben war. Nur der junge Mann, der jetzt kerzengerade, fast schon in militärischer Haltung auf Artos Seziertisch lag, verursachte einen Missklang in dieser alltäglichen Geschichte vom Ableben eines alten Menschen.

İsak Çöktin war davon ausgegangen, dass der Unbekannte ungefähr zur selben Zeit wie Rosita gestorben war – eine nach Artos Ansicht stark vereinfachende, konventionelle und polizeitypische Denkweise, aber in diesem Fall durchaus gerechtfertigt. Denn wenn der Mann vor Rosita gestorben wäre, hätte sie doch sicherlich einen Arzt gerufen. Und wäre sie vor ihm gestorben, hätte er bestimmt ähnlich gehandelt. Aber weder sie noch er hatten sich um einen Arzt oder Krankenwagen bemüht. Deshalb lag die Annahme, dass sie ungefähr zur selben Zeit aus dem Leben geschieden waren, durchaus nahe. Allerdings gab es da ein kleines Problem.

Nach Artos Einschätzung war Rosita höchstens drei Tage zuvor gestorben. Unter Berücksichtigung der extrem hohen Temperaturen, die zurzeit in Istanbul herrschten, entsprach der Zustand ihres Leichnams ungefähr diesem Zeitrahmen. Dagegen setzte bei der männlichen Leiche die Verwesung gerade erst ein. Dies legte die Vermutung nahe, dass er nach ihr gestorben war. Allerdings fand der Pathologe es seltsam, dass der Körper des jungen Mannes bei seiner Entdeckung eiskalt gewesen war. Normalerweise begann bei diesen hochsommerlichen Temperaturen die Verwesung recht rasch, und Arto hatte zumindest mit einigen Anzeichen von Zersetzung gerechnet, diese aber nirgends finden können. Mit den weit aufgerissenen veilchenblauen Augen und der geraden Körperhaltung wirkte der junge Mann eher, als ruhte er nur. Und als Arto das Skalpell ansetzte, um den ersten Schnitt zu führen, fürchtete er fast, sein »Patient« könne vor Schmerz laut aufschreien.

Beunruhigt legte Arto das Instrument beiseite. Das Gefühl, das ihn beschlich, ähnelte der altbekannten Schändungsangst, die ihm zu Beginn seiner Berufszeit schwer zu schaffen gemacht hatte. Obwohl er von der inneren Funktionsweise des menschlichen Körpers fasziniert war und ihn die Frage, wie und woran ein Mensch gestorben war, nach wie vor brennend interessierte, hatte er die Vorstellung nie ganz ablegen können, durch seine Arbeit einen Akt der Entweihung zu begehen. Das, was einst ein menschliches Wesen war, wurde nun von ihm aufgeschnitten, seziert und sorgfältig untersucht. Obwohl Arto kein besonders religiöser Mensch war, konnte er den Gedanken nicht unterdrücken, dass er damit ein uraltes Tabu brach.

Normalerweise gelang es ihm jedoch, diese Vorstellung zu ignorieren oder zu unterdrücken. Warum er jetzt nicht dazu in der Lage war, vermochte er nicht zu sagen; das Gefühl wurde sogar von Minute zu Minute stärker, was ihn zunehmend beunruhigte. Wenn diese Empfindungen andauerten, würde er dann überhaupt noch in der Lage sein, eine Obduktion an diesem Leichnam durchzuführen? Würde er dann vielleicht nie wieder eine Leiche öffnen können?

Die Sorge, dass er kurz davor stand, die Nerven zu verlieren, ließ Arto reflexartig zum Skalpell greifen. Die kalten Glasaugen starrten ihn an, so unendlich tot und zugleich so unendlich lebendig. Sie beobachteten ihn ... Wenn er sie entfernen und sich damit ihrer wachsamen Ausstrahlung entziehen könnte, wäre er vielleicht in der Lage, seine Arbeit fortzusetzen. Aber war es andererseits nicht erst recht eine Schändung, wenn er die Augen ohne ersichtlichen Grund entfernte? Und es gab doch keinen Grund, sie herauszunehmen, oder?

Arto beugte sich zuerst über das linke Auge, wobei er sich einredete, dieses Vorgehen sei vollkommen in Ordnung, da er den Kopf wahrscheinlich sowieso sezieren müsse. Nach Beendigung der Arbeit würde er das Glasauge einfach wieder einsetzen. Wie erwartet, ließ es sich mühelos herausnehmen und flutschte kalt in seine latexbehandschuhte Hand, wie eine Murmel. Groß und rund und sauber – so wäre es auch später noch gewesen, wenn Arto es nicht hätte fallen lassen.

Es war eine Sache, das Glasauge zu entfernen, aber der Blick in die leere Augenhöhle war etwas ganz anderes, insbesondere, wenn man auf etwas vollkommen Unerwartetes stieß. Wie versteinert stand Arto da und starrte in die Augenhöhle, während der veilchenblaue Augapfel auf dem Boden aufprallte und in tausend Stücke zersprang.

»Ich werde mit Estelle darüber reden müssen«, sagte Zelfa und beugte sich über die Rückbank, um ihren Sohn aus dem Kindersitz zu befreien. »Sie sollte zu Hause in ihrer Wohnung auf ihn aufpassen, anstatt ihn hier wie eine Zirkusattraktion vorzuführen.«

»Du weißt genau, dass es darum gar nicht geht«, erwiderte ihr Ehemann.

»So, weiß ich das?« Sie bewegte sich rückwärts aus dem Wagen und setzte sich das hübsche, braunäugige Kind auf die Hüfte. »Und worum geht es dann, Mehmet?«

Inspektor Mehmet Süleyman seufzte. Das gleiche Gespräch hatte er mit seiner Frau in den letzten Wochen schon mehrfach geführt. Estelle Cohen, die den kleinen Yusuf tagsüber betreute, hatte sich angewöhnt, ihre Freundin Fatma İkmen mit dem Kind im Schlepptau zu besuchen. Da die Männer allesamt Polizisten waren, kannten sich die Familien Cohen, Süleyman und İkmen gut. Die Jüdin Estelle und die Muslimin Fatma waren fast gleich alt und besaßen trotz ihres unterschiedlichen religiösen Hintergrunds viele gemeinsame Interessen, bei denen es sich hauptsächlich um Kinder, Küche und diverse andere, für Damen mittleren Alters wichtige Dinge handelte. Zelfa Süleyman war jedoch aus einem anderen Holz geschnitzt.

Obwohl sie nur wenige Jahre von Estelle und Fatma trennten, war Zelfa erst seit achtzehn Monaten mit ihrem attraktiven, bedeutend jüngeren Mann verheiratet. Die Tatsache, dass sie ihr Kind lange vor der Hochzeit empfangen haben musste, war kein Geheimnis, wurde aber akzeptiert.

Schließlich war Zelfa nicht nur Ausländerin, sondern auch Ärztin, daher konnte ihr dieser Fauxpas – nach Estelles und Fatmas Auffassung – verziehen werden. Die beiden Damen wussten jedoch nicht, dass Zelfa das derzeitige Arrangement nicht gefiel, und die Notwendigkeit, ihr Kind nun auch noch direkt bei Fatma abzuliefern statt in Estelles Wohnung, war der Tropfen, der das Fass für sie zum Überlaufen brachte.

»Es heitert Fatma ein wenig auf, wenn sie Yusuf um sich hat«, sagte Mehmet. »Schließlich liegt ihr Bruder im Sterben …«

»Ja, und mein Kind muss das alles mit ansehen!«, fauchte Zelfa und fügte in ihrer englischen Muttersprache hinzu:

»Der Himmel weiß, welchen Schaden das seiner kleinen Seele zufügt! Diese gelben Hände, die seine zarten Wangen tätscheln, der morphingeschwängerte Geruch des Todes …«

»Talaat wird bald ins Krankenhaus gehen. Er stirbt bestimmt nicht direkt vor Yusufs Augen.«

»Ach, und das weißt du also ganz genau, oder wie?« Gereizt und mit hoch erhobenem Kopf marschierte sie in Richtung Eingangstür des Mietshauses, in dem die Wohnung der İkmens lag.

»Soweit ich weiß, haben die Ärzte gesagt …«

»Ach, was wissen die denn schon?« Sie drehte sich um und funkelte ihn an.

»Du bist Ärztin, sag du es mir«, konterte Mehmet, darum bemüht, die Geduld nicht zu verlieren.

»Ich bin Psychiaterin«, entgegnete seine Frau, »eine gute, irische Psychiaterin, die eine Menge Patienten zu Gesicht bekommt, deren Probleme in erster Linie körperliche Ursachen haben. Viele dieser Probleme sind erst durch die schlechte Behandlung türkischer Ärzte entstanden. Wenn die nicht im Ausland studiert haben, sind sie bestenfalls nutzlos. Weißt du, ob …«

»Nein, ich weiß nicht, ob der Arzt von Fatmas Bruder im Ausland studiert hat!« Mehmet fuhr sich mit beiden Händen durch die Haare. »Um Himmels willen, Zelfa!«

»Ich werde nicht zulassen, dass die Türken mein Kind an sich reißen.« Sie schwieg einen Moment, um dem kleinen Yusuf zuzulächeln, der fröhlich vor sich hin gluckste. »Ich bin Irin …«

»Deine Mutter war Irin.«

»Ich bin in Irland geboren und aufgewachsen. Das ist meine Heimat.« Zelfa räusperte sich. »Ich will nicht, dass Yusuf ein durch und durch türkisches Leben führt. Estelle allein ist ja noch okay, aber wenn sie mit Fatma zusammenhockt, dreht sich alles nur noch um Boncuks, böse Geister und Maschallah … Herr im Himmel, ich habe zugestimmt, dass mein Kind als Moslem erzogen wird, was willst du denn noch?«

»Ich ... «

»Ach ja, natürlich abgesehen von Sex«, fügte sie bitter hinzu.

»Zelfa!« Instinktiv sah Mehmet sich um, ob irgendjemand in der Nähe war, der sie hören konnte.

Ungeduldig blickte Zelfa gen Himmel. »Ich spreche Englisch, Mehmet. Hier kann uns keiner verstehen.«

»Es sei denn, Çetin ist noch zu Hause«, erwiderte Mehmet und deutete auf die Wohnung der İkmens im obersten Stock.

»Hast du vielleicht Angst, İkmen könnte herausfinden, dass du nicht zum Schuss kommst?« Sie wandte sich ab und ging weiter auf das Gebäude zu, wobei sie ihr Kind herzte und küsste.

Tief getroffen von ihren Worten, blieb Mehmet wie angewurzelt stehen. Er hatte sie immer über alles geliebt, aber diese sexuellen Probleme, unter denen sie in letzter Zeit litt, belasteten ihre Ehe sehr. Zwar hatte es ihr schon immer etwas ausgemacht, dass er angeblich so viel attraktiver war als sie – eine Auffassung, die er keineswegs teilte. Aber was als mangelndes Selbstbewusstsein begann, hatte sich inzwischen zu körperlichem Unbehagen beim Sex gesteigert, ein Problem, das sie seiner Meinung nach bewusst nicht in Angriff nahm. Statt sich Hilfe suchend an einen ihrer Kollegen zu wenden, schimpfte sie auf andere Frauen, von denen sie sich einbildete, er würde gerne mit ihnen schlafen. In gewisser Hinsicht drängte sie ihn beinahe dazu, und am Abend zuvor hätte er der Versuchung fast nachgegeben. Mehmet seufzte. Ihm blieb im Augenblick nichts anderes übrig, als sich auf seine Arbeit zu konzentrieren, auf Rostow und seine Leute. Es musste doch einen Weg geben, die Russen dazu zu bringen, einen Fehler zu begehen, sodass man sie verhaften und vor Gericht stellen konnte. Allerdings musste das ohne Maschas Mitwirkung geschehen ...

Mehmet sah zu, wie Fatma, die eigens heruntergekommen war, um die Süleymans zu begrüßen, den kleinen Yusuf von Zelfa entgegennahm. Der Umgang mit dem Kind schien zumindest vorübergehend etwas Druck von Fatmas Seele zu nehmen. Die arme Frau. Wie konnte Zelfa ihr nur dieses kleine Vergnügen missgönnen, das wenigstens ein bisschen Licht in ihre Dunkelheit brachte. Mitanzusehen, wie jemand starb, den man liebte, musste schrecklich sein; er konnte sich nicht vorstellen, wie er sich fühlen würde, wenn sein Bruder unheilbar krank wäre. Irgendwie hoffte doch jeder, dass er als erster gehen würde ...

»Und lass ihn mit seinem Kobold spielen«, sagte Zelfa und gab Fatma die seltsame rot-grüne Puppe, die ihr Onkel aus Dublin Yusuf geschenkt hatte.

Leicht bestürzt meinte Fatma: »Eine Puppe ...«

»Das ist ein Kobold«, korrigierte Zelfa sie. »Er heißt Sean. Achte bitte darauf, dass Yusuf ihn immer bei sich hat. Er liebt ihn heiß und innig.«

»Gut.«

Als Fatma ihm den Kobold vors Gesicht hielt, fing Yusuf sofort an zu weinen, wie jedes Mal. Aber es hatte überhaupt keinen Zweck, mit einer Frau zu streiten, die von Minute zu Minute irischer wurde.

Zelfa ging zurück zum Wagen und setzte sich wortlos hinein. Mehmet schenkte Fatma, die den nun kreischenden Yusuf dazu bewegen wollte, seinen Eltern zum Abschied hinterherzuwinken, ein müdes Lächeln. Dann öffnete er die Fahrertür und ließ sich auf den Sitz gleiten.

Im Nachhinein betrachtet, hätte er vielleicht doch einen Tag außerhalb Istanbuls verbringen sollen, überlegte İkmen. Wenn er an die vielen Fischrestaurants am Hafen von Sarıyer dachte, wo Melih Akdeniz den Samstag mit seiner Familie hatte verbringen wollen ... Doch İkmen hatte Ayşe Farsakoğlu nach Sarıyer geschickt, damit sie sich dort umsah und eventuelle Verbindungen zwischen Melih und dem

Ort überprüfte. Er selbst war in Balat geblieben, um die Polizeiaktion zu überwachen und mit seinen Kontakten zu sprechen. Bei einem dieser Kontakte handelte es sich um eine Zigeunerin namens Gonca. Genau wie Akdeniz stellte auch sie ihre Arbeiten im ganzen Land aus, war aber nicht annähernd so erfolgreich wie er. Im Gegensatz zu dem berühmten Kunstschaffenden galt Gonca, besonders in Künstlerkreisen, als sehr gesellig. Als İkmen bei ihr klingelte, hatte sie gerade Besuch von ihrer Freundin Nilüfer Cemal.

Die groß gewachsene, dunkelhäutige und ausgesprochen kurvenreiche Mittvierzigerin, die sich lasziv gegen den mit leuchtend bunten, paillettenbesetzten Tüchern verkleideten Türrahmen lehnte, bot einen aufsehenerregenden Anblick. Jeder nicht in Seide gehüllte Teil ihres üppigen Körpers war mit Schmuck behängt, und ihre pechschwarzen Haare reichten ihr bis zu den Fußknöcheln. Eine dicke Zigarre zwischen ihren makellos weißen Zähnen vervollständigte das Bild, das bei İkmen viele fröhliche Kindheitserinnerungen wachrief. Seine Mutter, die albanische »Hexe von Üsküdar«, hatte die Zigeunerfamilien in Balats Nachbarviertel Ayvansaray regelmäßig aufgesucht. Dort erfreuten sich ihre beiden Söhne an den tanzenden Bären, der klagenden Musik der Zurna und am Anblick der ziemlich weit »entwickelten« Zigeunermädchen, die barfuß und mit klingenden Armreifen in den Straßen tanzten. In der Zwischenzeit unterhielt sie selbst sich mit den älteren Zigeunerinnen – großen, furchteinflößenden Frauen wie Gonca – über Tarotkarten und Bewegungen am Firmament.

Als Gonca den Grund für İkmens Besuch erfuhr, führte sie ihn in ihr Atelier, in dem Nilüfer Cemal bereits Tee trank und eine klebrige Süßspeise aus einem kleinen Tontopf aß.

»Das ist Zerde«, erklärte Gonca und deutete auf das Dessert. »Normalerweise bereiten wir das speziell für Hochzeiten zu, aber ich esse es so gern, dass ich immer einen kleinen Vorrat da habe. Möchten Sie vielleicht auch etwas?«

»Ja gern, vielen Dank«, erwiderte İkmen. Im Grunde mochte er die safrangelbe Süßspeise nicht, aber er wusste, dass die Zigeuner – genau wie sein eigenes Volk – nur denen mit Wohlwollen begegneten, die von ihren Speisen kosteten.

»Schön. Dann nehmen Sie doch schon mal Platz«, sagte Gonca mit einer schwungvollen Geste in Richtung Fußboden, der mit leuchtend bunten Kissen übersät war. »Das ist übrigens meine Freundin Nilüfer Cemal; sie stellt Keramiken her und wohnt schon viel länger in Balat als ich. Sicher hat sie nichts dagegen, mit Ihnen über unseren illustren Nachbarn zu sprechen. Nilüfer, das ist Inspektor İkmen von der hiesigen Polizei.«

Darauf verschwand sie in einem Raum, von dem İkmen annahm, dass es sich um die Küche handelte.

»Ich vermute, es geht um die armen Kinder von Melih«, sagte die sehr respektabel wirkende Frau mittleren Alters zu İkmens Füßen.

İkmen zog den Stoff seiner Hose oberhalb der Knie etwas hoch und ließ sich auf einem riesigen purpurroten Kissen nieder.

»Ich versuche herauszufinden, ob Herr Akdeniz irgendwelche Feinde hat«, sagte er.

Nilüfer lachte bitter. »Na, damit dürften Sie eine Weile beschäftigt sein!«

»Ich muss zugeben, dass er anscheinend nicht viele Freunde hat«, sagte İkmen, »aber ob das auch bedeutet, dass er Feinde hat ...«

»Melih Akdeniz genießt seinen schlechten Ruf«, erklärte Nilüfer. »Respekt oder Achtung gegenüber der Arbeit anderer Menschen sind ihm völlig fremd. Er denkt, alle außer ihm seien talentlose Stümper, und entsprechend herablassend und unhöflich behandelt er seine Mitmenschen. Angeblich liegt das ja daran, dass seine Familie jüdischer

Herkunft ist. Die Nabaros änderten ihren Namen zu Akdeniz, als sie zum Islam übertraten. Es heißt, Melih sei wegen dieses familiären Hintergrunds ursprünglich von der Kunstszene gemieden worden, aber ich persönlich halte das für unwahrscheinlich. Meines Erachtens sind gerade Künstler besonders liberal. Ich glaube eher, Akdeniz zieht es vor, sich ausgenutzt und benachteiligt zu fühlen. Er ist so verbittert! Vor vielen Jahren hat er einmal eine Keramikfliese, die ich ihm geschenkt hatte, auf den Boden geschleudert – direkt vor meinen Augen! Ein schrecklicher Mann.«

İkmen seufzte. Dann war dies also die Frau, die Melih als Schlampe bezeichnet hatte. »Ja, das ist wirklich unerfreulich. Aber ich suche eigentlich eher jemanden, der ihn abgrundtief hasst, sei es aus persönlichen oder beruflichen Gründen.«

»Glauben Sie nicht, dass es furchtbar ist, wenn einem die eigene Arbeit vor die Füße geworfen wird?«

»Ich, äh …«

»Nilüfer wurde nicht nur von Melih beleidigt, Inspektor. Sie hasst auch seine Kunst«, erklärte Gonca, die aus der Küche zurückgekehrt war und İkmen einen kleinen Topf Zerde und einen Löffel reichte.

»Er setzt ausschließlich auf die Kraft der Schockwirkung, um seinen Mist zu verkaufen«, sagte Nilüfer angewidert. »Warum sonst sollte jemand eine uringetränkte Leinwand kaufen wollen, außer um andere Menschen zu schockieren? Ständig macht er irgendwelche ›künstlerischen Aussagen‹ und nutzt seinen zweifelhaften Ruf, um dummen Leuten mit zu viel Geld sein Zeug anzudrehen.«

»Das mag in manchen Fällen stimmen«, widersprach Gonca, während sie sich schlangengleich auf einem Kissen niederließ, »aber ich bin immer noch begeistert von seinen frühen Werken, dem Haarteppich, den magischen Sexobjekten …«

»Magische Sexobjekte?«

Gonca sah İkmen mit ihren großen dunklen Augen an

und lächelte. »Melih hat früher Geschlechtsakte auf riesigen Leinwänden vollzogen. Die daraus resultierenden Flecken malte er in den Farben aus, die astrologisch mit Datum und Uhrzeit des jeweiligen Aktes korrespondierten. Manchmal verzierte er das Ganze zusätzlich mit Schmuckstücken. Ich mag seine magischen Sexobjekte, sie sind sehr organisch.«

»Ja, ja, ich weiß«, sagte Nilüfer düster. »Allerdings verstehe ich nicht, was daran Kunst sein soll.«

»Dann sollten wir vielleicht mal die betreffenden Frauen fragen«, erwiderte Gonca mit einem erstickten Lachen. »Ich meine, es heißt doch, Melih sei zu außergewöhnlichen Leistungen in der Lage …«

»Gonca!«

Verwirrt wandte İkmen sich der Zigeunerin zu und hob fragend eine Augenbraue. Gonca beugte sich vor und tätschelte sein Knie.

»Melih Akdeniz steht in dem Ruf, nicht nur sehr groß gebaut zu sein – wenn Sie verstehen, was ich meine, Inspektor –, sondern auch über viel Geschick zu verfügen. Früher ging das Gerücht, wobei ich nicht glaube, dass das heute noch zutrifft, Melih befriedige immer zwei Frauen gleichzeitig, eine mit dem Penis und die andere mit dem Mund.«

Gonca fuhr sich mit der Zunge über die vollen, roten Lippen, drückte kurz İkmens Knie, nahm dann ihre Hand fort und grinste breit.

Rasch tauchte İkmen seinen Löffel in die Süßspeise und schob sich etwas davon in den Mund. »Und Ihre Kunst beschäftigt sich also mit …«

»Mein Medium ist die Collage«, unterbrach Gonca ihn. »Ich arbeite mit Tarotkarten, Teeblättern, Öl und Reiterzubehör, mit Rosshaar, Pferdeschweiß und Fliegen. Alles traditionelle, volksnahe Dinge.« Sie zeigte auf ein Objekt in der Zimmerecke, das in Ikmens Augen wie eine große, mit Haaren bedeckte Leinwand aussah. »Das ist mein jüngstes Kunstwerk«, sagte sie träge. »Die Haare stammen vom

Hengst meines Vaters und von meinen zehn Töchtern.« Sie rückte ein wenig näher an Ikmen heran und meinte: »Ich nenne es *Baum des Lebens.*«

»Aha.«

»Viele hier in Balat lebende Künstler – einschließlich Melih Akdeniz, auch wenn seine Arbeiten abstrakter sind –, zitieren kabbalistische Bilder und Themen«, erläuterte Nilüfer ein wenig steif für İkmens Geschmack. »Der Baum des Lebens ist das zentrale Element dieser magischen Geheimlehre. Auch ich verwende ihn in vielen meiner Arbeiten. Vermutlich handelt es sich um ein Echo aus Balats jüdischer Vergangenheit.«

»Ja«, stimmte İkmen lächelnd zu. Er wusste einiges über die Kabbala, die alte jüdische Zahlenmystik; schließlich bildete sie den Grundstein aller westlichen Magielehren. »Aber um noch einmal auf Melih Akdeniz zurückzukommen ...«

»Sie möchten wissen, ob wir irgendjemanden kennen, der ihm vielleicht Schaden zufügen will? Oder ob wir ihn sogar selbst gern leiden sehen wollen und deshalb seine Kinder entführt haben?«, fragte Gonca mit einem unübersehbaren Augenzwinkern. »Inspektor, ich habe zwölf Kinder. Da müsste ich Melih schon ziemlich hassen, um den hungrigen Mäulern an meinem Tisch freiwillig noch weitere hinzuzufügen. Und ich hasse ihn keineswegs, ich mag seine Werke.«

İkmen, der selbst Vater von neun Kindern war, konnte dieser Argumentation mühelos folgen, auch wenn er genau wusste, dass einige der fruchtbarsten Zigeunerfamilien viel Geld dadurch verdienten, dass sie im Auftrag verschiedener Banden Kinder entführten.

»Und ich bin bis gestern, als ich Akdeniz mein Mitgefühl bekunden wollte, über zwanzig Jahre lang nie auch nur in der Nähe seines Hauses gewesen«, sagte Nilüfer.

İkmen wandte sich ihr zu: »Aber Sie mögen Herrn Akdeniz nicht ...«

»Nein, ich hasse ihn sogar«, gestand Nilüfer freimütig. »Aber seine Kinder tun mir Leid. Ihn als Vater zu haben! Es käme mir nie in den Sinn, ihnen etwas Böses zu wünschen.«

Es sei denn, dachte İkmen, sie tun dir so Leid, dass du sie an einen anderen Ort gebracht, ihrem Elend vielleicht sogar ein Ende gesetzt hast ... Irgendetwas an dieser kleinen, prüde wirkenden Frau gefiel ihm nicht – was jedoch nicht bedeutete, dass er, was sie betraf, ein ungutes Gefühl hatte. Allerdings schien sie keinen Funken Großmut zu besitzen, ganz im Gegensatz zu Gonca ...

»Unglücklicherweise gibt es so viele Anwärter auf den ›Wer hasst Melih am meisten‹-Titel, dass Ihnen wirklich harte Zeiten bevorstehen, Inspektor«, meinte Gonca lachend. »Da wäre zum Beispiel die Familie seiner Frau. Er hat ihre damals noch unschuldige Tochter verführt und sie geschwängert. Aber als Sohn der Ayşe von Üsküdar müssten Sie doch auf, sagen wir mal, unkonventionellere Ermittlungsmethoden zurückgreifen können als die meisten Ihrer Kollegen.«

İkmen blickte in ihre unergründlichen dunklen Augen und lächelte. »Sie wissen ...«

»Ich bin eine Zigeunerin, Inspektor, ich weiß alles.« Sie lachte laut auf. »Sie sind ein berühmter Mann, ständig in den Zeitungen; und außerdem kannten alle Frauen der Generation meiner Mutter die Hexe von Üsküdar. Sie verstand eine Menge von Karten. Können Sie auch mit Karten umgehen, Inspektor, oder haben Sie nur Vorahnungen?«

»Ich habe meine ganz eigenen Methoden, wie Sie sicher aus den Zeitungen wissen, Gonca Hanım«, erwiderte İkmen immer noch lächelnd.

»Ja ...« Plötzlich verdunkelte sich ihr Gesicht. »Und was sagen Ihnen Ihre ›Methoden‹ über die Geschwister Akdeniz, Inspektor?«

»Wie meinen Sie das?«

»Was, glauben Sie, mag ihnen zugestoßen sein?«

İkmen runzelte die Stirn. »Ich weiß es nicht.«

»Nein, aber was fühlen Sie?«, drängte Gonca und rückte näher an ihn heran. »Was fühlen Sie tief in Ihrem Inneren, dort, wo Gefühle sich zur Wahrheit verdichten? An dem Ort, den die Karten und die Teeblätter und das Öl ansprechen. An diesem dunklen …«

Der Raum wurde kleiner, zog sich immer enger um ihn zusammen. Wie durch einen Nebel sah er, wie die weit entfernte Nilüfer Cemal die Reste ihrer Süßspeise verzehrte und in die Küche ging – eine kleine Gestalt, die hinter dem großen, von dunklen Haaren umrahmten Gesicht der Zigeunerin verschwand. Wenn İkmen nicht an Erlebnisse dieser Art gewöhnt gewesen wäre, hätte ihm sein jetziger Zustand Angst eingejagt, aber da er sie seit seiner Kindheit kannte, wusste er ganz genau, wo er sich befand – auch wenn er keine Ahnung hatte, warum er dort war. Sein Bewusstsein hatte durch den Anstoß der Zigeunerin ein Reich betreten, das seine Mutter und einige noch lebende Mitglieder seiner Familie manchmal aufzusuchen pflegten. Manche nannten das Magie, andere bezeichneten es als »erweiterten Bewusstseinszustand«. Er selbst bevorzugte den Ausdruck »Einblick«.

Plötzlich legte sich solch eine erdrückende Last auf İkmens Brust, dass er nach Luft schnappte. Obwohl er weder etwas Ungewöhnliches sehen noch hören konnte, war die Angst, die er in diesem Moment empfand, einfach überwältigend. Auch Gonca spürte das.

»Sie gehen durch die Hölle, die Kinder von Akdeniz, stimmt's?«, fragte sie, als der Raum um sie herum wieder seine normale Größe erreicht hatte.

»Ich weiß es nicht«, sagte İkmen und senkte den Blick.

Gonca packte ihn mit einer blitzschnellen Bewegung am Kinn und zwang ihn, ihr in die Augen zu schauen. »Nicht lügen! Eine Zigeunerin belügt man nicht!«

Nilüfer Cemal, die in diesem Moment aus der Küche zurückkehrte, schrie entsetzt auf: »Gonca!«

»Sagen Sie es mir, İkmen!« Die Zigeunerin ließ sich nicht beirren. »Ich weiß, was Sie gesehen haben.«

»Dann brauchen Sie mich ja auch nicht zu drängen, es Ihnen zu sagen, oder?«, entgegnete İkmen, befreite sich aus ihrem Griff und sprang auf die Füße.

»Nein ...«

Immer noch hielt sie seine Augen mit ihrem Blick gefangen. Er musste diesen Raum verlassen und zwar sofort, bevor die Dunkelheit aus seinem Inneren hervorquellen und diesen Ort billigen Tands und seelenfressender Tarotkarten überschwemmen konnte. Schlimm genug, dass er und die Zigeunerin in den Abgrund geblickt hatten, doch die andere Frau wusste nichts davon, und das sollte auch so bleiben.

Wie betäubt ging er aus dem Atelier hinaus in Richtung Tür. Gonca folgte ihm hüftschwenkend. An der Haustür drehte İkmen sich um, überprüfte mit einem Blick, ob Nilüfer im Atelier geblieben war und meinte: »Kein Wort zu irgendjemandem. Auch nicht zu Ihrer Freundin.«

Gonca zog eine Augenbraue hoch, holte aus ihrem Ausschnitt eine Karte hervor und hielt sie ihrem Besucher vor die Nase.

İkmens Gesicht verdüsterte sich. Er wandte sich ab und verließ ohne ein weiteres Wort das Haus.

Wachtmeister Hikmet Yıldız klopfte an die Tür von Inspektor Süleymans Büro und wartete auf eine Antwort. Allerdings wollte er nicht zu Süleyman, sondern zu dessen Mitarbeiter İsak Çöktin, von dem er wusste, dass er sich zurzeit allein im Büro aufhielt.

Eine helle, junge Stimme rief: »Herein.«

Yıldız öffnete die Tür und trat ein. Das Zimmer, das Çöktin mit seinem Vorgesetzten teilte, war klein, aber lichtdurchflutet. Genau wie Süleyman selbst wirkte auch dessen Büro gepflegt und ordentlich, trotz voller Aschenbecher und diverser Speise- und Getränkereste. Alles an seinem Platz, nicht zu viele Raucherutensilien ...

Çöktin stand vor einem der Hängeregistraturschränke und blickte auf, als Yıldız hereinkam.

»Wachtmeister Yıldız«, begrüßte er ihn lächelnd. Çöktin mochte den jungen Polizisten; er erinnerte ihn an ihn selbst, als er im gleichen Alter gewesen war. »Was kann ich für Sie tun?«

»Ich frage mich, ob Sie vielleicht irgendetwas über die Leiche wissen, die wir gestern gefunden haben«, sagte der junge Wachtmeister.

Çöktin schloss die Schublade der Registratur und ging zu seinem Schreibtisch.

»Die ältere Dame, Frau Keyder, starb an einem Aneurysma«, erklärte er, während er sich setzte und seinen Computer einschaltete.

»Und was ist mit dem Mann? Woran ist er gestorben?«, fragte Yıldız.

»Ich weiß es nicht«, erwiderte Çöktin und verfolgte das Startprogramm seines Rechners. »Dr. Sarkissian wollte mich noch zurückrufen.«

»Warum?«

»Was meinen Sie damit?« Çöktin sah zu seinem jungen Kollegen auf, der ziemlich verwirrt wirkte.

Yıldız zuckte die Achseln. »Ich meine, wenn der Pathologe weiß, woran die Frau gestorben ist, warum kennt er dann nicht die Todesursache des Mannes? Schließlich wurden sie zusammen gefunden, zur selben Zeit.«

»Ich weiß es wirklich nicht, Yıldız«, meinte Çöktin seufzend. »Vielleicht hatte Dr. Sarkissian einfach noch keine Zeit, sich um den Leichnam zu kümmern. Er ist ein vielbeschäftigter Mann.«

»Aber ...« Yıldız ließ sich auf dem Stuhl gegenüber von Çöktin nieder und nahm seine Dienstmütze ab. Es war bereits ziemlich warm, und er schwitzte stark unter der Kopfbedeckung.

»Ja?«

Yıldız wischte sich mit dem Unterarm über das Gesicht.

»Hatten Sie nicht den Eindruck, dass an der männlichen Leiche irgendetwas merkwürdig war?«

Çöktin, der es beunruhigend gefunden hatte, dass die Leiche zwei strahlende, veilchenblaue Glasaugen besaß, grunzte nur. Ob nun merkwürdig oder nicht, zurzeit gab es keinerlei Informationen über den Leichnam. Und es lag ihm fern, aus einem Umstand, der möglicherweise vollkommen normal war, irgendetwas Ungewöhnliches abzuleiten. Jedenfalls würde Süleyman nichts dergleichen tun. Der stolze Osmane, der seine Antworten immer sorgfältig abwog, war dafür bekannt, dass er jede Möglichkeit in Betracht zog – wenn er denn im Büro war. Doch seit er sich vorgenommen hatte, eine kleine Gruppe von Männern vor Gericht zu bringen, denen man Verbindungen zum organisierten Verbrechen nachsagte, hatte Süleyman sich zu einem distanzierten, fast schemenhaften Vorgesetzten entwickelt, der für seinen Mitarbeiter kaum noch zu erreichen war.

»Der Mann war blind. Das haben wir auch der Presse mitgeteilt. Was ist daran merkwürdig?«, fragte Çöktin.

»Ja, schon, aber … das ist es nicht, was ich meine …«

»Nein? Was denn dann?«

Yıldız seufzte. »Ich habe so ein Gefühl, so ein ungutes Gefühl …«

»Inspektor İkmen hat auch solche Gefühle«, sagte Çöktin lächelnd. »Seine erweisen sich im Allgemeinen als sehr nützlich.«

»Ja, ich weiß. Seine Mutter war eine Hexe.«

»Vielleicht sollten Sie mal mit ihm darüber reden, Yıldız. Möglicherweise kann er Ihnen ja dabei helfen, Ihr Gefühl in Worte zu fassen.«

»Hm.«

Das Klingeln des Telefons unterbrach ihre Unterhaltung. Çöktin nahm den Hörer ab und meldete sich, während Yıldız aufstand, um hinauszugehen.

»Ah, Dr. Sarkissian«, sagte Çöktin und bedeutete dem

jungen Polizisten, wieder Platz zu nehmen. »Ja, ich habe gerade mit Wachtmeister Yıldız darüber gesprochen ... Ja ...« Während er zuhörte, verdüsterte sich seine Miene zusehends. »Sind Sie sicher?«, fragte er schließlich. »Ich meine ... Nein, natürlich würde ich Ihr medizinisches Urteil nie anzweifeln, Dr. Sarkissian, aber ...«

Yıldız hatte Çöktin seit Beginn des Telefonats genau beobachtet und spürte jetzt eine leichte Übelkeit aufsteigen. Er wusste nicht, ob das an Çöktins ernstem Gesichtsausdruck lag oder ob es noch irgendeinen anderen Grund dafür gab. Das, was er in dem Moment spürte, konnte er später nur als eine Art Prickeln beschreiben, als hätten ihm plötzlich sämtliche Haare am Körper zu Berge gestanden.

»Gut«, sagte Çöktin seufzend. »Ich komme sofort rüber. Irgendwie kann ich es immer noch nicht glauben ... In Ordnung, Doktor, ich bin gleich da.«

Er legte den Hörer auf und rieb sich mit beiden Händen übers Gesicht.

»Inspektor İkmen wird sehr stolz auf Sie sein, Yıldız«, meinte Çöktin schließlich, nahm sein Jackett von der Stuhllehne und stand langsam auf. »Anscheinend war Ihr Gefühl genau richtig.«

»Ah ja?« Auch Yıldız erhob sich, als ihm bewusst wurde, dass der ranghöhere Beamte auf dem Weg nach draußen war. »Dann wurde dieser Mann also ermordet?«

»Nein.« Çöktin öffnete die Bürotür. »Das Ganze ist noch viel merkwürdiger, Yıldız. Einen Mord kann ich ja noch irgendwie verstehen, aber das hier ...« Er schüttelte den Kopf.

»Was denn?«

»Warum kommen Sie nicht einfach mit ins Leichenschauhaus und finden es selbst heraus?«, fragte Çöktin. »Schließlich sind Sie derjenige, der das Ganze irgendwie geahnt hat.«

»Was denn geahnt?«

»Das muss Ihnen Dr. Sarkissian erklären«, erwiderte

Çöktin und trat auf den Flur hinaus. »Ich bin dazu höchstwahrscheinlich nicht in der Lage, Yıldız.«

Damit ging er auf das Treppenhaus zu, im Schlepptau einen jungen Polizisten, der wieder dieses merkwürdige Prickeln spürte.

4

Ich nehme an, er war ungefähr zwanzig, als er starb«, sagte Arto Sarkissian, während er das Tuch zurückzog, um den Kopf- und Schulterbereich des unbekannten Mannes freizulegen.

»Damit ich das richtig verstehe: Sie wissen aber nicht, wann er gestorben ist?«, fragte Çöktin.

»Genau.«

Die beiden Männer wechselten einen kurzen Blick. »Wie ich Ihnen schon am Telefon sagte, wurde dieser Leichnam einbalsamiert«, fuhr Sarkissian fort.

Yıldız, der hinter Çöktin stand und über dessen Schulter schaute, wirkte verwirrt.

»Ein einbalsamierter Leichnam ist speziell behandelt und konserviert«, erklärte Sarkissian. »Bei den Moslems ist das nicht üblich, da deren Tote innerhalb von vierundzwanzig Stunden beerdigt sein müssen. Dagegen werden verstorbene Christen bis zu einem gewissen Grad konserviert. Natürlich nicht in dem Maße wie dieser junge Mann hier«, fügte er lächelnd hinzu.

»Wie meinen Sie das?«

Der Armenier seufzte. Obwohl der Tod sie genauso tief traf wie ihre christlichen und jüdischen Nachbarn, waren Muslime seiner Meinung nach in dieser Hinsicht wesentlich pragmatischer. Ein Mensch starb, man beerdigte ihn, und dann, wenn die hektische Betriebsamkeit rund um die Beisetzung vorüber war, trauerte man. Debatten über die Unsterblichkeit der Seele drängten sich gar nicht erst auf, solange der Verstorbene nicht bestattet war.

»Christen warten ein paar Tage, bevor sie ihre Toten beerdigen«, erklärte der Pathologe. »Selbst in modernen Ländern, wie etwa den Vereinigten Staaten, wo die meisten Verstorbenen heutzutage eingeäschert werden, gibt es diese zeitliche Verzögerung. Das hat verschiedene Gründe. In manchen Ländern, vor allem in osteuropäischen und südländischen Regionen, gibt es eine traditionelle Furcht davor, lebendig begraben zu werden.« Er blickte in zwei entsetzte Gesichter. »Ja, so etwas ist vorgekommen, und obwohl das heute nicht mehr passieren dürfte, haben manche Menschen immer noch Angst davor. Außerdem wollen die Christen ihre Toten gerne noch einmal sehen.«

»Sie meinen, so wie die Griechen ihre Priester nach deren Tod noch einmal durch die Straßen tragen?«, fragte Yıldız.

»Genau. Der Leichnam wird aufgebahrt, damit die Angehörigen vorbeikommen und sich von ihm verabschieden können. Aber natürlich gibt es dafür auch einen theologischen Grund.«

Çöktin runzelte die Stirn.

»Wir, oder eher die Christen allgemein, glauben, dass die Toten aus ihren Gräbern auferstehen werden, wenn Jesus Christus auf die Erde zurückkehrt, um die Menschen zu erlösen. Das Einbalsamieren konserviert den Körper in einem Zustand, der dies ermöglicht«, erklärte Sarkissian.

»Ja, aber wenn sie erst einmal unter der Erde sind«, wandte Çöktin ein, »mit all den Würmern und Käfern …«

»Natürlich. Es handelt sich auch eher um eine Tradition, eine Art kosmetische Behandlung, als um eine tatsächliche Konservierung«, sagte der Pathologe und blickte auf den Leichnam hinab. »Jedenfalls in den meisten Fällen.«

Yıldız, der erneut ein leichtes Unwohlsein verspürte, erschauderte.

Sarkissian nahm den Kopf des Toten in beide Hände und drehte ihn behutsam zur Seite.

»Aber nicht bei unserem Mann hier«, sagte er ernst. »Der ist anders.«

»Was meinen Sie damit, Doktor?«, fragte Çöktin. »In welcher Hinsicht anders?«

»Dieser Leichnam wurde meines Erachtens mit einer wesentlich raffinierteren Balsamierungstechnik behandelt. Er besitzt eine erstaunliche Beweglichkeit und Elastizität, und soweit ich das beurteilen kann, setzt die Verwesung gerade erst ein.« Sarkissian blickte auf und sah Çöktin ins Gesicht. »Ich meine damit, dass dieser Mann fast vollständig konserviert ist, bis hin zu den Resten des Tumors, an dem er gestorben ist. Ich habe noch nie etwas Vergleichbares gesehen.«

Ein paar Minuten lang standen die drei Männer schweigend da, bis der Pathologe sich plötzlich der Würde des Toten bewusst wurde und das Tuch wieder über dessen Kopf zog.

»Aber er starb eines natürlichen Todes?«, fragte Çöktin, als sie sich vom Seziertisch entfernten.

»Ja. An Krebs«, erwiderte Sarkissian. »Ich kann sonst nichts Ungewöhnliches feststellen – natürlich abgesehen von der Tatsache, dass es keinerlei Hinweise darauf gibt, wann er gestorben sein könnte.«

»Aber warum nicht?«

Sarkissian blieb stehen und lehnte sich gegen eine der langen Metallbahren.

»Weil ich glaube, dass dieser Leichnam möglicherweise präpariert wurde, wie es in Bestatterkreisen heißt.« Und als er die verwirrten Gesichter der beiden Beamten sah, fügte er hinzu: »Der Leichnam dieses Mannes befindet sich im Grunde in einem ähnlichen Zustand wie die sterblichen Überreste Lenins in seinem Mausoleum in Moskau. Präpariert, damit er weiterhin frisch aussieht. Ich habe Anzeichen dafür gefunden, dass die Haut mit einer Art Weichmacher behandelt wurde, muss dazu aber noch den Rat eines Experten einholen. Aus diesem Grund habe ich den Bestattungsunternehmer Yiannis Livadanios um Rückruf gebeten ...«

»Und dieser Herr Livadanios ...«

» ... kann mir sagen, ob ich mit meiner Vermutung richtig liege, und vielleicht auch, wer die Balsamierung vorgenommen hat«, ergänzte Sarkissian, während sie den Sezierraum verließen und in sein Büro gingen. »Yiannis Livadanios beschäftigt selbst mehrere Balsamierer. Und falls einer von ihnen den jungen Mann frisch gehalten hat, wird er vermutlich auch wissen, wer unser geheimnisvoller Toter ist, sodass Sie, meine Herren, diesen bizarren Fall lösen und abschließen können.«

Der Pathologe ließ sich hinter seinem Schreibtisch nieder und bot auch den beiden Polizisten einen Platz an.

»Frau Keyders Leichnam steht übrigens zum Transport bereit, falls irgendjemand sie abholen möchte«, sagte er.

»Es gibt wohl noch eine Schwägerin, die draußen in Sarıyer wohnt«, erwiderte Çöktin. »Ich habe Wachtmeister Roditi heute Morgen als allererstes dorthin geschickt, aber laut Auskunft ihrer Nachbarn ist diese Frau Keyder zurzeit verreist und kommt erst morgen zurück. Niemand weiß, wo sie sich im Moment aufhält.«

»Verstehe.«

»Außerdem habe ich mich mit dem argentinischen Konsulat in Verbindung gesetzt, bin aber nicht sicher, ob das irgendetwas bringt«, sagte Çöktin seufzend.

»Wieso?«

»Rosita Keyder hat in den fünfziger Jahren ihre Staatsangehörigkeit gewechselt. Das Konsulat kannte sie nicht einmal. Ich hoffe sehr, dass ihre Schwägerin uns ihren Mädchennamen nennen kann, damit wir den Argentiniern wenigstens einen Anhaltspunkt geben können. Aber das wird bedauerlicherweise noch eine Weile dauern, Doktor.«

»Ja, wenn das so ist ...« Sarkissian zuckte die Achseln und fügte mit dem für seinen Berufsstand typischen schwarzen Humor hinzu: »Jedenfalls braucht sie nicht einbalsamiert zu werden, solange sie in meinem Kühlfach liegt.«

»Nein ...«

In dem Moment räusperte sich Wachtmeister Yıldız, der bis dahin auffällig schweigsam gewesen war.

»Ich verstehe aber noch immer nicht, Dr. Sarkissian, warum die alte Frau den Leichnam des jungen Mannes in ihrer Wohnung hatte.«

»Ich auch nicht. Ich habe nicht die geringste Ahnung«, erwiderte Sarkissian. Dann versank er genau wie seine beiden Besucher in Schweigen und versuchte, sich über die möglichen Konsequenzen klar zu werden.

Es war gar nicht so sehr das Ausmaß als vielmehr die Zurschaustellung ihres Reichtums, die ihn besonders anwiderte. Die Männer – Russen, Tschetschenen, Aserbaidschaner – trugen alle die gleiche »Gangster-Uniform«: Lederjacke bei jedem Wetter und viel zu viel Goldschmuck. Auch ihre ebenfalls mit Gold behängten, wasserstoffblonden Frauen in den schlecht sitzenden Designerkostümen passten hervorragend ins Bild. Wann war das zum Normalzustand geworden, fragte sich Mehmet Süleyman, während er an den dicht gedrängten Ständen vorbeischlenderte, die das Zentrum des Großen Basars, die Cevahir Bedesteni, bildeten.

Zwar hatte es in der Stadt seit jeher Verbrecher gegeben und das würde wohl auch immer so bleiben, aber der Zerfall der ehemaligen Sowjetunion hatte dazu geführt, dass eine Flutwelle durch und durch unmoralischer Menschen die Straßen Istanbuls überspülte. Statt sich wie früher auf ein oder zwei »Kerngeschäfte« – zum Beispiel Drogenhandel und Prostitution – zu konzentrieren, machten diese

Männer alles, bis hin zum Auftragsmord. Gefühllos und ohne jegliche Skrupel vertrieben sie sich die Zeit mit Drogen, abgebrühten Frauen und dem Verprassen ihres beträchtlichen Vermögens – wie etwa in diesem Augenblick in der Cevahir Bedesteni, wo kostbare moderne und antike Schmuckstücke feilgeboten wurden.

Während er sich einen Weg durch die Touristengruppen bahnte, die vor jeder glitzernden Auslage stehen blieben, achtete Süleyman sorgfältig darauf, Rostow, seinen beiden Gorillas und dem dunkelhäutigen, offenbar aus Zentralasien stammenden kleinen Mann, der sie begleitete, nicht zu nahe zu kommen. Obwohl Rostow und er einander noch nie persönlich begegnet waren, wusste Süleyman, dass der Mafioso, zu dessen Frauen auch die aufreizende Mascha gehörte, ihn genau kannte. Rostow war nicht der erste und sicherlich auch nicht der letzte Gangster, der einen von Süleymans Kollegen »gekauft« hatte. Schließlich lag es kaum ein Jahr zurück, dass Çetin İkmens damaliger Assistent, Orhan Tepe, den Versprechungen des Bulgaren Schiwkow erlegen war – ein Fehler, den er mit dem Leben bezahlt hatte.

Während Süleyman beobachtete, was Rostow tat und wohin er ging, glitt sein Blick immer wieder über die Auslagen der Schmuckstände. Osmanische Militärorden mit alten arabischen Inschriften, die heutzutage kaum noch jemand entziffern konnte, lagen neben wunderschönen Art déco-Schmuckstücken aus den dreißiger Jahren. An einem Stand gab es sogar eine – zugegebenermaßen kleine – Krone, die zwar eher mit Strass als mit richtigen Edelsteinen verziert zu sein schien, für ihre ehemaligen Besitzer aber dennoch ein kostbares Juwel gewesen sein musste. Solche Schmuckstücke hatten keinerlei Bedeutung für einen Menschen wie Rostow, der sie höchstens erwarb, um sie weiterzuverkaufen. Der Russe handelte zwar mit Antiquitäten, verstand aber von Kunstgeschichte so viel wie Süleyman vom Kinderkriegen.

Süleyman hatte hingegen ein persönliches Interesse an dem, was in diesem Teil des Großen Basars vor sich ging. Sein Vater Muhammed hatte schon des Öfteren etwas an die Händler in der Cevahir Bedesteni veräußert – wenn er eine Stromrechnung begleichen musste oder einen Anzug schneidern ließ, den er sich eigentlich nicht leisten konnte. Muhammed Süleyman oder »Fürst« Muhammed, wie manche ihn nannten, entstammte einem alten Adelsgeschlecht, das eng mit den osmanischen Sultanen verwandt war. Seine beiden Söhne betrachteten sich selbst als ganz normale Männer und gingen einer geregelten Arbeit nach, aber der alte Fürst lebte in einer vollkommen anderen Welt. Obwohl sein Palast am Bosporus bereits vor Jahren verkauft worden war, drehte sich sein Leben immer noch um mehrgängige Abendessen in exklusiven Restaurants, um Maßanzüge und Luxusautos. Da ihm inzwischen das nötige Kleingeld fehlte und er zu alt war, um zu arbeiten, bestritt er den Lebensunterhalt für sich und seine Frau mit dem Verkauf von Erbstücken. Aus diesem Grund versuchte Mehmet, die Auslagen der Stände nicht allzu genau zu inspizieren, denn er fürchtete, das eine oder andere Schmuckstück womöglich wieder zu erkennen.

Warum Rostow nicht den üblichen billigen Tand kaufen konnte, der auf der Kuyumcular Caddesi angeboten wurde, verstand Süleyman nicht. Die Art von Kunden, die er anzog, würde den Unterschied kaum bemerken. Vielleicht hatte ihm irgendjemand erzählt, antiker osmanischer Schmuck sei zurzeit sehr gefragt. Vielleicht hatte er es aber auch selbst herausgefunden, dachte Süleyman. Offensichtlich war Rostow ein cleverer Mann, denn sonst würde er nicht mehr frei herumlaufen. Bei seiner Art von Geschäften war das selbst mit »Polizeischutz« eine beachtliche Leistung.

Rostow war gerade in den Tiefen eines Geschäftes mit Jugendstilschmuck verschwunden, als Mascha an Süleymans Ärmel zupfte.

»Wenn wir uns heute Abend treffen können, gebe ich Ihnen die Information, die Sie haben wollen«, flüsterte sie.

Bei Tageslicht wirkte die junge Prostituierte klein und ziemlich gewöhnlich, und an diesem öffentlichen Ort, an dem es keine dunklen, verschwiegenen Ecken gab, empfand Süleyman absolut nichts für sie. Vielleicht war es ja nur der Reiz des Verbotenen gewesen, der ihn angezogen hatte. Möglicherweise beherrschte ihn aber auch, genau wie manche seiner ausschweifenden Vorfahren, eine unstillbare Neugier hinsichtlich des Sexualverhaltens der »unteren Klassen«. Vielleicht war das der Grund dafür, warum er in der Vergangenheit zeitweilig den Wunsch verspürt hatte, sich eine Geliebte zuzulegen.

»Sie wissen, dass Rostow hier ist?«, fragte er und warf einen Blick in Richtung des Geschäftes, in dem der Russe verschwunden war.

»Ja. Er kauft Schmuck ein.«

»Für wen?«

Sie zuckte die Achseln. »Weiß nicht. Um ihn weiterzuverkaufen. Vielleicht auch für seine Jungs. Er hat Wladimir einen Goldring mit Diamanten geschenkt. Zu seinen Jungs ist er sehr großzügig, manchmal jedenfalls.«

»Aber nicht zu seinen Frauen?«

Mascha zuckte erneut die Achseln, schaute in Richtung des Schmuckladens und fragte schließlich: »Also heute Abend?«

Süleyman zündete sich eine Zigarette an. »Nur wenn ich mit Ihrer Information was anfangen kann.«

»Das können Sie bestimmt!«

Flehentlich blickte sie ihn an. Irgendjemand hatte ihr offensichtlich eine Menge Geld dafür geboten, ihn in eine Falle zu locken.

»Wo und wann?«

»Heute Abend, nach elf. Ich arbeite in einem Club an der Camekan Sokak. Ausschließlich russische *konsomatris*. Das mögen die türkischen Freier«, sagte sie lächelnd.

Mascha wusste nicht, dass Süleyman das Viertel rund um die Camekan Sokak sehr gut kannte. Nach der Trennung von Suleika, seiner ersten Frau, hatte er ein Zimmer in der Wohnung seines ehemaligen Kollegen Balthasar Cohen gemietet, die in Karaköy lag, und dort mehrere Jahre gewohnt. Dieses Viertel war berühmt für seine Nachtclubs und seine *gazinos* – Lokalitäten, in denen man den beiden Lastern Alkohol und Lüsternheit gleichzeitig frönen konnte – und für seine etwas ehrlicheren *genelev* oder Bordelle. Die Clubs und *gazinos* wurden von Männern frequentiert, die sich Sex erhofften. Zuerst mussten sie jedoch eine Menge Geld für die Getränke zahlen, die ihnen die *konsomatris* oder »Hostessen« anboten. In diesem Geschäft tummelten sich viele russische Mafiosi, wie etwa Rostow. Nach Süleymans Ansicht waren solche Schuppen wesentlich zwielichtiger und korrupter als herkömmliche Bordelle.

»Wie finde ich den Laden?«

Er wusste, dass es keinen Zweck hatte, nach dem Namen des Nachtclubs zu fragen – Etablissements wie diese hatten keinen Namen.

»Der Club liegt im Souterrain eines türkischen *genelev*.« Bei dem Wort »türkisch« rümpfte sie die Nase. Wie viele russische Mädchen fühlte sie sich den häufig ziemlich naiven anatolischen Mädchen weit überlegen, die in den vom Staat betriebenen, legalen Bordellen arbeiteten. »Der Türsteher hat lange blonde Haare, und rund um die Eingangstür flackern rote und grüne Neonlichter. Sie können es nicht verfehlen.«

»Und was muss ich tun?«

Mascha lächelte verführerisch. »Überlassen Sie das ruhig mir. Ich werde mich um Sie kümmern.«

»Ich will nur die Information.«

»Ja, und die bekommen Sie auch«, erwiderte sie. »Wir werden Rostow schon kriegen. Vertrauen Sie mir.«

Dann drehte sie sich um und ging. Süleyman schlenderte langsam zu dem Geschäft hinüber, in dem Rostow vermutlich noch immer seine Einkäufe tätigte. Doch der Russe und seine Begleiter waren nirgendwo zu sehen. Irgendwann im Laufe seines Gesprächs mit Mascha mussten sie sich aus dem Staub gemacht haben. Das Ganze war eine so offensichtliche Falle – und trotzdem würde Süleyman die Sache durchziehen, nur für den Fall, dass doch irgendeine nützliche Information dabei heraussprang. Entweder das, oder Sex mit Mascha …

Süleyman erschauderte. Nein. Nein, das durfte und würde nicht passieren. Er würde mit İkmen oder Metin İskender über die Angelegenheit sprechen; er brauchte eine Rückversicherung, ein weiteres Paar Augen, das genau beobachtete, was er und die Leute um ihn herum in diesem Club taten. Ob es sich nun um eine Falle handelte oder nicht, hier bot sich ihm plötzlich die Gelegenheit, gegen Rostow vorzugehen. Wenn er sich selbst als Köder einsetzte, konnte es ihm vielleicht gelingen, nahe genug an den Russen heranzukommen, um herauszufinden, was da tatsächlich ablief und was Rostow von ihm wollte. Das einzige Problem bestand darin, dass sein Vorgesetzter, Polizeipräsident Ardiç, einem solch gefährlichen Unterfangen vermutlich die Zustimmung verweigern würde. Süleyman steckte schon viel tiefer in der Sache drin, als der Polizeipräsident wusste oder gutheißen würde. Die Arbeit mit Informanten wie Mascha war bekanntermaßen höchst riskant, deshalb durfte außer İkmen und İskender auch niemand sonst etwas davon erfahren. Die drei hatten sich schließlich geschworen, dass nie wieder jemand so mächtig werden durfte, dass er Schiwkows Geschäfte weiterführen konnte. Aber Rostow befand sich auf dem besten Weg dorthin. Sie mussten ihn einfach aufhalten.

Wenn er in diesen Club gehen und wie ein herkömmlicher Freier aussehen wollte, musste Süleyman aber erst einmal einen Geldautomaten finden und Geld abheben. Unabhängig von ihren eigentlichen Motiven würde Mascha von ihm verlangen, dass er für die Getränke zahlte. Und sofern er einem ziemlich aufgelösten Amerikaner Glauben schenken durfte, der vor kurzem in einer dieser Tanzbars ausgenommen worden war, konnte ihn dieses Vergnügen leicht mehrere hundert Dollar kosten.

Trotz seines sehr langen und stark ergrauten Bartes handelte es sich bei dem Mönch mit den leuchtend blauen Augen keineswegs um einen alten Mann. İkmen schätzte ihn auf höchstens fünfzig.

»Und Sie sind sicher, dass Sie dieses Fahrzeug Freitagnacht gesehen haben?«, fragte İkmen.

»O ja«, erwiderte der Mönch, »absolut sicher. Das Bild hat sich mir eingeprägt, weil ich das Tor vorher noch nie offen gesehen hatte.« Er betrachtete das hohe, alte Eisentor, vor dem İkmen und er standen. »Einige dieser ehemals jüdischen Anwesen haben wunderschöne Gärten«, fuhr der Mönch fort, »und weil das Haus Melih Akdeniz gehört, habe ich einen Blick hineingeworfen.«

»Woraufhin Sie den blauen Transporter sahen.«

»Genau. Der Motor lief, er war ziemlich laut und der Auspuff qualmte, deshalb konnte ich nicht viel von dem Garten sehen. Also bin ich weitergegangen.«

İkmen bot dem Mönch eine Zigarette an, die dieser lächelnd annahm.

»Und um wie viel Uhr war das, Bruder Konstantin?«

Der Mönch blickte zum wolkenlosen blauen Himmel hoch und schürzte die Lippen. »Das muss kurz vor Mitternacht gewesen sein«, sagte er schließlich. »Ich kam von einem Besuch bei meiner Schwester zurück; sie wohnt in der Nähe des Hotel Daphnis. Wir haben zusammen gegessen und dann haben wir geredet. Sie ist frisch geschieden und leidet sehr darunter. Danach bin ich dann gegangen.«

»Sie unterrichten am Gymnasium?«, fragte İkmen und deutete mit dem Kopf auf den großen roten Ziegelbau am oberen Ende der Straße.

»Ja. Schon seit über zwanzig Jahren.«

»Dann sind Sie also mit Herrn Akdeniz bekannt?«

»Nein.« Bruder Konstantin runzelte die Stirn. »Herr Akdeniz lebt sehr zurückgezogen, und das schon seit vielen Jahren. Die Kinder sind aber sehr nett und höflich.« Er zuckte die Achseln. »Um ganz ehrlich zu sein, Inspektor, ich würde Herrn Akdeniz niemals aufsuchen. Ich weiß, dass er unser berühmtester und umstrittenster Künstler ist, aber seine Werke sind nichts für mich. Ich betrachte lieber ein Bild und weiß, was ich sehe.«

İkmen lachte. »Da geht es mir wie Ihnen«, sagte er, »ich bin sicher, Herr Akdeniz ist ausgesprochen intelligent, aber ...«

»Genau.«

In dem Moment sahen sie, wie Melih Akdeniz eine Art Stoffballen aus der Küche in den Garten zerrte. Das Ganze bereitete ihm offensichtlich große Mühe, denn er keuchte und schnaufte schwer.

Als er den Polizeibeamten und den Mönch am offenen Tor zu seinem Anwesen stehen sah, ließ er das Bündel zu Boden sinken und stemmte die Hände in die Hüften.

»Was will der denn hier?«, rief er İkmen zu und zeigte auf den Mönch.

»Das erzähle ich Ihnen gleich«, erwiderte İkmen.

»Ich mag keine Christen!«, schimpfte Melih. »Verdammte Folterknechte!«

»Ich habe Ihnen doch gesagt, dass ich gleich zu Ihnen komme«, sagte İkmen mit eisiger Stimme. »Im Augenblick spreche ich mit diesem Herrn hier, der, soweit ich weiß, in seinem ganzen Leben noch keinen einzigen Menschen gefoltert hat.« Er drehte sich wieder zu Bruder Konstantin um und lächelte. »Ich muss mich für ihn entschuldigen. Also, wären Sie bereit, das, was Sie letzten Freitag gesehen haben, zu Protokoll zu geben?«

»Ja, natürlich«, sagte der Mönch, und nach einer Weile fuhr er nachdenklich fort: »Es heißt, die Familie von Herrn Akdeniz sei ursprünglich jüdischer Herkunft. Seine

Vorfahren kamen offenbar aus Spanien und Portugal hierher, weil sie dort den grausamsten Verfolgungen durch die Christen ausgesetzt waren.«

»Ja«, erwiderte İkmen, immer noch mit einem Auge auf Melih Akdeniz, »aber das ist schon sehr lange her. Wir sollten nach vorne blicken; diese alten Feindschaften bringen niemandem etwas. Von Zeit zu Zeit lassen wir uns alle zu so etwas hinreißen, aber eigentlich sollten wir damit aufhören.« Er trat einen Schritt nach vorne, um besser in den Garten sehen zu können, und meinte: »Was macht er da?«

Der Mönch kniff die Augen zusammen. »Keine Ahnung.«

Und dann beobachteten die beiden Männer, wie der Künstler im Schweiße seines Angesichts eine riesige Leinwand über die gesamte Breite des Gartens spannte.

Ayşe Farsakoğlu fuhr von Sarıyer aus mit der Fähre zurück in die Stadt. Die Bootstour passte hervorragend zu ihrem gemächlich und erfolglos verlaufenen Arbeitstag.

Die örtlichen Polizisten waren freundlich und zuvorkommend gewesen und hatten sie ausgiebig nach den Abenteuern befragt, die sie bei ihrer Arbeit in der großen Stadt zweifellos erlebte. Aber Informationen über den Verbleib der verschwundenen Akdeniz-Zwillinge hatte das nicht zu Tage gefördert. Wie üblich ging es in dieser Gegend mit den geschmackvollen Häusern ordentlich und gesittet zu, und jeder hielt sich treu an die Gesetze.

»Dies hier ist ein Fischerdorf«, hatte einer der jüngeren Beamten namens Said erklärt. »Die Menschen beschäftigen sich ausschließlich mit dem Fischfang. Und das wird auch so bleiben, Inschallah.«

»Es gibt hier allerdings auch ein paar reichere Leute«, fügte sein älterer Kollege Rifat hinzu. »Darunter etliche Ausländer.«

Auf Ayşes Frage, was das für Ausländer seien, meinte

Rifat: »Ach, solche mit einem Haufen Geld, meistens von da oben.« Er deutete mit dem Kopf nach Norden, woraus Ayşe schloss, dass er die ehemaligen Sowjetrepubliken meinte.

»Aber sie bereiten Ihnen keine Probleme?«, fragte Ayşe.

»Bisher nicht«, erwiderte Rifat, »und es ist nicht meine Aufgabe, mir den Kopf darüber zu zerbrechen, woher ihr Vermögen stammt. Heutzutage braucht man viel Geld, um eines der alten *yalıs* zu kaufen, aber das ist ihre Sache. Solange sie ihre Bandenkriege nicht hier austragen und ihre Nataschas nicht in unseren Straßen auf und ab marschieren lassen ...«

Es wäre einfach lächerlich zu glauben, die reichen Gangster würden Orten wie Sarıyer fernbleiben. Sobald sie genügend Geld gemacht hatten, kehrten sie Vierteln wie Beyazıt oder Beyoğlu den Rücken und zogen in eine der außerhalb gelegenen Ortschaften. Zwar gingen sie nach wie vor ihren Geschäften in der Stadt nach – mit ihrer Armada von Prostituierten, den so genannten »Nataschas«, und ihren diversen Drogenkartellen und Menschenhandelsringen –, doch schienen sie nicht allzu versessen darauf zu sein, ihr eigenes Heim zu besudeln. Daher hatten die Polizeiwachen in Sarıyer, Yeniköy und anderen attraktiven Ortschaften am Bosporus kaum Probleme mit ihnen. Gleichwohl hatte Ayşe sich eine Liste mit den Namen dieser Leute erstellen lassen, um sie İkmen zu zeigen – wahrscheinlich reine Zeitverschwendung, genau wie der Rest ihres Ausflugs. Bisher gab es keinerlei Hinweise darauf, dass die Kinder von der Mafia entführt worden waren. Die stellte schließlich immer Geldforderungen, und bis jetzt hatte niemand Kontakt zu Akdeniz aufgenommen, geschweige denn Geld von ihm verlangt. Trotzdem war ihr Tag doch recht angenehm verlaufen, dachte Ayşe. Der Besuch des idyllischen Fischerorts mit seinen verlockenden Restaurants – selbstverständlich immer auf der Suche nach möglichen Verbindungen zu dem Künstler – war zwar schweißtreibend, aber auch recht vergnüglich gewesen. Natürlich wusste jeder mit dem Namen Melih Akdeniz etwas anzufangen, persönlich kannte ihn jedoch niemand. Allerdings hatte Akdeniz auch nie behauptet, dass er und seine Familie häufig in Sarıyer speisten. Im Grunde hatte er nicht viel mehr gesagt, als dass seine Kinder gerne Fisch aßen und sie am Samstag in das Fischerdorf hatten fahren wollen.

»Hallo, Ayşe.«

Ayşe sah hoch und blickte in ein Paar große, dunkle Augen.

»Hülya. Was machst du denn hier?«

Hülya, İkmens siebzehnjährige Tochter, ließ sich neben Ayşe auf der Bank nieder.

»Wir kommen gerade von einem Besuch bei Berekiahs Tante in Rumeli Kavaği zurück«, sagte sie und strich sich eine dunkle Haarsträhne aus den Augen.

Ayşe hatte sich an Deck gesetzt, um eine Zigarette zu rauchen. Was Hülya in ihrem dünnen Sommerkleid hier draußen in dem zwar warmen, aber recht stürmischen Wind machte, war ihr ein Rätsel. Die Aussicht konnte man genauso gut unter Deck genießen, geschützt vor Wind und Gischtspritzern.

»Berekiah kommt gleich. Er will eine rauchen«, erklärte das Mädchen, als es Ayşes fragenden Gesichtsausdruck bemerkte.

»Ah, verstehe.«

Berekiah Cohen war ein netter junger Mann. Der Sohn von Ayşes früherem Kollegen Balthasar Cohen arbeitete für einen der renommierteren Goldschmiede im Großen Basar. Als er auf etwas unsicheren Beinen auf die beiden Frauen zukam, beobachtete Ayşe, wie sein goldenes Medaillon mit dem Davidstern im Wind hin und her baumelte. Sie fragte sich, was Hülyas Mutter, die sie als gläubige Muslimin kannte, wohl davon hielt.

»Also sind Sie heute nicht mit meinem Vater unterwegs«,

sagte Hülya, während Berekiah sich neben sie setzte und ihre Hand nahm.

»Nein, ich hatte in Sarıyer zu tun«, erwiderte Ayşe.

»Aha.« Ganz die gute Polizistentochter, drängte Hülya nicht auf eine weitere Erklärung.

Ayşe blickte zu Berekiah hinüber und fragte: »Wie geht es deinem Vater, Berekiah?«

Der junge Mann lächelte traurig. »Den Umständen entsprechend gut. Er bekommt demnächst Prothesen angepasst; die hat er zwar bisher abgelehnt, aber er ist so rastlos.«

Balthasar Cohen hatte während des schrecklichen Erdbebens 1999 beide Unterschenkel verloren und in der Folge den Dienst bei der Polizei quittieren müssen. Seitdem lebte er nur von Schmerzmitteln und einem scheinbar endlosen Strom von Klatsch- und Tratschgeschichten, mit denen ihn seine Familie und seine Freunde versorgten. Es hieß, er lehne die Beziehung seines Sohns zu Hülya entschieden ab und habe sich deswegen sogar mit İkmen zerstritten, der den Standpunkt vertrat, dass man Menschen, die einander liebten, nicht trennen sollte. Möglicherweise wollte er jetzt Prothesen haben, damit er İkmen im wahrsten Sinne des Wortes entgegentreten konnte.

»Ich hoffe für ihn, dass er gut damit zurecht kommt«, sagte Ayşe.

»Danke.«

Berekiah zündete sich eine Zigarette an und lehnte sich gegen die Wand, um die Aussicht zu genießen. Die Fähre passierte jetzt Yeniköy mit seinem hübschen Hafen und den pastellfarbenen Villen aus dem neunzehnten Jahrhundert. Der junge Mann zog kräftig an seiner Zigarette und stieß dann seufzend den Rauch aus.

»Ich bin gern hier oben«, meinte er und schloss genießerisch die Augen. »Hier ist alles so sauber.«

»Vielleicht werden wir ja eines Tages hier wohnen«, sagte Hülya. »Das wäre bestimmt nett.«

»O ja.«

Ayşe wandte sich ab, um sich ebenfalls eine Zigarette anzustecken. So sehr sie die beiden auch mochte, wollte sie dennoch nicht in ihr Gespräch über eine gemeinsame Zukunft einbezogen werden. Diese Pläne gingen nur sie beide etwas an und waren außerdem ziemlich utopisch. Der jüdische Junge und das muslimische Mädchen ... Natürlich kam so etwas hin und wieder vor, jedoch nicht bei alteingesessenen Familien wie den Cohens, die überaus stolz auf ihre Herkunft waren. Ayşe wusste, dass Fatma İkmen und Cohens Frau Estelle eng befreundet waren, genauso wusste sie aber auch, dass eine Verbindung ihrer Kinder das Letzte war, was die beiden Frauen sich wünschten.

Dieser Gedanke brachte Ayşe auf eine Idee. Es hieß doch, Melih Akdeniz' Familie sei vom Judentum zum Islam konvertiert. Zwar kannte sie den Zeitpunkt des Übertritts nicht, aber möglicherweise rührte ja Melihs freiwillige Isolation daher. Vielleicht war er als Jugendlicher von seinen Altersgenossen abgelehnt worden, weil er weder Jude noch »richtiger« Moslem war. Als Kind musste er sehr eigenwillig und einsam gewesen sein, und vielleicht hatte ihn ja gerade diese Andersartigkeit dazu getrieben, sich in der Kunstwelt immer wieder auf solch spektakuläre Art zu beweisen. Möglicherweise war das auch der Grund dafür, dass er niemand anderen außer sich selbst zu mögen oder auch nur zu akzeptieren schien. Ein geringes Selbstwertgefühl. Ayşe erinnerte sich an einen Vortrag zum Thema Verbrechen und Geisteskrankheit, den Inspektor Süleymans Frau, Dr. Halman, vor ein paar Monaten gehalten hatte. Ayşe versuchte, sich die Charaktereigenschaften ins Gedächtnis zu rufen, die auf eine Gefährdung der seelischen Gesundheit hindeuten konnten. Geringes Selbstwertgefühl und Selbstisolation zählten unter anderem dazu.

Andererseits war es wahrscheinlich nicht sehr klug, aus einem einzigen Vortrag zu viele Schlüsse zu ziehen. Wenn sie konzentriert zugehört hätte, sähe die Sache vielleicht anders aus, aber wie üblich hatte sie einen Großteil ihrer Zeit damit verbracht, Dr. Halmans Gatten zu betrachten. Einst hatte sie Mehmet Süleyman geliebt, doch das war jetzt vorbei – zumindest von seiner Seite.

Ayşe lehnte sich seufzend zurück und versuchte, diese fruchtlosen Gedanken aus ihrem Kopf zu vertreiben.

Als Yiannis Livadanios endlich im Leichenschauhaus eintraf, setzte bereits die Abenddämmerung ein. Der gepflegte, tadellos gekleidete Bestatter hatte das Familienunternehmen erst kurz zuvor von seinem Vater übernommen, der mit neunzig Jahren schließlich den Entschluss gefasst hatte, sich in seiner Villa am Marmarameer zur Ruhe zu setzen.

»Tut mir Leid, dass ich nicht früher kommen konnte«, entschuldigte Livadanios sich bei Arto Sarkissian und schüttelte ihm die Hand. »Wir hatten heute zwei Beerdigungen, und anschließend musste ich noch mit in die Trauerhäuser. Und dort floss dann jede Menge Ouzo! Wahrscheinlich ist Papa deswegen noch so gesund in seinem Alter – das Zeug hat ihn konserviert«, fügte er lächelnd hinzu.

Arto lachte. »Wo wir gerade vom Konservieren sprechen«, sagte er, während er den Besucher in sein Büro führte, »aus genau dem Grund habe ich Sie hierher gebeten.«

»Ja. Ihre Nachricht klang wirklich faszinierend. Ein junger Mann, der in einer Wohnung gefunden wurde …«

»… mit einem meines Erachtens sehr hohen Konservierungsgrad«, sagte Arto und reichte Livadanios einen weißen Kittel sowie ein Paar Gummihandschuhe.

»Also handelt es sich um eine eingefallene, aber noch erkennbare Mumie«, erwiderte der Bestatter.

»Nein.«

Livadanios runzelte die Stirn. »Nein?«

»Ziehen Sie bitte den Kittel und die Handschuhe an und folgen Sie mir«, sagte Sarkissian. »Am besten sehen Sie selbst.«

Der in der Mitte des Sezierraums aufgebahrte Leichnam

war mit einem weißen Tuch bedeckt, sodass nur die seltsam geschmeidig wirkenden Füße zu sehen waren. Arto stellte sich auf eine Seite des Seziertischs und dirigierte Livadanios auf die andere Seite. Dann nahm er das obere Ende des Tuchs und meinte: »Ich glaube, er ist ungefähr zwanzig Jahre alt. Aber sehen Sie selbst.«

Der Armenier schlug das Tuch bis zu den Hüften des Toten zurück. Einen Moment lang herrschte völlige Stille – kein Geräusch, keine Bewegung, kaum ein Atemzug.

»Du lieber Himmel!« Der griechische Bestatter streckte seine Hand aus und tastete behutsam die gespannten Gesichtszüge des Toten ab.

»Die Haut ist noch ganz elastisch«, sagte er und blickte zu Arto hinüber. »Ein hervorragender Zustand, gerade erst die ersten Verwesungsanzeichen … Sind Sie sicher, dass er nicht erst kürzlich verstorben ist?«

»Ja.« Arto seufzte. »Ich wünschte, es wäre anders. Aber selbst ich mit meinem rudimentären Wissen erkenne, wenn ein Leichnam über einen längeren Zeitraum konserviert wurde, und dieser hier ist regelrecht präpariert. Wir haben eine hohe Konzentration arteriell verabreichter Formaldehydlösung gefunden, außerdem Glycerin und Ethanol. Und die Glasaugen wurden mit Bestatterpaste fixiert.«

»Wann ist er denn nun gestorben?«, fragte Livadanios, während er vorsichtig andere Körperteile des Toten abtastete. Arto schüttelte traurig den Kopf: »Ich habe nicht die geringste Ahnung, vermute aber, dass das schon eine Weile zurückliegt.«

»Hm, möglich wäre es«, meinte der Bestatter seufzend. »Aber wenn Sie ihn irgendwo draußen, also außerhalb eines Raumes mit genau gesteuerten Umgebungsbedingungen gefunden haben, dann muss dort noch etwas anderes zu finden sein.«

»Was meinen Sie damit?«, fragte Arto. »Einen Raum wie Lenins Mausoleum?«

Verächtlich warf der Grieche die Arme in die Luft. »Lenin? Ach was! Der braucht keine bakterienfreie Umgebung, der besteht zu neunzig Prozent aus Wachs! Den halten die Russen schon seit Jahrzehnten mit Gummibandagen zusammen.«

»Das heißt …«

»Das heißt, man muss eine Art Barriere zwischen Haut und Luft schaffen. Die Behandlung des Körperinneren stößt irgendwann an ihre Grenzen. Denn wenn erst einmal Bakterien in die Haut gelangt sind, zersetzen sie sie rasch.« Livadanios beugte sich vor, um das Gesicht des Toten näher zu betrachten. »Dieser Prozess hat hier gerade begonnen; das bedeutet, dass die Schutzschicht, woraus sie auch immer besteht, sich langsam auflöst. Was hatte der junge Mann an, als er hierher gebracht wurde?«

Arto war etwas irritiert, dass sie so ungerührt über den verstörend lebendig wirkenden Leichnam sprachen, und zog das Tuch wieder über den Kopf des Toten.

»Eine Militäruniform«, sagte er. »Aber keiner der Leute, die mit dem Fall befasst sind, hat eine solche Uniform jemals gesehen. Mein Assistent hat ein paar Nachforschungen angestellt, daher wissen wir, dass sie aus den fünfziger Jahren stammt.«

»Vielleicht hatte er oder einer seiner Verwandten ja eine Vorliebe für alte Uniformen«, sagte Livadanios lächelnd. »Junge Leute tragen heute ja die bizarrsten Kleidungsstücke. Aber befand sich irgendetwas direkt auf seiner Haut? Vielleicht Polyäthylen oder irgendeine Creme …«

»Wir haben Spuren von Weichmachern gefunden.« Arto zog seine Gummihandschuhe aus und warf sie in einen Abfalleimer. »Ein Schmiermittel, ich bin nicht ganz sicher …«

»Ein Weichmacher könnte tatsächlich als Schutzschicht dienen«, erwiderte Livadanios. »Das müsste dann aber ein ziemlich gutes Präparat sein, wenn er mehrere Tage unbehandelt in der Wohnung lag. Schließlich zeigt er erst geringe Anzeichen von Verwesung.«

»Hm. Wie oft müsste solch ein Präparat denn aufgetragen werden? Ich meine, um eine perfekte Konservierung aufrechtzuerhalten?«

»Täglich.«

»Auf der gesamten Hautoberfläche?«

»Ja.« Livadanios zuckte die Achseln. »Wenn man das geeignete Präparat verwendet, könnte jeder diese Aufgabe übernehmen. Was allerdings nicht jeder übernehmen könnte, ist das Verabreichen der gelegentlichen Injektionen mit Desinfektionsmitteln, die erforderlich sind, um den jungen Mann beisammenzuhalten. Dazu käme hin und wieder eine kleine Schönheitsbehandlung der Gesichtshaut; außerdem müsste das Weichmacherpräparat wie gesagt von hervorragender Qualität sein. So etwas bekommt man nicht überall.«

»Gut. Dann muss also ein Profi an der Pflege des jungen Mannes beteiligt gewesen sein?«

»Zweifellos.« Der Grieche warf seine Handschuhe ebenfalls in den Abfalleimer und begleitete Arto zur Tür. »Aber keiner von meinen Angestellten. Ich wüsste sonst davon.« Er wandte sich noch einmal zu dem zugedeckten Leichnam um. »Diese Militäruniform ... was haben Sie über sie herausgefunden?«

»Aufgrund der Internet-Recherchen meines Assistenten wissen wir, wie gesagt, dass sie aus den fünfziger Jahren stammt.«

»Und was ist es nun für eine Uniform?«

»Eine Offiziersuniform. Aus Argentinien. Die Frau, bei der wir die Leiche gefunden haben, kam ursprünglich von dort. Sie ist in den fünfziger Jahren nach Istanbul übergesiedelt.«

Erst als er seinen Satz beendet hatte, bemerkte Sarkissian, der mittlerweile auf den Flur hinausgetreten war, dass Livadanios ihm nicht mehr folgte. Verwirrt blickte er sich nach dem Bestatter um, der wie angewurzelt in der Tür stand.

»Alles in Ordnung, Herr Livadanios?«

»Sind Sie sicher, dass die Uniform aus Argentinien stammt?«

»Ja.«

»Wirklich hundertprozentig sicher?«

»Ja, warum ...?«

»Ich bräuchte noch ein Paar Handschuhe«, sagte Livadanios. »Ich muss ihn mir noch mal ansehen.«

Wortlos griff Arto in eine Schublade, holte ein Paar Handschuhe hervor und reichte sie seinem Besucher.

»Ist Ihnen noch irgendetwas eingefallen oder ...«

Hastig streifte Livadanios die Handschuhe über und eilte zum Seziertisch zurück. Mit einer schwungvollen Bewegung, die jedem Magier zur Ehre gereicht hätte, zog er das Tuch beiseite, trat dann einen Schritt zurück und betrachtete den Leichnam mit äußerster Konzentration.

»Herr Livadanios?«

»Ich bin mir nicht ganz sicher, Doktor, und möchte mich deshalb gern noch mit ein paar Kollegen beraten, aber ... aber ich glaube, dass Sie hier möglicherweise eine absolute Sensation auf dem Tisch haben.« Er wandte sich zu dem Armenier um und fuhr sich mit der Zunge über die nun staubtrockenen Lippen. »Die Polizei hat nicht zufälligerweise das Präparat gefunden, mit dem der junge Mann behandelt wurde?«

»Nicht, dass ich wüsste. Warum?«

»Wenn es nämlich das gleiche Mittel ist, das Ara bei Eva verwendet hat, dann ...« Der Bestatter zog die Handschuhe aus, warf sie auf den Boden, marschierte hinüber zu Arto, packte ihn an den Schultern und küsste ihn auf die Wange. »Dann würde das bedeuten, dass dieser Junge hier älter ist als Sie und wir Augenzeugen eines Wunders sind«, fügte er lachend hinzu.

Verwirrt blickte Arto von den funkelnden Augen des Bestatters zu dem Leichnam auf dem Tisch und wieder zurück. Nun gut, der Mann trug Kleidung aus den fünfziger

Jahren, aber dass der Körper älter sein sollte als sein eigener, das konnte wohl kaum möglich sein. Andererseits ... wenn Livadanios von einem Wunder sprach ... Der Knabe war also schon ziemlich lange tot ... Aber wenn das wirklich zutraf, warum war er dann so gut erhalten, während Lenin, der von den besten Balsamierern der Welt versorgt wurde, nur noch mit Wachs zusammengehalten werden konnte?

5

İkmen beschloss, früh zu Bett zu gehen, was völlig untypisch für ihn war. Nach dem Abendessen, das aus etwas Gemüse und Brot bestanden hatte, und einigen Partien Tavla mit seinem Schwager Talaat ging er ins Schlafzimmer und legte sich hin.

Es war einer jener Tage, an denen er Gedanken und Gefühle, die in seinem Kopf herumschwirrten, besonders intensiv wahrnahm. Talaats Hände waren schon längere Zeit abgemagert und gelblich verfärbt, aber heute hatte İkmen sie zum ersten Mal zittern sehen. Sein Schwager schien kaum mehr in der Lage zu sein, die Steine vom Spielbrett zu heben; manchmal ließ er sie sogar fallen. Nicht mehr lange, und sie würden auf seinem Krankenhausbett Tavla spielen, wobei Talaats Hände und Arme mit Nadeln gespickt wären, deren Schläuche zu Geräten und Maschinen führten, die ihn mit Schmerzmitteln vollpumpten ...

Arme Fatma. Ihre beiden Eltern waren schon seit Jahren tot, und sie hatte zwar noch zwei Schwestern und einen älteren Bruder, aber der kleine Talaat war immer ihr Lieblingsbruder gewesen. Sie hatte ihn praktisch allein groß gezogen, hatte ihn gebadet und gefüttert, während ihre furchtbar dicke Mutter auf dem Bett lag und sich mit einer Mischung aus Türkischem Honig und Sorbet langsam umbrachte. Irgendwie würde İkmen sich Zeit freischaufeln müssen, um Fatma zu trösten und sie abzulenken, wenn Talaat eines Tages nicht mehr unter ihnen weilte. Aber wenn er ganz ehrlich war, machte er sich im Augenblick am meisten Sorgen um das Schicksal der Geschwister Akdeniz.

Auf einem der Fotos, die Melih der Polizei gegeben hatte, wirkten Yaşar und Nuray so lebendig: Sie saßen im Garten, spielten mit Puppen und lachten über die Streiche der Nachbarkatzen. İkmen wünschte sich mehr als alles andere, dass er sie finden und unversehrt zu ihren Eltern zurückbringen könnte. Er stellte sich sogar bildlich vor, wie die Kinder in den Garten liefen, direkt in die Arme ihrer tränenüberströmten Mutter. Aber als ihm selbst Tränen in die Augen stiegen, wusste er, dass das Ganze nur eine Vision war. Die Wirklichkeit sah wesentlich düsterer aus, und auch dieses Bild hatte die verdammte Zigeunerin aus den Tiefen seiner Seele hervorgelockt. Die Kinder litten Höllenqualen. So sicher wie die Sonne im Osten auf- und im Westen unterging ... Die Karte hatte es bestätigt. Die Leute konnten über die moderne Deutung des Tarot sagen, was sie wollten, und sie konnten noch so oft behaupten, der vom Blitz getroffene Turm stehe für Veränderung ... İkmen wusste, dass das Aufdecken der Karte mit dem zerstörten Turm, dessen Bewohner aus dem Himmel in die Hölle fielen, nur eines bedeuten konnte. Seine Mutter hatte immer gesagt, beim Tarot bestehe stets die Möglichkeit eines Abstiegs in die Hölle, ob nun physisch oder metaphorisch. Und wer dieses Risiko nicht auf sich nehmen wolle, der solle nicht aus den Karten lesen. Dabei hatte İkmen gar keinen Blick in die Karten werfen wollen ...

Aber wenn die Zwillinge große Qualen litten, musste er dann nicht handeln? In gewisser Weise schienen sie ihn durch die Karte um Hilfe anzuflehen.

Doch wo sollte er anfangen? Er konnte mit keinem seiner Kollegen über seine Eingebungen reden; sie würden ihn für verrückt halten. Wie sollte er die offizielle Suche also vorantreiben? Er musste schnell handeln, auch wenn sich ihm kein Ansatzpunkt bot. Die Befragung der Nachbarn hatte nichts ergeben, genauso wenig wie die Verhöre vorbestrafter Kinderschänder. Und auch Ayşe hatte keine neuen Informationen aus Sarıyer mitgebracht …

Das Einzige, was sie hatten, waren das Elternhaus, die persönlichen Sachen der Kinder und die unbestätigte Behauptung von Melih und Eren Akdeniz, die Zwillinge hätten das Haus am Samstagmorgen gegen sechs Uhr verlassen. Einen ersten Anhaltspunkt, dass etwas Ungewöhnliches geschehen war, hatte der blaue Transporter geliefert, der laut Bruder Konstantin am späten Freitagabend vor dem Haus gestanden hatte. Doch Melih Akdeniz, der keinen Führerschein besaß, hatte auch das erklären können: Freitagabend war sein Schwager Reşad vorbeigekommen, um ein Gemälde für einen von Melihs zahlreichen wohlhabenden Kunden abzuholen. Roditi hatte sich diese Aussage von Akdeniz' Schwager telefonisch bestätigen lassen. Es gab also keinen Grund, irgendetwas von dem, was die Familie Akdeniz getan oder gesagt hatte, anzuzweifeln. Dennoch hegte İkmen weiterhin Zweifel.

Natürlich stand es außer Frage, dass sie ihren eigenen Kindern etwas angetan haben könnten. Akdeniz mochte zwar ein seltsamer Vogel sein, aber er war offensichtlich schwer getroffen und machte sich große Sorgen um das Schicksal seiner Kinder. Seine Frau wirkte nur noch wie ein Schatten ihrer selbst und schien ständig Beruhigungsmittel zu nehmen. Nein, die beiden konnten nichts damit zu tun haben. Aber irgendetwas stimmte nicht … Sie wussten etwas, hielten etwas zurück …

Das Haus. Massiv und unerschütterlich, bis oben hin gefüllt mit Dingen, die den Kindern vertraut waren. Einer spontanen Eingebung folgend hob İkmen sein Mobiltelefon vom Boden auf, tippte eine Nummer und wartete darauf, dass am anderen Ende jemand abnahm.

»Oh, hallo, Inspektor İkmen«, sagte Ayşe überrascht. Sie war noch nicht mit seinen Gepflogenheiten vertraut, zu denen auch Telefonate mit engen Mitarbeitern zu später Stunde zählten.

»Ayşe, ich werde Akdeniz' Haus von der Spurensicherung überprüfen lassen.«

»Warum? Zählen die Eltern denn zu den Verdächtigen? Wie könnten sie ihre eigenen Kinder entführt haben? Und wo würden sie sie verstecken? Melih Akdeniz setzt keinen Fuß vor die Tür.«

»In einer Situation wie dieser, in der wir keinerlei Hinweise haben, ist jeder verdächtig«, erwiderte İkmen, »das gilt auch für Sie und mich.«

»Also ...«

»Ich weiß, das ist ein bisschen übertrieben«, sagte İkmen lächelnd, »aber wenn wir einmal von der Annahme ausgehen, dass der letzte Mensch, der ein Mordopfer lebend sieht, sehr wahrscheinlich auch dessen Mörder ist ...«

»Ja, wir haben es hier allerdings nicht mit Mord zu tun, oder?«

»Nein, aber wenn wir diese Annahme auch auf den Fall einer Kindesentführung anwenden ... Hören Sie, Ayşe, ich hege nach wie vor Zweifel an der Aussage, die Kinder hätten das Haus um sechs Uhr morgens verlassen. In Vierteln wie Balat stehen die Menschen früh auf; irgendjemand hätte sie sehen müssen. Ich sage ja gar nicht, dass Melih Akdeniz lügt. Aber vielleicht irrt er sich ... In der Nacht von Freitag auf Samstag stand das Tor zu seinem Anwesen weit offen, damit Erens Bruder hineinfahren und eines von Melihs Gemälden in seinen Transporter laden konnte. Woher wollen wir oder die Eltern wissen, dass nicht noch jemand anderes ins Haus gelangt ist?«

»Nein, das können wir nicht wissen.«

»Und deshalb brauche ich eine gründliche Durchsuchung des gesamten Hauses. Hätte ich gewusst, dass das Tor Freitagnacht offen stand, hätte ich das schon viel früher angeordnet, aber Melih schien es ja nicht für nötig zu halten, mir das mitzuteilen.«

»Sie können ihn wirklich nicht ausstehen, stimmt's Chef?«, fragte Ayşe nachdenklich.

Doch İkmen ignorierte ihre Bemerkung. »Die Spurensicherung wird mit der Arbeit beginnen, sobald ich den Durchsuchungsbefehl habe. Außerdem müssen wir noch einmal mit dem Bruder von Frau Akdeniz sprechen. Ach, und übrigens: Entschuldigen Sie bitte die späte Störung, Ayşe.«

Ehe sie etwas erwidern konnte, beendete er das Gespräch und legte das Telefon zurück auf den Boden. Es war viel zu spät, um sich ihre geheuchelte Beteuerung anzuhören, das Telefonat habe sie nicht im Geringsten gestört.

İkmen ließ sich in die Kissen sinken und starrte hellwach an die Decke.

»Jeder Berufsstand hat seine Legenden«, sagte Yiannis Livadanios, während er sich über den Tisch zu Arto Sarkissian hinüberbeugte. »Und bei den Balsamierern ist das Dr. Pedro Ara.«

Arto stellte seine Cola ab und lehnte sich zurück. Livadanios war zwar nicht betrunken, aber er roch stark nach Raki – zweifellos eine interessante Ergänzung zu den Unmengen von Ouzo, die er bereits zuvor konsumiert hatte.

»Ara war also Argentinier ...«

»Nein, Spanier.« Livadanios gab dem Kellner ein Zeichen, er möge zusätzliches Wasser für seinen Raki bringen. »Irgendwann ist er nach Argentinien gegangen. Warum, weiß ich nicht. Aber während seiner Zeit dort bat der Diktator Juan Perón ihn, den Leichnam seiner Frau Eva einzubalsamieren.«

»Evita Perón.«

»Genau.«

Arto nahm ein paar Pistazien aus der Schüssel vor ihm, pulte die Kerne heraus und warf die Schalen in den Aschenbecher. Obwohl er selbst keinen Alkohol trank, ging er gern in diese kleinen Bars am Bosporus.

»Ich habe irgendwo mal gelesen, dass ihr Leichnam ziemlich gut erhalten war«, sagte er.

»Gut erhalten! Gut erhalten!« Livadanios kippte den Rest seines Getränks hinunter und goss sich sofort nach, wobei er erst ganz zum Schluss einen Spritzer Wasser hinzufügte. »Das war ein echtes Meisterwerk! Ich habe zwar nur Fotos gesehen, aber ich kann Ihnen sagen ... Eine ›schimmernde Sonne‹, so hat Ara es selbst beschrieben. Geschmeidig, alterslos – ein Meisterwerk, genau wie dieser junge Mann, wenn seine Behandlung fortgesetzt worden wäre.«

Arto warf sich ein paar Pistazienkerne in den Mund und kaute darauf herum. »Und wie hat er das gemacht? Wie hat er sie so gut konserviert?«

»Hingabe, Zeit, Erfahrung, die richtige Kombination von Chemikalien und, was besonders wichtig ist«, fügte Livadanios verschwörerisch hinzu, »ein Schutzmittel, ein täglich aufgetragener Weichmacher, eine selbst entwickelte Lösung, die Schädlings- und Bakterienbefall verhindert. Ara hat einmal eine Ballerina, ein wunderhübsches Mädchen, so präpariert, dass es aussah, als würde sie auf den Spitzen tanzen. Die Russen hätten es begrüßt, wenn er beim alten Lenin nach dem Rechten gesehen hätte, aber er weigerte sich standhaft. Für kein Geld der Welt wollte er nach Moskau.«

»Aber er hat für Perón gearbeitet.«

Livadanios winkte Arto zu sich heran. Der Armenier beugte sich halb über den Tisch.

»Es heißt, Ara sei verrückt nach Evita gewesen«, flüsterte der Grieche. »Und er soll ihren Leichnam besonders gut ›gekannt‹ haben, wenn Sie verstehen, was ich meine ...«

Obwohl Arto diesem Phänomen nicht zum ersten Mal begegnete, musste er sich doch räuspern.

»Ich verstehe. Aber um noch mal auf den jungen Mann aus Kuloğlu zurückzukommen ...«, sagte er.

»Es könnte sein, dass Ara diese Balsamierung vorgenommen hat. Wie ich schon sagte: Der Leichnam ist möglicherweise älter als Sie. Aber ich muss mich deswegen noch mit meinen Kollegen beraten.«

»Wenn Dr. Ara den Leichnam von Eva Perón einbalsamiert hat, dann muss er jetzt ziemlich alt sein«, überlegte Arto. Der Grieche lachte. »Oh, Ara war bereits ein Mann in den besten Jahren, als er nach Argentinien ging.« Livadanios nahm noch einen Schluck Raki und musste husten. »Er ist irgendwann in den Siebzigern gestorben.«

»Ohne seine Geheimnisse, beispielsweise das Rezept des Balsamiermittels, an andere weiterzugeben, wenn ich Sie richtig verstehe.«

Livadanios blickte von seinem Glas auf; sein Gesicht wirkte plötzlich sehr ernüchtert.

»Stimmt, oder zumindest habe ich das immer gedacht«, sagte er. »Ara war nicht nur ein hervorragender Anatom und glänzender Balsamierer, er war ein Genie. Irgendwie gelang es ihm – leider wissen wir immer noch nicht genau, mit welchen Mitteln –, seinen Präparaten neues Leben einzuhauchen.«

»Das klingt, als wäre er eine Art Dr. Frankenstein gewesen.«

»In gewisser Hinsicht war er das auch«, erwiderte Livadanios. »Seine Arbeit kam beinahe einer Wiederbelebung gleich.« Schweigend betrachtete der Bestatter die dunklen Wogen des Bosporus und fuhr nach einer Weile leise fort: »Sein Ziel war es, den Geist im Körper festzuhalten, mit Hilfe von Chemikalien und Balsamiermitteln. Er kämpfte gegen den Verfall an …«

»Ja«, überlegte Arto, »aber wenn es stimmt, was Sie sagen, kann er nicht jahrelang mit dem Körper meines jungen Mannes ›gekämpft‹ haben. Jedenfalls nicht täglich, so wie Sie vorhin meinten …«

»Genau, deshalb muss irgendjemand anderes, jemand,

der Aras Technik sehr gut kannte, den Leichnam gepflegt haben.«

»Sie sagten aber doch, Aras Methode sei nicht vollständig bekannt …«

Der Grieche lächelte. »Das haben wir zumindest immer angenommen. Aber was, wenn das gar nicht stimmt? Was, wenn es tatsächlich jemanden gibt, der *genau* wusste, was Ara machte? Der ihn vielleicht sogar persönlich gekannt hat?«

»Nun …«

»Eine Verbindung nach Argentinien besteht jedenfalls. Die Polizei wird in der Wohnung, in der der Tote lag, bestimmt einen Krug oder irgendein anderes Gefäß mit einer Art Salbe finden. Vielleicht hat ja die alte Frau, die tote Argentinierin, die bei ihm war, das Mittel aufgetragen. Vielleicht kannte sie Ara oder denjenigen, dem Ara seine Geheimnisse anvertraut hat. Ich würde dringend empfehlen, in diese Richtung weiterzuforschen«, sagte Livadanios. »Obwohl die betreffende Person wahrscheinlich kein Türke ist, oder? Die wollen ja gerne, dass ihre Toten richtig tot sind und verwesen«, fügte er lachend hinzu.

Arto dachte über die kleine Rosita Keyder nach und runzelte die Stirn. Keine sehr wahrscheinliche Kandidatin für einen professionellen Balsamierer. Aber der Schein konnte trügen, wie Arto nur allzu gut wusste. Er musste noch einmal mit Oberwachtmeister Çöktin reden, wenn der von seinem Besuch bei Frau Keyders Schwägerin zurückgekehrt war. Der Pathologe hoffte, dass diese Unterredung etwas Licht in die äußerst bizarre Angelegenheit bringen würde.

Metin İskender war fast nicht wiederzuerkennen. Als Mehmet Süleyman sich in dem billigen, rauchgeschwängerten Nachtclub umsah, hatte er einen Moment lang Mühe, seinen Kollegen ausfindig zu machen. Er wirkte genau wie einer von ihnen – eine von diesen üblen Gestalten in schwarzen Lederjacken, die solche Lokalitäten gewohnheitsmäßig bevölkerten. Aber andererseits war Metin trotz seiner äußerlichen Eleganz im tiefsten Inneren immer noch ein Junge aus den Slums. Es fiel ihm nicht schwer, seine Stimme ein paar Nummern rauer klingen zu lassen, zu laut zu reden und wild zu gestikulieren. Süleyman selbst brauchte sich, was das betraf, erst gar nicht zu bemühen: Wenn Mascha wusste, wer er war, dann wussten es auch eine Menge anderer Leute in diesem Club. Als Zielobjekt eines Spielchens, das die Hure und ihr Meister mit ihm trieben, musste er die Sache nun bis zum Ende durchziehen – wohin auch immer ihn das führen mochte. Die Kunst bestand darin, Rostow auszutricksen, weswegen Metin İskender an diesem grässlichen Ort des sündigen Fleisches und kaum genießbaren Alkohols aufgetaucht war. Metin war zwar nicht der Einzige, der von Süleymans Vorhaben wusste, aber İkmen schien zu sehr mit seinem eigenen Fall beschäftigt zu sein, und Süleymans Assistent Çöktin brauchte nicht in jedes kleinste Detail eingeweiht zu werden. Wie etwa in diese Aktion hier ...

Süleyman beobachtete, wie Männer billigen Schaumwein zu zweihundert Dollar die Flasche für Frauen kauften, die wie Aufblaspuppen aussahen und deren Gesichter von Drogen und Alkohol aufgedunsen waren. Später flüsterten die Frauen nicht nur ihr Spezialgebiet, sondern auch ihren Preis in die Ohren der Männer, die niemals lächelten. Und dann verschwanden die Freier mit ihren Begleiterinnen in den hinteren Räumlichkeiten des Etablissements und verschafften sich in diversen Körperöffnungen Befriedigung. Zu Mehmets Entsetzen erregte ihn allein schon der Gedanke daran. Aber er war fest entschlossen, sich zu nichts hinreißen zu lassen. Metin İskender war extra mitgekommen, um zu verhindern, dass ihm etwas zustieß. Metin hatte, wie nicht anders zu erwarten, darauf bestanden.

»Du kannst da nicht einfach alleine reinspazieren«, hatte er gesagt, als Mehmet ihm von seiner Begegnung mit

Mascha im Schmuckbasar erzählt hatte. »Und erst recht nicht, wenn Ardiç nichts davon weiß. Diese Typen könnten dich umbringen, deine Leiche verbrennen und deine Asche noch vor Morgengrauen in alle Winde zerstreuen. Niemand würde je erfahren, dass du an diesem Ort gewesen bist. Oder diese Nutte könnte behaupten, sie hätte Sex mit dir gehabt. Ich weiß, ihr Wort würde gegen deins stehen, aber auch nur der leiseste Verdacht sexuell ungebührlichen Verhaltens würde alles zerstören, was du bisher erreicht hast.« Wie Recht Metin hatte ...

Mascha schob den billigen Perlenvorhang zu Seite, hinter dem sich die besagten hinteren Räumlichkeiten befinden mussten, und kam lächelnd auf ihn zu.

»Lassen Sie uns an die Bar gehen und was trinken«, sagte sie, während sie sich bei ihm einhakte. »Ich mag am liebsten Champagner, und Sie?«

»Spielt es eine Rolle, was ich mag?«, fragte er mit gezwungenem Lächeln.

»Nein.« Sie lachte und rief dann dem blonden Barkeeper etwas zu, woraufhin dieser ihr eine Flasche brachte, deren Etikett mit kyrillischen Buchstaben bedruckt war.

Russischer Champagner – allein der Gedanke daran bewirkte, dass sich Süleyman der Magen umdrehte. Wenn das Gesöff dem Zeug ähnelte, das er schon mal getrunken hatte, dann handelte es sich wahrscheinlich um eine Mischung aus minderwertigen georgischen Trauben und Glykol. Mascha führte ihn in eine nach Nikotin und Fusel riechende Nische und stellte die Flasche zusammen mit zwei hohen Gläsern auf den Tisch. Ein kleiner Mann, dessen Gesicht fast so glatt und schmierig wirkte wie seine stark gegelten Haare, beobachtete interessiert, wie Mascha und ihr »Fang« sich setzten. Es war schon erstaunlich, wie abgebrüht Metin İskender in solch einer Umgebung aussehen konnte.

Mascha schenkte sich und Süleyman »Champagner« ein und nahm sofort einen Schluck. Angeblich konnte man von dem Zeug blind werden, daher beschränkte Süleyman sich darauf, das Glas anzustarren. Selbst die aufsteigenden Luftbläschen wirkten trübe und unnatürlich. Mehmet wandte den Blick ab und sah direkt in Maschas gieriges, aufreizendes Gesicht. Er musste hier raus, und zwar schnell.

»Also«, begann er mit gedämpfter Stimme, »was ist mit der Information, die Sie mir geben wollten?«

Mascha schaute sich nervös um. »Sie glauben doch nicht im Ernst, dass ich Ihnen das hier erzähle?«

»Sie haben den Ort doch selbst vorgeschlagen.«

»Ja.« Sie rückte etwas näher und legte eine Hand fest auf seinen Oberschenkel. »Als Treffpunkt.«

»Aber …«

»Wir können nur in meinem Zimmer reden«, sagte sie und nahm einen großen Zug aus ihrem angeschlagenen Champagnerglas. »Hier draußen ist es viel zu riskant.« Sie lächelte. »Und außerdem: Wer weiß, was in meinem Zimmer noch so alles passiert …«

»Ich kann Ihnen genau sagen, was passieren wird: Sie geben mir die Informationen, die ich brauche, um Ihren Freund zu rächen«, erwiderte Süleyman finster.

»Sie wissen doch, dass Sie mich bezahlen müssen, damit es so aussieht, als ob …«

»Ich bin nicht blöd!«, zischte er und schob ihre Hand grob von seinem Bein. »Ich habe genug Geld für Sie und dieses billige Gesöff.«

Mascha runzelte die Stirn. »Mir schmeckt der Champagner«, sagte sie.

»Na, dann dürfen Sie ihn ganz für sich alleine haben«, erwiderte Süleyman. »Können wir jetzt endlich zum Geschäftlichen kommen? Ich möchte hier möglichst schnell wieder raus.«

»Okay, okay!« Sie sah ihn aus herointrüben Augen an, ergriff seine Hand und stand leicht schwankend auf. »Dann kommen Sie mal mit, mein ungeduldiger Fürst«, sagte sie lächelnd und führte ihn an dem schmierigen, kleinen Gangster vorbei, der sich anscheinend ganz auf ihre Freundin Raisa konzentrierte.

Maschas Zimmer war offensichtlich nicht ihr Zuhause – falls jemand wie sie überhaupt ein Zuhause hatte.

»Wo kann ich mich setzen?«, fragte Süleyman, während Mascha die Tür schloss.

»Auf das Bett«, erwiderte sie.

Er tat wie geheißen, und als er sich zu ihr umdrehte, sah er gerade noch, wie sie ihr Kleid und ihren Büstenhalter abstreifte.

»Mascha …«

Sein angespannter Gesichtsausdruck brachte sie zum Lachen. Er mochte noch so sehr versuchen, sich selbst einzureden, dass er keinen Sex wollte – ihr konnte er nichts vormachen.

Sie trat zu ihm und ließ sich mit einer geschmeidigen Bewegung auf seinen Schoß sinken.

»Diese Information …«

Ihre Hand wanderte zielstrebig zu seinem Hosenschlitz und begann, seinen bereits steifen Schwanz zu reiben.

»Ich dachte, dass dir das vielleicht gefallen würde, Inspektor«, sagte sie und hob ihm eine ihrer großen Brüste entgegen.

»Nein …«

»Ach, komm schon …« Ihre Hand bewegte sich nun langsam und geschickt. »Du darfst auch in mir kommen.«

»Nein …«

Sie war eine billige, heroinabhängige Nutte, eine von Rostows Kreaturen. Wahrscheinlich hochgradig ansteckend, vielleicht sogar HIV-positiv. Und doch … Als eine ihrer schweren Brustwarzen seine Lippen berührte, als er sah, wie sich ihr Schambein seinem Penis in ihrer Hand näherte … Es war schon so lange her, so eine frustrierend lange Zeit …

Er nahm ihre Brust in den Mund, während sie seinen

Schwanz in sich hineingleiten ließ. Es fühlte sich so gut an. Während sie sich mit seinen immer heftiger werdenden Stößen hob und senkte, schien sie sogar vor Lust zu stöhnen. Er sollte das nicht tun! Es war zu gefährlich! Er sollte, musste sie von sich stoßen, sich die Information beschaffen und dann von hier verschwinden …

»Ich glaube, ich habe mich verliebt«, murmelte Mascha in sein Ohr.

Und obwohl er genau wusste, dass das nicht stimmte, nicht stimmen konnte, brachte ihn dieser gehauchte Satz an einen Punkt, von dem es kein Zurück mehr gab. Im nächsten Moment kam er so heftig, dass er aufschrie.

6

Kritisch musterte Melih Akdeniz die riesige Stoffbahn, die zwischen den beiden größten Bäumen in seinem Garten gespannt war. Die Morgensonne ließ die weiße Fläche grell aufleuchten, und der Künstler musste blinzeln, während er sein Werk begutachtete.

»Ich frage mich, ob sie wohl groß genug ist«, sagte er und nahm einen tiefen Schluck aus der kleinen braunen Flasche, die er die ganze Zeit in der Hand hielt.

Die dünne Frau an seiner Seite blickte ihn mit ihren dunklen Augen trübsinnig an.

»Ich weiß es nicht«, sagte sie. »Im Augenblick weiß ich überhaupt nicht viel.«

Melih reichte ihr die Flasche.

»Trink das, Eren«, sagte er, ohne sie anzusehen.

Er ging zu einem der Bäume und korrigierte den Sitz der Bänder, mit denen der Stoff befestigt war.

Eren Akdeniz führte die Flasche zum Mund und trank. Doch gleich darauf verzog sie angewidert das Gesicht und warf sie auf die Steinplatten zu ihren Füßen, wo sie in tausend winzige Splitter zersprang.

Das Klirren brachte ihren Mann dazu, sich umzudrehen. »Warum hast du das getan?«, fragte er.

Eren setzte sich auf den Gartentisch und starrte vor sich hin. »Weil ich so was nicht machen sollte. Meine Gefühle sollten …«

»Gefühle sind das Letzte, was du jetzt gebrauchen kannst«, unterbrach Melih sie schroff. »Wenn du ihnen erst einmal freien Lauf lässt, dann weiß Allah allein, wohin das führen wird.« Er ging zu ihr hinüber, mitten durch die Glassplitter, und legte eine Hand auf ihre Schulter. »Die Arbeit ist das Einzige, was zählt«, sagte er ernst. »Wir waren uns doch einig, dass sie am wichtigsten ist. Sie steht für die Ewigkeit, für uns, für die Kinder …«

Bei diesen Worten blickte sie hoch, und Tränen schossen ihr in die Augen. »Ich verliere alles, was ich liebe.«

»Nein, das tust du nicht!« Unsanft nahm er die Hand von ihrer Schulter. »Du verlierst überhaupt nichts, im Gegenteil, du gewinnst alles, wirst ein Teil des Ganzen. Als wir uns kennen lernten, warst du eine ungebildete Kunststudentin, eine Farbenkleckserin. Und jetzt stehst du auf der Schwelle zur Ewigkeit, greifst nach den Sternen! Wenn du endlich aufhören würdest, mit deiner Mutter zu reden, und stattdessen auf meinen Rat hören …«

»Wie etwa, deine Medizin zu trinken?«

Melih drehte sich wieder zu der gespannten Leinwand um. »Wir haben immer alles geteilt, Eren«, sagte er, während er näher heranging, um die Struktur des Gewebes genauer zu betrachten. »Ich bin der größte Künstler, den dieses Land jemals hervorgebracht hat. Ich habe dich, ein dummes Kind, zu mir genommen und zu meiner Muse gemacht. Ich habe dir alles gegeben.«

»Ich weiß«, sagte sie und streckte die Hand aus, um ihn ganz leicht mit den Fingerspitzen zu berühren. »Du bist der Herrscher über meine Seele. Für dich würde ich unter Qualen sterben.«

»Dein Schmerz wäre eine wertvolle Inspiration«, sagte er und wandte sich ihr wieder zu. »Allein schon dein Kummer beflügelt mich.«

Sie rutschte vom Gartentisch und ließ sich von ihm umarmen. Dann küssten sie sich und verharrten ein paar Sekunden schweigend, nicht ahnend, dass sie beobachtet wurden.

»Entschuldigen Sie bitte, dass wir uns erlaubt haben hereinzukommen«, meinte İkmen und stieg mit Ayşe Farsakoğlu im Schlepptau die Stufen vom Gartentor hinauf.

Melih löste sich aus der Umarmung und runzelte die Stirn. »Was wollen Sie?«

»Ich wüsste gerne, warum Sie in Glasscherben stehen«, sagte İkmen kopfschüttelnd.

Sowohl Melih als auch Eren blickten zu Boden, aber während Eren wie gebannt auf die blutenden Füße ihres Mannes starrte, sah Melih sofort wieder zu İkmen hinüber. »Das geht Sie nichts an. Also, was wollen Sie hier? Meine Frau und ich sind beschäftigt.«

Inzwischen war İkmen auf Höhe des Künstlers und betrachtete ernst dessen abgehärmtes Gesicht. »Ich will, dass Sie mit uns kooperieren, Herr Akdeniz.«

»Wobei?«

»Ich möchte das gesamte Anwesen von der Spurensicherung durchsuchen lassen.«

»Und warum?«

İkmen seufzte und zündete sich eine Zigarette an. »Weil ich Ihre Kinder finden will, Herr Akdeniz. Wie Ihnen sicherlich aufgefallen ist, glaube ich nicht, dass die beiden das Haus am Samstagmorgen um sechs Uhr verlassen haben.«

»Aber ich habe Ihnen doch schon gesagt …«

»Ich weiß, was Sie mir gesagt haben«, meinte İkmen, »und ich glaube Ihnen, dass Sie das für die Wahrheit halten. Aber ich bin nicht davon überzeugt. Vielmehr halte ich es für möglich, dass irgendjemand im Laufe der Nacht von Freitag auf Samstag in Ihr Anwesen eingedrungen ist und …«

»Meine Kinder entführt hat?« Melih lachte laut. »Und wie, bitte schön? Selbst wenn Eren und ich die Entführer nicht gehört hätten, so hätten die Kinder sich doch nicht einfach verschleppen lassen.«

»Nein, bestimmt nicht«, pflichtete Eren bei. »Nuray und Yaşar sind keine kleinen Kinder mehr.«

»Ich weiß, aber wenn man sie betäubt oder sonst irgendwie außer Gefecht gesetzt hat …«

Melih lachte erneut. »Das ist wirklich absurd!« Er ging auf İkmen zu, bis er dicht vor ihm stand. »Sie sind verrückt.«

İkmen lächelte. »Möglicherweise … Aber wenn ich verrückt bin, dann sind es meine Vorgesetzten auch.«

»Wir hätten gerne, dass Sie bei der Durchsuchung mit uns zusammenarbeiten, Herr Akdeniz«, erklärte Ayşe Farsakoğlu. »Auch wenn wir Ihre Zustimmung im Grunde nicht benötigen.«

Melih und Eren wechselten rasch einen Blick. Dann rieb der Künstler sich mit seinen dürren Händen durchs Gesicht und stöhnte. »Ich bin mitten in einem Schaffensprozess. Ich muss weiterarbeiten.«

»Die Spurensicherung wird Sie nicht stören.«

Melih ließ die Hände sinken und schrie: »Wenn die auch nur ein einziges meiner Werke beschädigen, dann verklage ich jeden, der an dieser Aktion beteiligt ist, einschließlich Sie!«

Es hatte einmal eine Zeit gegeben, in der selbst die Reichen und Mächtigen davor zurückgeschreckt wären, einem ranghohen Polizeibeamten mit einer Klage zu drohen, doch das lag lange zurück, und so war es nicht das erste Mal, dass man versuchte, İkmen auf diese Weise einzuschüchtern. Dementsprechend gelassen reagierte er.

»Das bleibt Ihnen unbenommen, Herr Akdeniz. Falls irgendetwas beschädigt werden sollte. Selbstverständlich können Sie eine Klage gegen meine Abteilung …«

»Ach, machen Sie doch, was Sie wollen!«, brüllte der Künstler, fuchtelte theatralisch mit den Armen und taumelte zurück zum Haus.

İkmen, Ayşe Farsakoğlu und Eren Akdeniz sahen zu, wie er mit wehenden Haaren in der Tür verschwand. Die Wunden an seinen Füßen schien er überhaupt nicht zu spüren, stellte İkmen erstaunt fest. Mit einem aufmunternden

Gesichtsausdruck wandte er sich an Eren: »Ich muss auch noch einmal mit Ihrem Bruder sprechen, Frau Akdeniz. Wenn ich es richtig verstanden habe, war er Freitagabend hier, um eines der Kunstwerke Ihres Mannes abzuholen.«

Eren Akdeniz sah ihn zunächst mit ausdrucksloser Miene an, doch dann wich sämtliche Farbe aus ihrem Gesicht, und sie ließ sich langsam auf einen der Gartenstühle sinken.

Sowohl das europäische als auch das asiatische Ufer des Bosporus waren mit prunkvollen Sommerhäusern übersät. Während in der heutigen Zeit jeder, der über das nötige Kleingeld verfügte, ein solches *yalı* sein Eigen nennen konnte, hatten diese Anwesen in früheren Zeiten osmanischen Adligen und Würdenträgern gehört. Inzwischen waren viele *yalıs* in Tarabya und Büyükdere im Besitz europäischer Botschaften, während sich in Kuruçeşme vermögende Armenier und Griechen niedergelassen hatten. Doch die großen Holzvillen in Sarıyer zählten schon immer zu den eindruckvollsten *yalıs*. Diese prachtvollen, reich verzierten Residenzen, die einst von osmanischen Fürsten als Sommerhäuser genutzt wurden, waren heute nur noch für die Wohlhabendsten erschwinglich. Als İsak Çöktin den ovalen Hauptraum des *yalı* betrat, der auch als *sofa* bezeichnet wurde, fragte er sich, ob sein Vorgesetzter Mehmet Süleyman wohl in einem ähnlichen Gebäude aufgewachsen war. Unter den Kollegen herrschte die einhellige Meinung, dass Süleyman in einem Palast geboren worden war; vielleicht hatte er ja die Sommermonate seiner Kindheit in einem Anwesen wie diesem verbracht. Selbst Çöktin wusste, dass die *yalıs* ihren privilegierten Besitzern nicht sonderlich viel bedeutet hatten, dass sie ihnen nur als wenig luxuriöse Ferienresidenzen während der heißen Monate dienten, wenn sie zur Sommerfrische »aufs Land« hinausfuhren. Çöktin musste lächeln, als er sich an ein altes Foto erinnerte, das er einmal in einem Souvenirgeschäft gesehen hatte und das eine Gruppe osmanischer Fürsten zeigte, die in ihrer »Bauerntracht« aus seidenen Salvarhosen und reich bestickten Westen auf großen Diwanen ruhten. Welten trennten dieses Bild von seinen eigenen Erinnerungen: Der Anblick seines Onkels in schlammverkrusteten Hosen und der ständige Hunger in den eingefallenen Gesichtern fast aller Dorfbewohner.

Die Villa mit dem Namen *Pembe Yalı,* in der Çöktin sich nun befand, gehörte der Schwägerin der verstorbenen Rosita Keyder: Yeşim Keyder, einer hochgewachsenen, schlanken und in düstere Grautöne gekleideten Frau Anfang Siebzig. Rasch musste er feststellen, dass diese Dame weder gerne lächelte noch den typisch türkischen Austausch von Höflichkeiten pflegte. »Setzen Sie sich da drüben hin«, sagte sie und zeigte auf einen braunen Sessel neben der Tür, die zum Bootssteg führte. Çöktin nahm Platz, und sein Blick fiel auf ein Schwarzweißfoto mit einer anmutig tanzenden Ballerina – offensichtlich kein Schnappschuss der jungen Yeşim Keyder, wie er sofort dachte.

»Sie sagten, Sie hätten eine schlechte Nachricht für mich.« Yeşim Keyder ließ sich in einen identischen Sessel auf der anderen Seite des Raumes sinken. »Worum geht es?«

Der große Abstand zwischen ihnen war Çöktin unbehaglich, und er beugte sich vor.

»Es tut mir sehr Leid, aber ich muss Ihnen mitteilen, dass Ihre Schwägerin Rosita Keyder verstorben ist«, setzte er an. »Ich bin …«

»Wann?« Die Tatsache, dass ihre Stimme plötzlich belegt klang und sämtliche Farbe aus ihrem Gesicht gewichen war, verriet Çöktin, dass Yeşim Keyder darauf nicht vorbereitet gewesen war. Offensichtlich las sie keine Zeitung.

»Unser Gerichtsmediziner hat den vergangenen Mittwoch als Todestag festgestellt, Frau Keyder«, sagte Çöktin. »Ihre Schwägerin starb an einem Aneurysma; dabei handelt es sich um …«

»Ich weiß, was ein Aneurysma ist«, unterbrach sie ihn rüde, »und in Zukunft nennen Sie mich Dr. Keyder, nicht Frau Keyder.«

»Tut mir Leid, ich ...«

»Also, was ist passiert? Wieso wurde die Polizei eingeschaltet?«

Çöktin erzählte ihr, wie Pater Giovanni sich Sorgen gemacht und die Polizei daraufhin die Wohnung in Kuloğlu geöffnet hatte. Während der ganzen Zeit starrte Yeşim Keyder ihn vom anderen Ende des Raumes mit ihren hellblauen Augen ungerührt an.

»Natürlich würde Pater Giovanni Ihre Schwägerin gerne nach christlichem Brauch begraben«, fuhr Çöktin fort, »aber möglicherweise hat Frau Keyder ja noch Verwandte in Argentinien, die ihren Leichnam vielleicht in ihr Heimatland überführen möchten.«

Yeşim Keyder seufzte. »Nein, das glaube ich nicht«, sagte sie knapp. »Rosita war ein Einzelkind. Zum Zeitpunkt ihrer Hochzeit mit Veli war ihr Vater bereits tot, und ihre Mutter ist irgendwann in den siebziger Jahren gestorben.«

»Ja, aber wenn wir den Familiennamen erfahren könnten ...«

»Arancibia.« In Çöktins Ohren ein seltsamer, fremd klingender Name, aber Yeşim Keyder sprach ihn ohne jedes Zögern aus. »Mein Bruder hat sie 1949 in Buenos Aires kennen gelernt. Rosita Arancibia.« Sie buchstabierte den Namen für ihn und verfiel danach in Schweigen.

Çöktin setzte ein Lächeln auf und fragte: »Wie haben sie sich denn kennen gelernt, Ihr Bruder und Frau Keyder? Ich meine, sie war doch eine argentinische Christin und er ein türkischer Moslem. In der damaligen Zeit war das doch sicher ...«

»Mein Bruder war Wissenschaftler«, erwiderte sie. »Biologe. Religiöse Unterschiede spielten für ihn keine Rolle. In Buenos Aires fand damals ein Kongress statt, an dem Veli teilnahm. Er wohnte währenddessen bei einem unserer Onkel, der nach Argentinien ausgewandert war.« Hochmütig blickte sie sich um. »Mein Vater hat im Unabhängigkeitskrieg an der Seite von Ismet İnönü gekämpft. Wir haben es weit gebracht, so wie es sich für eine von Nationalstolz erfüllte, überdurchschnittlich intelligente Familie gehört.«

»Verstehe.«

»Soweit ich weiß, unterhielt Rosita keine Kontakte mehr nach Argentinien«, sagte sie.

»Ich werde sicherheitshalber die argentinische Botschaft einschalten.«

»Wie Sie wollen. Aber was mich betrifft, so habe ich nichts dagegen, wenn ihr Priester sie bestattet. Ich glaube, sie hatte Freunde in der Kirchengemeinde St. Antonius, die vielleicht an der Beerdigung teilnehmen möchten. Da Rosita und Veli keine Kinder hatten, geht die Wohnung in meinen Besitz über. Ich werde meinen Anwalt verständigen.«

Yeşim Keyder zeigte keinerlei Regung. Es ließ sich unmöglich sagen, ob sie der Toten nahe gestanden hatte. Ihre letzte Bemerkung erweckte jedoch den Anschein, als interessiere sie sich nur dafür, was Rositas Tod ihr in materieller Hinsicht einbrachte.

»Pater Giovanni war der Überzeugung, Rosita habe nach dem Tod Ihres Bruders allein gelebt«, sagte Çöktin.

»Ja, das stimmt.«

Çöktin holte tief Luft. Er wusste nicht, wie er das Gespräch auf den toten jungen Mann in der Wohnung bringen sollte. Während er noch darüber nachdachte, musterte sie ihn kühl.

»Ich muss Ihnen außerdem mitteilen, dass wir einen weiteren Leichnam in der Wohnung Ihrer Schwägerin gefunden haben«, sagte er schließlich, »den Leichnam eines jungen Mannes.«

Yeşim Keyder blieb reglos sitzen und schwieg.

»Wir wissen nicht, wer dieser Mann war.«

»Vielleicht ein Einbrecher.«

»Nein.«

Sie betrachtete den Boden vor ihren Füßen. »Wenn Sie nicht wissen, wer er ist, woher wollen Sie dann wissen, dass es sich nicht um einen Einbrecher handelt?«

Çöktin zögerte, da er unsicher war, wie viel er der Frau über den einbalsamierten Leichnam erzählen durfte. Außerdem fühlte er sich nicht wohl bei dem Gedanken, das Gespräch auf solch ein bizarres Thema zu bringen, solange sie keine genaueren Informationen hatten.

»Es gibt Hinweise darauf, dass diese Person Frau Keyder nicht unbekannt war«, setzte er an. »Allerdings fanden sich keinerlei Anzeichen für eine Straftat. Er starb eines natürlichen Todes.«

»In diesem Fall wüsste ich nicht, was ich damit zu tun hätte«, erwiderte Yeşim Keyder schroff. »Was mich betrifft, lebte Rosita allein. Und wenn dieser Mann, wie Sie sagen, eines natürlichen Todes starb, würde ich vorschlagen, dass Sie ihn mit der gebotenen Eile bestatten.«

Es war nur natürlich, dass sie als Muslimin und noch dazu im Hochsommer zu einer solchen Maßnahme riet. Außerdem ahnte sie nicht, wie wichtig es war, die Identität dieses namenlosen Mannes zu klären, der wahrscheinlich aus Argentinien stammte und vor ziemlich langer Zeit einbalsamiert worden war. Was er, Çöktin, jetzt brauchte, waren ein Name, eine Nationalität, eine Konfession und – idealerweise – ein »Eigentümer«, der diesem seltsamen Zustand zwischen Leben und Tod, welcher Çöktin wie ein Zerrbild des wahren Lebens erschien, endlich ein Ende bereitete. Der junge Tote, der am Fenster der Wohnung in Kuloğlu gesessen hatte, erinnerte ihn an die alten Mumien, die das Ägyptische Museum in Kairo ausstellte.

Doch es hatte keinen Zweck, jetzt weiter auf das Thema einzugehen. Yeşim Keyder wusste nichts über den Unbekannten und interessierte sich offenbar auch nicht sonderlich für ihre verstorbene Schwägerin. Daher beschloss

Çöktin zu gehen, damit sie in Ruhe ihren Anwalt anrufen konnte. Yeşim Keyder begleitete ihn hinaus und schloss eilig die Tür hinter ihm. Gleich darauf hörte er, wie sie in Tränen ausbrach und bitterlich weinend ins Innere des Hauses zurückkehrte. Als Çöktin in seinen Wagen stieg, dachte er darüber nach, wie sehr man sich bei der Einschätzung von Menschen doch irren konnte. Und plötzlich empfand er Mitleid mit dieser seltsamen, steifen alten Dame, die allein in ihrem riesigen, einsamen *yalı* umherirrte.

»Waleri Rostow wird heute Abend zwanzig Kilogramm Heroin in Empfang nehmen«, sagte Süleyman, der in fast militärischer Haltung vor seinem Vorgesetzten, Polizeipräsident Ardiç, Stellung genommen hatte.

Metin İskender neben ihm räusperte sich.

Der stattliche und bei dieser Hitze rotgesichtige, stark schwitzende Polizeipräsident nahm die dicke Zigarre aus dem Mund und musterte seine Beamten mit strenger Miene.

»Das ist eine riesige Menge. Sehr verlockend. Woher haben Sie die Information?«, fragte er. »Solange die Rostows dieser Stadt nicht kurz davor stehen, einen Bandenkrieg anzuzetteln, bin ich nämlich nicht bereit, meine Beamten in die Schusslinie zu bringen. Außer es lohnt sich wirklich.«

»Es ist sehr gut möglich, dass es sich bei der Heroinübergabe um ein Täuschungsmanöver handelt«, sagte İskender mit einem Seitenblick auf seinen leicht errötenden Kollegen. »Unsere Informantin ist eine von Rostows Prostituierten, das Ganze könnte sich also durchaus als Falle entpuppen.«

»Aus diesem Grund möchten wir vorschlagen«, fügte Süleyman hinzu, »dass sowohl der Ort der Übergabe als auch Rostow selbst beschattet werden. Wenn ihn seine ›Arbeit‹, wie ich vermute, an einen anderen Ort führt als an den, den man mir nannte, können wir leicht feststellen, warum er unsere Aufmerksamkeit in eine andere Richtung lenken wollte. Ich habe schon eine Weile Kontakt zu dieser Informantin und glaube, dass ihr Auftrag darin besteht, uns so weit wie möglich von Rostows Geschäften fortzulocken.«

Ardiç ließ sich in seinen schweren Bürosessel sinken und sah Süleyman in die Augen. »Warum Sie? Warum hat sie zu Ihnen Kontakt aufgenommen?«

Angesichts der Tatsache, dass es seit der Zerschlagung von Schiwkows gefürchteter Organisation keine gemeinsame Strategie innerhalb der Abteilung gab, war diese Frage nur legitim. Allerdings ließ sie sich nicht so leicht beantworten. Schließlich gab es verschiedene Erklärungsmöglichkeiten, einschließlich der, dass Mascha ihre Informationen über Süleyman von irgendjemandem aus seiner eigenen Abteilung erhalten hatte – jemandem, der wusste, mit welchem Fall Süleyman derzeit beschäftigt war. Außerdem machten Gerüchte über seine Ehe die Runde. Immerhin war seine Frau wesentlich älter als er …

Mascha hatte behauptet, sie liebe ihn, was natürlich nur eine Lüge sein konnte. Und trotzdem … Hemmungslos hatte sie sich seiner Lust gewidmet; selbst als er bereits gekommen war, hatte sie weitergemacht, ihn gestreichelt, geküsst und auf fast verzweifelte Weise umschlungen. Das Gefühl der Befriedigung war überwältigend gewesen, oder hätte es zumindest sein können, wenn er sich nicht so schuldig gefühlt hätte.

»Inspektor Süleyman?«

Die schroffe Stimme seines Vorgesetzten riss ihn aus den Gedanken.

»Äh, ich vermute, Rostow hat irgendwie herausgefunden, dass bestimmte Beamte, darunter auch ich, bestrebt sind, das organisierte Verbrechen in den Griff zu bekommen. Inspektor İkmen, İskender und ich konnten in dieser Hinsicht schon mehrere Erfolge verbuchen. Wie Sie sich erinnern, haben wir letztes Jahr …«

»Mit anderen Worten: Einige meiner Beamten werden von Leuten wie Rostow bezahlt, um sie mit Informationen zu versorgen«, unterbrach Ardiç ihn.

»Also, ich …«

»Ich weiß, dass Sie das nicht so direkt sagen wollten, Süleyman«, fuhr der Polizeipräsident fort, »aber Sie erzählen mir damit nichts Neues. Einige meiner Leute stehen in den Diensten der Mafia.« Er zuckte die Achseln. »Das ist mir bekannt. Zwar kenne ich ihre Namen nicht, aber mir ist klar, dass es in meiner Abteilung mehrere undichte Stellen gibt. Wenn es sich bei der Heroinübergabe um eine Falle handelt, könnten unsere Männer vor Ort in große Gefahr geraten.«

»Dessen bin ich mir bewusst.«

»Und natürlich besteht auch noch die Möglichkeit, dass es sich um ein doppeltes Täuschungsmanöver handelt.« Ardiç blickte von Süleyman zu İskender und wieder zurück.

»Vielleicht will Rostow, dass wir sowohl den Übergabeort als auch ihn selbst beschatten, während das, worum es ihm geht, inzwischen an anderer Stelle abgewickelt wird.«

Süleyman sah zu İskender hinüber, der die Achseln zuckte. »Diese Möglichkeit haben wir auch in Betracht gezogen. Aber wir müssen uns für eine Richtung entscheiden. Und uns bleibt nicht mehr viel Zeit.«

»Es gefällt mir gar nicht, in eine überstürzte Aktion hineingezogen zu werden«, sagte Ardiç. »Ich hätte gern mehr Zeit für die Planung, aber die wird Rostow uns natürlich nicht geben. Er will, dass wir reagieren. Die Frage ist nur: Spielen wir nach seinen Regeln und lassen uns überraschen, was bei der Sache herauskommt? Oder gehen wir auf Nummer sicher und unternehmen gar nichts?«

Er lehnte sich in seinem Sessel zurück und zog nachdenklich an seiner Zigarre. Schweigend warteten die beiden Beamten darauf, dass Ardiç seine eigene Frage beantwortete.

7

Seltsam unwirkliche Wesen huschten durch Melih Akdeniz' Haus und Garten, Geschöpfe, deren Geschlecht nicht zu erkennen war, da sie von Kopf bis Fuß in weißen Overalls steckten. Das Treiben wurde von İkmen und seiner attraktiven Mitarbeiterin überwacht, die sich ständig in seiner Nähe aufhielt. Mit ernsten Gesichtern standen die beiden am Rand des Geschehens, während der Künstler selbst den Trubel um sich herum gar nicht wahrzunehmen schien. Er saß im Garten vor einem zwischen zwei Bäumen gespannten Tuch und nähte etwas, das aussah wie eine kleine Jacke.

Obwohl die Bewohner von Balat mehrfach von der Polizei aufgefordert worden waren, sich von Akdeniz' Haus fernzuhalten, stand eine beträchtliche Anzahl Schaulustiger vor dem Anwesen. Es handelte sich hauptsächlich um alte Leute und Kinder, aber auch die hochgewachsene, exotische Zigeunerin Gonca hatte sich zusammen mit ihrer jüngsten Tochter, der sechsjährigen Ceylan, dort eingefunden, weil sie sich das Spektakel nicht entgehen lassen wollte. Das kleine Mädchen versteckte sich halb hinter dem Rock ihrer Mutter vor den »Außerirdischen«, wie sie sie nannte, und lugte ab und zu hervor, um zuzusehen, wie Akdeniz die Nadel durch mehrere Schichten pflaumenblauen Samtstoffs stach und auf der anderen Seite wieder hervorzog. Ceylan kannte den Künstler: Er zählte zwar nicht zum Freundeskreis ihrer Mutter, kam aber gelegentlich ins Haus, meist zu nächtlicher Stunde, um das Bett mit ihrer Mutter zu teilen. Genau wie verschiedene andere Männer …

»Was macht er da?«, fragte das Mädchen und zeigte auf Melihs gesenkten, struppigen Kopf.

»Er näht«, erwiderte ihre Mutter.

»Ist Nähen Kunst?«

Gonca lächelte. »Manchmal schon«, sagte sie. »Viele Dinge können Kunst sein, selbst ein Spaziergang über die Straße, wenn man es richtig macht.«

Ceylan runzelte die Stirn. »Malt man dann mit den Füßen ein Bild?«

»In gewisser Weise, ja.« Gonca runzelte ebenfalls die Stirn, als sie sah, wie Melih Akdeniz seine Arbeit unterbrach, um einen Schluck aus der kleinen braunen Flasche zu nehmen, die er ständig bei sich trug. Instinktiv blickte die Zigeunerin zu İkmen hinüber, der den Künstler ebenfalls bei der Arbeit beobachtete.

Er schien sich Gedanken über den Inhalt des braunen Fläschchens zu machen. Ob er hinübergehen und Melih danach fragen würde? Doch İkmen rührte sich nicht von der Stelle, sondern blieb mit regloser Miene neben seiner schlanken Assistentin stehen.

Gonca kannte die kleine Flasche nur zu gut und hätte den Polizeibeamten über deren Inhalt aufklären können. Doch sie schwieg. Wenn İkmen auch nur halb so viel Intuition besaß, wie man seiner Mutter, Ayşe İkmen, nachsagte, würde er es sowieso bald herausfinden.

Melih bückte sich und hob etwas vom Boden auf, das Gonca bekannt vorkam. In dem Moment, als er den Gegenstand hochhielt, ging gerade einer der weiß gekleideten Mitarbeiter der Spurensicherung an ihm vorbei und verdeckte ihn. Aber Gonca wusste ohnehin, worum es sich handelte, und als der Kriminaltechniker den Blick auf

Akdeniz wieder freigab, musste sie lächeln. Dieses Ding weckte so viele Kindheitserinnerungen in ihr.

Sie sagte, sie sei gekommen, um zu fragen, ob sie vielleicht gemeinsam zu Mittag essen könnten. Er wusste, dass sie log. Ein Mittagessen bestand für sie aus einer Zigarette. Sie hatte ihn aufgesucht, um ihn zu kontrollieren. Und das war nicht das erste Mal. Trotzdem lächelte er, bestellte telefonisch zwei Portionen Kebab und versuchte sich mit der Idee anzufreunden, seine Frau eine halbe Stunde lang zu unterhalten.

»Du bist also ganz alleine hier«, sagte Zelfa, während sie sich prüfend in seinem Büro umblickte.

»Ja, im Augenblick schon«, erwiderte Süleyman. »Normalerweise teile ich das Büro mit Çöktin, aber das weißt du ja.«

»Nur heute nicht?«

»Nein.«

»Also bist du heute allein?«

»Ja.«

Während ihn der Verzicht auf Sex körperlich schmerzte, setzte ihm ihre ständige Fragerei in seelischer Hinsicht zu. Im Grunde trafen ihn die Fragen und die damit verbundenen Andeutungen sogar noch mehr; ihr Misstrauen, ihre Verdächtigungen, die jeder Grundlage entbehrten – jedenfalls bis zu dem Moment, als Mascha ins Spiel kam. Süleyman senkte den Blick, damit seine Augen nicht verrieten, woran er gedacht hatte.

»Und bist du immer so beschäftigt, oder verlässt du dein Büro mittags auch schon mal?«

»Nicht oft«, erwiderte er immer noch lächelnd. Sie versuchte herauszufinden, ob er manchmal mit einer anderen Frau in die Mittagspause ging. Wann waren ihre Gespräche auf dieses Niveau herabgesunken?

»Ach.«

Merkte sie nicht, dass sie durch ihr Verhalten – das Zurückweichen vor seinen Berührungen und das Schwelgen in Selbstmitleid – genau das heraufbeschwor, was sie am meisten fürchtete? Sie war Psychiaterin, da musste sie doch hin und wieder mit Menschen zu tun haben, die ähnliche Probleme hatten wie sie. Was sein Verhalten im Hinblick auf diese Hure natürlich keineswegs entschuldigte. Ein Gefühl der Unsicherheit, gepaart mit sexuellen Problemen, war schließlich kein seltenes Phänomen; viele Männer mittleren Alters litten darunter oder erlebten es bei ihren Frauen. Viele Männer sahen sich dann aber auch nicht gleich nach einem Ersatz um. Er würde es ihr erzählen müssen.

»Zelfa ...«

Der bittende Ton in seiner Stimme entging ihr nicht, doch sie deutete ihn falsch und schimpfte los: »Wenn du jetzt wieder davon anfangen willst, dass ich einen Kollegen zu Rate ziehen soll, kannst du dir die Mühe sparen.«

»Nein ...«

»Sex ist nicht alles, Mehmet«, sagte sie. »Manchmal haben Frauen eben Schwierigkeiten, und dann müssen die Männer verdammt noch mal warten.«

»Ja, ich weiß, Zelfa, und ich belästige dich doch auch gar nicht.«

»Nein. Allerdings stellt sich die Frage, ob du nicht andere Frauen ›belästigst‹ ...«

Diese Unterstellung sorgte dafür, dass ihm der Geduldsfaden riss. Gleichzeitig löste sich sein Drang, ihr alles zu beichten, in Luft auf. »Darauf muss ich ja wohl keine Antwort geben!«

Wie von der Tarantel gestochen sprang Zelfa auf, beugte sich über den Schreibtisch und zeigte mit dem Finger direkt auf ihn. »Das ist eine hervorragende Antwort, Mehmet! Dich aus der Affäre ziehen und gleichzeitig den Empörten spielen! Du hättest echt Psychologe werden sollen: Die nötigen Fähigkeiten besitzt du schon!«

»Die Fähigkeiten vielleicht«, konterte er, »aber nicht das Wissen.«

»Nein, das fehlt dir natürlich!«

»Denn wenn ich es hätte, wüsste ich vielleicht, warum du mich nicht mehr liebst!«

Einen kurzen Moment verharrte Zelfa regungslos, doch als ihr die Bedeutung seiner Worte bewusst wurde, sank sie zurück auf den Stuhl.

»Aber ich liebe dich doch. Das ist auch der Grund, warum ...«

»Du schikanierst mich, Zelfa!« Süleyman setzte sich kerzengerade hin und zündete sich eine Zigarette an. »Mit deinen ständigen Verdächtigungen, deinen Anfällen von Selbsthass, deiner verächtlichen Haltung gegenüber allem, was mit diesem Land zu tun hat ...«

»Ich will nicht, dass mein Sohn vergisst, dass er Ire ist!«

Er warf die Zigarettenschachtel und das Feuerzeug quer über den Schreibtisch zu ihr hinüber. »Aber das wird er nicht vergessen. Yusuf geht es gut. Er ist ein sehr glückliches Kind. Und auch ich wäre nur zu glücklich, wenn du mich wieder ...«

»... an meine Wäsche lassen würdest!« Zelfa nahm eine Zigarette heraus, steckte sie an und warf Schachtel und Feuerzeug zurück zu ihrem Mann.

»Nein!«

»Ach!«

»Nein, ich meine ...« Genervt blickte er an die Decke. Es kostete ihn große Mühe, die richtigen Worte zu finden. »Ich meine, natürlich möchte ich mit dir schlafen, aber ich möchte auch spüren, dass du mich liebst.«

»Kein Problem: Ich liebe dich. Es geht nur darum, dass du ...«

»Oh ja, natürlich, dass ich so ein großer Ehebrecher bin! Hör zu, Zelfa, ich ...« Er holte tief Luft und bereitete sich darauf vor, ihr etwas zu sagen, was sie trotz all ihrer gegenteiligen Beteuerungen bis ins Mark erschüttern würde. In dem Moment klingelte das Telefon.

»Allah!«

Unter den giftigen Blicken seiner Frau nahm Süleyman den Hörer ab und murmelte seinen Namen.

»Inspektor Süleyman? Hier ist Wachtmeister Yıldız.«

»Ja?«

»Ich bin am Flughafen, um einen Verwandten abzuholen, und habe eben Rostow gesehen ...«

»Rostow?« Seit dem Morgengrauen stand das Anwesen des Russen unter ständiger Überwachung. Wie und wann war es ihm gelungen, aus dem Haus zu verschwinden? Süleyman nahm ein Blatt Papier aus der Schublade und griff nach einem Stift.

»Ja, genau der«, sagte Yıldız. »Ich weiß, dass Sie sich im Augenblick besonders für ihn interessieren, und da dachte ich mir, Sie würden gerne erfahren, dass er einen sehr großen Koffer, eine Art Truhe abgeholt hat.«

»Am Flughafen?«

»Ja. Hier sind gerade mehrere Flugzeuge gelandet. Darunter auch eins aus St. Petersburg.«

»Und diese Truhe kam mit einem der Flugzeuge?«

»Das weiß ich nicht, Inspektor. So nah bin ich nicht rangekommen.«

»Und wo ist er jetzt, Yıldız? Wo ist Rostow?«

»Noch immer hier, zusammen mit ein paar Flughafenmitarbeitern und dieser Truhe. Ich nehme an, es sind Antiquitäten drin. Damit handelt er doch, oder?«

»Ja.« Offiziell stimmte das auch, aber angesichts der geplanten Übergabe am Abend konnte diese neue Entwicklung von entscheidender Bedeutung sein. »Sind Sie in der Lage, ihm zu folgen, Yıldız?«

»Na ja, ich könnte meinen Onkel mit einem Taxi nach Hause schicken ...«

»Tun Sie das«, sagte Süleyman, »und halten Sie mich auf dem Laufenden.«

»In Ordnung. Aber was soll ich machen, wenn Rostow und die Truhe in unterschiedliche Richtungen verschwinden?«

Süleyman runzelte die Stirn. Die Truhe war verlockend, aber da sie Rostows Spur jetzt wieder aufgenommen hatten, wollte er ihn nicht noch mal abtauchen lassen.

»Folgen Sie Rostow«, sagte er. »Und halten Sie mich unbedingt auf dem Laufenden. Falls die Truhe tatsächlich an einen anderen Ort transportiert wird, werde ich dafür sorgen, dass jemand sie im Auge behält. Und sobald ich hier weg kann, löse ich Sie ab.«

»Okay, Inspektor.«

Süleyman legte den Hörer auf, um sich wieder seiner Frau zu widmen.

»Tut mir Leid, Zelfa ...«

Aber sie war bereits gegangen, und er hatte es nicht einmal bemerkt – so sehr war er mit dem Russen beschäftigt. Süleyman zuckte innerlich zusammen, und als das bestellte Kebab endlich geliefert wurde, war ihm so elend zumute, dass er es nicht einmal anrühren mochte.

In zwei Tagen hatte seine Frau Geburtstag, also nutzte Arto Sarkissian die Mittagspause, um ein passendes Geschenk für sie zu suchen. Und obwohl er wusste, dass Maryam wahrscheinlich etwas aus einem der neuen Einkaufszentren wie der Galleria bevorzugt hätte, fuhr er aus purem Eigennutz in Richtung Kapılı Çarsı. Schließlich war er nicht nur mit regelmäßigen Besuchen im Großen Basar aufgewachsen, meist in Begleitung von Çetin İkmen, sondern er besaß auch Freunde dort, die ihn bei der Auswahl des Geburtstagsgeschenks beraten würden.

Kaum hatte er Lazars Juweliergeschäft betreten, wurde er auf das Herzlichste begrüßt: Der schmächtige Goldschmied stand hinter seiner mit Goldstaub bedeckten Theke und strahlte vor Freude, als er den korpulenten Pathologen erblickte, der sich vorsichtig einen Weg durch sein kleines Königreich bahnte.

»Dr. Sarkissian!«, rief Lazar, rückte seine Brille zurecht und breitete die Arme aus.

Aufgrund seiner Statur konnte Arto unmöglich hinter die Theke gehen, deshalb kam Lazar dahinter hervor, um ihn zu umarmen. Nachdem der Gerichtsmediziner sich den üblichen Schwall traditioneller osmanischer Begrüßungsformeln angehört hatte, erklärte er Lazar den Grund seines Besuchs und ließ sich in einen Raum hinter dem Verkaufsbereich führen, der für »besondere« Kunden reserviert war.

»Çetin Bey hat dieses bescheidene Geschäft schon seit einiger Zeit nicht mehr mit seiner Anwesenheit beehrt«, sagte der alte Mann mit Bezug auf Çetin İkmen.

»Nein.« Arto ließ sich auf einem der roten Samtsofas nieder, die Lazar ausschließlich seinen Kunden vorbehielt, und zog sein Jackett aus.

Der Goldschmied beugte sich vor, um nicht so laut sprechen zu müssen. »Ich habe gehört, in der Familie gebe es einige Probleme«, sagte er verschwörerisch. »Çetins Schwager, krebskrank.« Traurig schüttelte er den Kopf, zündete sich eine Zigarette an und seufzte. »Schlimme Sache.«

»Ja, das ist es.«

»Allerdings bekomme ich seine Tochter Hülya ziemlich häufig zu Gesicht«, fuhr der alte Mann fort, »was Çetin Bey auch einige Sorgen bereiten dürfte.«

Arto hatte von der romantischen Verbindung zwischen İkmens Tochter und Lazars Mitarbeiter Berekiah Cohen gehört und neigte den Kopf leicht zur Seite, um anzudeuten, dass er davon wisse, aber auch keine Antwort parat habe.

»Dann soll es dieses Jahr also eine Brosche für Madame Maryam sein«, lenkte Lazar das Gespräch rasch in geschäftsmäßigere Bahnen und klopfte Arto herzlich auf die Schulter. »Warten Sie hier, Doktor. Ich schicke Ihnen Berekiah mit einer Auswahl unserer schönsten Stücke.«

»Vielen Dank, Lazar Bey.«

Der alte Mann hob abwehrend die Hand. »Nicht doch«, meinte er leichthin. »Weder diese alten Knochen noch mein Enkel, der laut Aussage seiner Mutter mit irgendeiner Amerikanerin durchgebrannt ist, noch Gott höchstpersönlich können mich davon abhalten, die Familie Sarkissian nur mit den besten Goldwaren zu versorgen.«

Arto lächelte. Lazar »der Jude«, wie ihn sowohl Çetins als auch sein eigener Vater früher genannt hatten, belieferte seit über fünfzig Jahren die oberen Zehntausend von Istanbul. Wie alt er genau war, wusste niemand zu sagen, aber Vahan Sarkissian, Artos Vater, hatte Lazar gelegentlich als alten Mann bezeichnet, und Vahan war bereits in den fünfziger Jahren gestorben.

»Wir alle schätzen Ihre Arbeit sehr, Lazar Bey«, sagte Arto, während er zusah, wie der gekrümmte Rücken des Goldschmieds hinter dem Vorhang verschwand, der das Besucherzimmer vom Verkaufsbereich trennte.

Ein paar Minuten später kam ein junger Mann herein, der ein Tablett mit Goldbroschen der unterschiedlichsten Stilrichtungen und Farben trug.

»Hallo, Dr. Sarkissian«, begrüßte er den Kunden lächelnd. »Wie geht es Ihnen?«

»Danke, gut, Berekiah«, erwiderte Arto, wobei er seine zunehmenden Probleme mit der Gallenblase bewusst verschwieg.

»Lazar Bey sagt, dass Sie eine Brosche für Ihre Frau kaufen möchten«, begann Berekiah. »Wissen Sie denn, ob sie lieber etwas Modernes hätte oder …?«

»Ich fürchte, ich weiß nicht viel mehr, als dass meine Frau Goldschmuck liebt«, meinte Arto mit einem Grinsen. »Man sollte meinen, nach dreißig Jahren wüsste ich besser darüber Bescheid.«

Berekiah stellte das Tablett vor Arto ab und setzte sich. »Frauen behalten eine Menge Dinge für sich«, sagte er, ein wenig zu ernst für Artos Geschmack. »Manchmal können sie äußerst verwirrend sein.«

»Höre ich da einen versteckten Hinweis auf etwas heraus, das du selbst erlebt hast, Berekiah?«, fragte Arto.

Der junge Mann blickte auf und lächelte. »Es wäre dumm von uns, so zu tun, als ob Sie nichts wüssten …«

»Von dir und Hülya? Ja, davon weiß ich.«

»Und was sagen Sie dazu?«

»Was ich dazu sage, ist unwichtig«, erwiderte Arto, und damit der Junge ihn nicht falsch verstand, fügte er rasch hinzu: »Ich meine das nicht unfreundlich, Berekiah. Aber es geht mich einfach nichts an.«

»Ich weiß.«

Beide schwiegen eine Weile, während Arto einen flüchtigen Blick auf die vor ihm liegenden Broschen warf.

»Sehen Sie«, setzte Berekiah erneut an, »ich dachte, ich tue das Richtige, als ich um Hülyas Hand anhielt. Wir hatten darüber gesprochen, dass wir zusammen sein wollten, und es schien auch wirklich ihr Wunsch zu sein ... dachte ich zumindest. Aber als ich sie gefragt habe, ob sie meine Frau werden will, hat sie nein gesagt.« Er sah Arto in die Augen. »Sie sagt, sie wolle einfach nur, dass wir zusammenleben.«

Für Arto war dies neu, und er seufzte nachdenklich. »Ich fürchte, hier hast du es nicht nur mit einer Frau zu tun, sondern auch noch mit einer von Çetin Beys Töchtern, Berekiah.«

»Ja«, erwiderte der junge Mann düster.

»Eine sehr willensstarke, unabhängige Familie«, fuhr Arto fort, nahm eine kleine Brosche aus Rotgold vom Tablett und betrachtete sie genauer.

»Ich glaube, dass es sich vielleicht um eine Art Protest handelt«, sagte Berekiah. »Frau İkmen und meine Eltern sind sehr gegen unsere Verbindung, und Hülya will sie möglicherweise schockieren, indem sie mit mir zusammenzieht. Für unsere Mütter wäre das tatsächlich ein furchtbarer Skandal ...«

In dem Moment klingelte Artos Mobiltelefon. Der Pathologe entschuldigte sich bei Berekiah und nahm das Gespräch entgegen. Am anderen Ende war İsak Çöktin.

»Ich war gerade bei Frau Keyder in Sarıyer«, sagte er, »und dachte, ich könnte kurz bei Ihnen vorbeischauen, falls Sie Zeit haben, Doktor.«

»Ich bin nicht in meinem Büro, Çöktin. Ich kaufe gerade etwas ein.«

»Oh ...«

Berekiah hatte bereits Übung darin, sich bei vertraulichen Telefonaten diskret zurückzuziehen, und ließ Arto allein.

»So, jetzt können wir reden«, sagte der Pathologe, als Berekiah gegangen war. »Und, hatte Frau Keyder eine Idee, wer unser toter junger Freund sein könnte?«

»Nein, aber das Ganze hat sie ziemlich mitgenommen«, erwiderte Çöktin. »Äußerlich gab sie sich völlig kalt und gefühllos und redete nur davon, dass sie jetzt vielleicht den Besitz ihres Bruders erben würde, aber ich konnte ihr ansehen, wie verstört sie war.«

»Und was ist mit irgendwelchen Verwandten in Argentinien?«

»Frau oder besser Dr. Keyder glaubt nicht, dass es da noch jemanden gibt. Aber wir müssen abwarten, was die Recherchen der argentinischen Botschaft bringen.«

»Ja.« Arto legte das Schmuckstück auf das Tablett zurück und nahm eine Weißgoldbrosche in Form eines stilisierten Palmwedels in die Hand. »Ich bin übrigens froh, dass Sie anrufen, Çöktin. Um fünf Uhr findet bei mir im Büro nämlich eine Besprechung wegen unseres jungen Freundes statt, und ich dachte, Sie wären vielleicht gerne dabei.«

»Ah ja?«

»Gestern Abend habe ich mich noch mit Yiannis Livadanios, einem Bestattungsunternehmer, getroffen, und das war höchst interessant«, fuhr Arto fort. »Ich will jetzt nicht ins Detail gehen, nur so viel: Livadanios hat mich heute Morgen angerufen, um das Treffen zu vereinbaren. Er möchte, dass sich ein paar seiner Kollegen den Leichnam mal ansehen.«

»Warum?«

»Ich kann jetzt nicht darüber sprechen«, sagte Arto,

»das Ganze ist viel zu kompliziert. Aber warum kommen Sie nicht gegen vier in mein Büro, bevor die anderen alle eintreffen?«

»Die Bestatter?«

»Also, eigentlich handelt es sich um professionelle Balsamierer,« erklärte Arto und wand sich innerlich, da er wusste, dass Çöktin entsetzt sein würde. »Zwei Griechen, ein Armenier und ein Spanier, der sich offensichtlich um die Verstorbenen der römisch-katholischen Kirche hier in Istanbul kümmert.« Es gab noch einen anderen Grund, warum Señor Orontes neben seinen einheimischen Kollegen zu dieser Besprechung eingeladen worden war, und das hing eher mit dem legendären Dr. Pedro Ara als Orontes' gegenwärtiger Tätigkeit in Istanbul zusammen. Aber es würde Çöktin nur zusätzlich verwirren, wenn er ihm diese gespenstische Geschichte jetzt am Telefon erläuterte. Daher legte Arto auf, nachdem Çöktin sein Kommen zugesagt hatte, und widmete sich wieder den Broschen.

Nach einer Weile kehrte Berekiah in das Besucherzimmer zurück und erkundigte sich lächelnd, ob Arto etwas Passendes gefunden habe.

»Mir gefällt dieser Palmwedel aus Weißgold«, sagte Arto und hielt das moderne Schmuckstück hoch, das ihm während des Telefonats aufgefallen war.

»Diese Brosche ist aber auch wirklich besonders hübsch. Soll ich sie Ihnen als Geschenk einpacken?«

»Ja, Berekiah, vielen Dank.«

Der junge Mann öffnete eine Schublade und holte einen Bogen Geschenkpapier und Schmuckbänder hervor. »Ich hoffe sehr, dass die Brosche Ihrer Frau gefällt.«

»Da bin ich mir absolut sicher.« Was jedoch nicht ganz stimmte: Außer ihrer Leidenschaft für die Schönheitschirurgie gab es nur wenige Dinge, für die sich seine Frau begeistern konnte. Das war auch der Grund dafür, dass Arto manchmal die »Gesellschaft« anderer Frauen suchte, auch wenn er sonst ein liebenswürdiger und anständiger Mann war.

»Dr. Sarkissian …«

»Ja?«

Berekiah blickte von dem Geschenkband auf, das er zu einer Schleife band, und meinte: »Entschuldigen Sie bitte, aber ich habe eben einen Teil Ihres Gesprächs aufgeschnappt.«

»Ja? Was denn?«

»Sie haben über jemanden mit Verwandtschaft in Argentinien gesprochen.«

Arto runzelte die Stirn. »Ja, Berekiah, was ist damit?«

»Es ist nur so, dass viele Angehörige unseres Volkes, also Istanbuler Juden, vor langer Zeit nach Argentinien und Brasilien ausgewandert sind. Mein Vater hatte einen Onkel in Argentinien, Sie könnten ihn ja mal fragen.«

»Die Leute, über die ich sprach, sind nicht jüdischer Herkunft, Berekiah.«

»Sind Sie sicher?« Der Junge legte die Brosche behutsam in einen kleinen Samtbeutel und wickelte diesen in Geschenkpapier ein.

»Jedenfalls nicht, dass ich wüsste.«

»Ich sage das ja auch nur, weil einige Juden, vor allem aus armen Familien, eine andere Identität angenommen haben, verstehen Sie? Sie haben ihren Namen und ihre Religion gewechselt.« Berekiah legte das Band so um das Päckchen, dass die Schleife oben saß. »Ich vermute, manche Leute haben wegen der Judenverfolgung in Europa und auch hier einfach Angst bekommen. Vielleicht sollten Sie das mal nachprüfen. Möglicherweise hilft es Ihnen ja weiter. Soweit ich weiß, war Argentinien in den fünfziger und sechziger Jahren eines der beliebtesten Auswanderungsziele«, erklärte er und reichte Arto das fertige Päckchen.

»Gut, ich werde darüber nachdenken, Berekiah«, erwiderte der Pathologe lächelnd. »Vielen Dank.«

Nachdem er bezahlt hatte – natürlich einen reduzierten Freundschaftspreis –, machte Arto sich auf den Rückweg. Der seltsame Leichnam in Rosita Keyders Wohnung veranlasste den Pathologen, in allerlei merkwürdige Richtungen zu denken: Bestatter, weltberühmte spanische Balsamierer, Perón und seine Frau und sein abscheuliches, korruptes Regime, und jetzt südamerikanische Juden – möglicherweise. Aber Berekiah wusste, wovon er sprach, schließlich war auch er beschnitten, wie Arto sich erinnerte.

»Er sitzt mit einigen seiner Kumpane in der Bar des *Pera Palas*«, sagte Süleyman, während er İskender Feuer gab und sich dann selbst eine Zigarette ansteckte. »Vielleicht findet er ja den Hauch des Kalten Krieges, der noch immer durch das Hotel weht, amüsant.«

Die junge Wachtmeisterin, die vor den beiden Beamten stand, blickte Süleyman verständnislos an.

Der war an diese Art von Reaktion bei seinen Untergebenen gewöhnt und räusperte sich. »Also, beschatten Sie ihn einfach, Gün.«

»Ich verstehe nicht, warum Wachtmeister Yıldız nicht weitermachen kann«, sagte Halide Gün unglücklich. »Diese Gangster leben in einer Männerwelt. Ich falle da sofort auf ...«

»Yıldız ist derjenige, der im Augenblick auffällt«, erwiderte Süleyman ernst. »Und zwar einzig und allein, weil er ein Mann ist – ein junger, attraktiver Mann.«

»Darauf steht Rostow besonders«, fügte İskender hinzu. »Und warum ...«

»Yıldız ist am Flughafen rein zufällig auf Rostow und seine Männer gestoßen«, sagte Süleyman. »Ich hätte ihn sonst niemals mit dieser Aufgabe betraut, gerade wegen der besonderen Vorlieben des Russen. Sobald Sie ihn abgelöst haben, wird er sich wesentlich besser fühlen. Ihnen kann gar nichts passieren.«

»Bleiben Sie an ihm dran, halten Sie uns über jeden seiner

Schritte und jede Kontaktaufnahme auf dem Laufenden. Wir lösen Sie dann um sechs Uhr ab«, fügte İskender hinzu.

»Und was passiert danach?«, fragte Halide Gün, während sie ihr Mobiltelefon in die Innentasche ihrer Jacke steckte.

»Das hat Sie nicht zu interessieren«, sagte Süleyman.

Die junge Frau zuckte die Achseln. Sie war nur Wachtmeisterin und folglich daran gewöhnt, dass man sie über viele Dinge im Unklaren ließ. Die beiden Beamten würden alles weitere untereinander besprechen, sobald sie fort war. Und so geschah es auch.

»Was ist denn jetzt mit dieser Truhe, die Rostow am Flughafen abgeholt hat?«, fragte İskender.

»Ein paar seiner Leute haben sie direkt zu seinem Haus gebracht.«

»Ich frage mich, was da wohl drin ist.«

Süleyman seufzte. »Vermutlich Antiquitäten, wie ich Rostow kenne. Ich glaube, dass nicht mal er so dreist wäre, irgendeine heiße Ware über den Flughafen einzuschmuggeln. Jedenfalls nicht, solange es auf dem Landweg und auf dem Seeweg so viel einfacher geht.« Er räusperte sich. »Ab wann wirst du mit deinen Männern den Übergabeort beschatten?«

»Ab sieben«, erwiderte İskender. »Die Übergabe soll gegen elf stattfinden, also haben wir genügend Zeit, uns zu orientieren und das Kommen und Gehen auf dem Gelände zu beobachten.«

»Ihr seid zu fünft?«

»Ja.«

»Zumindest wisst ihr, wo euer Einsatzort ist und wonach ihr suchen müsst, selbst wenn überhaupt nichts passiert.« Süleyman drückte seine Zigarette im Aschenbecher aus und steckte sich sofort die nächste an. »Ich dagegen habe nicht die geringste Ahnung, wo ich um elf Uhr sein werde. Vielleicht vor Rostows Haus, vielleicht aber auch schon auf halbem Weg nach Bulgarien.«

»Du wolltest die Sache doch unbedingt durchziehen«, sagte İskender ziemlich schroff, wie Süleyman fand.

»Ardiç hat zugestimmt«, verteidigte er sich. »Wir wissen, dass mir eine Falle gestellt werden soll. Jetzt müssen wir abwarten, wohin uns das Ganze führt.«

İskender ließ sich auf dem Stuhl nieder, auf dem normalerweise Süleymans Assistent Çöktin saß. »Aber die Sache ist so durchsichtig, findest du nicht? Ich dachte immer, Rostow wäre einer der cleveren Mafiosi.«

»Das ist er auch.« Süleyman ging zu seinem Platz hinter dem Schreibtisch und setzte sich.

İskender seufzte. »Hör mal, Mehmet«, setzte er an, wobei er sich nervös auf die Unterlippe biss, »versteh mich jetzt nicht falsch, aber du bist ziemlich lange mit diesem russischen Mädchen weg gewesen ...«

»Sie hatte mir eine Menge zu sagen«, erwiderte Süleyman lächelnd, »und außerdem sollte das Ganze schließlich echt wirken. Ich meine, sie hat zwar nur ein Spiel gespielt, aber ich musste so tun, als ob ich darauf eingehe.«

»Sie und Rostow müssen doch wissen, dass du nur so getan hast.«

»Vielleicht.« Süleyman wandte den Blick ab, nur für einen kurzen Moment, doch İskender war es nicht entgangen.

Süleyman war eine halbe Ewigkeit mit dieser Hure weggeblieben. İskender hätte fast selber mit einer ihrer Kolleginnen nach hinten verschwinden müssen, um nicht aufzufallen. Daran hätte Süleyman denken müssen. Doch als er schließlich wieder aufgetaucht war, hatte er nicht so ausgesehen, als würde er noch an irgendetwas denken. Er wirkte zerzaust, verschwitzt, im Grunde genauso wie einer der »echten« Freier, die İskender aus den hinteren Räumen dieses schmierigen Nachtclubs hatte kommen sehen. Die Vorstellung, dass Mehmet mit solch einem Geschöpf eine Nummer geschoben hatte, war einfach lächerlich – und trotzdem konnte İskender sie nicht aus seinem Kopf verbannen. Im Gegenteil: Je länger er diese noch immer leicht abgewandten Augen betrachtete, desto weniger abwegig erschien ihm der Gedanke. Mehmet hatte schon eine ganze Weile private Probleme; das war bekannt, obwohl er selbst sich mit Auskünften wie immer ziemlich zurückhielt. Aber die Auseinandersetzungen mit seiner Frau, die keinerlei Hehl aus ihrer Unzufriedenheit machte, wenn sie ihn auf der Polizeiwache besuchte, sagten alles. İskender wusste jedoch genau, dass es keinen Zweck hatte, seinen Kollegen direkt auf sein Verhalten anzusprechen. Süleyman würde jegliche Beziehung zu dem Mädchen leugnen, ob zwischen den beiden nun etwas passiert war oder nicht. Blieb nur die Hoffnung, dass er wenigstens vorsichtig gewesen war – in jeder Hinsicht.

»Falls keine Übergabe stattfindet, Rostows Männer aber zu irgendeinem anderen Zweck dort auftauchen, hast du das Recht, sie über ihre Aktivitäten zu befragen«, sagte Süleyman und unterbrach damit İskenders geheime Gedankengänge. »Schließlich handeln wir aufgrund eines Tipps von einem unserer Informanten.«

»Und wenn niemand kommt und nichts passiert?«

»Dann kannst du deine Leute nach Hause schicken. Ich bleibe mit dir in Kontakt. Vielleicht weiß ich dann ja längst, was wirklich gespielt wird«, sagte Süleyman.

»Ich bin immer noch davon überzeugt, dass Rostow fest mit unserem Erscheinen am Übergabeort rechnet«, erwiderte İskender nachdenklich. »Der eigentliche Deal – falls es überhaupt einen gibt – könnte in einem völlig anderen Teil Istanbuls stattfinden. Wie Ardiç schon sagte: ein doppeltes Täuschungsmanöver.«

»Das wird sich dann ja zeigen.«

»Ich hoffe bloß, dass wir nicht nur unsere Zeit verschwenden … oder Schlimmeres.«

Süleyman runzelte die Stirn. »Was meinst du mit ›oder Schlimmeres‹?«

»Dass wir in irgendeine kunstvoll ausgelegte Falle tappen«, sagte İskender ernst, »und dafür teuer bezahlen müssen. Wir wissen, dass die Mafiosi bewaffnet sind. Und wenn wir an Schiwkow und seine Leute denken, dann wissen wir außerdem, dass sie nicht zögern werden, von ihren Waffen auch Gebrauch zu machen. Diese Typen interessiert es einen Dreck, ob wir das Gesetz vertreten, Mehmet. Die gehen über Leichen.«

8

Jetzt sind sie aber schon ziemlich lange da drin, Dr. Sarkissian«, sagte Çöktin, während er die kleine Gruppe dunkel gekleideter Männer durch das Fenster des Sezierraums beobachtete.

»Sie versuchen, zu irgendeiner Schlussfolgerung zu gelangen«, erwiderte Arto Sarkissian, der neben Çöktin stand.

Im Sezierraum befassten sich vier Balsamierer mit dem unbekannten Leichnam, studierten Röntgenbilder und diskutierten Daten, die ihnen der Pathologe über die chemische Zusammensetzung der Körperflüssigkeiten zur Verfügung gestellt hatte. Und obwohl Yiannis Livadanios, sein Bruder Spiros und der armenische Bestatter Hagop Balian über viel Erfahrung in ihrem Beruf verfügten, hatte der Spanier Orontes eindeutig die Leitung der Untersuchungen übernommen. Er schien ihren Gesprächen auszuweichen, die meist auf Türkisch und manchmal auch auf Französisch geführt wurden, und es vorzuziehen, den Leichnam sorgfältig zu betrachten und abzutasten, statt darüber zu diskutieren, was dessen äußeres Erscheinungsbild wohl bedeuten mochte.

»Es heißt, Señor Orontes sei ein begeisterter Anhänger der Arbeiten von Dr. Pedro Ara und mit dessen Techniken und Methoden weitgehend vertraut«, erklärte Arto. »Er kommt aus Madrid, wo Ara ursprünglich tätig war, und hat dort mehrere Werke des großen Balsamierers eingehend studieren können.«

»Sie meinen Leichen«, bemerkte Çöktin säuerlich.

»Ja.«

Der Jeside seufzte. Dr. Sarkissian hatte ihm zwar erklärt, warum die Christen so versessen darauf waren, ihre Toten zu konservieren, aber er fand die ganze Geschichte trotzdem immer noch vollkommen unbegreiflich. Tote waren nun mal tot. Natürlich trauerte man um die Verstorbenen, und oft sogar lange Zeit, aber es kam ihm merkwürdig vor, so an ihren sterblichen Überresten zu hängen. Das war weder hygienisch noch natürlich. Manche Menschen ließen sich sogar – aus Gründen, die Çöktin mehr als unbegreiflich empfand – zu gewissen »Handlungen« an Leichen verleiten. Dr. Sarkissian hatte ihm anvertraut, dass dieser Ara solche »Handlungen« an der Leiche von Eva Perón vorgenommen hatte – eine Vorstellung, die die um den Kuloğlu-Leichnam herumschleichenden Bewunderer Aras in einem besonders schauerlichen Licht erscheinen ließ. Doch plötzlich war das ganze Spektakel vorbei. Mit einer in Çöktins Augen typisch spanischen Theatralik und ohne seine Kollegen auch nur eines Blickes zu würdigen, riss Orontes die Tür des Sezierraums auf und bat Arto und Çöktin hereinzukommen.

»Ich bin der festen Überzeugung«, verkündete der Spanier ohne jede Einleitung, »dass es sich bei dem Toten, den Sie hier aufbewahren, um einen Leichnam handelt, der gemäß der Methode Dr. Pedro Aras präpariert wurde.«

»Aber nicht von ihm persönlich,« sagte Arto.

Die drei anderen Balsamierer hatten sich inzwischen respektvoll um ihren Anführer geschart und hingen ihm förmlich an den Lippen.

»Ich halte es durchaus für möglich«, fuhr Señor Orontes hochmütig fort, »dass der Körper dieses Mannes ursprünglich von Dr. Ara konserviert wurde. Schließlich handelt es sich um ein herausragendes, höchst außergewöhnliches Beispiel der Balsamierkunst.«

»Das würde bedeuten, dass der Verstorbene mit großer Wahrscheinlichkeit kein Türke war«, sagte Arto seufzend. »Der Leichnam ist vermutlich so alt, dass er auch aus einem anderen Land hierher gebracht worden sein kann. Allerdings weiß ich nicht, was ich jetzt mit ihm anstellen soll ...«

»Finden Sie zuerst das Balsamiermittel, mit dem er behandelt wurde. Oder gestatten Sie mir zumindest, ein anderes Präparat aufzutragen, um den Zerfallsprozess zu stoppen. Er muss unbedingt erhalten bleiben. In Spanien und Südamerika gibt es zahlreiche Museen und Universitäten, die hocherfreut wären, solch ein Exponat ihr Eigen nennen zu dürfen«, meinte Orontes lächelnd. »Ich könnte den Kontakt für Sie herstellen ...«

»Solange wir nicht wissen, wer der Tote ist und wem er gehört, werden wir gar nichts tun«, erwiderte Arto entschlossen. »Meines Erachtens starb er eines natürlichen Todes.«

»Und natürlich müssen auch die Hygienevorschriften beachtet werden«, fügte Çöktin mit ernstem Gesicht hinzu.

»Sehr richtig«, pflichtete Arto ihm bei. »Falls nicht ein Ausländer Anspruch auf den Toten erhebt und ihn in sein Heimatland überführt, wird er letztlich begraben werden müssen.«

Orontes Augen funkelten vor Wut. »Nein!«, schrie er. »Nein, das darf nicht passieren!« Und mit einer ausladenden Geste zeigte er in Richtung des Leichnams: »Das ist Kunst, Dr. Sarkissian!«

»Nein, das ist es nicht!«, fuhr Çöktin ihn an. »Das ist ein toter Mensch, der eine würdige Bestattung verdient!«

Orontes sagte irgendetwas auf Spanisch, das zumindest in Çöktins Ohren ausgesprochen scharf klang. Und obwohl die anderen Balsamierer nicht mehr Spanisch verstanden als Çöktin oder Arto Sarkissian, nickten sie zustimmend.

Arto fürchtete, dass die Auseinandersetzung zwischen den christlichen Balsamierern und dem türkischen Polizisten eskalieren würde. Theoretisch konnte er die Bestatter einfach vor die Tür setzen; schließlich war ihre Arbeit hier erledigt. Aber es gab verschiedene triftige Gründe, die dagegen sprachen. Erstens benötigte er Orontes' Bericht als Untermauerung seiner eigenen Untersuchungsergebnisse, und zweitens neigten Menschen, die vom Tod und allem, was damit zusammenhing, so besessen waren wie dieser Spanier, häufig zu unkonventionellen Handlungen. Wenn Orontes den Leichnam tatsächlich eher als Kunstwerk denn als toten Menschen betrachtete, was würde er dann nicht alles unternehmen, um ihn vor den schwarzen Klauen eines türkischen Grabes zu bewahren?

Rasch verdrängte Arto das Bild, wie Orontes sich verzückt über sein »Kunstwerk« beugte, aus seinen Gedanken. Der Pathologe zwang sich zu einem Lächeln, legte dem Spanier eine Hand auf die Schulter und führte ihn und die drei anderen Balsamierer in Richtung seines Büros.

»Aber das steht doch alles noch in den Sternen«, sagte er, wobei er Çöktin einen besänftigenden Blick zuwarf. »Im Augenblick müssen wir erst einmal verdauen, welch sensationelle Entdeckung hier in unserer großartigen Stadt gemacht wurde. Ich glaube, ich habe irgendwo noch eine Flasche Weinbrand und ein paar Zigarren. Also, wie war das noch mal mit diesem Balsamierpräparat ...?«

Çöktin ahnte, was Arto im Schilde führte, und folgte den dunkel gekleideten Männern in dessen Büro. Vor etwa einem Jahr hatte ihm sein Vorgesetzter Inspektor Süleyman erzählt, einer von Sarkissians Vorfahren sei Arzt am Hofe des verschwenderischen und – besonders im Alter – leicht erregbaren Sultan Abdülaziz gewesen. Nur wenige Menschen aus dem Umfeld dieses Herrschers hatten lange genug gelebt, um seine Geschichte erzählen zu können.

Angesichts Sarkissians diplomatischen Gespürs überraschte es nicht, dass sein Ahne zu diesen wenigen Überlebenden gezählt hatte. Während Çöktin beobachtete, wie Arto den Weinbrand einschenkte und Zigarren herumreichte, staunte er wieder einmal, was für ein geschickter Diplomat dieser Mann doch war – und was für ein Außenseiter. Genau wie Çöktin selbst: entgegenkommend, Probleme geschickt umgehend, charmant, perfekt in der Rolle des treuen Dieners. Wie sehr Sarkissian und er sich doch von dem streitbaren Süleyman unterschieden, mit seinen felsenfesten Überzeugungen und seinen direkten, unmissverständlichen Befehlen. Sein Vorgesetzter war allerdings auch ein Aristokrat, ein Osmane, und obwohl die Türkei seit über fünfundsiebzig Jahren eine Republik war, steckte die Denkungsart eines Herrschers noch tief in Süleymans Knochen. Andererseits erlaubte es ihm gerade diese Eigenschaft, mit so viel Selbstvertrauen und Elan wahrhaft Furcht erregende Verbrecher zu jagen. Çöktin hatte gehört, dass an diesem Abend irgendeine Aktion gegen Rostow geplant war. Er konnte nur hoffen, dass Süleyman sich an Artos beispielhafte Diplomatie erinnern und eine ähnliche Vorgehensweise anstreben würde, falls die Lage sich zuspitzte.

Reşad Kuran war ein schmächtiger Mann von etwa fünfundvierzig Jahren und hatte genau wie seine Schwester, Eren Akdeniz, die tief in den Höhlen liegenden, dunkel umrandeten Augen eines Menschen, der ständig müde war oder seit vielen Jahren Drogen nahm.

»Ihr Wagen ist wirklich sehr sauber, Herr Kuran«, sagte İkmen, nachdem er einen Blick auf die Ladefläche des verbeulten blauen Renault-Transporters geworfen hatte.

Reşad Kuran zündete sich eine Zigarette an und blickte in den dunklen Himmel hinauf. »Ich bin stolz auf meine Arbeit«, sagte er. »Bei mir ist alles gepflegt.«

Der Stadtteil Tepebaşı zählte nicht gerade zu den Vierteln, in denen man den nahen Verwandten eines gefeierten Künstlers vermutet hätte. Die schmalen Gassen mit den bröckelnden Häuserfassaden waren im Sommer staubig und im Winter schlammbedeckt, obwohl der Bezirk nur wenige Minuten von der geschäftigen und glitzernden İstiklal Caddesi entfernt lag, nördlich des verkehrsreichen Tarlabaşı Bulvarı, der zur Atatürkbrücke am oberen Ende des Goldenen Horns führte. Jetzt im Hochsommer roch das dicht bevölkerte, arme Viertel nach überreifem Obst und billigem Tabak. Aus den Fenstern, vor denen Wäscheleinen gespannt waren, drangen Kindergeschrei und die lauten Stimmen von Männern, die ihre Frauen anschrien – Frauen, deren Jungmädchenträume schon vor langer Zeit wie eine Seifenblase geplatzt waren.

»Für wen arbeiten Sie denn, Herr Kuran?«, fragte Ayşe Farsakoğlu, die sich plötzlich erinnerte, dass es hier irgendwo eine syrisch-orthodoxe Kirche gab, ein großes weißes Gebäude mit Kronleuchtern und Gemälden, die von hinten mit bunten Lichtern erleuchtet wurden. Vor vielen Jahren war sie einmal dort gewesen, anlässlich der Hochzeit einer ehemaligen Klassenkameradin, einer sehr dunkelhäutigen jungen Frau, von der niemand wusste, dass sie christlichen Glaubens war, bis sie einen Mann heiratete, der nicht nur eine Kette mit einem Kreuz um den Hals trug, sondern auch noch aussah wie ein Abbild Jesu.

»Für jeden, der etwas zu transportieren hat«, erwiderte Kuran achselzuckend.

»Dazu zählt auch Ihr Schwager, Melih Akdeniz?«

»Ja, ich arbeite auch für Melih.«

»Letzten Freitagabend sind Sie zu seinem Haus gefahren, um ein Kunstwerk abzuholen.«

»Ja, aber das habe ich schon einem Ihrer Kollegen erzählt. Ich habe das Kunstwerk nach, äh, nach Yeniköy gebracht – die genaue Adresse weiß ich nicht mehr. Irgendein reicher Sammler.«

»Ist das nicht ein etwas merkwürdiger Zeitpunkt für die

Auslieferung eines Kunstwerks?», fragte İkmen. »So spät am Abend?«

Kuran zuckte erneut die Achseln.

»Und als Sie im Haus Ihrer Schwester waren, haben Sie da Ihre Nichte oder Ihren Neffen gesehen?«

»Nein, die waren schon im Bett.« Kuran runzelte die Stirn. »Sie glauben doch nicht etwa, dass ich etwas mit dem Verschwinden der Kinder zu tun habe?«

İkmen lächelte. »Ich weiß es nicht, Herr Kuran. Sagen Sie es mir.«

Selbst im schwachen Schein der Straßenlaterne konnten İkmen und Farsakoğlu erkennen, dass Kurans Gesicht rot anlief. »Ich habe nichts damit zu tun«, beteuerte er und wedelte mit seiner Zigarette in der Luft herum. »Warum sollte ich? Ich bin ihr Onkel! Ich liebe sie!«

»Davon bin ich überzeugt, Herr Kuran«, erwiderte İkmen, während er sein Mobiltelefon aus der Jackentasche nahm. »Aber leider zwingt mich mein Beruf, niemandem zu trauen. Daher muss ich Sie bitten, mir zu gestatten, Ihren Wagen von der Spurensicherung überprüfen zu lassen.«

»Was?«

»Hören Sie: Wenn Sie nichts zu verbergen haben, haben Sie auch nichts zu befürchten«, fuhr İkmen fort. »Ich muss Ihren Wagen nach möglichen Spuren oder Hinweisen durchsuchen lassen.«

»Die beiden Kinder haben nicht ein einziges Mal in meinem Wagen gesessen!«

»Dann haben Sie ja auch nichts zu befürchten«, wiederholte İkmen und tippte eine Nummer in sein Telefon. »Also, geben Sie uns jetzt Ihr Einverständnis?«

»Aber mein Geschäft ...«

»Tut mir Leid.«

»Ach, dann kann ich meine Zustimmung also nicht verweigern? Ist es das, was Sie sagen wollen?«

»In der Tat, das können Sie nicht«, bestätigte İkmen und hielt sich das Telefon ans Ohr. »Aber ich ziehe es vor, zunächst zu fragen. Das erscheint mir irgendwie höflicher. Ach, und übrigens: Ich muss Sie bitten, die Stadt nicht zu verlassen, Herr Kuran, so lange, bis wir unsere Ermittlungen abgeschlossen haben.«

Als sich ihr Vorgesetzter abwandte, um sein Telefonat zu führen, musste Ayşe Farsakoğlu lächeln. Das war wieder einmal typisch İkmen – bestimmt und höflich zugleich. Nur wenige Beamte hatten diesen Dreh raus, dabei gefiel ihr das wesentlich besser als das übliche Gebrüll und die Einschüchterungsmethoden, die sie schon so oft miterlebt hatte. Doch trotz İkmens Zurückhaltung wirkte Reşad Kuran nicht eben glücklich. Wie angewurzelt stand er da und blickte immer wieder nervös zu seinem Transporter hinüber.

Die *Sveti Stefan Bulgar Kilisesi,* die bulgarische Kirche St. Stefan, gehörte zu den Gebäuden, die erst auf den zweiten Blick ihren ungewöhnlichen Charakter preisgaben. Direkt am Goldenen Horn zwischen den Fähranlegestellen in Balat und Vener gelegen, wirkte sie zunächst eher traditionell: ein schmutzigweißes, neugotisches Gebäude, dessen Erscheinungsbild sich kaum von anderen Kirchenbauten unterschied. Erst wenn man genauer hinsah, erkannte man, dass St. Stefan nicht aus Stein errichtet war, sondern vollständig aus Gusseisen bestand. Die Einzelteile der Kirche waren in Wien vorgefertigt, über die Donau transportiert und 1898 in Istanbul zusammengesetzt worden.

Seit dieser Zeit hatten diverse orthodoxe Priester die kleine bulgarische Gemeinde seelsorgerisch betreut, doch bisher hatte keiner der Geistlichen jemals das Interesse der Istanbuler Polizei auf sich gelenkt. Folglich konnte Metin İskender, trotz der Behauptung von Süleymans Informantin, der Priester von St. Stefan sei korrupt und in den Drogenhandel verstrickt, kaum glauben, dass an diesem Ort irgendetwas Illegales vor sich gehen sollte. Laut Aussage der sinnlichen Mascha würde an diesem Abend um dreiundzwanzig Uhr einer der Patres aus der Kirche kommen, um von einem Geschäftspartner Rostows eine größere Ladung Heroin in Empfang zu nehmen. Inzwischen war es Viertel vor elf, doch nicht das leiseste Geräusch drang aus dem Kirchengebäude, in dessen Schatten İskender und seine vier »Freunde« zwanglos beisammen saßen. Schließlich war es Hochsommer, und der Park neben der Kirche bot einen unverbauten Blick auf das Goldene Horn; die Beamten redeten, rauchten und lachten wie ganz normale Arbeiter, die den Abend gemeinsam ausklingen ließen.

»Die Tatsache, dass da drinnen Licht brennt«, meinte Wachtmeister Güney und deutete mit seinem hageren Kopf auf das Gotteshaus, »legt die Vermutung nahe, dass irgendjemand in der Kirche ist.«

»Nicht notwendigerweise«, widersprach İskender, dessen Stimme wegen seiner wachsenden Nervosität ein wenig belegt klang. »Soweit ich weiß, zünden Christen häufig Kerzen für ihre Toten an.«

»Und die brennen auch bei Nacht?«

İskender zuckte die Achseln. »Normalerweise stellen sie sie in Gefäße mit Sand, sodass nichts passieren kann.«

»Dunkler Audi vor dem Tor«, ließ der etwas untersetzte Wachtmeister Avcı unauffällig in das Gespräch einfließen.

Nur İskender drehte sich um und warf einen Blick auf den Wagen, der leise in ihr Operationsfeld eingedrungen war. Der an eine dreistöckige Hochzeitstorte erinnernde Kirchturm ragte fahl über dem dunklen Wagen auf, wie ein regloser russischer Killer. Ein paar Sekunden lang herrschte absolute Stille; nur İskenders Herz pochte wie wild.

Und als gäbe es nichts zu verbergen, schwangen plötzlich die Türen des Kirchenportals weit auf, und im Lichtkegel erschien eine groß gewachsene Gestalt in schwarzer Kutte.

»Das könnte unser Mann sein«, sagte İskender, während er sich mit gesenktem Kopf von Wachtmeister Alpaslan Karataş Feuer geben ließ.

Die schwarz gekleidete Gestalt eilte die Stufen hinunter in den Garten und lief zu dem hohen, schmiedeeisernen Tor. Dann stieg jemand aus dem Audi, aber die Beamten konnten nicht erkennen, ob es sich um einen Mann oder eine Frau handelte. Während der Priester das Tor aufschloss, machten sich die fünf Polizisten gemächlich auf den Weg zur Demirhisar Caddesi, die direkt auf die Kirche zuführte. Scheinbar ins Gespräch vertieft, warfen sie hin und wieder einen Blick in Richtung Gotteshaus, um zu beobachten, was dort vor sich ging. Als der Fahrer des Audis eine Kiste aus dem Wageninneren hervorholte und dem Priester überreichte, kam Bewegung in die Gruppe. »Okay, ich denke, das reicht«, sagte İskender und führte seine Leute zu dem seltsam wirkenden Paar in Priesterrobe und Gangster-Lederjacke.

Mit gezückten Waffen riegelten die Beamten blitzschnell das Gelände ab, während İskender auf den Priester und dessen rundlichen Freund zuging und ihnen seine Polizeimarke zeigte. »Polizei!«

Der Geistliche rang nach Luft. »Polizei?« Seine Stimme zitterte vor Angst. »Was wollen Sie?«, fragte er mit starkem Akzent.

»Aufmachen.« İskender deutete mit dem Kopf auf die Kiste in den Händen des Priesters.

»Aber das sind nur ...«

»Machen Sie sie auf!«

Später konnte İskender nicht mehr sagen, ob er es sich vielleicht nur eingebildet hatte, aber Rostows Handlanger schien tatsächlich zu grinsen, als der Priester die Kiste öffnete und ein unverkennbarer Geruch die nächtliche Luft erfüllte. In dem Moment wurden die bösen Vorahnungen, die İskender bezüglich dieser Aktion gehegt hatte, traurige Wirklichkeit.

Der Deckel der Kiste war kaum gelüftet, als der Inspektor auch schon verzweifelt mit den Händen in dem süßlich duftenden Inhalt herumwühlte. Dutzende der kegelförmigen Gebilde fielen zu Boden und lösten sich in pulvriges Nichts auf.

»Was machen Sie mit unserem Weihrauch?«, klagte der Geistliche entsetzt. »Das ist ein Geschenk …«

»Von Rostow?« İskender blickte ihn scharf an.

»Waleri Iwanowitsch ist ein sehr frommer und großzügiger …«, setzte der Priester an.

In dem Moment wurde seine Lobeshymne vom Geräusch einer sich öffnenden Wagentür unterbrochen. Vier Faustfeuerwaffen richteten sich auf die hintere Tür des Audis, dem jetzt eine äußerst attraktive Frau mittleren Alters entstieg.

Lächelnd ging sie auf İskender zu und hielt ihm eine kleine Visitenkarte entgegen, die er im Schein des aus dem Kircheninneren fallenden Lichts las.

»Betül Ertüg von der Zeitung *Radikal*«, stellte sie sich mit einem vielsagenden Grinsen vor. »Na, was haben wir denn hier für eine hübsche Geschichte über die Diskriminierung christlicher Minderheiten durch die Istanbuler Polizei?«

İskender wünschte Rostow innerlich zum Teufel und holte tief Luft, um sich etwas Zeit für eine passende Antwort zu verschaffen.

»Es bedarf wohl schon eines ganz eigenen Humors, um an den Ereignissen des heutigen Abends irgendetwas komisch zu finden«, sagte Süleyman und blickte auf Waleri Iwanowitsch Rostow hinab, der einen äußerst zufriedenen Eindruck machte.

Obwohl er selbst in einem Sessel saß, hatte er keinem der drei Polizeibeamten, die nun in seinem protzigen, nach Whisky riechenden Salon vor ihm standen, einen Platz angeboten. Rostow war Anfang Vierzig und kein sonderlich gut aussehender Mann, besaß jedoch ein so gepflegtes und tadelloses Äußeres, dass er fast schon wieder attraktiv wirkte. Die Männer in seiner Gesellschaft bildeten dagegen eine Klasse für sich: Außer Rostow, Süleyman und Yıldız befanden sich fünf weitere Männer im Raum, von denen vier jung, groß gewachsen und muskulös waren und nach Ansicht der einzigen anwesenden Frau, Wachtmeisterin Gün, einfach umwerfend aussahen. Der Fünfte im Bunde, Lütfü Güneş, saß auf einem Sofa, das seine Geschmacklosigkeit laut in die Welt hinausschrie. Der etwa sechzig Jahre alte, ziemlich mitgenommen wirkende Mann war nicht nur die Quelle der Alkoholausdünstungen, die den Raum erfüllten, sondern auch Rostows Anwalt, wie dieser der Polizei bei ihrer Ankunft eiligst mitgeteilt hatte.

»Ich finde die Tatsache, dass Ihre Leute ehrliche Christen diskriminieren, überhaupt nicht komisch«, erwiderte Rostow und schlug lässig ein Bein über das andere.

»Wir haben einen Hinweis erhalten, dass Pater Alexei möglicherweise in illegale Aktivitäten verstrickt ist.«

»Ja, aber das stimmt nicht, oder?« Rostow beugte sich vor, nahm eine Zigarettendose vom Beistelltisch und bot seinem Anwalt eine Zigarette an. »So wie Sie sich in ihm getäuscht haben, haben Sie sich auch in mir getäuscht.«

Am ersten Teil von Rostows Aussage ließ sich nicht rütteln, denn Pater Alexei hatte sich tatsächlich als unschuldig erwiesen. Ganz der gute orthodoxe Christ spendete Rostow der Gemeinde St. Stefan regelmäßig Weihrauch und Kerzen. Die Tatsache, dass die Geschenke immer von Männern überbracht wurden, die aussahen wie Profikiller, war dem tugendhaften Geistlichen nicht einmal aufgefallen. Der Pater hatte İskender auch keinerlei Probleme bereitet. Im Gegenteil: Er hatte vollstes Verständnis gezeigt für die rigorose Vorgehensweise im Kampf gegen den Drogenschmuggel und sogar erklärt, er fühle sich nicht im Geringsten diskriminiert. Diese Behauptung war lediglich von Frau Ertüg aufgestellt worden, die sich – soweit Süleyman wusste – noch immer bei İskender und seinen Männern befand. Nur Allah wusste, was sie und ihre Vorgesetzten bei der *Radikal* schließlich in Druck geben würden.

»Wie ich von meinem Kollegen Inspektor İskender erfahren habe, ist Pater Alexei ein sehr freundlicher und unschuldiger Mann«, sagte Süleyman. »Offensichtlich hat er sein Leben ganz dem Gebet und der Meditation gewidmet – und dabei den weltlichen Dingen entsagt«, fügte er hinzu und sah sich demonstrativ in dem luxuriös ausgestatteten Raum um.

»Nur weil ich weltliche Dinge besitze, bedeutet das noch lange nicht, dass ich kein guter Mensch bin«, erwiderte Rostow.

»Das hängt ganz davon ab, wie Sie in den Besitz dieser Dinge gelangt sind, nicht wahr, Herr Rostow?«

Lütfü Güneş, der die Beamten bis dahin nur mit rot unterlaufenen Augen angestarrt hatte, schaltete sich nun ein. »Aber das alles tut doch überhaupt nichts zur Sache«, sagte er durch den Rauch von seiner parfümierten Zigarette. »Erklären Sie mir lieber Ihre Anwesenheit in diesem Haus.«

»Wir sind hier aufgrund eines Hinweises, den wir erhalten haben …«, begann Süleyman.

»Aus der gleichen Quelle wie der Hinweis über den Priester?«

»Es ist mir nicht gestattet, Ihnen darüber Auskunft zu erteilen …«

»Zwei Christen – drei, wenn man Herrn Rostows Geschäftspartner mitzählt –, zweimal Verletzung der Persönlichkeitsrechte, und das in einer einzigen Nacht! Hier geht es schließlich nicht um Fragen der nationalen Sicherheit, Inspektor. Und in dem Fall haben Privatpersonen, wie Sie ja wissen, das Recht auf Achtung ihrer Privatsphäre.« Güneş zuckte die Achseln. »Das sieht gar nicht gut aus, Inspektor Süleyman. Im Gegenteil, es sieht ganz nach Diskriminierung aus. Es könnte sich sogar um Rassismus handeln, wenn man bedenkt, dass Sie ein Nachfahre der osmanischen Dynastie sind.«

»Meine Vergangenheit …«

»Ihre Vorfahren, muslimische Monarchen, herrschten mehr als fünfhundert Jahre über dieses Land, oder etwa nicht?« Güneş wandte sich an Rostow. »Es gibt hier immer noch Anhänger des Königshauses, Waleri. Man findet sie meist in der Nähe der Königsgruft an der Yeniçeriler Caddesi. Da sorgen sie sich dann, dass die Russen oder andere Orthodoxe es vielleicht auf die Hagia Sophia abgesehen haben könnten. Einfach lächerlich.«

Rostow sah Süleyman an und grinste. Da ihrem Vorgesetzten jetzt förmlich der Schweiß über das Gesicht rann, rückten Gün und Yıldız etwas näher an ihn heran.

»Sie beide, meine Herren, und Ihre Freunde sind erstaunlich gut über mich unterrichtet«, sagte Süleyman. Nur die angespannten Muskelstränge an seinem Hals verrieten seine Wut. Rostow hob für den Bruchteil einer Sekunde eine Augenbraue und lächelte in sich hinein. Falls Süleyman irgendwann herausfinden sollte, wer aus seiner eigenen Abteilung so bereitwillig Auskunft über ihn gegeben hatte, würde es bald darauf ein Verbrechen geben.

Süleyman zog demonstrativ sein Mobiltelefon aus der Jackentasche.

»Ich werde jetzt Inspektor İskender bitten, einen Teil seiner Leute hierher zu schicken«, sagte er.

Das war die einzige Möglichkeit, in dieser Nacht Verstärkung zu bekommen; es hatte überhaupt keinen Sinn, Ardiç um weitere Männer zu bitten, unabhängig davon, ob er über das Debakel bei St. Stefan auf dem Laufenden war oder nicht. Zur Bewältigung der bevorstehenden Aufgabe – Rostow besaß immerhin ein riesiges Anwesen – blieb Süleyman nichts anderes übrig, als İskender erneut einzuschalten.

»Ich hoffe doch sehr, dies bedeutet nicht, dass Sie Herrn Rostow weiterhin belästigen wollen«, sagte Güneş mit drohendem Unterton in der Stimme.

»Doch. Ich fürchte, genau das bedeutet es«, erwiderte Süleyman und wies seine Mitarbeiter an, Platz zu nehmen.

»Es bedeutet, dass wir noch eine ganze Weile hier sein werden.« Er sah sich um, steuerte auf einen Sessel zu und setzte sich ebenfalls.

»Aber mit welcher Begründung?«

»Wir haben Hinweise erhalten«, erklärte Süleyman und tippte İskenders Mobilnummer ein, »die uns zu der Überzeugung gelangen ließen, dass sich in diesem Haus möglicherweise illegale Substanzen befinden, Herr Güneş. Wie Sie ja wissen, bin ich gesetzlich dazu berechtigt, nach diesen Substanzen zu suchen und sie gegebenenfalls zu beschlagnahmen.«

Als er das Telefon ans Ohr führte, sah er, wie sich Rostows Gesichtsausdruck verfinsterte, während Güneş laut auflachte.

»Na, dann werden Sie aber ziemlich enttäuscht sein!«, rief er. »In diesem Haus gibt es keinerlei Substanzen, nach denen Sie suchen.«

Süleyman war da ganz anderer Meinung. Es hätte ihn schon sehr gewundert, wenn dieses luxuriöse Haus nicht mit Drogengeld errichtet worden wäre. Die Suche nach Wladimir, Maschas Geliebtem, hatte er längst als hoffnungslos aufgegeben – jetzt hatte er es auf Drogen und mit etwas Glück auch auf illegale Waffen abgesehen. Wenn nötig, würde er Rostow für jedes Messer zur Rechenschaft ziehen, das seine Männer um ihre Fußgelenke geschnallt hatten, für jede winzige Spur Kokain auf einem seiner Teppiche. Süleyman war schon so weit gegangen, jetzt würde er nicht mehr zurückweichen, koste es, was es wolle.

9

Während manche Männer sich gerne mit ihren romantischen Eroberungen brüsteten, gaben sich andere beim Thema Liebe und Sex eher zugeknöpft – wie etwa İsak Çöktin. Er war zwar noch unverheiratet, wusste aber, dass es sich nur um eine Frage der Zeit handelte, bis seine Eltern von einer Reise in ihr Heimatdorf zurückkehren und ein Mädchen für ihn mitbringen würden, vermutlich eine Analphabetin, ganz bestimmt aber eine nervöse Jungfrau. Er würde ein nettes Jesidenmädchen heiraten, um für sie zu sorgen und Kinder mit ihr zu haben, ganz so, wie seine alte Religion es vorsah. Möglicherweise würde er sie irgendwann sogar gern haben, aber eines stand fest: Nie würde er sie so lieben können wie Döne, seine heimliche, leidenschaftliche Geliebte. Allein ihr Anblick, wie sie in der von Katzen wimmelnden Küche stand und ihm Eier zum Frühstück zubereitete, zauberte ein Lächeln auf sein Gesicht. Dönes normalerweise traurige dunkle Augen leuchteten auf, als sie seinem Blick begegneten.

»Die Zeitung liegt da drüben«, sagte sie und deutete auf den Stuhl neben ihm, auf dem ein großer, weißer Kater lag. »Unter Osman Paşa.«

Der Kater rührte sich zunächst nicht vom Fleck, ließ sich dann aber durch sanftes Schubsen dazu überreden, den Platz zu räumen. Çöktin nahm die Zeitung und legte sie vor sich auf den Tisch. Er genoss es, morgens ausgiebig zu frühstücken und dabei Zeitung zu lesen, den Tag ruhig und gemächlich anzugehen. Obwohl sie eine unabhängige, emanzipierte Frau war, umsorgte Döne ihn stets auf diese Weise, wenn er sie in ihrer kleinen Parterrewohnung in Balat besuchte. Sie zählte zu der Künstlergeneration, die erst vor wenigen Jahren in das Viertel gezogen war, und führte als Schriftstellerin ein Leben, das die meisten ihrer noch immer recht konservativen Nachbarn aufrichtig empört hätte, wäre sie von Natur aus nicht so diskret gewesen. Trotzdem war Çöktin dieses Mal ein beträchtliches Risiko eingegangen, als er die Nacht bei ihr verbrachte; schließlich stellte Inspektor İkmen keine zwei Minuten von hier entfernt gerade das Haus des Künstlers Akdeniz auf den Kopf. Natürlich würde sein Vorgesetzter selbst nichts sagen, falls er es überhaupt herausfand. Viel größere Sorgen bereiteten Çöktin seine Kollegen Roditi, Avçı und Güney, die ihm mit ihren lüsternen Fragen über seine Freundin gnadenlos zusetzen würden.

Çöktin schlug das Feuilleton auf. Im kommenden Oktober standen Wahlen an, und obwohl er wusste, dass er diesem wichtigen Ereignis die gebührende Aufmerksamkeit widmen sollte, war er von allem, was damit zu tun hatte, beinahe so genervt und gelangweilt wie von den endlosen Berichten über Promi-Hochzeiten, Affären und Scheidungen. Daher betrachtete er die hübschen Abbildungen im Kulturteil, bis ihm plötzlich ein Name ins Auge sprang.

»Yeşim Keyder«, murmelte er leise, »Dr. Yeşim Keyder.«

Döne stellte einen Teller Eier und Brot auf den Tisch und küsste ihn aufs Haar. Dabei fiel ihr Blick auf die Zeitung. »Ach«, meinte sie, »Yapi Kredi zeigt eine Retrospektive von Melih Akdeniz' frühen Werken. Das ist ja interessant, wenn man seine derzeitige Situation bedenkt.«

Çöktin blickte sie verständnislos an.

»Seine Kinder sind doch verschwunden«, erklärte Döne.

»Ziemlich unglücklicher Zeitpunkt, den die Bank sich da für ihre Ausstellung ausgesucht hat. Aber vielleicht ist das Ganze ja auch schon seit langer Zeit geplant.«

»Ja, vielleicht.«

Çöktin betrachtete erneut das Bild, das eines von Melih Akdeniz' Werken zeigte – ein wütender Wirbel aus Blau- und Rottönen mit dem Titel »Love« –, und studierte noch einmal die darunter abgebildete Karte: »Leihgabe von Dr. Yeşim Keyder«.

»Versuch doch wenigstens, einen Happen zu essen«, sagte Fatma und stellte einen mit Brot, Käse und Honig beladenen Teller vor den abgemagerten Mann am Kopf des Tisches.

Talaat Erteğrül lächelte, sagte aber nichts.

Mit einem traurigen Blick erwiderte Fatma sein Lächeln und ließ die beiden Männer allein.

İkmen, dessen Frühstück immer aus vier Zigaretten und einer Tasse Kaffee bestand, schob seinen Teller beiseite, sobald Fatma die Küche verlassen hatte.

»Ich weiß, ich sollte dich nicht auch noch ermuntern«, sagte er, während er seinem Schwager die Zigarettenschachtel hinhielt, »aber …«

»Aber den Sterbenden sollte man jeden Wunsch erfüllen«, beendete Talaat den Satz, nahm sich eine Zigarette und zündete sie an.

»Das wollte ich damit nicht sagen …«

»Aber ich.« Talaat musste lächeln, als er sah, wie sich sein sonst so freimütiger Schwager vor Verlegenheit wand. »Es macht mir nichts aus, über den Tod zu sprechen, meinen Tod. Eines nicht allzu fernen Tages wird es passieren, Çetin, und dann war's das eben. Und wenn ich jetzt nicht rauche, lache, trinke und sündige Gedanken hege, werde ich später keine Gelegenheit mehr dazu haben.«

»Es ist schon seltsam, wie sich die Religiosität auf die Frauen in deiner Familie beschränkt«, sagte İkmen, zündete seine Zigarette an und lehnte sich auf dem Stuhl zurück.

Talaat lachte. »Ja. Vater, Ali und ich fanden es schon immer erstaunlich, dass Mutter und die Mädchen an all dieses Zeug über ein wundervolles Leben nach dem Tod, mit duftenden Gärten und dergleichen, glaubten. Meine Mutter war fest davon überzeugt, jeden guten Moslem würden im Jenseits riesige Mengen Sorbet, türkischer Honig und Schokolade erwarten. Sie hat immer alles vom Standpunkt des Essens aus betrachtet, sogar den Tod.« Er runzelte die Stirn. »Ich konnte das nie nachvollziehen, kann es bis heute nicht.«

»Du glaubst, dass der Tod das Ende bedeutet.«

»Ja.« Talaat blickte in das vom Zigarettenrauch umnebelte Gesicht seines Schwagers. »Ich weiß, dass du das anders siehst, Çetin, dass du an Dinge glaubst, die deine Mutter dir beigebracht hat.«

»Meine Mutter, die Hexe.« İkmen lachte – ein raues, bronchitisches Lachen. »Weißt du was, Talaat? Manchmal glaube ich, meine Mutter hat mir zu viel beigebracht.«

»Wie meinst du das?«

Aber İkmen konnte nicht darüber reden, weder mit seinem Schwager noch mit sonst irgendjemandem. Yaşar und Nuray Akdeniz erlitten Qualen, die über jede Vorstellungskraft hinausgingen. Welcher Art ihr Martyrium war und wer ihnen das antat, wusste er nicht. Ebenso wie ein Blick in Talaats gelbliche Augen ihm verriet, dass sein Schwager das Ende der Woche nicht mehr erleben würde, hatte auch der kurze Blick in das Herz der Zigeunerin ihm die Wahrheit über die Zwillinge offenbart. Es musste einfach eine Verbindung geben zwischen Gonca und den Kindern oder ihrem Vater – vermutlich Letzteres. Gonca hatte mit Melih geschlafen, das war es. Gonca schlief mit vielen Männern. Ihr Blut hatte sich mit seinem vermischt und seines mit ihrem …

»In Momenten wie diesem kann ich nur allzu gut nachvollziehen, warum du meine Schwester manchmal verwirrst, Çetin.«

İkmen erwachte aus seinen Gedanken und murmelte verblüfft: »Was?«

»Du und deine Magie«, sagte Talaat, »deine geheimnisvollen Anspielungen auf Dinge, die Menschen wie Fatma und ich nicht verstehen können. Zum Beispiel das, was du gerade über deine Mutter gesagt hast ... dass sie dir zu viel beigebracht hätte.«

»Ja, das hat sie auch.« İkmen drückte seine Zigarette aus und zündete sich direkt die nächste an.

»Und was genau?«

»Ach, das ist nicht wichtig.« İkmen blickte nachdenklich zu Boden.

»Doch, das ist es sehr wohl«, erwiderte Talaat. »Es ist sogar so wichtig, ja so beängstigend, dass du es für dich behalten musst.«

İkmen musterte seinen Schwager. Talaat Erteğrül – einst umschwärmter Don Juan, jetzt von unsäglichen Schmerzen und dem nahen Tod gezeichnet – war gegen Ende seines Lebens an einen Punkt gelangt, an dem er zu verstehen schien.

»Ich habe mich immer gefragt, warum du dich für die Aufklärung von Morden entschieden hast«, fuhr Talaat fort, drückte seine Zigarette aus und steckte sich ebenfalls sofort die nächste an.

İkmen runzelte die Stirn.

Talaat rückte mit seinem Stuhl etwas näher und beugte sich zu ihm hinüber. »Ich weiß, dass du weißt, wie es ist, wenn man stirbt ... was man dann durchmacht«, sagte er leise. »Und ich weiß, dass du manchmal weißt, wann es soweit ist – wie bei mir.«

»Talaat ...«

»Ich bitte dich nur um eins: Sag es meiner Schwester nicht, wenn für sie der Moment gekommen ist.«

İkmen wandte sich ab – wie immer, wenn er das Gefühl

hatte, er könne den Tod oder die Schmerzen eines geliebten Menschen in dessen Augen sehen.

»Und sag ihr auf keinen Fall, dass es die duftenden Gärten für fromme Muslime nicht gibt.«

»Woher nimmst du die Gewissheit, dass es sie nicht doch gibt?«, erwiderte İkmen und stand auf, um zur Wohnungstür zu gehen, an der jemand geklingelt hatte.

Mehmet Süleyman strich sich mit der Hand über das blasse, müde Gesicht und seufzte.

»Also nichts«, sagte er zu der kleinen Gruppe ebenfalls erschöpfter Polizeibeamter, »ihr habt nichts gefunden. Nicht einmal in der Truhe, die vom Flughafen hierher gebracht wurde?«

»Nein, Chef«, erwiderte Hikmet Yıldız.

»Wart ihr auch wirklich überall? Seid ihr sicher, dass ihr alles durchsucht habt?«

»Fast alles. Unten im Keller sind allerdings noch zwei große Küchen.«

»Dann macht dort weiter«, sagte Süleyman und blickte aus dem Fenster in Rostows Garten, eine inzwischen sonnendurchflutete, üppige Oase. Die Nacht war lang und frustrierend gewesen.

Als die Beamten den Salon verließen, kehrten Rostow und sein Anwalt Lütfü Güneş zurück. Die beiden Männer hatten die Polizei bei ihrer Durchsuchung zwar nicht auf Schritt und Tritt verfolgt, waren die Nacht über jedoch ebenfalls auf geblieben, um die Aktion zu überwachen.

»Ich dachte, die wären fertig«, sagte der Russe und deutete mit dem Kopf auf die Polizisten, die gerade durch die Tür verschwanden.

»Wir haben Ihre Küchen noch nicht durchsucht, Herr Rostow«, meinte Süleyman.

»Und was hoffen Sie dort zu finden?«, grinste Güneş. »Vielleicht ein kleines Amphetamin-Labor …«

»In meinen Küchen sind nur Lebensmittel«, unterbrach

Rostow ihn. »Ich will nicht, dass da drin jemand rumsaut.«

»Das verstehe ich. Wie wär's, wenn ich hinuntergehe und darauf achte, dass meine Leute nichts beschädigen«, erwiderte Süleyman lächelnd. »Würde Sie das vielleicht beruhigen?«

»Dann komme ich mit«, fuhr Rostow ihn an.

»Dazu besteht keinerlei Notwendigkeit …«

»Dies ist mein Haus!«

»An Ihrer Stelle würde ich sie einfach machen lassen, Waleri«, sagte Güneş und ließ sich in die Polster des geschmacklosen Sofas sinken. »Sie und ich, wir wissen doch, dass da nichts ist …«

»Kümmern Sie sich um Ihren eigenen Kram, Lütfü«, entgegnete Rostow, den Blick starr auf Süleyman geheftet. »Ich werde den Inspektor begleiten.«

»Von mir aus«, erwiderte Süleyman noch immer lächelnd. Dann machte er eine ausladende Geste in Richtung Salontür aus und sagte: »Bitte nach Ihnen.«

Waleri Rostow ging zögernd auf die Tür zu, wobei seine Augenlider nervös zuckten.

Nurettin Eldem wusste, dass es nicht sehr klug war, gegenüber seinen Mandanten besondere Sympathien oder Antipathien zu hegen. Natürlich war es leichter, einen freundlichen Menschen mehr zu mögen als einen unfreundlichen, doch als Anwalt musste er zumindest versuchen, unparteiisch zu sein. Das gelang ihm allerdings nicht immer. Dr. Yeşim Keyder, die dürre, grauhaarige Frau, die ihm gegenüber saß, war ebenso wohlhabend wie humorlos und in den Augen ihres Anwalts eine habgierige alte Hexe.

Eldem bemühte sich um einen mitfühlenden Gesichtsausdruck, als er sagte: »Bedauerlicherweise werden Sie die Wohnung erst betreten können, wenn die Polizei ihre Ermittlungen abgeschlossen hat. Ich weiß, das ist unangenehm …«

»Das ist nicht unangenehm, sondern unerhört«, entgegnete die Frau aufgebracht. »Sowohl Rosita als auch diese andere Person, die man in ihrer Wohnung gefunden hat, sind eines natürlichen Todes gestorben. Es ist mir vollkommen unverständlich, warum die Polizei überhaupt noch ermittelt.«

»Die Beamten sind gezwungen, sich mit den argentinischen Behörden in Verbindung zu setzen«, erklärte Eldem, »und solange die Identität dieses anderen Leichnams noch nicht geklärt ist …«

»Rositas Verwandte sind allesamt tot«, unterbrach Yeşim Keyder ihn barsch und setzte dann mit leiser Stimme hinzu: »Gott sei Dank. Und was die andere Leiche betrifft, so habe ich dem Polizisten, diesem Çöktin, bereits mitgeteilt, dass niemand von meiner Familie irgendetwas mit ihm zu tun hat.«

Obwohl Eldem schon seit langer Zeit wusste, dass die Keyders nicht sehr gläubig waren, bestürzte es ihn doch immer wieder, wenn Yeşim Keyder »Gott« statt »Allah« sagte. Vielleicht tat sie das, weil sie so viele Jahre mit Rosita verbracht hatte. Außerdem hatte sie ebenfalls eine Zeit lang in Argentinien gelebt, zusammen mit ihrem Bruder Veli.

»Ja, aber bedauerlicherweise spielt es keine Rolle, was wir sagen, Frau Keyder. Solange die Beamten ihre Arbeit nicht beendet haben, ist da nichts zu machen. Allerdings habe ich ihnen mit großem Nachdruck eingeschärft, dass nichts beschädigt werden darf, was Ihnen gehören wird.«

»Ja, aber was nutzt das schon?«, entgegnete sie. »Die machen garantiert etwas kaputt, trampeln mit ihren klobigen, schweren Stiefeln in der ganzen Wohnung herum und nehmen alles mit, was ihnen gefällt.« Sie blickte in das fleischige Gesicht des Anwalts. »Ich weiß, wie der Hase läuft, Herr Eldem. Ich gebe mich keinerlei Illusionen hin, was die Vertrauenswürdigkeit unserer Polizeibehörden betrifft.«

»Dr. Keyder!«

»Und denken Sie ja nicht, nur weil bereits Ihr Vater

mein Anwalt gewesen ist, würde ich jedem Wort aus Ihrem Munde Glauben schenken«, fuhr sie eisig fort. »Wenn Sie an geeigneter Stelle ein Wörtchen für mich einlegen würden, ließe sich nämlich sehr wohl etwas an der Situation ändern. Schließlich bin ich reich ...«

»Ich weiß, Dr. Keyder.« Eldem räusperte sich. »Darum verstehe ich ja auch nicht, warum Sie so versessen darauf sind, die Wohnung in Kuloğlu in Besitz zu nehmen. Auch wenn es vermutlich nicht mehr lange dauern wird, so ist Frau Keyders Leichnam doch noch nicht einmal zur Bestattung freigegeben.«

»Ich habe Oberwachtmeister Çöktin mitgeteilt, ihn an Pater Giovanni Vetra zu übergeben, sobald sie mit der Untersuchung fertig sind«, sagte Yesim Keyder und wedelte abschätzig mit der Hand. »Und sollte ich tatsächlich, wie Sie sagen, versessen darauf sein, die Wohnung in Besitz zu nehmen, dann wäre das einzig und allein meine Angelegenheit. Des Weiteren meine ich mich zu erinnern, dass mein Bruder und seine Frau Ihnen einige Dokumente zur Aufbewahrung gegeben haben.«

»Ja, aber ...«

»Herr Eldem, Sie wissen doch genauso gut wie ich, dass die Wohnung in Kuloğlu ausschließlich meinem Bruder Veli gehört hat. Und als seine einzige lebende Anverwandte erbe ich automatisch all seine Besitztümer, mit Ausnahme von Rositas persönlichen Sachen.« Sie fixierte den Anwalt mit einem kalten Blick. »Darunter fallen meines Wissens auch Velis und Rositas gemeinsame Dokumente.«

»Ich müsste erst ...«

»Die ich jetzt sofort sehen möchte, wenn Sie nichts dagegen haben«, fuhr Dr. Keyder ungerührt fort.

Vor vielen Jahren, kurz nachdem er die Kanzlei von seinem Vater übernommen hatte, waren Dr. Veli Keyder und seine attraktive argentinische Ehefrau zu ihm gekommen und hatten ihm eine Reihe versiegelter Umschläge zur Aufbewahrung übergeben. Jung und von Dr. Keyders wissenschaftlichem Ruhm mächtig beeindruckt, hatte Eldem damals nicht einmal daran gedacht, ihn nach dem Inhalt der Unterlagen zu fragen. Diese unangenehme Dr. Yeşim Keyder schien jedoch mehr darüber zu wissen – und nach ihrem verkniffenen Gesichtsausdruck zu urteilen, mussten die Dokumente ziemlich wichtig sein. Einen kurzen Moment lang spielte der Anwalt mit dem Gedanken, einen Blick darauf zu werfen, bevor ihre rechtmäßige Besitzerin sie in die Hände bekam.

»Ich schlage vor, dass Sie mit meiner Sekretärin einen Termin vereinbaren, Dr. Keyder«, sagte er. »Ich werde dann dafür sorgen, dass der Safe geöffnet wird …«

»Ich möchte mein Eigentum jetzt in Empfang nehmen, Herr Eldem«, erwiderte die Frau kühl.

»Ja, aber …«

Trotz ihres Alters und der drückenden Mittagshitze sprang Dr. Keyder förmlich von ihrem Sessel auf. »Lassen Sie uns diesen Teil Ihrer Verpflichtungen, für die ich Sie übrigens großzügig bezahle, schnell hinter uns bringen.«

Die im Keller gelegenen und schlecht belüfteten Küchen in Waleri Rostows Haus waren an einem heißen Sommertag kein angenehmer Aufenthaltsort. Selbst der in Kleidungsfragen sonst so korrekte Inspektor Süleyman hatte sein Jackett abgelegt, um die Durchsuchung der stickigen Räume überwachen zu können.

Mit ganz anderen Problemen hatten die Wachtmeister Yıldız und Gün zu kämpfen, die die Kontrolle der Kühlräume übernommen hatten. Die beiden kleinen Räume waren randvoll mit Schafshälften, Fisch, Geflügel und großen Mengen Molkereiprodukten – allesamt in dünne Frischhaltefolie gewickelt. Inspektor Süleyman hatte sie beauftragt, jedes einzelne Teil zu überprüfen und gegebenenfalls auszupacken. Im Gegensatz zum restlichen Durchsuchungstrupp waren die beiden Beamten schon ganz blau vor Kälte. Sie holten ein Teil nach dem anderen aus den

Regalen, packten aus, wickelten wieder ein, wühlten sich durch unzählige Lagen Folie, immer auf der Suche nach einem kleinen Beutel mit Kokain, einer in Wachstuch gewickelten Waffe … Und dann tauchte Rostow plötzlich hinter ihnen auf. Zitternd vor Kälte stand er im Türrahmen und beobachtete jeden einzelnen Schritt der Polizisten.

Als Yıldız versuchte, mehrere Lagen Folie von drei gerupften Hühnern zu entfernen, fragte er sich, ob Süleyman ihn und Gün mit dieser Durchsuchungsaktion in den Kühlräumen bestrafen wollte oder ob er ihnen bei dem heißen Wetter nicht vielmehr einen Gefallen damit tat. Nichtsdestotrotz ließ Yıldız' anfängliche Dankbarkeit gegenüber seinem Vorgesetzten allmählich nach. Dagegen schien Polizeioberwachtmeister Çöktin, mit dem er ein recht freundschaftliches Verhältnis pflegte, Süleyman ja förmlich anzubeten – aus welchem Grund verstand Yıldız jedoch nicht so recht. Süleyman behandelte ihn zwar im Allgemeinen anständig, war aber nicht gerade der umgänglichste Typ. Im Gegensatz zu İkmen ging er nie mit seinen Untergebenen nach Dienstschluss ein Bier trinken, und in den letzten Tagen wirkte er ständig abgespannt und missmutig.

Yıldız legte das Geflügel zurück und wandte sich einem Stück Gefriergut zu, das wie eine Schafshälfte aussah und nicht in Frischhalte-, sondern in dicke Plastikfolie gewickelt war. Er schob eine Hand darunter und versuchte, das schwere Paket aus dem Regal zu hieven.

»Finger weg!«

Überrascht von Rostows polternder Stimme blickte Yıldız hoch.

»Inspektor Süleyman hat die Anweisung erteilt, dass jedes einzelne …«

»Nehmen Sie die Finger weg!«

»Herr Rostow …«

»Wenn du nicht sofort deine verdammten Pfoten da wegnimmst, bring ich dich um!«, brüllte der Russe.

Yıldız ließ das Paket los und griff nach seiner Waffe.

Rostows helle Augen, die ihn durch den aufsteigenden Dampf des Eises anstarrten, erinnerten Yıldız an die gespenstischen Glasaugen des seltsamen Toten in Kuloğlu. Die Erinnerung daran schnürte ihm die Kehle zu, und er musste schlucken, um noch ein Wort herauszubringen.

»Inspektor Süleyman«, rief er. »Inspektor …«

»Habe ich dir nicht gesagt …«, setzte Rostow an, während er auf Yıldız zuging.

»Inspektor!«

Genau in dem Moment, als Yıldız seine Waffe zückte, kam Süleyman in den Kühlraum. Mit einem Blick erkannte er die Gefahr.

»Was geht hier vor?«, fragte er und zog ebenfalls seine Waffe. »Wachtmeister Yıldız?«

»Herr Rostow will nicht, dass ich das Fleisch hier auspacke«, sagte Yıldız und versuchte, seinen Blick von dem finsteren Mafiaboss abzuwenden.

»Ich habe Ihnen doch erklärt, dass alles durchsucht werden muss, Rostow«, sagte Süleyman. Dann wandte er sich wieder an Yıldız: »Machen Sie es auf.«

Wütend fuhr Rostow herum und funkelte Süleyman zornig an. »Nein!«

»Das ist ein Befehl, Wachtmeister«, wiederholte Süleyman ruhig.

Yıldız steckte die Pistole zurück ins Halfter und schob die Hand unter die äußere Plastikschicht.

Der Schrei, den Rostow ausstieß, als er sich auf Yıldız stürzte, schien eher von einem Tier als von einem Menschen zu kommen. Wie besessen packte er den jungen Beamten und krallte sich in dessen Gesicht fest, sodass weder Süleyman noch die beiden herbeigeeilten Polizisten Avcı und Karataş eine Verletzung ihres Kollegen verhindern konnten. Schließlich gelang es ihnen, Rostow wegzuzerren. Während Avcı und Karataş den noch immer brüllenden Russen festhielten und auf den Boden drückten, kümmerte Süleyman sich um Yıldız.

»Wachtmeisterin Gün!«, rief er, während er das blutende Gesicht des jungen Mannes untersuchte.

»Ich dachte, der reißt mir das Auge aus!«, stammelte Yıldız, dessen ganzer Körper plötzlich unkontrolliert zu zittern begann. »Ich dachte …«

»Ganz ruhig, ganz ruhig.« Süleyman war mit den Begleiterscheinungen eines Schockzustands vertraut und legte einen Arm um die Schultern des jungen Mannes, bis Halide Gün erschien.

»Rufen Sie einen Krankenwagen«, sagte er. »Und fahren Sie mit.«

»Ja, Chef.«

Als die beiden die Treppe hinauf verschwunden waren, wandte er sich Rostow zu, der noch immer auf dem Boden des Kühlraums festgehalten wurde.

»Also, was ist nun in dem Paket, Herr Rostow?«, fragte Süleyman mit eisiger Stimme. »Ich werde sowieso nachsehen, Sie können es mir also auch gleich sagen.«

»Wenn du sie rausnimmst, bring ich dich um!«, brüllte Rostow.

Avcı und Karataş sahen Süleyman fragend an.

»Sie?«

»Wohl die Leiche von irgendeiner Frau«, meinte Karataş und drehte sich wieder zu dem blass gewordenen Russen um. »Wahrscheinlich eine Nutte, die er beseitigt hat.«

»Nein!«

Plötzlich schien sämtliche Wut aus Rostows Körper zu weichen, und er begann hemmungslos zu weinen. Obwohl Süleyman dieser neuen Entwicklung noch nicht ganz traute, hockte er sich neben den Mann.

»Also was …?«

»Das ist meine Tochter!«, schluchzte Rostow. »Meine Tochter liegt da im Regal!«

10

Ayşe Farsakoğlu legte den Hörer wieder auf und sah zu ihrem Vorgesetzten Çetin İkmen hinüber.

»Reşad Kuran geht nicht ans Telefon«, erklärte sie müde.

»Haben Sie es schon auf seinem Mobiltelefon versucht?«

»Genau das ist ja sein Telefon«, erwiderte Ayşe. »Ein anderes hat er nicht.«

İkmen blickte sie nachdenklich an. »Einer von uns sollte mal bei ihm vorbeischauen. Ohne seinen Wagen kommt er nicht weit.«

Ayşe zündete sich eine Zigarette an. »Vielleicht hat er den Bus genommen.«

»Stimmt.« Das war natürlich denkbar. Schließlich reisten jeden Tag unzählige Menschen in diesen zahlreich vorhandenen, preiswerten Verkehrsmitteln bis nach Anatolien.

»Gehe ich recht in der Annahme, dass Sie bei der ganzen Sache kein gutes Gefühl haben, Inspektor?«, fragte Ayşe.

İkmen steckte sich ebenfalls eine Zigarette an, sog den Rauch tief ein und seufzte dann. »Irgendetwas stimmt mit dieser Familie nicht, und das gilt auch für Kuran. Ich weiß zwar nicht, was es ist, aber ...«

»Meinen Sie die Tatsache, dass Melih Akdeniz einfach mit seiner Arbeit weitermacht?«

İkmen schüttelte den Kopf. »Nein, nein. Akdeniz ist ein Künstler; er kann nicht anders. Uns mag das merkwürdig erscheinen, aber wenn ich mich nicht irre, sind diejenigen, die sich mit Kunst beschäftigen, ganz von ihr beseelt, um nicht zu sagen besessen. Nein, es ist etwas anderes ...« Er blickte an die rissige, nikotingelbe Decke, als suche er dort nach den richtigen Worten. »Mir gefällt nicht, wie Akdeniz ohne mit der Wimper zu zucken über die Glasscherben gelaufen ist. Ständig trägt er diese Flasche mit sich herum. Irgendein Medikament schätze ich, aber wogegen? Wir wissen, dass er früher drogenabhängig war. Und dann seine Frau ...«

»Was ist mit ihr?«

»Sie ist offensichtlich vollkommen verstört«, sagte İkmen, »und ich verstehe nicht, wie sie ihrem Mann unter diesen Umständen noch bei seiner Arbeit helfen kann. Soweit ich weiß, war sie früher einmal seine Studentin, hat ihre eigene Karriere aber aufgegeben. Was ist also ihre Motivation? Sind Akdeniz oder seine Arbeit ihr wichtiger als ihre eigenen Kinder?«

Ayşe zuckte die Achseln. »Manche Frauen lieben ihre Männer mehr als ihre Kinder. Das ist gar nicht mal so ungewöhnlich.«

İkmen lächelte matt. »Vermutlich haben Sie Recht.«

»Und manche Männer erwarten sogar von ihren Frauen, dass sie mehr an ihnen als an ihren Kindern hängen.«

»Stimmt.« Er hätte sie gerne gefragt, ob sie aus eigener Erfahrung sprach, entschied sich dann aber dagegen. Die Dreißigjährige war nicht nur sehr attraktiv, sondern auch unverheiratet. Natürlich hatte sie Affären gehabt, die nicht immer ganz unkompliziert verlaufen waren – zuletzt mit ihrem eigenen Vorgänger, İkmens ehemaligem Assistenten, dem verstorbenen Orhan Tepe. İkmen wusste, dass Ayşe von einigen Männern sehr schlecht behandelt worden war. Sie hatte zwar keine Kinder, er konnte sich aber vorstellen, dass so mancher ihrer Liebhaber von ihr verlangt hatte, für ihn Dinge aufzugeben, die ihr etwas bedeuteten. Wie glücklich konnten er und seine Frau sich im Vergleich dazu doch schätzen. Nach all den Jahren liebten sie einander immer noch und sie waren sich auch hinsichtlich ihrer Kinder einig: Der gemeinsame Nachwuchs hatte Vorrang vor allem anderen. Das galt sogar für seine nicht immer unkomplizierte Tochter Hülya mit ihrem jüdischen Freund …

»Wenn Sie sich Sorgen wegen des Inhalts von Akdeniz' Flasche machen, warum fragen Sie ihn dann nicht einfach danach?«, riss Ayşe ihn aus seinen Gedanken.

»Ach, im Grunde mache ich mir deswegen gar keine Sorgen«, sagte İkmen und studierte die Glut seiner Zigarette. »Es interessiert mich nicht, ob Akdeniz auf irgendwelche oral einzunehmenden Drogen umgestiegen ist. Nein, nicht die damit verbundene Aussage bereitet mir Sorgen.«

»Ich verstehe nicht recht …«

»Für Künstler wie Akdeniz ist es ungeheuer wichtig, dass allem, was sie tun, sagen oder denken, eine besondere Bedeutung zukommt.« İkmen stand auf und begann, langsam in seinem Büro hin und her zu wandern. »Alles und jedes ist eine künstlerische Aussage. Ständig trägt er diese Flasche mit sich herum, und er hat gesehen, dass ich ihn beim Trinken daraus beobachtet habe. Mit einem einzigen Satz hätte er meine Neugier befriedigen können. Aber das tut er nicht, weil er ein Künstler ist; das Ganze gehört zu der Performance, die sein Leben darstellt. Und was dieses geschwollene Gerede über Karagöz anbelangt …«

»Karagöz?« Ayşe lachte. »Das ist doch nur Satire.«

»Ja, für die breite Masse. Eine Art staatlich sanktionierte, harmlose Gesellschaftskritik«, meinte İkmen. »Ich weiß, warum Akdeniz darüber gesprochen hat.«

»Und warum?«

»Weil er selbst eine Schattenspiel-Aufführung plant. Deswegen hat er auch die Leinwand in seinem Garten gespannt. Die wird von hinten beleuchtet, und die Sachen, an denen er zurzeit näht, will er als Requisiten verwenden. Wirklich sehr originell«, fügte İkmen säuerlich hinzu.

Ayşe zuckte die Achseln. »Das könnte lustig werden.«

»Oder auch nicht«, erwiderte ihr Vorgesetzter düster. »Ich persönlich kann dieses Karagöz nicht ausstehen; dabei läuft es mir immer kalt den Rücken herunter.«

Vielleicht lag das an dem, was man mit diesem Schattenspiel normalerweise assoziierte, dachte Ayşe. Karagöz wurde traditionell im Ramadan, dem heiligen Fastenmonat, aufgeführt, in dem erwachsenen Muslimen vom Morgengrauen bis zum Sonnenuntergang jegliche Nahrungsaufnahme untersagt war.

Darüber hinaus spielte das Puppentheater aber auch bei den Feierlichkeiten nach der *Sünnet*, der Beschneidungszeremonie, eine wichtige Rolle.

Doch İkmens Abneigung beruhte auf etwas anderem.

»Sie wissen sicher, dass die beiden Hauptfiguren dieses Schattenspiels – Karagöz, der Bauer, und Hacıvat, der Osmane – einstmals wirklich existierten«, sagte er. »Während der Herrschaft von Sultan Orhan waren sie als Kunsthandwerker an der Großen Moschee in Bursa tätig.«

Ayşe zuckte die Achseln. »Wenn Sie das sagen.«

»Aber weil die beiden Männer ständig Späße trieben und die anderen von der Arbeit abhielten, war der Sultan so verärgert, dass er sie hinrichten ließ. Als sich bei ihm dann später das schlechte Gewissen meldete, fertigte einer seiner devoteren Untertanen die heute bekannte Karagöz-Leinwand und die dazugehörigen Puppen an, sodass die beiden exekutierten Männer gleichsam wieder auferstehen konnten. Der Sultan war entzückt.« İkmen setzte sich wieder an seinen Schreibtisch und seufzte. »Das bedeutet, dass das, worüber die Menschen seit Jahrhunderten lachen, auf einen staatlich sanktionierten Mord zurückgeht. Und ich glaube, das ist auch der Grund dafür, warum wir die Personen nur als Schattenfiguren sehen dürfen. Durch die Leinwand kann man die Wirklichkeit nicht sehen, das

Blut, das Erschlaffen der Haut, wenn das Leben aus dem Körper entweicht. Auf diese Weise wird eine Illusion zur Realität erhoben. Die beiden Männer sind tot, aber sie bewegen sich noch und kritisieren den Status quo, also ist alles in Ordnung. Das ist bequem und grausam zugleich. Dadurch, dass Akdeniz das Schattentheater als künstlerische Aussage präsentiert, lädt er sein Publikum zum Begräbnis überholter, belangloser Ideen ein. Denn wer nimmt die toten Männer, die Dschinns, Zigeuner und all die anderen Karagöz-Figuren schließlich noch ernst?«

Es kam Ayşe seltsam vor, dass İkmen, der beruflich ständig mit dem Tod zu tun hatte, plötzlich in solch melancholische, grüblerische Gedanken verfiel. Aber es hieß, sein Schwager liege im Sterben, und das konnte schließlich nicht spurlos an ihrem Vorgesetzten vorbeigehen. Außerdem war er selbst auch nicht mehr der Jüngste. Vielleicht lastete das Gewicht der Jahre immer drückender auf seinen Schultern, während seine Kinder heranwuchsen, das Haar seiner Frau sich weiß färbte und seine eigenen Fähigkeiten als Ermittler unter dem Druck der Verantwortung für die vermissten Kinder nachzugeben drohten. Welch eine schwere Bürde. Spontan streckte Ayşe die Hand aus, ohne Rücksicht auf Dienstrang und Status. Für einen kurzen Moment umschloss İkmen ihre Finger und lächelte.

»Was soll das heißen, sie ist Ihre Tochter?«

Süleyman, seine Mitarbeiter und Rostow standen jetzt in einer der beiden Küchen, in sicherem Abstand zu dem seltsamen, umkämpften Paket im Kühlraum.

Der Russe zog an seiner Zigarette, ehe er antwortete. »In der Plastikhülle befindet sich das, was von meiner Tochter noch übrig ist – ihr Leichnam.«

»Aber ich dachte ...«

»... dass ich schwul bin?« Rostow lächelte und blickte von Süleyman zu den beiden verblüfften Beamten, die seinen Stuhl flankierten. »Es stimmt, ich mag junge Männer.

Aber das war nicht immer so. Als Tatjana auf die Welt kam, sah mein Leben noch ganz anders aus. Damals wohnte ich in Moskau und war verheiratet.«

Süleyman warf einen Blick in Richtung Kühlraum und fragte dann: »Und wann wurde, äh, Tatjana denn geboren?«

»Und wann ist sie gestorben?«

»1992.«

»1999.« Bei der Erinnerung daran verdüsterte sich das Gesicht des Russen. »Leukämie – und das so genannte russische Gesundheitswesen.«

»Aber wieso liegt sie dann in Ihrem Kühlraum?«, fragte Karataş, der nicht unbedingt für sein Einfühlungsvermögen bekannt war. »Warum haben Sie sie nicht begraben, wie es jedem anständigen Menschen zusteht?«

Rostow, der bis zu dem Zeitpunkt einigermaßen besänftigt gewirkt hatte, starrte ihn hasserfüllt an.

»Haben Sie jemals einen geliebten Menschen verloren?«, fauchte er. »Jemanden, bei dem Sie die Vorstellung nicht ertragen können, sein geliebtes Gesicht in einem Erdloch verschwinden zu sehen?«

Keiner der Anwesenden sagte etwas darauf. Irgendwie waren sie, ohne recht zu wissen, wie ihnen geschah, von Maschas verschwundenen russischen Männern und verlockenden Heroinmengen über Weihrauchgeschenke an alte Priester zu diesem toten Kind hier gelangt, das so eiskalt war wie der Ruf seines Mafiavaters.

»Das Gesetz schreibt vor, dass Tote begraben werden müssen«, setzte Süleyman an.

»Ja, Ihre Gesetze«, erwiderte Rostow, »aber ich bin kein Türke.«

»Ich bin mir sicher, dass die russische Gesetzgebung …«

»Sie bleibt, wo sie ist!«

»Aber wozu?«

Alle Köpfe drehten sich zu Wachtmeister Avcı um, der die Frage gestellt hatte.

»Es ist doch nicht so, dass Sie sich Ihre Tochter ständig ansehen ... ich meine, durch die Plastikfolie und das ganze Eis, oder?«, fuhr er fort. Im Allgemeinen fiel Avcı nicht unbedingt durch herausragende Intelligenz auf, aber in diesem Fall traf er den Nagel auf den Kopf.

Süleyman blickte in Waleri Rostows bleiches Gesicht. »Also, Herr Rostow?«, fragte er. »Können Sie mir einen guten Grund nennen, warum ich die Gesetze meines Landes missachten und erlauben sollte, dass der Leichnam Ihrer Tochter hier im Haus bleibt?«

Rostow fixierte Süleyman, wobei er offensichtlich angestrengt darüber nachdachte, wie er diese feindseligen Polizeibeamten besänftigen konnte.

Nach einer Weile, in der Süleyman seinem Blick mühelos standhielt, meinte der Russe: »Ich würde gerne mit Ihnen alleine sprechen, Inspektor.«

Süleyman überlegte einen Moment und sagte dann: »Okay. Ich gebe Ihnen fünf Minuten.«

»Aber Chef!«

»Keine Sorge, Avcı«, sagte Süleyman, »ich ...«

»Ich werde ihm schon nichts tun!«, fuhr Rostow den jungen Beamten an. »Nicht, solange ihr alle hier noch in meinem Haus herumschleicht!«

Süleyman wies Avcı und Karataş an, die Küche zu verlassen, und ließ sich dann dem Russen gegenüber auf einem Stuhl nieder.

»Also, Herr Rostow ...«

»Ich kann Sie reicher machen, als Sie sich in Ihren kühnsten Träumen ...«

»Das Gespräch ist hiermit beendet«, sagte Süleyman, erhob sich und marschierte in Richtung Tür.

»Und was ist mit der schlechten Presse, die Sie für die Aktion gestern Abend bei der orthodoxen Kirche erhalten werden?«, fragte Rostow.

Süleyman blieb stehen. Laut İskender machte die Journalistin von der Zeitung *Radikal* ziemliche Probleme – um es vorsichtig auszudrücken. Und wenn Rostow jetzt womöglich zugab, dass Betül Ertüg seinen Mitarbeiter nicht, wie ursprünglich behauptet, begleitet hatte, um bei einem Akt russischer Großzügigkeit zugegen zu sein, sondern um der Polizei etwas anzuhängen – wer weiß, womit er dann sonst noch alles herausrückte? Vielleicht gab er sogar zu, dass Mascha an der Intrige beteiligt war? Oder er nannte den Namen des Mitarbeiters aus Süleymans Abteilung, der ihm so viel über dessen Privatleben verraten hatte? Ganz offensichtlich war der kleine Leichnam im Kühlraum Rostows schwacher Punkt. Er wollte verhindern, dass irgendjemand seine Tochter zu Gesicht bekam; schließlich hatte er sie bereits mit Zähnen und Klauen verteidigt. Genau wie für die Polizei war auch für ihn offenbar nicht alles nach Plan verlaufen.

Süleyman kehrte zu ihm zurück und setzte sich wieder. »Dann haben Sie also Betül Ertüg geschickt ...«

»Nein, das habe ich nicht«, erwiderte Rostow und wandte den Blick ab. »Sie sollte sich nur einmal ansehen, was meine Firma für die orthodoxe Gemeinde tut. Wirklich reiner Zufall, dass sie ausgerechnet in dem Moment zugegen war, als Sie ...«

»Ach, erzählen Sie mir doch keine Märchen!«

»Wie dem auch sei, jedenfalls habe ich, sagen wir mal, einen gewissen Einfluss auf Frau Ertüg.«

»Sie meinen, sie ist drogenabhängig.«

Rostow hob abwehrend die Hände. »Das habe ich nicht gesagt!«

»Das war auch nicht nötig.«

»Haben Sie vielleicht irgendwelche Drogen in meinem Haus gefunden?«, fragte Rostow achselzuckend. »Nein, das haben Sie nicht! Ich handle nämlich nicht mit Drogen, sondern mit Antiquitäten.«

»Das ist aber nicht das, was man mich glauben machen wollte.«

»Dann hat man Sie eben falsch informiert.«

»Und was ist mit Mascha?«

Der Russe holte tief Luft und ließ seinen Atem dann langsam durch die Nasenlöcher ausströmen.

»Sie wissen schon«, sagte Süleyman und beugte sich vor, um seiner Beute näher zu sein, »diese Hure, die Sie auf mich angesetzt haben. Die Frau, die die Lügen über Pater Alexei verbreitet hat und die genau wusste, dass ich in Ihrem Haus einen Ausbund an Tugendhaftigkeit vorfinden würde.«

»Ich habe keine Ahnung, wovon Sie reden«, erwiderte Rostow. »Ich bin schwul, ich kenne keine Huren.« Und dann sah er Süleyman plötzlich direkt in die Augen und sagte: »Ich kenne niemanden dieses Namens, Inspektor. Es gibt niemanden mit diesem Namen.«

Süleyman lief es eiskalt den Rücken hinunter. Rostow hatte sie beseitigen lassen! Natürlich – wenn sie nicht mehr lebte, war es nahezu unmöglich, die undichte Stelle und damit Rostows Informanten in Süleymans Abteilung ausfindig zu machen. Süleyman hätte schreien können vor Wut, doch es gelang ihm, sich zu beherrschen. Seine Kehle fühlte sich wie ausgetrocknet an, und er musste schlucken, was Rostow nicht entging. Ein feines Lächeln umspielte seine Mundwinkel, zumindest kam es Süleyman so vor.

»Also, wenn ich Frau Ertüg kontaktieren soll«, setzte der Russe an.

»Wenn Sie ...«

»Vorausgesetzt Sie gestatten, dass ich Tatjana dort lasse, wo sie jetzt ist, könnte ich mich mit Frau Ertüg in Verbindung setzen«, sagte Rostow und griff nach seinem Mobiltelefon.

Süleymans Blick wanderte zu dem Gerät und dann zurück zu Rostow.

»Ich muss darüber nachdenken«, sagte er.

»Aber denken Sie nicht zu lange nach.«

Kopfschüttelnd holte Süleyman seine Zigaretten aus der Sakkotasche und zündete sich eine Zigarette an. »Nein, aber während ich nachdenke, könnten Sie mir doch etwas über Ihre Tochter erzählen.«

Rostows Miene verdüsterte sich. »Was meinen Sie damit?«

»Ich kann mir nicht vorstellen, dass Sie sie einfach für den Rest Ihres Lebens hier im Kühlraum aufbewahren wollen. Ich meine, irgendwo habe ich mal etwas über dieses Kryogenik-Verfahren gelesen …«

Rostow lachte freudlos auf. »Der größte Betrug aller Zeiten – jemanden irgendwann in der Zukunft wieder zum Leben erwecken zu wollen! Meine Exfrau hat den Schwachsinn tatsächlich geglaubt, deshalb befindet meine Tochter sich jetzt auch in dem Zustand. Ich habe diesen Leuten zig Millionen Rubel bezahlt«, sagte er. »Nein, Inspektor. Tatjana soll einbalsamiert werden.«

Süleyman runzelte die Stirn. »Aber das hätten Sie doch in Russland machen lassen können. Schon vor Jahren.«

»Nein, oder jedenfalls nicht so, dass sie anschließend noch so aussieht wie zu Lebzeiten«, erwiderte Rostow seufzend. »So was ist nur hier möglich. Und das ist auch der Grund dafür, warum ich meine Exfrau überredet habe, Tatjana hierher zu schicken. Der erfahrenste Balsamierer der Welt lebt in Istanbul.« Seine Augen leuchteten. »Tote, die so aussehen, als würden sie sich jeden Moment bewegen, oder die aufrecht in einem Sessel sitzen, ein Buch in der Hand! Ich habe Dinge gesehen, da würde Ihnen der Atem stocken.«

Süleyman runzelte die Stirn. »Aber warum?«

Rostow lächelte. »Weil sie wunderschön sind. Das ist Kunst, Inspektor. Seine Lieben um sich zu haben als unvergängliches Kunstwerk! Dafür werden Millionen von Dollar gezahlt. Und die Menschen kommen aus der ganzen Welt hierher, vor allem aus Russland. Es gibt sogar eine Art Markt für diese Kunstwerke, sie werden regelrecht gesammelt …«

»Sie haben sich also mit dem Balsamierer in Verbindung gesetzt?«

»Nein, nicht direkt«, sagte Rostow. »Ich stehe noch in Verhandlungen, über eine dritte Person. Einer meiner Landsleute hat den Kontakt zu jemandem hergestellt, der wiederum in Verbindung mit dem Balsamierer steht. Er selbst ist ständig unterwegs; alle wollen, dass er für sie arbeitet.« Einen kurzen Moment lang erschien vor Süleymans innerem Auge ein Horrorszenario: eine Gruppe russischer Mafiosi, die zusammen mit ihren lebensechten, aber ziemlich verblichenen Verwandten zufrieden vor dem heimischen Fernseher saßen. Er wusste von der christlichen Praxis, Verstorbene so gut wie möglich zu konservieren; Zelfa hatte ihm allerlei bizarre Geschichten darüber erzählt. Aber die Tatsache, dass so etwas – wenn auch von Christen – in einer vorwiegend vom Islam geprägten Stadt praktiziert wurde, erschien ihm äußerst unpassend, wenn nicht sogar unerhört. Plötzlich erinnerte er sich an den Fall, an dem Çöktin derzeit arbeitete. Bei dem in einer Wohnung in Kuloğlu gefundenen konservierten Leichnam handelte es sich jedoch nicht um ein Verbrechensopfer; hier ging es vielmehr um die Klärung der »Besitzverhältnisse«. Anschließend würde der Tote aus hygienischen Gründen begraben werden müssen, genau wie Tatjana. Aber vielleicht sollte er dieses Thema Rostow gegenüber lieber nicht anschneiden, dachte Süleyman, jedenfalls nicht, solange er keinerlei Informationen aus dem Russen herausgeholt hatte.

»Also gut«, sagte er und nickte bedächtig. »Rufen Sie Frau Ertüg an, dann kann Tatjana erst einmal bleiben, wo sie ist.« Rostow streckte die Hand nach dem Telefon aus. In dem Moment legte Süleyman seine Hand über die des Gangsters und sah ihn eindringlich an.

»Wenn Sie jedoch wollen, dass ich Ihnen auch in Zukunft helfe, Ihre Tochter zu behalten«, sagte er, »dann müssen Sie mir jetzt ebenfalls helfen.«

Natürlich war das eine glatte Lüge: Letztlich würde Tatjana begraben werden müssen, ob Rostow das nun passte oder nicht. Aber die Miene des Russen verriet Süleyman, dass er entweder keine Ahnung bezüglich der Rechtslage hatte oder sich einfach nicht mit dem Gedanken beschäftigen wollte.

»Ich möchte, dass Sie mir Ihre Versorgungswege nennen, Herr Rostow«, sagte Süleyman. »Wir wissen, dass ein Großteil des hiesigen Heroins ursprünglich aus Afghanistan stammt …«

»Sie haben keinerlei Drogen bei mir gefunden! Ich …«

»Ach, jetzt hören Sie doch endlich auf, mich für dumm zu verkaufen!«, fuhr Süleyman ihn an. »Denken Sie lieber an Tatjana. Überlegen Sie, was Ihnen wichtiger ist.« Er lehnte sich zurück, und auf einmal genoss er den Anblick von Rostows gepeinigtem Gesichtsausdruck. »Ach ja: Wo ich schon mal hier bin, können Sie mir auch gleich den Namen Ihres Verbindungsmanns zu diesem Balsamierer sagen«, fügte er hinzu. »Ein Freund benötigt in einer ähnlichen Angelegenheit ein wenig Unterstützung.«

Döne hatte erzählt, einige Bewohner ihres Viertels seien der festen Überzeugung, in Melih Akdeniz' Haus spuke es. Soweit Çöktin sich erinnern konnte, hing das mit dem ursprünglichen Bewohner zusammen, einem von Melihs Vorfahren, der vor Kummer über den Verlust seiner geliebten Heimat Spanien gestorben war. Çöktin wollte zwar eigentlich einen anderen Weg nehmen, aber da er gerade in der Nähe war, konnte er auch gleich seine Neugierde bezüglich des berühmten Künstlerhauses stillen und einen Blick durch das offene Eisentor auf der Rückseite des Gebäudes werfen. Er hatte sich vorgestellt, einen hübschen Garten vorzufinden, vielleicht einen wie den hinter Dönes Haus, mit einem kleinen Brunnen in der Mitte. Möglicherweise gab es dort ja tatsächlich solche Schmuckelemente, doch das ließ sich im Augenblick schwer sagen, weil ein riesiges weißes Tuch durch den gesamten Garten gespannt war und ihm die Sicht versperrte.

Çöktin seufzte. Döne hatte ihm zwar viel über moderne Kunst erzählt, doch im Grunde ließ ihn das alles ziemlich kalt. Er verstand auch nicht, wie ein Haufen Ziegelsteine, irgendein merkwürdiges Gebilde aus Ton und Spucke oder eine scheinbar leere Leinwand eine »Aussage« über die Welt oder die Religion oder was auch immer machen konnte. Angesichts der Sinnlosigkeit dieses Ausstellungsstücks musste er lächeln. Er wollte schon wieder gehen, als sich das Tuch bewegte und die Umrisse einer Gestalt sichtbar wurden. Da war jemand, vielleicht Akdeniz selbst ...

Çöktin ging den kleinen Weg entlang, der in den Garten führte, und betrachtete das Schauspiel eingehender. Jetzt konnte er erkennen, dass es sich um zwei Personen handelte: Ellbogen drückten durch den Stoff und zwei Köpfe bewegten sich, zuerst in die eine Richtung, dann in die andere, als suchten sie einander. Plötzlich fiel Çöktins Blick auf das Haus, wo an einem der oberen Fenster eine dünne, ängstlich wirkende Frau mit einem Telefon am Ohr auf dieselbe Szenerie hinunterblickte – allerdings auf den Teil, der sich jenseits des Stoffs abspielte. Von dort drangen jetzt heftiges Stöhnen und schwere Atemstöße herüber, die vertrauten Laute von Lust und Leidenschaft. Die Frau mit dem Telefon zuckte sichtbar zusammen, und Çöktin fragte sich, ob Akdeniz – oder wer auch immer sich hinter der Leinwand mit einer Frau vergnügte – wusste, dass sie von dort oben zuschaute.

Plötzlich wurde Çöktin sich seiner eigenen Anwesenheit unangenehm bewusst, wandte sich ab und ging.

Als er die Stufen hinabstieg, die von Balat zur Demirhisar Caddesi führten, klingelte sein Mobiltelefon.

»Hallo?«

»Çöktin?«, fragte die vertraute Stimme seines Vorgesetzten Mehmet Süleyman.

»Ja, Inspektor?«

»Arbeiten Sie immer noch an dieser Geschichte mit dem konservierten Leichnam?«

»Ja. Allerdings wissen wir inzwischen, dass es sich nicht um ein Verbrechen handelt …«

»Er war balsamiert, dieser Tote, den Sie in Kuloğlu gefunden haben, richtig? Und zwar ziemlich professionell, wie ich gehört habe.«

Instinktiv blickte Çöktin über das Goldene Horn in Richtung des neuen, europäischen Stadtteils Kuloğlu. »Ja, Dr. Sarkissian hat ein paar Bestatter hinzugezogen, die sehr beeindruckt waren«, sagte er. Die Erinnerung an die »Männer in Schwarz«, wie Sarkissian sie nannte, jagte ihm trotz der brütenden Hitze einen kalten Schauer über den Rücken.

»Und wissen Sie inzwischen, wer den Leichnam balsamiert hat?«, fragte Süleyman.

»Nein. Wir haben ein paar Theorien, von denen einige ziemlich merkwürdig sind, aber wir wissen nichts Konkretes«, erwiderte Çöktin, der sich nicht vorstellen konnte, welches Interesse Süleyman an dem Fall hatte. »Warum fragen Sie?«

»Weil ich glaube, dass es möglicherweise neue Anhaltspunkte gibt«, sagte Süleyman. »Offensichtlich ist irgendeine Art Meisterbalsamierer in der Stadt, der diesen gruseligen Job schon für verschiedene russische Schwerverbrecher ausgeführt hat.«

»Wirklich?«

»Ja«, erwiderte Süleyman. »Im Augenblick benötigt Waleri Rostow die Dienste dieses Fachmanns für eine Verwandte. Das Ganze ist ausgesprochen bizarr.«

»Wissen Sie den Namen des Balsamierers?«

»Nein«, sagte Süleyman. »Allerdings hat Rostow uns den Namen seiner Kontaktperson genannt: Dr. Keyder.«

»Dr. Keyder!«

»Ja. Soweit ich weiß, eine ältere Frau, die …«

Aber Çöktin hörte schon nicht mehr zu. Dr. Yeşim Keyder.

Was für einen Doktortitel hatte sie eigentlich? Danach

hatte er sie nicht gefragt. Studierten Balsamierer, falls sie sich als so jemand entpuppen sollte, überhaupt Medizin? Nein, der Gedanke daran war vollkommen absurd: Yeşim Keyder, eine alte Frau … Aber ob sie nun Balsamiererin war oder nicht, auf jeden Fall musste sie von dem jungen Mann in Rosita Keyders Wohnung gewusst haben. Ganz klar, sie hatte gelogen.

»Inspektor?«, unterbrach er Süleymans Redefluss, »wäre es möglich, dass ich mit Rostow rede?«

Süleyman überlegte eine Weile, ehe er antwortete.

11

»Es hat im Augenblick wenig Sinn, dass Sie hier warten, Inspektor«, sagte die Frau von der Spurensicherung und fixierte ihn durch ihre ungewöhnlich dicken Brillengläser. »Ich habe mehrere Proben genommen; die Analyse wird allerdings einige Tage dauern, wie Sie ja wissen.«

»Sie haben doch auch Haare gefunden, oder?«, hakte İkmen nach.

»Ja«, erwiderte die Kriminaltechnikerin, ein wenig gereizt. »Aber wie ich Ihnen bereits sagte, ist Menschenhaar nur einer der Stoffe, die wir in dem Transporter sichergestellt haben. Einige der Haare sind lang, andere kurz.«

»Also könnten auch welche von einer Frau dabei sein?«

Die Kriminaltechnikerin zuckte die Achseln. »Ja, das wäre möglich. Aber solange wir unsere Tests nicht abgeschlossen haben …«

»… sind Sie nicht gewillt, sich auf irgendetwas festzulegen, ich weiß«, erwiderte İkmen mit einer abschätzigen Handbewegung und steuerte auf die Tür des Büros zu. Er murmelte noch kurz »Vielen Dank«, dann trat er hinaus auf den Flur. Nachdem er die Tür hinter sich geschlossen hatte, konnte er das Gebäude gar nicht schnell genug verlassen. Das Gerichtsmedizinische Institut hatte einen sehr eigenen Geruch, einen seltsam künstlichen, nach Formaldehyd, von dem ihm regelmäßig übel wurde. Dieser unangenehme Geruch und die Tatsache, dass die forensischen Untersuchungen so viel Zeit in Anspruch nahmen, machten ihn mürbe. Verdammte Wissenschaftler, bei denen schien immer alles ewig zu dauern. Nicht dass er, İkmen, irgendetwas daran hätte ändern können, aber genau das war ja das Problem. Wissenschaftliche Tests brauchten nun mal ihre Zeit, das wusste jeder, vor allem diejenigen, die sie durchführten, und das nutzten sie auch weidlich aus, um nur ja keine festen Termine nennen zu müssen, dachte İkmen verärgert.

Wieder an der frischen Luft, atmete er ein paar Mal tief ein und zündete sich dann eine Zigarette an. Ayşe Farsakoğlu, die auf einer Bank vor dem Institut auf ihn gewartet hatte, kam herübergeschlendert. İkmen fiel auf, dass ihre rechte Gesichtshälfte deutlich mehr Sonne abbekommen hatte als die linke, doch er wandte den Blick ab, da Ayşe entweder noch nichts davon bemerkt hatte oder es einfach ignorierte.

»Und, noch keine Ergebnisse?«

»Nein, noch nichts«, erwiderte er müde, »andererseits war es aber auch nicht sehr wahrscheinlich, dass so schnell irgendwas von Bedeutung ans Licht kommen würde. Die Spurensicherung hat zwar Haare gefunden, aber von wem sie stammen ... Reşad Kuran war also nicht in seiner Wohnung?«

»Nein«, sagte Ayşe. »Laut Aussage eines jungen Mädchens, das schräg gegenüber wohnt, hat Kuran das Haus mit einer Sporttasche in der Hand verlassen, kurz nachdem sein Transporter von der Spurensicherung abgeholt worden war.«

»Hat ihn sonst noch jemand weggehen sehen?«, fragte İkmen.

»Nein, zumindest nicht, dass ich wüsste«, entgegnete Ayşe. »Ich habe ein paarmal versucht, bei Akdeniz anzurufen, aber da ist ständig besetzt. Übrigens habe ich Reşad Kuran überprüft. Er ist aktenkundig, wegen versuchter Vergewaltigung.«

»Du liebe Zeit!« İkmen holte sein Mobiltelefon aus der Tasche und löste die Tastensperre.

»Haben Sie Kurans Nummer dabei, Ayşe?«

»Ja. Wollen Sie sie haben?«

»Bitte.«

Sie rief die Nummer in ihrem eigenen Telefon auf und las sie ihm vor. Während İkmen die Ziffern eintippte, meinte er: »Versuchen Sie noch mal, bei Akdeniz jemanden zu erreichen.«

Ein paar Sekunden verstrichen, ehe sie beide ihre nicht zustande gekommenen Verbindungen beendeten.

»Tja, das Telefon von Herrn Kuran ist jetzt zwar eingeschaltet, aber besetzt«, sagte İkmen stirnrunzelnd.

»Auch bei Akdeniz ist besetzt«, meinte Ayşe. »Vielleicht reiner Zufall.«

»Ja, vielleicht, aber ich werde trotzdem eine Fangschaltung einrichten lassen«, sagte İkmen. »Wenn Eren mit ihrem Bruder telefoniert, finden wir möglicherweise heraus, wo er sich aufhält.«

»Ja, genau!«, rief Ayşe begeistert. »Triangulation des Signals.«

»Ich weiß nicht, wie man das nennt«, sagte İkmen. »Die Technik und ich, wir standen schon immer auf Kriegsfuß miteinander. Ein magisches System, mit dem ich mich mal intensiver beschäftigen müsste«, fügte er lächelnd hinzu.

»Aber was, wenn Herr Kuran mit dem Verschwinden der Kinder gar nichts zu tun hat ...«

»Doch, doch, das hat er.«

»Wieso? Nur weil er aktenkundig ist? Oder hängt es damit zusammen, dass ...«

»Hier kommt mein persönliches magisches System ins Spiel, wie Sie bestimmt schon gemerkt haben«, erwiderte İkmen ernst. »Ich weiß einfach, dass er in irgendeiner Form in die Sache verwickelt ist.«

Das Ganze war ein so amateurhafter Einbruchsversuch, dass der junge Beamte Akçura, der die Wohnung in Kuloğlu bewachte, seine Belustigung kaum verbergen konnte. Der »Einbrecher«, ein älterer Herr aus Spanien, der zuerst versucht hatte, die Wohnungstür mit einem Stück Draht und dann mit einer Kreditkarte zu öffnen, verlangte nun mit dem Pathologen Dr. Sarkissian zu sprechen.

»Wenn Sie Dr. Sarkissian anrufen, wird er Ihnen alles erklären«, sagte er und blickte mit hochgezogener Augenbraue auf die Hand des Wachtmeisters, die auf seinem Unterarm lag. »Der Grund, warum ich versucht habe, mir Zutritt zu dieser Wohnung zu verschaffen, besteht einzig und allein darin, dass ich meinen Wissensstand erweitern möchte.«

»Sie haben versucht, das Schloss aufzubrechen«, erwiderte Akçura in scharfem Ton. »Sie haben fremdes Eigentum beschädigt.«

»Rufen Sie Dr. Sarkissian an …«

»Was geht hier vor?«

Die weibliche Stimme hinter ihnen klang ebenso hart wie ausdruckslos. Der Polizist und der Spanier drehten sich abrupt um.

»Gnädige Frau«, sagte der Beamte zu der ganz in Grau gekleideten, strengen Dame, »was kann ich für Sie tun?«

»Sie und diese … Person«, erwiderte sie mit einem verächtlichen Blick in Richtung des Spaniers, »können nichts für mich tun, außer mir unverzüglich den Weg zu meinem Eigentum freizumachen.«

Der Beamte setzte an, ihr zu erklären, dass die Wohnung einer Frau Keyder gehört hatte, aber …

»Ich bin Frau Keyders Schwägerin«, unterbrach sie ihn und holte ihren Ausweis aus der Handtasche. »Dr. Yeşim Keyder, rechtmäßige Eigentümerin dieser Wohnung.«

»Ah!« Die Augen des Spaniers leuchteten auf. »Wenn Sie einen Doktortitel tragen, also ein gebildeter Mensch sind, dann werden Sie sicher verstehen, warum ich unbedingt Zugang zu dieser Wohnung erhalten muss.«

Yeşim Keyder warf dem Mann einen Blick zu, der voller Abscheu war.

»Wer sind Sie?«, fauchte sie. »Und was wollen Sie hier?«

»Mein Name ist Fernando Orontes«, sagte der Spanier. »Ich bin Akademiker, Wissenschaftler.«

»Und was wollen Sie?«

»In Ihrer Wohnung befindet sich etwas, Gnädigste, eine chemische Substanz von großem Wert …«

»Was für eine Art Wissenschaftler sind Sie überhaupt?«, fragte sie. »Wovon reden Sie?«

Señor Orontes richtete sich zu seiner vollen Größe auf und erwiderte: »Ich bin Balsamierer, Gnädigste, ein Meister der Anatomie. Irgendwo in der Wohnung befindet sich eine Substanz, die …«

»Sie sind ja verrückt!«, unterbrach Yeşim Keyder ihn rüde.

»Aber nein! Ich bin davon überzeugt, dass diese Substanz in der Lage ist, die Toten für immer zu konservieren und ihnen neues Leben zu schenken, eine Geschmeidigkeit und Elastizität …«

»Verschwinden Sie von hier!«, zischte die Frau. Dann wandte sie sich an Akçura und verkündete: »Ich will sofort in meine Wohnung!«

»Unsere Ermittlungen laufen noch«, erwiderte der junge Mann in dem Bemühen, der zornigen alten Dame nicht direkt ins Gesicht zu sagen, dass sie die Wohnung nicht betreten durfte.

»Das ist mein Eigentum!« Sie griff in ihre Handtasche und holte ein Bündel Papiere hervor. »Hier, die Unterlagen meines Bruders beweisen …«

»Ich kann Sie nicht in die Wohnung lassen, Dr. Keyder.«

»Wenn Sie doch endlich Dr. Sarkissian anrufen würden«, mischte Orontes sich wieder ein.

»Wenn Sie glauben, ich würde Sie in meine Wohnung

lassen, um nach irgendeiner Substanz zu suchen, dann irren Sie sich gewaltig«, schimpfte Yeşim Keyder. »Woher wussten Sie überhaupt, dass ich hierher kommen würde?«

»Das wusste er nicht«, sagte Akçura, und um die alte Frau abzulenken, fügte er rasch hinzu: »Ich habe ihn dabei erwischt, wie er in die Wohnung einbrechen wollte.«

»Ach, tatsächlich?«, knurrte sie wütend.

»Sie können natürlich …«

»… Anzeige erstatten wegen versuchten Einbruchs!«, zischte Yeşim Keyder, während sie sich bemühte, an dem Beamten vorbei zur Tür zu gelangen. »Führen Sie ihn ab und lassen Sie mich endlich in meine Wohnung.«

»Das geht nicht! Ich habe Ihnen doch schon erklärt …«

Orontes festzuhalten und gleichzeitig den Zugang zu der Wohnung zu versperren, erwies sich als zunehmend schwierige Aufgabe für den Beamten. Die alte Frau war fest entschlossen, sich nicht abwimmeln zu lassen und schreckte offenbar vor nichts zurück.

»Jetzt hören Sie mir mal gut zu, junger Mann …«

»Nun rufen Sie doch endlich Dr. Sarkissian an. Er ist mein Freund!«, jammerte Orontes. »Und er ist für den Leichnam zuständig …«

»Dr. Keyder, wenn Sie nicht sofort einen Schritt zurücktreten, werde ich Sie zusammen mit ihm hier festnehmen«, sagte Akçura. »Diese Wohnung ist Gegenstand laufender Ermittlungen im Zusammenhang mit den ungeklärten Todesumständen eines uns unbekannten Mannes. Solange wir seine Identität nicht festgestellt haben, kann ich Sie nicht hinein lassen!« In Erwartung eines Tobsuchtanfalls kniff er die Augen leicht zusammen.

Doch seltsamerweise blieb die befürchtete Reaktion aus. Stattdessen steckte Dr. Keyder das Papierbündel langsam wieder in ihre Handtasche. Den Blick auf Orontes geheftet, schien sie ein paar Sekunden nachzudenken.

»Also gut«, sagte sie schließlich und räusperte sich. »Ich nehme an, Sie tun nur Ihre Pflicht.«

Akçura atmete erleichtert auf.

»Des Weiteren nehme ich an, dass ich so bald wie möglich Zutritt zu meinem Eigentum erhalten werde«, fuhr sie fort.

»Ja.«

Yeşim Keyder trat einen Schritt zurück und meinte achselzuckend: »Dann sollte ich jetzt wohl besser gehen.«

Zu Akçuras Überraschung marschierte sie auf Orontes zu und ergriff seine Hand. Der Spanier zuckte zusammen.

»Dr. Keyder?«

»Ach ja, und diesen verrückten Zeitgenossen hier können Sie ebenso gut laufen lassen«, wandte sie sich an den verwirrten Wachtmeister. »Er bedarf offensichtlich medizinischer Betreuung, und ich bin schließlich vom Fach.«

»Ach, Sie sind Psychiaterin?«

»Ich glaube, Sie sollten mit mir kommen«, sagte Yeşim Keyder zu dem heftig schwitzenden Spanier. »Erzählen Sie mir doch mal von dieser Substanz, die sich angeblich in der Wohnung meines Bruders befindet.«

»Also ...«, hob Orontes an und berichtete ihr in aller Ausführlichkeit von dem perfekt präparierten jungen Mann, von Pedro Ara und den Geheimnissen, die sich noch immer um seine Konservierungsmethoden rankten. Während Orontes sprach, beobachtete Yeşim Keyder den Gesichtsausdruck des Wachtmeisters, der zwischen Abscheu und Unglaube schwankte. Offenbar bereiteten ihr Akçuras Unbehagen und Orontes' überschwängliche Ausführungen Vergnügen, denn sie lächelte zufrieden.

Rostow hatte darum gebeten, in seinem eigenen Haus befragt zu werden. Dieser Bitte war man nachgekommen, sodass der Russe nun zusammen mit Çöktin in seinem Arbeitszimmer saß. Währenddessen warteten Süleyman und İskender im Salon des Mafioso darauf, dass das Gespräch beendet wurde.

»Dir ist doch hoffentlich klar, dass Rostow uns nichts

erzählen wird, selbst wenn er Mascha etwas angetan hat«, sagte İskender und streckte die Hand aus, um seinem Kollegen Feuer zu geben.

»Doch, das wird er, wenn ich ihm damit drohe, dieses Ding aus seinem Kühlraum zu entfernen«, erwiderte Süleyman entschlossen. »Er würde alles tun, um es zu behalten.«

»Da bin ich anderer Meinung.« İskender ließ sich in einen von Rostows schweren Polstersesseln fallen. »Sicher, er hat sich um die entzückende Betül Ertüg gekümmert, redet gerade mit Çöktin über diesen seltsamen konservierten Leichnam und rückt vielleicht auch irgendwann mit seinen Verbindungen im Rauschgiftmilieu heraus – wobei das dauern könnte, schließlich haben wir keinerlei Drogen bei ihm oder seinen Kumpanen gefunden. Aber Mascha? Nein. Da müsste er zu viel eingestehen.«

Süleyman schüttelte den Kopf und kniff die Augen leicht zusammen. »Er hat irgendetwas mit ihr gemacht. Das konnte ich ihm deutlich ansehen. Vielleicht sollte ich versuchen, sie zu kontaktieren ...«

»Vielleicht solltest du versuchen, sie zu vergessen.« İskender beugte sich zu Süleyman vor und sagte mit gesenkter Stimme: »Ich weiß ja nicht, was zwischen dir und dieser Nutte gelaufen ist, und ehrlich gesagt, will ich es auch gar nicht wissen ...«

»Nichts ist gelaufen!« Süleymans Gesicht lief rot an. »Absolut gar nichts!«

»Na, dann belass es auch dabei!«, zischte İskender. »Vergiss sie einfach und konzentrier dich auf das, was wir mit Rostow vorhaben.« Er lehnte sich wieder zurück und seufzte. »Wir können den Leichnam des Kindes nicht im Kühlraum lassen. Schließlich haben wir nur Rostows Wort, dass es sich um seine Tochter handelt. Genauso gut könnte sie sonst wer sein. Vielleicht sogar ein Mordopfer. Wir müssen sie auf jeden Fall da rausholen und auftauen.« Er verdrehte die Augen. »Und dann eine Autopsie vornehmen.«

»Aber wenn wir sie erst mal aus dem Kühlraum geholt haben, schwinden unsere Chancen, Rostow zum Reden zu bringen ...«

»Sobald Çöktin mit ihm fertig ist, sollten wir beide versuchen, Herrn Rostow davon zu überzeugen, dass es für ihn und seine Tochter besser wäre, wenn er uns ein paar nützliche Informationen geben würde«, erwiderte İskender. »Falls sie wirklich seine Tochter ist, wir also tatsächlich seine Achillesferse gefunden haben, könnte es vielleicht klappen. Falls es sich jedoch um irgendeine Rauschgiftsüchtige handelt, die er beseitigen wollte, werden wir unser Möglichstes tun müssen, um ihm das nachzuweisen.«

Süleyman zuckte die Achseln. »So oder so, irgendetwas wird dabei schon herauskommen.«

»Nur nicht der riesige Drogenfang, den Ardiç erwartet«, erwiderte İskender resigniert.

»Nein.« Süleyman blickte zu Boden. Er wagte gar nicht daran zu denken, was Ardiç sagen oder tun würde, wenn er erfuhr, dass diese kostspielige Aktion nichts weiter zu Tage gefördert hatte als ein totes Kind im Kühlraum eines russischen Mafiosi. Natürlich hätte es noch schlimmer kommen können – wenn beispielsweise diese Journalistin den Artikel über den Vorfall mit Pater Alexei veröffentlicht hätte. Trotzdem verlief das Ganze nicht so günstig wie erhofft, und İskender hatte Recht, wenn er Zweifel am Ergebnis der Operation anmeldete. Wenn er, Süleyman, sich doch nur endlich auf seine Arbeit konzentrieren könnte! Wenn er doch nur endlich Mascha und dieses kleine, maliziöse Licht vergessen könnte, das in Rostows Augen aufgeleuchtet hatte, als er abstritt, Mascha auch nur zu kennen. Das Mädchen war schließlich, wie İskender ganz richtig gesagt hatte, nur eine Nutte. Sie hatte Sex mit ihm gehabt, das war nun mal ihr Job. Wen kümmerte sie also?

Sicher, sie hatte den Druck monatelanger sexueller Frustration von ihm genommen, aber sie – oder vielmehr er selbst – hatte dabei keinerlei Schutzmaßnahmen ergriffen.

Es war alles viel schneller abgelaufen, als ihm lieb war, deshalb hatte er keine Zeit gehabt, entsprechende Vorkehrungen zu treffen. Im Grunde hätte es überhaupt nicht passieren dürfen, vor allem nicht mit einer Frau, von der er wusste, dass sie Drogen nahm. Bereits unmittelbar danach hatte er angefangen, sich Sorgen zu machen, welche Krankheiten sie möglicherweise auf ihn übertragen haben könnte. Andererseits hatte sie gesagt, dass sie ihn liebte. Von Zelfa hatte er das schon lange nicht mehr gehört. Arme Mascha, falls sie wirklich tot war, hatte er sie in gewisser Hinsicht auf dem Gewissen ...

Çöktin kam aus Rostows Arbeitszimmer und ließ sich in einem Sessel neben İskender nieder. Aus den Gedanken gerissen, blickte Süleyman auf.

»Und?«, fragte er seinen Assistenten.

Çöktin zuckte die Achseln. »Rostow sagt, er habe vor ein paar Monaten von der Existenz dieses außergewöhnlichen Balsamierers erfahren. Offenbar haben einige Mafiosi hier in Istanbul dessen Dienste in Anspruch genommen, um ihre toten Ehefrauen, Mütter, Hunde und so weiter konservieren zu lassen. Diese präparierten Leichname scheinen der letzte Schrei zu sein, und als Rostow davon erfuhr, wollte er das natürlich auch machen lassen. Wie er Ihnen ja schon erzählt hat, wurde seine Tochter in Russland kryogenisch eingefroren. Irgendwie gelang es ihm jedoch, seine Exfrau davon zu überzeugen, dass eine Balsamierung für Tatjana die bessere Lösung sei. Deshalb tauchte ihr immer noch tiefgekühlter Leichnam gestern hier in Istanbul auf.«

»Und auf welchem Weg?«

»In der Truhe, die er vom Flughafen abgeholt hat.«

»Darauf stand aber nichts von sterblichen Überresten.«

»Wir reden hier von einem russischen Mafioso, Inspektor. Der hat überall Freunde, auch auf dem Flughafen«, erwiderte Çöktin mit einem resignierten Lächeln. »Anscheinend ist den Russen die Konservierung ihrer Verstorbenen äußerst wichtig. Sie haben sie seit jeher gerne um sich, zumindest behauptet Rostow das. Früher waren es Heilige, heute sind es Politiker.«

»Und hat er Ihnen auch verraten, wer dieser Meisterbalsamierer ist?«, fragte Süleyman.

Çöktin seufzte. »Nein, nicht direkt. Wie Sie ja wissen, hat einer seiner Freunde den Kontakt zu Dr. Keyder hergestellt, die ihrerseits Rostow versichert hat, Tatjana werde zu gegebener Zeit behandelt. Ob sie das nun selbst übernimmt oder jemand anderes ...«

»Und, glauben Sie ihm?«

Çöktin zuckte die Achseln. »Ich wüsste nicht, warum er lügen sollte, Inspektor. Wenn der Leichnam im Kühlraum wirklich seine Tochter ist, muss er doch genauso interessiert sein wie ich, die Hintergründe zu erfahren.«

»Dann brauchen Sie jetzt also nur noch zu Dr. Keyder zu gehen und sie zu fragen«, meinte İskender.

»Das werde ich auch tun«, erwiderte Çöktin. »Aber was, wenn sie mir nichts erzählen will? Ich meine, Balsamieren ist doch kein Verbrechen, oder?«

»Nein, aber Rostow hat die Empfehlung von anderen Mafiosi erhalten. Die müssten auf jeden Fall etwas wissen.«

»Ja, er hat die Namen mehrerer Personen genannt, die die Dienste des Balsamierers in Anspruch genommen haben.« Çöktin holte seine Zigaretten hervor und steckte sich eine an.

»Wie gesagt, die müssten doch Bescheid wissen, oder?«, sagte İskender.

»Das stimmt zwar, würde aber auch bedeuten, dass sie zugeben müssten, im Besitz nicht bestatteter Leichname zu sein«, erwiderte Çöktin düster. »Außerdem geht es hier noch um ein weiteres Geheimnis, möglicherweise ein ziemlich lukratives«, fügte er hinzu und erzählte seinen Kollegen von dem Treffen mit den Balsamierern im Leichenschauhaus, von Pedro Ara und der möglichen Existenz eines wundersamen Balsamiermittels.

İskender schüttelte ungläubig den Kopf: »Das geht wirklich über meinen Verstand, vor allem, wenn man bedenkt, dass sowohl diese Frau Keyder als auch der junge Mann eines natürlichen Todes gestorben sind. Ich verstehe überhaupt nicht, warum Sie in der Sache noch immer ermitteln, Çöktin.«

»Wenn wir wüssten, wie der Mann heißt, hätten wir die Ermittlungen längst eingestellt«, entgegnete Çöktin. »Wir haben auch Dr. Keyder gefragt, ob sie weiß, wer er ist, aber sie hat verneint, was dann ja wohl eine glatte Lüge war.«

»Die toten Russen, die bereits einbalsamiert wurden, müssen doch irgendwie zu dem Präparator gelangt sein«, überlegte Süleyman.

»Anscheinend hat Dr. Keyder dafür gesorgt, dass sie abgeholt wurden«, erklärte Çöktin.

»Und von wem?«

»Das weiß Rostow nicht. Dr. Keyder hat ihm über die Einzelheiten noch nicht viel erzählt. Und auch nichts über eine eventuelle Behandlung nach der Balsamierung.«

»Was meinen Sie damit?«, fragte İskender. »Was für eine Behandlung?«

Çöktin berichtete seinen Vorgesetzten, was er über den Vorgang des dauerhaften Konservierens in Erfahrung gebracht hatte, und meinte schließlich: »Das Ganze ist ziemlich aufwendig. Wenn es sich tatsächlich um mehrere Leichname handelt, muss der Präparator Unterstützung gehabt haben.«

»Sie glauben also, dass es noch weitere Personen gibt, die für diesen Balsamierer arbeiten? Vielleicht auch jemand, der den Transport übernimmt?«

»Ja, vielleicht.«

»Sie erwähnten eben, Rostow habe die Namen mehrerer Landsleute genannt, die ihre Liebsten bereits auf diese Weise präparieren ließen, richtig?«, sagte Süleyman und drückte seine Zigarette im Aschenbecher aus.

»Ja, ich habe sie alle notiert, und es sind drei dicke Fische dabei. Wenn deren Angehörige aber eines natürlichen Todes gestorben sind, so wie der unbekannte junge Mann ...« Çöktin zuckte die Achseln. »Ich meine, wenn die Leute so was nun mal gerne haben wollen ...«

»Die Aufbewahrung eines Leichnams in Privaträumen stellt eine Gefahr für die öffentliche Gesundheit dar«, erwiderte İskender und stand nachdenklich auf. »Die Toten müssen begraben werden, und wenn das nicht vorschriftsmäßig geschieht, ist es unsere Aufgabe einzuschreiten.« Er blickte auf Süleyman hinunter und meinte lächelnd: »Auf diese Weise könnten wir uns Zutritt zu den Häusern gewisser Herrschaften verschaffen, die wir schon eine ganze Weile observieren, Mehmet.«

»Mag sein. Trotzdem möchte ich erst mit Rostow reden.«

»Selbstverständlich«, sagte İskender. »Aber denk bitte daran, dass wir aus dieser Sache Kapital schlagen müssen, sei sie auch noch so bizarr. Ich meine, hier geht es um einen Handel, von dem wir bisher überhaupt nichts wussten. Und wenn diese Leute unbemerkt Tote einschmuggeln können, was können sie dann nicht gleichzeitig noch alles herein- oder hinausschmuggeln?«

»Was meinst du damit?«

»Also, wenn die tote Mutter von irgendeinem Iwan ungehindert übers Schwarze Meer oder per Flugzeug nach Istanbul transportiert werden kann, warum sollten sie dann nicht gleich noch ein Kilo Heroin dazu packen oder in sie hineinstopfen? Das würde von hervorragendem Geschäftssinn zeugen, und die alte Dame würde sich ja wohl kaum beschweren, oder?«

Çöktin blickte zu Süleyman hinüber, der angewidert den Kopf schüttelte.

»Ich glaube, das Ganze hängt eher mit ihrem Glauben und ihrer Vorstellung von Ästhetik zusammen, Inspektor«, wandte Çöktin ein.

»Quatsch!«, entgegnete İskender. »Die Leute, über die wir hier reden, sind Mörder und Drogenhändler; die nutzen jede Gelegenheit, und sei sie auch noch so abstrus, um ihren Reichtum zu mehren.«

Süleyman lehnte sich in seinem Sessel zurück und schloss für einen Moment die Augen. Sein Kollege war so viel abgeklärter als er selbst. In Metins Welt gab es nur Gut und Böse und kaum etwas dazwischen. Mafiosi waren böse, also würden sie auch die Körper ihrer lieben Verstorbenen für den Transport von Rauschgift nutzen. Mascha war eine Nutte, also sollte man sich nicht mit ihr einlassen, und sei sie auch noch so verführerisch. Auf gar keinen Fall hatte man Sex mit ihr oder wünschte sich insgeheim eine Wiederholung dieses Ereignisses und riskierte damit Ansehen und Karriere …

Plötzlich verspürte Süleyman einen solch heftigen Drang, mit İkmen zu reden, wie er ihn lange nicht verspürt hatte.

12

Traurig sah Estelle Cohen zu, wie Zelfa Halman Süleyman mit dem kleinen Yusuf auf dem Arm die Wohnung verließ. Die Psychiaterin war keine glückliche Frau; in letzter Zeit schien ihr alles und jedes auf die Nerven zu gehen. Wenn Estelle den Jungen vormittags mit zu Fatma nahm, gefiel Zelfa das nicht. Wenn sie, wie an diesem Tag, mit ihm zu Hause in Karaköy blieb, war das anscheinend auch nicht richtig. Vielleicht weil Fatma zu Besuch gekommen war? Dabei hatte Estelle immer angenommen, dass Zelfa die Frau von Inspektor İkmen mochte. Oder hing es möglicherweise damit zusammen, was Fatma gerade machte – auch wenn es Estelles Ansicht nach nichts Ungewöhnliches war?

»Vielen Dank für die hier«, sagte Fatma, nahm einen weiteren Blutegel aus dem Glas und setzte ihn auf eine der geschwollenen Adern an ihrem Bein. »Diese Krampfadern machen mir in letzter Zeit ziemlich zu schaffen.«

»Die Blutegel müssten für Linderung sorgen.«

»Inschallah. Auch wenn *ihr* das offenbar nicht gefallen hat«, sagte Fatma und deutete mit dem Kopf in Richtung Wohnungstür.

»Zelfa?« Estelle ließ sich gegenüber ihrer Freundin in einem Sessel nieder und lehnte sich zurück. Wie üblich in dieser Jahreszeit war es ein heißer, anstrengender Tag gewesen. »Sie ist Ärztin. Wahrscheinlich findet sie es etwas altmodisch.«

»Und exotisch«, fügte Fatma düster hinzu. »Ich glaube nicht, dass Dr. Halman sich an das Leben hier gewöhnt hat, jedenfalls nicht richtig. Auch wenn sie sich durch die Heirat mit Mehmet endgültig dafür entschieden hat.«

»Ja.«

Estelle wusste, dass Fatma die Ehe zwischen Mehmet Süleyman und Zelfa Halman nie gut geheißen hatte. Zelfa war nicht nur älter als ihr Mann, sondern auch mindestens zur Hälfte Ausländerin und – was das Wichtigste war – keine Muslimin. Fatma missbilligte Ehen, die Glaubensgrenzen überschritten. Und obwohl sie nie darüber gesprochen hatten, wusste Estelle, dass ihre Freundin die Beziehung zwischen Berekiah und Hülya noch entschiedener ablehnte als Estelles Ehemann Balthasar.

»Na, zumindest wird der kleine Yusuf gemäß deinem Glauben erzogen«, sagte Estelle leichthin.

»Ja, aber nur, weil Zelfa ihren eigenen Glauben nicht praktiziert«, entgegnete Fatma spitz. »Wenn der Junge in ihrem Land geboren worden wäre, mit all den katholischen Verwandten, sähe das ganz anders aus.«

Estelle zuckte die Achseln. »Vielleicht.«

In Estelle Cohens Leben hatte der Glaube nie eine sonderlich große Rolle gespielt. Schon ihre Eltern, Yuda und Hanna Şaul, hatten sich mehr für Politik als für Religion interessiert, allerdings mit einer Ausnahme – als es um die Hochzeit ihrer Tochter ging. Einerseits waren die der Mittelschicht angehörenden Şauls nicht besonders begeistert gewesen, als sich herausstellte, dass der ungepflegte Polizist Balthasar Cohen, Sohn des Alkoholikers Haim Cohen, sich für Estelle interessierte. Aber andererseits war Balthasar Jude, deshalb wurde ihre Verbindung schließlich wohl oder übel doch akzeptiert. Und tatsächlich hatte es in ihrer Ehe ja nicht nur schlechte Zeiten gegeben. Zwar hatten sie nie viel Geld zur Verfügung gehabt, aber ihre Kinder Yusuf und Berekiah machten das mehr als wett. Und es war auch nicht Balthasars Schuld, dass Yusuf während seines Militärdienstes seelisch zerbrochen war. Auf die ständigen Seitensprünge ihres Mannes hätte Estelle allerdings gut verzichten können. Wäre er während des großen Erdbebens, das Istanbul 1999 erschütterte, zu Hause gewesen statt in der Wohnung einer seiner vielen Geliebten, dann wäre er jetzt kein Krüppel. Estelle blickte zur Schlafzimmertür, hinter der ihr Mann schlief, und seufzte. Vor vielen Jahren hatte es in ihrem Leben einmal einen anderen Mann gegeben, einen jungen Burschen namens Ersin. In Momenten wie diesem fragte sie sich, was er jetzt wohl machte und ob er glücklich war. Sie hoffte es für ihn. Glück war so wichtig – mehr als alles andere auf der Welt wünschte sie sich, dass ihr Sohn Berekiah glücklich wurde. Sie sah zu ihrer Freundin hinüber und fragte sich, wie sie im Augenblick mit ihrer Tochter klar kam.

»Fatma?«

»Ja?« Ihre Freundin war so sehr mit dem Anlegen der Blutegel beschäftigt, dass sie nicht hochschaute.

»Fatma, es geht um Berekiah und Hülya«, sagte Estelle rasch, ehe sie der Mut verließ.

Fatma unterbrach ihre Tätigkeit und blickte auf.

»Wir müssen darüber reden«, fuhr Estelle fort, »irgendwann in naher Zukunft.«

»Aber nicht jetzt.« Fatmas Augen hatten einen harten Ausdruck angenommen, der Estelle überhaupt nicht gefiel.

»Aber …«

»Ich habe mit meinem Mann gesprochen und ihm mitgeteilt, wie ich darüber denke«, fuhr Fatma steif fort. »Es ist an ihm, mit deinem Mann die Dinge zu besprechen, die zu besprechen sind. Wobei ich der Meinung bin, dass es nichts Wichtiges zu besprechen gibt.«

»Die Kinder meinen es ernst.«

»Sie sind dumm und unvernünftig!« Fatma wandte sich

wieder ihrem Bein zu und verzog das Gesicht. »Es ist unsere Aufgabe, sie auf den rechten Weg zu führen.«

»Ja, aber ...«

»Estelle, wir sind Freundinnen«, sagte Fatma. »Ich möchte nicht, dass sich daran etwas ändert. Außerdem habe ich im Augenblick ganz andere Sorgen. Mein ganzes Leben dreht sich nur noch um meinen armen Bruder«, fügte sie leise hinzu, und Tränen stiegen ihr in die Augen.

Estelle beugte sich vor und ergriff die Hand ihrer Freundin. Arme Fatma. Ihr Bruder lag im Sterben, und sie musste sich größtenteils alleine um alles kümmern. Da konnte sie nun wirklich nicht noch mehr Probleme gebrauchen. Wenn Talaat jedoch eines Tages von ihnen gegangen war, würde das Thema Berekiah und Hülya erneut zur Sprache kommen müssen. Soweit Estelle wusste, ging die Sache bei den beiden bereits über eine platonische Beziehung hinaus, wenn sie auch nicht miteinander schliefen, noch nicht. Eines Abends war sie etwas früher von einem Besuch bei ihrer Mutter nach Hause gekommen und hatte die beiden durch die halb geöffnete Tür von Berekiahs Zimmer gesehen. Obwohl sie bekleidet waren und sich nur küssten, konnte kein Zweifel daran bestehen, dass beide erregt waren und sehr verliebt – Estelle hatte die Szene daran erinnert, wie sie und Ersin sich vor langer Zeit heimlich in dem alten Stall hinter ihrem Elternhaus geküsst hatten.

»Komm her, verzauber mich!«

Eren Akdeniz lag nackt zu Füßen ihres Mannes und streckte die Arme sinnlich über ihrem Kopf aus.

Melih saß in der Mitte seines Ateliers auf einem Stuhl, legte die Kamelhaut beiseite, an der er gerade nähte, und trank gierig aus seiner Arzneiflasche. Dann wischte er sich mit der Hand über den Mund und nahm die Arbeit wieder auf.

»Dafür habe ich weder die Zeit noch die Kraft«, murmelte er, ohne der erotischen Darbietung seiner Frau Beachtung zu schenken.

»Aber für diese Zigeunerschlampe heute Morgen hattest du Zeit«, entgegnete Eren scharf.

»Gonca?« Melih runzelte die Stirn. »Ich befinde mich in einer Schaffensphase, das weißt du doch. Manchmal brauche ich es dann eben. Und du hast ja die ganze Zeit telefoniert.«

»Du hast sie gevögelt.«

»Ich vögele sie seit Jahren«, sagte er leichthin. »Ich brauchte in dem Moment sexuelle Energie, das war ausgesprochen wichtig. Sie versteht mich.«

Eren setzte sich auf, und ihre kleinen Brüste sackten nach unten. Sie legte eine Hand auf das Knie ihre Mannes, der unter der Berührung zusammenzuckte.

»Ich kenne dich besser als sie, Melih«, sagte sie. »Ich fühle mich so schrecklich einsam ohne die Kinder.«

»Die Kinder werden wiederkehren.«

Eren richtete sich auf und stützte sich dabei auf Melihs Knie ab. »Bitte, Melih, es dauert auch nicht lange.«

Melih schnaufte ungeduldig und hielt ihr die Arzneiflasche hin. »Hier, trink das, Eren.«

»Nein!« Gekränkt schob sie seine Hand fort. »Ich will das Zeug nicht!«

»Ich fühle mich aber nicht kräftig genug!« Wütend über ihre Bettelei warf Melih Akdeniz seine Näharbeit zu Boden, beugte sich vor und starrte ihr ins Gesicht. Dann drückte er sie mit zittriger Hand zurück auf den Fußboden.

»Dein dämlicher Bruder macht sich wegen ein paar Polizisten in die Hose, und du willst, dass ich meine Arbeit unterbreche, um dich zu befriedigen?« Er hob die Kamelhaut wieder auf und setzte seine Näharbeit fort. »Ich habe keine Zeit.« Sein Gesicht nahm einen ernsten Ausdruck an. »Ich spüre, dass es bald soweit ist. Ich habe das Gefühl, als würde ich mich tief in meinem Inneren verflüssigen.«

Kurzfristig besänftigt durch seine Worte richtete Eren

sich wieder auf und sah ihn eine Weile schweigend an. Dann legte sie zaghaft eine Hand auf sein Knie und umfasste mit der anderen eine ihrer Brüste.

»Du könntest doch zusehen«, sagte sie leise, »wie ich es mir selbst mache.«

Zunächst reagierte Melih nicht, aber nach ein paar Sekunden blickte er auf und nickte.

Eren schloss die Augen und ließ die Hände leicht über ihren Körper gleiten.

In dem Moment klopfte es an der Ateliertür.

»Sag ihnen, sie sollen verschwinden!«, stieß Eren keuchend hervor.

»Wer ist da?«, rief ihr Mann.

Hinter der Tür ertönte ein kurzes, kräftiges Husten, gefolgt von einer männlichen Stimme: »İkmen.«

Erens Augen weiteten sich vor Angst.

»Kommen Sie herein«, sagte Melih mit einem belustigten Lächeln.

»Melih!«

Im Atelier gab es nichts, was Eren hätte überziehen können, doch selbst wenn sie etwas gefunden hätte, wäre es ihr unmöglich gewesen, sich rechtzeitig zu verhüllen, da Melih nun plötzlich quicklebendig von seinem Stuhl aufsprang und sie auf die Füße zog.

İkmen betrat das Atelier genau in dem Moment, als Eren Akdeniz' nackte Gestalt aufrecht dastand. Der Künstler hatte ihr die Arme auf den Rücken gedreht. In den Augen der Frau spiegelte sich eine Mischung aus Erniedrigung und Furcht.

»Eine Darbietung des weiblichen Körpers«, sagte Melih fröhlich. »Wie gefällt Ihnen das, Inspektor?«

İkmen war nicht oft um eine Antwort verlegen, aber in diesem Moment fehlten ihm die Worte.

Melih ergötzte sich an İkmens Unbehagen und an der Schamröte seiner Frau.

»Allerdings ist sie schon ein wenig abgenutzt, nicht

wahr?«, sagte er lachend, ließ seine Frau unsanft zu Boden sinken und setzte sich wieder. »Verschrumpelte Titten.«

Eren kroch in einen Papierhaufen, der unter einer der Staffeleien ihres Mannes lag, und begann zu weinen.

İkmen räusperte sich.

Der Künstler hatte seine Näharbeit, die İkmen an ein Haus erinnerte, wieder aufgenommen und murmelte: »Was wollen Sie? Haben Sie meine Kinder gefunden?«

»Nein, Herr Akdeniz, das habe ich nicht«, erwiderte İkmen und versuchte, den Blick von dem jämmerlichen Häufchen Elend am Boden abzuwenden. »Allerdings habe ich Ihren Schwager, Herrn Reşad Kuran, gefunden. Er wird gerade von Bursa hierher gebracht.«

»Reşad?«

İkmen bemerkte sofort, dass das Weinen aufhörte. »Was wollen Sie von ihm?«

»Ich will ihn fragen, warum er die Stadt verlassen hat, nachdem sein Transporter zur Spurensicherung gebracht wurde.« İkmen sah sich im Atelier um und bemerkte zahlreiche Kunstwerke in unterschiedlichen Stadien der Fertigstellung. Ziemlich viele Objekte waren aus durchscheinender Kamelhaut gefertigt, wie sie in traditionellen Schattenspielen verwendet wurde, allerdings wirkten sie wesentlich größer. »Außerdem möchte ich ihn gern fragen«, fuhr İkmen fort, »worüber er heute Morgen am Telefon mit Ihrer Frau gesprochen hat. Wussten Sie, Frau Akdeniz, dass Ihr Bruder gestern Abend nach Bursa gefahren ist?«

»Also, ich ... äh ...« Eren drückte ein paar Bogen Papier an ihre Brust und richtete sich etwas auf.

»Soweit wir wissen«, sagte İkmen ernst, »war Ihr Bruder der Letzte, der Ihr Haus vor dem Verschwinden von Nuray und Yaşar besucht hat. Diese Tatsache und sein Verhalten in jüngster Zeit machen ihn zu einem Hauptverdächtigen. Wir halten es für sehr wahrscheinlich, dass er Ihre Kinder entführt hat.«

»Nein!«

»Doch.« İkmen bedeutete dem Künstler zu schweigen. »Er hatte die Mittel, die Gelegenheit und ist – wie meine Assistentin heute festgestellt hat – bei der Polizei bereits aktenkundig.« Er wandte sich wieder Eren zu und lächelte. »Sie erinnern sich doch sicherlich, Frau Akdeniz, dass Ihr Bruder in den achtziger Jahren mehrfach wegen versuchter Vergewaltigung angeklagt war?«

»Ja, aber er wurde freigesprochen!«, entgegnete Eren mit zornesrotem Gesicht. »Diese Mädchen haben gelogen!«

»Haben sie das?« İkmen steckte sich eine Zigarette zwischen die Lippen und zündete sie an. »Na, das wird sich schon noch zeigen. Wie wäre es, wenn Sie sich jetzt etwas überziehen und mich zur Wache begleiten würden, um Reşad willkommen zu heißen?«

»Mir gefällt Ihr Ton nicht ...«

»Ach, und dabei dachte ich, Sie wären erfreut, dass wir in dieser Sache möglicherweise einen entscheidenden Schritt vorangekommen sind«, erwiderte İkmen, hob Melihs Arzneiflasche vom Boden auf und las das Etikett. »Hm, sieh an, sieh an ... Jetzt hören Sie mir mal gut zu: Wenn Reşad die Kinder irgendwo versteckt, können wir sie möglicherweise noch heute Abend zu Ihnen zurückbringen, Herr Akdeniz. Ihre Kinder. Diese kleinen Menschen, die Sie mehr lieben als Ihr eigenes Leben.«

»Ja ...«

İkmen stellte die Flasche auf den Tisch und ging zur Tür. »Also ziehen Sie sich jetzt bitte etwas an und begleiten Sie mich zur Wache.« Kurz bevor er das Atelier verließ, drehte er sich noch einmal um. »Und bringen Sie Ihre Arznei mit, Herr Akdeniz. Mir scheint, Sie benötigen sie dringend.«

Melih und Eren Akdeniz sahen einander an. Auf ihren Gesichtern glänzte kalter Schweiß.

Diese Unterbrechung konnte er jetzt wirklich nicht gebrauchen. Die Polizei hatte gerade eine Leiche hereingebracht, die in einer der Ortschaften am Bosporus am Strand angespült worden war. In Fällen wie diesem spielte der Faktor Zeit eine entscheidende Rolle – und wenn es nur darum ging, den unvermeidlichen Gestank möglichst schnell los zu werden.

Arto legte dem aufgeregten Spanier eine Hand auf die Schulter.

»Señor Orontes …«, hob er an.

»Ich habe mit Dr. Keyder gesprochen, wir haben uns getroffen und …«

»Señor Orontes, ich bin im Augenblick wirklich sehr beschäftigt.«

»Ja, aber Dr. Keyder ist die Schwägerin der verstorbenen Rosita Keyder. Es wäre doch möglich, dass sie den jungen Mann kennt.«

Arto Sarkissian ging langsam in Richtung seines Büros. »Sie hat abgestritten, irgendetwas über ihn zu wissen.«

»Ja«, erwiderte der Spanier und fingerte nervös an seinem Taschentuch herum, »aber sie hat das Gefühl, dass sie vielleicht doch sichergehen sollte und …«

»Ich weiß nicht recht! Ich weiß nicht recht!« Arto öffnete seine Bürotür. »Ich muss erst mit Wachtmeister Çöktin sprechen.«

»Ja, aber …«

»Kommen Sie später noch mal wieder«, sagte Arto, der inzwischen in sein Büro gegangen war und nun versuchte, die Tür hinter sich zu schließen.

»Und wann?«

»Ich weiß es nicht! Vielleicht in … in drei Stunden«, entgegnete der Armenier gereizt. Dann zog er die Tür zu und ließ den Spanier draußen stehen.

Ein paar Sekunden später tauchte eine Gestalt, die sich während seines Gesprächs mit dem Pathologen am anderen Ende des Flurs herumgedrückt hatte, neben dem spanischen Balsamierer auf.

»Und, was hat er gesagt?«, fragte Yeşim Keyder kühl.

Señor Orontes senkte scheinbar ehrerbietig den Blick. »Er meinte, er könne im Augenblick nichts machen, aber wir sollten in drei Stunden noch mal wiederkommen.«

»Na, meinetwegen«, erwiderte die alte Frau, machte auf dem Absatz kehrt und ging den langen Flur hinunter.

Wie ein kleiner Affe folgte der Spanier ihr auf dem Fuß.

Dem überquellenden Aschenbecher und dem penetranten Schweißgeruch nach zu urteilen, hatte sich im Laufe des Tages in Vernehmungsraum 4 schon einiges abgespielt. Und obwohl draußen bereits die Abenddämmerung einsetzte, war es drinnen immer noch drückend heiß. Ayşe Farsakoğlu spürte, wie ihr eine Schweißperle über die Stirn lief, und wischte sie mit einem Taschentuch fort. In der Hitze war ihr Augen-Make-up zwar schon nahezu vollständig zerflossen, aber es hatte keinen Zweck, irgendetwas daran zu verändern und es dadurch nur noch zu verschlimmern. Unverwandt, fast meditativ, blickte sie in das schweißnasse, blutleere Gesicht ihr gegenüber. Genau wie sie selbst und der Beamte an der Tür wartete auch Reşad Kuran schweigend auf die Ankunft von Inspektor İkmen.

Ayşe fragte sich, was Melih Akdeniz' Schwager jetzt wohl dachte. Bereute er vielleicht, dass er die Stadt verlassen hatte, nachdem sein Wagen von der Spurensicherung abgeholt worden war? Oder war er unschuldig und folglich zu Recht verärgert, dass man ihn gegen seinen Willen zurück nach Istanbul geschleppt hatte? Bedrängten ihn die Bilder seiner »alten« Verbrechen, das Bild der Neunjährigen, die er im Kino betatscht hatte, oder das des anderen jungen Mädchens, das er im Gülhane Parkı gezwungen hatte, ihn mit der Hand zu befriedigen? An Reşad Kurans ausdruckslosem Gesicht ließ sich das nur schwer ablesen. Aber wenn İkmen davon überzeugt war, dass er für die Entführung der Geschwister Akdeniz in Frage kam …

Ein kurzes Klopfen an der Tür kündete von der Ankunft

des Inspektors, der nach dem üblichen Vorgeplänkel direkt zur Sache kam.

»Warum haben Sie Istanbul verlassen, Herr Kuran?«, fragte er. »Ich erinnere mich genau, dass ich Sie gebeten hatte, in der Stadt zu bleiben.«

»Ich hatte geschäftlich in Bursa zu tun«, erwiderte Kuran.

»Und warum haben Sie mir das nicht gleich bei unserem ersten Gespräch gesagt?«

»Etwas ... hat sich ergeben.«

»Ziemlich plötzlich, finden Sie nicht?«, fragte İkmen. »Und ziemlich merkwürdig, wenn man bedenkt, dass Sie als Beruf ›Kurierfahrer‹ angegeben haben. Wie haben Sie das denn gemacht, ohne Ihren Transporter, Herr Kuran? Die Waren auf dem Rücken getragen?«

Reşad Kuran blickte zu Boden. »Wenn Sie mich verhaften wollen ...«

»Nein.« İkmen setzte plötzlich ein strahlendes Lächeln auf. »Nein, soweit bin ich noch nicht. Ich möchte nur wissen, warum Sie die Stadt verlassen haben.«

»Hab ich Ihnen doch schon gesagt.«

»Ja. Aber ich brauche noch ein paar Einzelheiten, Herr Kuran, ehe ich Ihre Schwester und Ihren Schwager bitte, Sie nach Hause zu bringen.«

Kuran hob den Kopf und runzelte die Stirn. »Eren und Melih?«

»Ja, sie sind hier, Herr Kuran«, sagte İkmen und zündete sich eine Zigarette an. »Als wir erst einmal in Erfahrung gebracht hatten, wo Sie sich aufhielten, fühlte ich mich verpflichtet, es ihnen mitzuteilen. Schließlich hatten sie uns indirekt dabei geholfen – oder besser gesagt, Ihre Schwester, durch das lange Telefonat, das Sie mit ihr geführt haben.«

Während der Fahrt von Bursa nach Istanbul hatte Reşad Kuran mehr über die mangelhafte Sicherheit von Mobiltelefonen erfahren, als ihm lieb gewesen war.

Ayşe Farsakoğlu leerte den Aschenbecher, damit die

Asche von İkmens Zigarette den ohnehin schon instabilen Berg von Zigarettenstummeln nicht zum Einsturz brachte.

Als sie sich wieder setzte, versuchte Kuran einen neuen Vorstoß. »Hören Sie«, meinte er und gestikulierte heftig mit den Händen. »Ich habe gelogen, okay. Ich ... ich habe da diese Bekannte in Bursa, sie wohnt im Stadtteil Muradiye ...«

»Frau oder Mädchen?«, unterbrach ihn İkmen.

»Was?«

»Zwei Vorfälle«, warf Ayşe Farsakoğlu ein, »in den achtziger Jahren, zwei minderjährige Mädchen.«

Kuran schloss die Augen und seufzte. »Das ist doch schon so lange her«, sagte er müde. »Heutzutage mach ich so was nicht mehr. Das war ein Fehler damals ...« Er öffnete die Augen wieder. »Hören Sie, Inspektor, meine Bekannte ist siebenunddreißig.«

»Name?«

»Was?«

»Der Name Ihrer Bekannten«, erwiderte İkmen scharf. »Die Kollegen in Bursa haben Sie in einer *Kahvehane* aufgegabelt. Ich will sichergehen, dass diese siebenunddreißigjährige Frau auch wirklich existiert.«

»Sie ist verheiratet ...«

»Ist mir egal«, sagte İkmen achselzuckend. »Mich interessiert nur, ob Sie die Wahrheit sagen, Herr Kuran.« Er beugte sich über den Tisch. »Zurzeit werden die Spuren untersucht, die wir in Ihrem Transporter gefunden haben und die möglicherweise von Ihrem Neffen und Ihrer Nichte stammen.«

»Aber ...«

»Sie waren Freitagabend noch spät im Haus der Familie Akdeniz ...«

»... um ein Kunstwerk für einen von Melihs Kunden abzuholen.«

»Ja.« İkmen lehnte sich auf seinem Stuhl zurück und lächelte erneut. »Ein Kunde, dessen Name Herrn Akdeniz anscheinend entfallen ist. In Anbetracht dessen, was ihm widerfahren ist, kann ich das vielleicht noch verstehen. Aber was ist mit Ihnen?«

»Was?«

»Ich habe Sie bereits danach gefragt, und ich frage Sie erneut: Wohin haben Sie das Kunstwerk geliefert, Herr Kuran? Wie heißt der Kunde?«

Reşad Kuran riss die Arme hoch. »Ich weiß es nicht! Ich kann mich nicht erinnern!«

»Das sollten Sie aber!«, rief İkmen. »Schließlich sind Sie kein kompletter Idiot, oder?«

»Nein!«

»Wenn irgendeine der Proben aus dem Inneren Ihres Wagens mit dem Genmaterial der Kinder übereinstimmt, das wir in deren Elternhaus gefunden haben, steht Ihnen eine Menge Ärger bevor. Schließlich haben Sie uns selbst erzählt, die Kinder seien nie in Ihrem Transporter gewesen, richtig, Herr Kuran?«, sagte İkmen mit drohender Stimme. »Außerdem haben Sie uns erzählt, Sie hätten das Kunstwerk nach Yeniköy gebracht. Und wohin genau in Yeniköy?«

Kuran senkte den Kopf. »Ich weiß es nicht. Zu irgendwelchen reichen Leuten.«

»Ich will wissen, an welchen Ort!«, fuhr İkmen, der allmählich die Geduld verlor, ihn an. »In einen Palast? In ein *yalı*? Auf eine Yacht vielleicht? Oder was?«

»Ich weiß es nicht!«

»Das behaupten Sie zwar die ganze Zeit, Herr Kuran, aber in Wirklichkeit wissen Sie es genau«, schaltete Ayşe Farsakoğlu sich ein. Dann holte sie tief Luft und fuhr ruhig fort: »Es ist doch ganz einfach. Sie brachten das Kunstwerk von Balat nach ...«

»Was hat Melihs Kunstwerk mit den Kindern zu tun? Was spielt es für eine Rolle, wohin ich es gebracht habe?«

»Es spielt eine große Rolle, Herr Kuran«, erwiderte İkmen entschieden. »Denn wenn Yaşar und Nuray, mit oder ohne Ihr Wissen, zu dem Zeitpunkt in Ihrem Transporter waren …«

»Aber das waren sie nicht!«

»Woher wollen Sie das wissen?«, fragte Ayşe Farsakoğlu. »Wenn Sie nicht wissen, wohin Sie gefahren sind, wie können Sie dann sicher sein, was Sie überhaupt transportiert haben?«

Reşad Kuran ließ den Kopf in die Hände sinken.

»Sie müssen entweder betrunken gewesen sein oder unter Drogen gestanden haben«, sagte İkmen.

»Nein! Ich bin clean, ich habe keine …« Schlagartig wurde Kuran bewusst, was er gesagt hatte, und er verstummte.

»Wenn Sie also clean sind, Herr Kuran, warum können Sie sich dann nicht erinnern?«, hakte İkmen nach. »Haben Sie vielleicht irgendein gesundheitliches Problem, das Ihr Gedächtnis beeinträchtigt?«

Reşad Kuran, der jetzt noch stärker schwitzte als zuvor, räusperte sich. »Ich will einen Anwalt.«

İkmen nickte. »Sehr gern.« Dann erhob er sich, um den Raum zu verlassen. »Ich werde Ihrer Schwester und Ihrem Schwager sagen, sie sollen nach Hause fahren. Ich denke, das wird das Beste sein.«

Der wachhabende Beamte öffnete die Tür, und İkmen ging hinaus.

13

Ich weiß nicht, warum Çetin Ihnen geraten hat, zu mir zu kommen«, sagte Arto Sarkissian und verschränkte die Arme vor der Brust. »Eigentlich sollten Sie sich an meinen Bruder wenden.«

Süleyman seufzte. »Vielleicht hat unser gemeinsamer Freund angenommen, dass ich lieber zuerst mit Ihnen sprechen würde, da ich Ihren Bruder nicht kenne.«

Das Gesicht des jungen Mannes war blass vor Anspannung, was den Armenier nicht weiter überraschte, nachdem, was Süleyman ihm gerade erzählt hatte. Einen Seitensprung einzugestehen, war schon schwierig genug, aber hier ging es um ungeschützten Verkehr mit einer Prostituierten, und das war eine ganz andere Geschichte.

»Am besten rufe ich Krikor an und besorge Ihnen einen Termin in der Klinik«, meinte Arto und griff über den Schreibtisch zum Telefonhörer.

»Ja, aber …«

»Ja?«

Süleyman senkte den Blick. »Aber ich möchte nicht, dass mein Arbeitgeber davon erfährt.«

»Mein Bruder ist der Inbegriff der Diskretion, das versichere ich Ihnen«, erwiderte der Armenier freundlich. Als er jedoch begriff, dass Süleyman nicht unbedingt wollte, dass sein Fall am Telefon besprochen wurde, legte er den

Hörer wieder auf die Gabel. »Hören Sie, Mehmet«, sagte er, »Sie können sofort auf Hepatitis B getestet werden. Das Ergebnis wird so oder so endgültig sein.«

»Und was ist mit Aids?« Furcht flackerte in Süleymans Augen auf.

Arto seufzte. »Dazu kann Krikor Ihnen natürlich mehr sagen. Betäubungsmittelabhängigkeiten und damit einhergehende Krankheiten sind sein Fachgebiet. Allerdings weiß ich, dass ein frühzeitig, also unmittelbar nach dem Kontakt mit eventuell infiziertem Blut, Sperma oder Vaginalsekret durchgeführter HIV-Test kein hundertprozentig zuverlässiges Ergebnis liefert. Wenn Sie jetzt einen Test machen lassen, müssen Sie sich derselben Prozedur in drei Monaten erneut unterziehen und, ich glaube, einen Monat später noch mal.«

Süleyman strich sich müde über das Gesicht. »Ich kann einfach nicht glauben, dass ich so dumm gewesen bin!«

Auch Arto, der Mehmet Süleyman seit fast fünfzehn Jahren kannte, hätte ihm so etwas nicht zugetraut. Für ihn war Süleyman ein ehrlicher, ehrenwerter Mann. Aber daran änderte sich natürlich auch jetzt nichts. Ein unehrenhafter Mann wäre niemals so aufgelöst gewesen wie Süleyman, den die Sorge um seine persönliche Gesundheit ebenso plagte wie Scham- und Schuldgefühle.

Der Armenier legte Süleyman eine Hand auf die Schulter. »Sie werden das schon schaffen«, sagte er.

»Meinen Sie?«

»Ganz bestimmt.«

Süleyman stand auf und fuhr sich mit den Händen nervös durch die Haare. »Ohne dass mein Leben und meine Ehe Schaden nehmen?«

»Das weiß ich nicht«, erwiderte Arto, »aber eines weiß ich genau: Von jetzt an müssen Sie Zelfa schützen.«

»Ich muss es ihr sagen! Wenn ich nur wüsste, wie …«

»Dabei kann ich Ihnen leider auch nicht helfen«, sagte Arto. »Das besprechen Sie am besten mit Krikor.«

»Ja. Sie haben Recht.«

Süleyman setzte sich wieder und zündete sich eine Zigarette an.

»Ich werde meinen Bruder jetzt mal anrufen«, schlug Arto vor und griff erneut zum Telefon, »damit Sie möglichst schnell einen Termin bekommen.«

»Ja.«

Nachdem alles geklärt war, begleitete Arto seinen Besucher hinaus in den Flur. Es war ein sehr anstrengender Abend gewesen: zuerst die aufgedunsene Wasserleiche und dann diese grässliche Situation, in der Mehmet Süleyman sich befand. Wie gefährlich dem Menschen seine Begierden doch werden konnten.

»Dr. Sarkissian!«

Ach ja, und jetzt auch noch Señor Orontes.

Arto seufzte. »Ja, bitte?«

»Sie sagten, Dr. Keyder dürfe möglicherweise einen Blick auf Ihren unbekannten Toten werfen.«

»Ich muss erst mit Oberwachtmeister Çöktin reden«, entgegnete Arto. »Schließlich fällt der junge Mann in seinen Zuständigkeitsbereich.«

Die finster dreinblickende Frau an Orontes' Seite schnaubte verächtlich.

»Ich nehme an, Sie sind Dr. Keyder«, wandte Süleyman sich lächelnd an sie. Das war also die Frau, bei der es sich möglicherweise um Çöktins mysteriösen Balsamierer handelte. Offensichtlich hatte der Kurde noch keine Gelegenheit gehabt, mit ihr zu sprechen. Interessante Situation, dachte Süleyman. Doch Süleymans legendärer Charme, der bei den meisten Frauen sofort seine Wirkung entfaltete, schien an Yeşim Keyder förmlich abzuprallen. »Ja«, erwiderte sie kühl, »das bin ich. Und wer sind Sie?«

»Ich bin Inspektor Mehmet Süleyman. Oberwachtmeister Çöktin ist mein Assistent.«

»Und Sie wissen von meiner verstorbenen Schwägerin?«

»Frau Rosita Keyder. Ja. Möge Ihr Geist lebendig sein«, sprach Süleyman die bei einem Todesfall üblichen traditionellen Worte. »Ich arbeite zurzeit zwar an einem anderen Fall, bin aber auf dem Laufenden, was die Ermittlungsarbeiten von Oberwachtmeister Çöktin betrifft.«

»Wir dachten, es könnte hilfreich sein, wenn Dr. Keyder sich den jungen Mann mal ansehen würde«, sagte Orontes zu Süleyman. »Vielleicht kennt sie ihn ja.«

»Wachtmeister Çöktin hatte den Eindruck, Sie wüssten nichts von einem jungen Mann in Frau Keyders Leben«, wandte Süleyman sich an die Frau.

Yeşim Keyder antwortete nicht.

»Also, können wir ihn nun sehen?«, fragte Orontes.

»Ich weiß nicht ...«, setzte Arto an.

»Ist schon in Ordnung, Doktor.« Süleyman schenkte dem Armenier ein Lächeln. »Ich übernehme die Verantwortung.«

»Wenn Sie das für richtig halten.«

»Ja.«

Arto machte sich auf den Weg zum Sezierraum, gefolgt von Süleyman und den anderen. Es erschien ihm falsch, Orontes' Drängen nachzugeben.

Aber Süleyman interessierte sich nicht für den Spanier, sondern für Dr. Keyder. Diese Frau stellte ihre einzige Verbindung zu dem unbekannten Balsamierer dar. Es würde interessant sein, ihre Reaktion auf den Leichnam zu beobachten, den sie Çöktins Ansicht nach kennen musste. Während er den weißen Kittel überstreifte, den Dr. Sarkissian ihm vor dem Sezierraum reichte, konzentrierte er sich auf die vor ihm liegende Aufgabe und vergaß für einen Moment seine eigenen Probleme.

»Was, glaubst du, wird dein Bruder aussagen?«

Eren Akdeniz starrte mit leerem Blick aus dem Fenster in den dunklen Garten. »Ich weiß es nicht«, erwiderte sie. »Ich habe keine Ahnung.«

Melih unterbrach seine Arbeit an der Leinwand und wischte sich mit dem Unterarm den Schweiß von der Stirn. »Ich muss endlich fertig werden«, sagte er atemlos. »Sonst war alles umsonst. Die Arbeit ist das Einzige, was jetzt zählt.«

Eren drehte sich zu ihm um. »Und wenn die Polizei kommt?«

»Dann streite ich alles ab!« Er zog seine Arzneiflasche aus der Tasche, nahm einen großen Schluck, wischte sich mit der Hand über den Mund und stellte sie neben die Leinwand auf den Boden. »Die Polizei hat das Haus mehrfach durchsucht. Wenn wir Yaşar und Nuray jetzt zurückbekämen ...«

»Aber sie sind noch nicht so weit!«, sagte Eren. Tränen der Enttäuschung traten ihr in die Augen. »Ganz bestimmt sind sie noch nicht so weit!« Sie ging zu ihrem Mann hinüber und baute sich vor ihm auf. »Ich lasse nicht zu, dass meine Kinder so schlecht behandelt werden! Ich will das Beste für sie!«

»Für sie ist es am besten, wenn die Arbeit voranschreitet«, erwiderte ihr Mann mit leiser, drohender Stimme, »was aber nicht passiert, wenn dieser verdammte Krebs mich hinwegrafft, oder wenn dieser Nekrophile der Polizei Dinge erzählt, die er nicht erzählen sollte.«

»Ich will nicht, dass du dieses Wort benutzt!«, kreischte Eren. »Nicht, wenn es um meine Kinder geht. Er würde sie niemals anrühren!«

»Nein, aber du weißt so gut wie ich, wie Reşad veranlagt ist.« Melih ließ sich erschöpft auf einen Stuhl sinken und zündete sich eine Zigarette an. »Wenigstens macht er auf diese Weise nicht mehr mit den Lebenden rum.« Er lachte kurz auf und meinte dann: »Tut mir Leid, Eren, das war bloß so dahingesagt. Ich versuche nur irgendwie, mit dem Stress fertig zu werden.«

»Ich dachte, das tust du, indem du andere Frauen vögelst«, erwiderte Eren schroff.

Melih lächelte. »Du hast dich nie damit abfinden können, dass ich es auch mit anderen Frauen machen will, stimmt's, Eren? Du hast immer nur so getan, hast mitgespielt, gesagt, du würdest es verstehen. Aber im Grunde hast du es nie akzeptiert. Prüde …«

»Halt den Mund, du Mistkerl!« Sie drehte sich um und ging wieder ans Fenster.

»Eren, wenn meine Arbeit …«

»Ich scheiße auf deine Arbeit!«, schrie sie. Tränen strömten ihr über die Wangen. »Ich scheiße auf dich, Melih, auf deine Ideen und dein Ego und dieses bösartige Ding in dir, das dich auffrisst …«

»Eren!« Melih stand mit schmerzverzerrtem Gesicht auf, ging langsam zu seiner Frau hinüber und schlug ihr mit voller Wucht ins Gesicht.

Sie verzog keine Miene.

Ein paar Sekunden lang herrschte Stille, dann nahm sie sein Gesicht behutsam in beide Hände und küsste ihn auf den Mund. Sie umarmten einander, und Eren strich Melih zärtlich über den Rücken, wie eine Mutter ihrem kleinen Kind.

»Melih …«

»Wir müssen sie jetzt zurückholen, Eren«, sagte er traurig. »Ich habe zu viel investiert, um zuzusehen, wie das Ganze fehlschlägt. Ich habe gearbeitet, Pläne geschmiedet, einen Pakt mit dem Teufel geschlossen. Und alles für einen bestimmten Zweck. Dies wird die bedeutendste, innovativste künstlerische Aussage sein, die die Welt je gesehen hat.« Er schaute sie an. Sein Gesicht war ganz bleich vor Sorge. »Ich hoffe, dass wir Reşad vertrauen können, aber was, wenn nicht?«

Sie trat einen Schritt zurück. »Melih, sie sind noch nicht so weit.«

»Ich weiß!« Er stieß einen erstickten Seufzer aus. »Ich weiß. Aber was sollen wir machen?«

Eren schüttelte den Kopf. »Ich weiß es nicht.«

Melih nahm sein Mobiltelefon aus der Tasche und tippte eine Nummer ein. »Uns bleibt nichts anderes übrig, als die Kinder zurückzuholen.«

»Damit die Show anfangen kann?«, fragte Eren mit ausdrucksloser Stimme und blickte wieder hinaus in die Dunkelheit des Gartens.

»Ja«, sagte ihr Mann, »und damit wir wieder alle zusammen sind.«

Es war bereits zehn Uhr abends, als die Anwältin, eine Frau Korcan, in Vernehmungsraum 4 gegenüber von Inspektor İkmen Platz nahm.

»Wenn ich es richtig verstehe«, sagte sie und fixierte İkmen mit einem nüchternen, regungslosen Blick, »liegen keinerlei Beweise vor, die meinen Mandanten mit der Entführung von Nuray und Yaşar Akdeniz in Verbindung bringen.«

»Nein, aber sein Wagen wird zurzeit von der Spurensicherung untersucht«, erwiderte İkmen. »Außerdem hat Herr Kuran entgegen meiner ausdrücklichen Anweisung die Stadt verlassen.«

»Ja, er war auf dem Weg zu einer Frau …« Die Anwältin sah zu ihrem Mandaten hinüber. »Edip?«

Reşad Kuran nickte.

»Eine Frau Edip aus Bursa, wie er Ihnen meines Wissens bereits mitgeteilt hat, Inspektor.«

»Ja«, sagte İkmen, »allerdings konnte er nicht zufriedenstellend erklären, warum …«

»Aber Inspektor.« Frau Korcan lächelte leicht verlegen, wie İkmen fand. »Wenn man verliebt ist …«

»Herr Kuran ist wohl kaum ein liebestrunkener Teenager, Frau Korcan!«, konterte İkmen zornig. »Und auch Frau Edip mit ihren siebenunddreißig Jahren dürfte kaum in diese Kategorie fallen!«

»Nein.«

»Außerdem weiß Herr Kuran ganz genau, dass mein

Hauptinteresse nicht Frau Edip oder irgendwelchen anderen Details gilt, die seit dem Verschwinden von Nuray und Yaşar aufgetaucht sind. Ich will nur wissen, warum Ihr Mandant anscheinend nicht in der Lage ist, sich daran zu erinnern, wohin er an jenem Abend fuhr und was er dort gemacht hat.«

»Aha. Aber die Kinder sind doch gar nicht an dem besagten Freitagabend verschwunden, oder Inspektor?« Frau Korcan lächelte. »Herr und Frau Akdeniz haben erklärt, die Kinder seien am Samstagmorgen noch zu Hause gewesen.«

»Eine Behauptung, die nicht erhärtet werden konnte«, warf İkmen ein.

»Das mag sein, aber warum sollten sie lügen, Inspektor? Herr und Frau Akdeniz sind doch die Eltern. Sie lieben ihre Kinder.«

Seinen eigenen Beobachtungen nach zu urteilen und nach allem, was Melih und Eren ihm gesagt hatten, musste İkmen der Anwältin in diesem Punkt Recht geben. Dennoch, irgendetwas stimmte an der Geschichte nicht. İkmen war fest davon überzeugt, dass Kuran Istanbul aus einem Grund verlassen hatte, der unmittelbar mit seinem Transporter zusammenhing.

»Ich würde trotzdem gerne wissen, wohin Sie an jenem Freitagabend gefahren sind«, wandte İkmen sich wieder an Reşad Kuran. »Sie haben ein Gemälde von Melih Akdeniz abgeholt ...«

»Die Erinnerung meines Mandanten an jenen Abend ist etwas verschwommen«, schaltete die Anwältin sich ein. »Von einem insulinspritzenden Diabetiker ...«

İkmen sah zu Ayşe Farsakoğlu hinüber, die fast unmerklich den Kopf schüttelte.

»Von einem insulinspritzenden Diabetiker kann man nicht erwarten, dass er sich immer an jedes Detail aus seinem Alltag erinnert.«

»Aber wenn Ihr Gedächtnis so schlecht ist, Herr Kuran, wie erledigen Sie dann Ihre Aufträge?«, fragte İkmen. »Wenn ich jemandem einen Transportauftrag erteile, wüsste ich doch gerne, dass der Kurier sich an das erinnert, was er transportieren soll und wohin die Fuhre geht und was er bereits erledigt hat.«

»Warum fragen Sie nicht meinen Schwager?«

»Ihr Schwager kann sich ebenfalls nicht erinnern«, entgegnete İkmen scharf. »Wenn man den ganzen Tag Morphium schluckt, ist die Welt um einen herum vermutlich ein wenig verschwommen. Wegen seiner Vergangenheit hatte ich zunächst angenommen, das Rauschmittel diene ihm lediglich zur Entspannung, aber anscheinend handelt es sich doch um ein verschriebenes Medikament. Er muss sehr krank sein, unser größter lebender Künstler.«

»Nuray und Yaşar waren an dem Abend nicht in meinem Wagen«, wiederholte Kuran nachdrücklich und beugte sich vor.

»Sie können ja meine Wohnung durchsuchen oder meine Nachbarn fragen.«

»Ja, ja.« İkmen fuhr sich mit der Hand durch die verschwitzten Haare. »Ich stimme Ihnen zu, dass wir in Ihrer Wohnung oder Ihrem Wagen wahrscheinlich nichts von Bedeutung finden werden. Aber das erklärt immer noch nicht, Herr Kuran, wie Sie behaupten können, Sie wüssten nicht, wohin Sie an jenem Abend gefahren sind, wenn Sie sich gleichzeitig absolut sicher zu sein scheinen, dass Nuray und Yaşar nicht bei Ihnen waren. Beeinträchtigt der Diabetes nur bestimmte Bereiche Ihres Gedächtnisses? Erzählen Sie mir mehr darüber, es interessiert mich brennend.«

In dem Moment schaltete sich Frau Korcan wieder ein, die den verwirrten Gesichtsausdruck ihres Mandaten zwar beunruhigend fand, sich aber nicht aus der Fassung bringen ließ: »In Anbetracht der Tatsache, dass es sich hier nur um Indizien handelt, spielt das alles zurzeit überhaupt keine Rolle. Mein Mandant hat zugegeben, dass es ein Fehler war, nach Bursa zu fahren, um Frau Edip zu besuchen, und er ist bereit, in Istanbul zu bleiben, solange Ihre Ermittlungen andauern, Inspektor. Außerdem hat Herr Kuran, obwohl Frau Edip eine verheiratete Frau ist, Ihnen alle Informationen gegeben, die erforderlich sind, um den Wahrheitsgehalt seiner Aussage zu überprüfen. Ich wüsste nicht, welchen Nutzen es haben könnte, ihn noch länger hier zu behalten.«

Sie hatte Recht. İkmen war zwar nach wie vor überzeugt, dass Kuran etwas verheimlichte, aber sie drehten sich nun schon seit Stunden im Kreis. Solange sie keine neuen Erkenntnisse gewannen, die die Angelegenheit in einem anderen Licht erscheinen ließen, waren İkmen die Hände gebunden. Daher erklärte er sich, wenn auch zögerlich, bereit, Kuran auf freien Fuß zu setzen.

Zufrieden mit dem Ergebnis ihrer Arbeit stand Frau Korcan auf, um ihren Mandanten nach draußen zu begleiten. Doch kurz bevor Reşad Kuran sich erhob, beugte İkmen sich noch einmal über den Tisch und hakte nach: »Wo sind sie, Reşad? Wo sind Nuray und Yaşar?«

»Was ...?« Wie vom Schlag getroffen, zuckte Kuran zusammen. Sprachlos starrte er İkmen an.

»Ich werde sie finden, das verspreche ich Ihnen«, zischte der Inspektor und beobachtete den Mann, der jetzt taumelnd von seinem Stuhl aufstand. »Und dann sehen wir uns wieder.«

Reşad Kuran schnappte sich sein Jackett von der Lehne und rannte hinter seiner Anwältin her auf den Flur.

Als in Vernehmungsraum 4 wieder Stille eingekehrt war, fragte Ayşe Farsakoğlu: »Warum haben Sie das gesagt, Chef, das mit den Kindern?«

İkmen zündete sich eine Zigarette an, ehe er antwortete. »Um ihn zu schockieren.«

»Aber was, wenn er die Wahrheit sagt? Wenn er sich wirklich nicht mehr erinnern kann, wo er an jenem Abend war? Viele Menschen fürchten sich vor der Polizei, das ist ganz normal. Vielleicht hat er die Stadt nur verlassen, weil er Angst hatte.«

»Ich verstehe, was Sie meinen«, sagte İkmen und ließ sich auf den Stuhl sinken, auf dem vorhin noch Reşad Kuran gesessen hatte. »Aber der Mann ist ein Kinderschänder, und ich bin nun mal der Überzeugung, einmal Kinderschänder, immer Kinderschänder. Nuray ist ein kleines Mädchen …«

»Ja.« Ayşe hatte sich ihm gegenüber hingesetzt und seufzte. »Und Kuran ist ihr Onkel. Aber Herr und Frau Akdeniz hätten doch schon früher etwas merken müssen. Zum Schutz ihrer Tochter hätten sie uns dann bestimmt sofort auf Kuran aufmerksam gemacht.«

İkmen zuckte die Achseln. »Kuran ist Erens Bruder.«

»Ich weiß. Aber die Liebe zu ihren Kindern müsste doch viel stärker sein, als ihre schwesterlichen Gefühle für Kuran, oder?«

»Schwer zu sagen«, erwiderte İkmen. »Um ehrlich zu sein, kann ich mir weder auf Melih noch auf Eren Akdeniz einen Reim machen. Die beiden leben in einer Welt, die ich nicht begreife. Ich weiß nur eines ganz gewiss: Die Kinder machen großes Leid durch …«

»Wie bitte?«

»Ach, das ist eine von meinen …« – İkmen fuchtelte auf der Suche nach dem richtigen Wort mit den Händen in der Luft herum – »… Eingebungen. Ich sehe Dinge.«

»Ja, Orhan hat manchmal davon erzählt«, sagte Ayşe mit leiser Stimme. »Er meinte, wenn diese Bilder vor Ihrem inneren Auge auftauchen, liegen Sie immer richtig.«

İkmen lächelte. »Manchmal. Aber noch mal zurück zu Kuran: Was halten Sie von seinem Abgang? Was, glauben Sie, hat seine Reaktion auf meine Bemerkung zu bedeuten?«

Ayşe zog an ihrer Zigarette und blies den Rauch langsam aus, ehe sie antwortete. Die Erinnerung an ihren ehemaligen Geliebten, Orhan Tepe, erfüllte sie mit Trauer, andererseits freute sie sich, dass İkmen nun offensichtlich anfing, ihr zu vertrauen.

»Die Angst stand ihm förmlich ins Gesicht geschrieben«, sagte sie schließlich.

»Und was, glauben Sie, wird er jetzt tun?«, fragte İkmen. »Was würden Sie in seiner Situation tun?«

»Angenommen, er hat die Kinder oder weiß, wo sie sind, dann würde ich mich an seiner Stelle möglichst weit von ihnen entfernen. Vielleicht war das der Grund, warum er nach Bursa gefahren ist.«

»Vielleicht. Aber wenn er weiß, dass wir ihm dicht auf den Fersen sind, dann weiß er auch, dass es nur eine Frage der Zeit ist, bis wir die Kinder finden.«

»Ja.«

»An seiner Stelle würde ich wahrscheinlich versuchen, sie noch besser zu verstecken oder sie sogar umbringen«, sagte İkmen und griff nach dem Telefonhörer. »Und darum werde ich ihn jetzt auch beschatten lassen.« Während er eine Nummer wählte und darauf wartete, dass am anderen Ende jemand abnahm, fügte er hinzu: »Ach ja, morgen sehen wir uns mal an, wie Herr Akdeniz mit seinem neuesten Kunstwerk vorankommt. Wenn er so krank ist, wie die Morphiumdosis seiner Arznei vermuten lässt, dann gehe ich davon aus, dass er es möglichst bald fertigstellen möchte.«

Yeşim Keyder ging dreimal um den Leichnam herum, blieb dann abrupt stehen und nickte. Die kalten, blassen Augen unverwandt auf das Gesicht des jungen Mannes gerichtet, sagte sie schließlich: »Sein Name ist Miguel Arancibia. Er ist Rositas Bruder.«

Orontes, der die Schläfen des Toten aus der Nähe begutachtete, murmelte: »Erste Anzeichen von Verwesung. Wir müssen unbedingt etwas unternehmen …«

Süleyman hatte den Toten zuvor noch nicht zu Gesicht bekommen und betrachtete ihn nun mit einer Mischung aus Faszination und Abscheu. Die Vorstellung, dass der

Leichnam möglicherweise fünfzig Jahre alt war, erschien ihm widernatürlich. Der Tod eines geliebten Menschen war zwar schwer zu verkraften, aber als Muslim vertrat Süleyman die Überzeugung, dass es einzig und allein Allah vorbehalten war, das Ende eines Lebewesens zu beschließen – und damit musste man sich abfinden. Der Tote war von dieser Welt gegangen; welchen Nutzen konnte seine leere Hülle noch haben?

»Wenn Sie wussten, wer er ist, warum haben Sie Wachtmeister Çöktin das nicht mitgeteilt?«, fragte Arto Sarkissian scharf. »Wir sind von der irrigen Auffassung ausgegangen, dass es sich um einen Unbekannten handelt.«

Yeşim Keyder hob den Blick und sah ihm in die Augen. »Ich wollte nicht damit in Verbindung gebracht werden«, meinte sie kalt. »In diesem Land haben nur wenige Menschen Verständnis für das Balsamieren. Und die absurde Vorstellung, dass die Seele eines Verstorbenen nicht ruht, ehe sein Körper begraben ist, hilft auch nicht gerade weiter.«

»Das ist ein traditioneller türkischer Glaube.«

»Ja, einfach lächerlich.«

Süleyman räusperte sich. »Und was hat Sie veranlasst, Ihre Meinung zu ändern, Dr. Keyder? Warum vertrauen Sie uns diese Information jetzt an?«

»Ich war heute bei meinem Anwalt«, entgegnete die alte Frau schroff. »Anscheinend kann ich die Wohnung meines verstorbenen Bruders erst in Besitz nehmen, wenn ich dafür sorge, dass Rosita und Miguel zusammen beerdigt werden. Meine Schwägerin hat diese Klausel ohne mein Wissen in ihr Testament aufgenommen.«

Señor Orontes blickte hoch und runzelte die Stirn. Süleyman seufzte. Er würde in dieser Sache noch weitere Nachforschungen anstellen müssen, was angesichts der offen zur Schau getragenen Feindseligkeit der alten Frau nicht gerade leicht werden würde.

»Ich muss mit Ihnen reden, Dr. Keyder«, sagte er und

bedeutete Arto mit einem Kopfnicken, den Leichnam wieder zu bedecken. »Können wir Ihr Büro benutzen, Dr. Sarkissian?«

»Natürlich.«

»Hören Sie, ich will nur, dass dieser Priester kommt und Rosita und Miguel mitnimmt ...«

»Alles zu seiner Zeit«, sagte Süleyman und ging zur Tür. »Zunächst muss ich Ihnen noch ein paar Fragen stellen, Dr. Keyder.«

»Was für Fragen?« Sie hatte sich nicht von der Stelle gerührt, sondern verharrte immer noch reglos neben dem Leichnam, dicht neben Señor Orontes.

»Ich glaube, es wäre besser, wir würden in Dr. Sarkissians Büro gehen ...«

»Mir wäre es lieber, Sie würden das, was Sie zu sagen haben, hier und jetzt sagen«, fuhr Yeşim Keyder ihn an. »Wenn ich nicht verhaftet bin – wovon ich, angesichts der Tatsache, dass ich nichts verbrochen habe, ausgehe –, ziehe ich es vor, nicht formell befragt zu werden.«

Arto sah nervös zu Süleyman hinüber. Doch der junge Inspektor zuckte nur die Achseln.

»Wie Sie wünschen«, sagte er. »Aber ich bin nicht der Auffassung, dass die Anwesenheit dieses Herrn hier« – er deutete auf Orontes – »unbedingt erforderlich ist.«

»Aber ich ...«

»Da stimme ich Ihnen zu.« Yeşim Keyder richtete ihren kalten Blick auf den Spanier. »Sie können jetzt gehen, Señor Orontes.«

»Ja, aber ...«

»Ich melde mich bei Ihnen«, fügte sie knapp hinzu. Dann wandte sie sich an Süleyman: »Nun?«

Süleyman wartete, bis Arto Sarkissian den Spanier hinausbegleitet hatte und wieder zurückgekehrt war. Er hatte das Gefühl, dass es möglicherweise wichtig sein konnte, bei diesem nicht alltäglichen Gespräch einen zuverlässigen Zeugen wie den Armenier zugegen zu haben.

»Also«, sagte er und ließ sich auf einem der Hocker nieder, die entlang der Wände des Sezierraums verteilt waren, »dann wollen wir mal ganz von vorne anfangen. Wissen Sie, wer diesen Leichnam einbalsamiert hat, Dr. Keyder?«

Die Frau blieb neben dem Seziertisch stehen. »Dr. Pedro Ara«, sagte sie mit ausdrucksloser Stimme, »ein Meister der …«

»Wir wissen, wer Dr. Ara war, Dr. Keyder«, unterbrach Süleyman sie und blickte zu Arto Sarkissian hinüber. »Ich selbst habe zwar erst vor kurzem davon erfahren, aber Dr. Sarkissian und Wachtmeister Çöktin haben ausführliche Nachforschungen bezüglich Dr. Ara und seiner Balsamiermethoden angestellt.«

»Dann wissen Sie ja, was für ein genialer Wissenschaftler er war«, sagte Yeşim Keyder. »Und dann wissen Sie auch von Evita.«

»Ja«, warf Arto Sarkissian ein, »davon wissen wir. Aber sie war die Gattin eines mächtigen Politikers, und dieser junge Mann hier …«

»Rositas Familie hat unter den Peronisten eine bedeutende Rolle gespielt – in militärischer Hinsicht.« Yeşim Keyder setzte sich nun doch auf einen Hocker. »Als Miguel 1951 starb, erteilte Rositas Mutter Dr. Ara den Auftrag, seinen Leichnam zu konservieren.«

»Das war ein Jahr vor Evitas Tod.«

»Ja.« Sie lächelte. »Veli hat immer gesagt, dass Ara nur deshalb den Auftrag von Perón bekommen hat, weil der das Wunder namens Miguel Arancibia kannte.«

»Und Veli ist …?«

»Mein Bruder. Er und Rosita Arancibia haben 1950 geheiratet.«

»In Argentinien?«

»Ja.«

Süleyman verschränkte die Arme vor der Brust. »Warum war Ihr Bruder in Argentinien, Dr. Keyder?«

Sie blickte ihm in die Augen. »Mein Bruder war Wissenschaftler. Biologe. Ein paar Jahre zuvor war ein Onkel von uns nach Argentinien ausgewandert. Er hat dafür gesorgt, dass Veli zu einem Kongress eingeladen wurde, und ihm danach zu einer guten Anstellung an einer Universität verholfen.«

»Und Sie sind mitgegangen.«

Einen Moment lang schien sie sprachlos, doch dann fing sie sich wieder. »Wie kommen Sie auf die Idee?«

»Na ja, irgendjemand muss diesen Leichnam – wie sagt man?« – er sah kurz zu Arto Sarkissian hinüber – »gepflegt haben, nach seiner Ankunft hier im Jahre …«

»1955«, ergänzte die alte Frau kühl, »und um Ihre implizite Frage gleich zu beantworten: Ja, ich habe bei Dr. Ara gelernt. Ich hatte die Ehre, seine Methoden und Rezepturen studieren zu dürfen, und ja, ich habe Miguel gepflegt, nachdem Rosita und Veli ihn hierher gebracht hatten.« Sie blickte von Süleyman zu Sarkissian und wieder zurück. »Als die Peronisten gestürzt wurden, geriet alles, was mit dem Regime in Verbindung stand, in große Gefahr, einschließlich Miguel.«

»Sie haben also dabei geholfen, den Leichnam in die Türkei zu schmuggeln.«

Yeşim Keyder zuckte die Achseln. »Wenn Sie so wollen. Rositas Familie wünschte, dass Miguel in Sicherheit gebracht wurde. Veli hoffte, hier in Istanbul wieder Arbeit zu finden, und ich kümmerte mich um Miguel. Schließlich ist er das wahrscheinlich exquisiteste Beispiel für Dr. Aras Kunst.«

»Das zu begraben Sie jetzt bereit sind«, bemerkte Süleyman.

»Ich habe ja keine andere Wahl.«

»Aber wenn Sie eine Wahl hätten, würden Sie ihn dann behalten?«

»Selbstverständlich.« Hochmütig reckte sie den Kopf. »Ara war nicht irgendein Balsamierer, er war ein Künstler.«

»Und betrachten Sie sich selbst auch als Künstlerin, Dr. Keyder?«, fragte Süleyman.

Sie sah ihn ausdruckslos an.

»Denn wie wir ja nun festgestellt haben, besitzen Sie die erforderlichen Fähigkeiten, um Tote zu konservieren. Ich vermute, dass einige Leute in dieser Stadt Sie demnach für einzigartig halten.« Er beugte sich vor. »Osteuropäische Kunden, Dr. Keyder, Leute mit viel Geld und einem ausgeprägten Interesse an einer Sache, die Sie als Kunst bezeichnen.«

»Eine Leiche zu konservieren ist kein Verbrechen«, sagte Yeşim Keyder verächtlich.

»Nein«, stimmte Süleyman ihr zu. »Das ist kein Verbrechen. Allerdings gilt das nicht für das Aufbewahren eines Leichnams in einer Privatwohnung ...«

»Was die Leute mit meinen Objekten machen, ist nicht meine Sache«, entgegnete sie und warf gereizt den Kopf zurück. »Ich bin von Beruf Anatom. Ich verfüge über alle erforderlichen Papiere und Genehmigungen, um meinen Beruf auszuüben.«

»Aber Sie pflegen doch die Leichname, Dr. Keyder«, sagte Süleyman. »Und zwar in den Häusern Ihrer Kunden, richtig?«

Arto Sarkissian, der die Verbindung zwischen Çöktins totem Argentinier und Süleymans Ermittlungen im Zusammenhang mit Waleri Rostows geschäftlichen Aktivitäten nicht kannte, machte einen verwirrten Eindruck.

Der Blick in Yeşim Keyders Augen zeugte hingegen von mühsam gezügeltem Hass. »Ja, das tue ich. Und was gibt es daran auszusetzen?«

»Sie meinen, abgesehen von der Gefahr für die öffentliche Gesundheit?«, entgegnete Süleyman kühl. »Hören Sie, ich weiß ja nicht, ob Ihnen klar ist, mit welcher Sorte Menschen Sie da Geschäfte machen, Dr. Keyder. Aber wenn, dann wissen Sie auch, dass das Geld dieser Leute aus illegalen Quellen stammt.«

»Das ist nicht mein Problem«, sagte sie und machte eine abschätzige Handbewegung. »Ich stelle Kunstwerke von großer Schönheit für trauernde Hinterbliebene her. Ich setze die Arbeit meines Mentors fort.«

»Wenn mich nicht alles täuscht«, warf Arto Sarkissian ein, »interessieren sich einige Ihrer Kollegen, wie etwa Señor Orontes, brennend für Ihre Methoden und Rezepturen.«

»Das kann ich mir vorstellen«, erwiderte die alte Frau unfreundlich, »aber sie werden sie nicht bekommen. Bei einer beträchtlichen Anzahl meiner Objekte trage ich das Balsamierungsmittel täglich selbst auf. Nur in Ausnahmefällen, wie etwa bei Rosita, vertraue ich diese Aufgabe meinen Kunden an. Und ich würde es niemals zulassen, dass ein anderer professioneller Balsamierer mein Mittel in die Hände bekommt.«

Süleyman rieb sich nachdenklich das Kinn. »Und wo sind diese ›Objekte‹ jetzt, Dr. Keyder?«

»Ach, ich dachte, das wüssten Sie längst«, konterte sie unverblümt. »Aber wenn Sie es nicht wissen, dann geht Sie das auch nichts an. Die Kunden vertrauen auf meine Verschwiegenheit.«

»Ja, ich weiß.«

Mit erstaunlicher Geschwindigkeit erhob Yeşim Keyder sich von dem Hocker. »Wenn Sie also nicht vorhaben, mich zu verhaften, würde ich vorschlagen …«

»Dr. Keyder, ich kann Sie zwingen, uns Ihre Bücher zu zeigen«, sagte Süleyman. »Oder ich kann Sie beschatten lassen, um herauszufinden, welche Häuser Sie aufsuchen.« Ihr angewiderter Gesichtsausdruck ermutigte ihn weiterzumachen. »Ihre Mitwirkung …«

»Wagen Sie es nicht, mir zu drohen, junger Mann!«, fauchte Yeşim Keyder ihn an. »Meine Arbeit stellt keine Gefahr für die nationale Sicherheit dar. Und ich habe auch kein Verbrechen begangen. Sie werden also eine Genehmigung einholen müssen. Aber tun Sie, was Sie nicht lassen können.« Dann wandte sie sich an Arto Sarkissian: »Ich werde veranlassen, dass der Priester die Vorbereitungen für Rositas und Miguels Beerdigung trifft.«

»Ja ...«

»Und jetzt entschuldigen Sie mich«, sagte sie und hob ihre Handtasche vom Fußboden auf.

»Ich muss Sie bitten, die Stadt nicht zu verlassen«, sagte Süleyman, als sie zur Tür ging.

Ohne sich umzudrehen, entgegnete sie: »Wie Sie wissen, ist es mir nicht möglich, größere Reisen zu unternehmen, ohne die Unversehrtheit einiger meiner Objekte aufs Spiel zu setzen.«

Und damit verließ sie den Raum. Mehmet Süleyman und Arto Sarkissian sahen einander verdutzt an und blickten dann auf den bedeckten Leichnam, der wie ein Besucher aus der Vergangenheit in der Mitte des Sezierraums lag.

14

Polizeiwachtmeister Ali Güney langweilte sich. Inspektor İkmen hatte ihn beauftragt, einen Mann namens Kuran zu beschatten, und jetzt stand er mit seinem Wagen in einer dunklen, stillen Seitenstraße von Balat vor einem sehr großen, alten Haus.

Sein Auftrag war relativ einfach: Er sollte Kuran folgen und den Inspektor darüber informieren, wohin der Verdächtige ging und was er dort machte. Bis jetzt hatte Güney beobachten können, wie die Anwältin Kuran vor dem Haus absetzte und dann wegfuhr. Kuran war hineingegangen, und seit über einer Stunde hatte sich nichts mehr getan. Öde.

Güney zündete sich eine Zigarette an und lehnte sich zurück. Balat hatte schon immer als jüdisches Viertel gegolten. Einer der Männer, von denen er ausgebildet worden war, Cohen, stammte ursprünglich aus Balat. Aber im Laufe der Jahre hatten viele Juden dem Viertel den Rücken gekehrt und waren in wohlhabendere Bezirke gezogen, nach Israel und andere, noch weiter entfernte Länder ausgewandert. Ihren Platz hatten Zuzügler aus dem anatolischen Hinterland und Einwanderer aus Albanien eingenommen. Wie zur Bestätigung von Güneys Gedanken, gingen in diesem Moment zwei tief verschleierte Frauen mit gesenktem Blick an seinem Wagen vorbei.

Im Haus brannten mehrere Lampen, aber es drang kein

Laut nach draußen, was für diesen höher gelegenen Teil von Balat jedoch nicht ungewöhnlich war. Abgesehen von dem Gebäude, das Güney überwachte, und der griechischen Schule gab es hier kaum etwas, nur ein paar große, alte jüdische Häuser, die von hohen Mauern mit schweren Metalltoren umgeben waren und in denen fromme Familien aus Orten wie Hakkari, Mardin oder Kars zurückgezogen lebten. Diesen von der Sonne ausgedörrten Städten im Osten des Landes mangelte es an so vielen Dingen, dass ihre Bewohner wie erschöpfte Schiffbrüchige all ihre Hoffnungen auf die Religion setzten. Was für ein hartes Leben die Menschen dort im Osten führten, dachte der in einer Großstadt geborene und aufgewachsene Polizeibeamte. Vor Jahren war er einmal in Mardin gewesen, nicht weit von der syrischen Grenze entfernt – eine schreckliche Erfahrung. In der unerträglich heißen Stadt hatte es nur so von überheblichen Soldaten gewimmelt, und die Frauen im örtlichen Bordell – das einzige verfügbare Freizeitvergnügen – waren allesamt über fünfzig. Manche Menschen mochten sich über Istanbul beklagen, aber verglichen mit Orten wie Mardin war es das reinste Paradies.

Ein schrilles, metallisches Geräusch aus der Richtung des Hauses, das er beobachten sollte, ließ Güney zusammenzucken. Es klang, als hätte jemand einen schweren Gegenstand aus einem Fenster auf die Straße geworfen ... Aber ehe Güney sich weitere Gedanken über die Quelle des Geräuschs machen konnte, geschah etwas, das seine gesamte Aufmerksamkeit auf sich lenkte.

Irgendwo im Inneren des von Mauern umgebenen Anwesens erstrahlte plötzlich ein helles Licht, das so grell war, dass man meinen konnte, die Sonne wäre wieder aufgegangen.

»Allah!«, stieß Güney leise hervor, nur für den Fall, dass in diesem stillen Viertel irgendetwas Unnatürliches oder Dämonisches vor sich ging.

»… wie Sie sehen, Doktor«, beendete Süleyman seine Ausführungen, »gibt es eine eindeutige, wenn auch zufällige Verbindung zwischen dem verstorbenen Miguel Arancibia und dem russischen Mafioso.«

Der Armenier, der Süleymans Erläuterungen mit offenem Mund angehört hatte, schüttelte den Kopf.

»Wissen Sie«, sagte er und beugte sich vor, um seinem Besucher Feuer zu geben, »jedes Mal, wenn man denkt, man habe schon alles gesehen, was es an Verrücktem gibt, taucht eine noch verrücktere Geschichte auf. Wie diese hier.«

Süleyman lächelte. »Die hohe Kunst des Balsamierens.«

»Die geliebten Verstorbenen werden konserviert, sodass sie für alle Ewigkeit so aussehen, als würden sie noch leben.« Arto Sarkissian stützte sich mit den Ellbogen auf seinem Schreibtisch ab. Das Holz ächzte unter dem Gewicht des Pathologen. »Und wenn es sich hier, wie Sie sagen, tatsächlich um den letzten Schrei handelt, dann muss Dr. Keyder damit eine Menge Geld verdienen.«

»Ja.« Süleyman nahm einen Zug von seiner Zigarette und runzelte die Stirn. »Was wiederum die Frage aufwirft, warum sie so erpicht darauf war, die Wohnung in Kuloğlu in Besitz zu nehmen.«

»In der Tat«, pflichtete Arto ihm bei. »Sie hat doch schon ein *yalı* in Sarıyer. Aber vielleicht ist ihr Leben nicht immer so glatt verlaufen.«

»Wie meinen Sie das?«

»Ich meine, dass die Angehörigen der Familie Keyder vielleicht nicht immer so wohlsituiert waren. Möglicherweise stammen sie aus einem der weniger betuchten Viertel der Stadt. Vor ein paar Tagen hat unser junger Freund Berekiah Cohen erwähnt, dass einige arme jüdische Familien vor vielen Jahren nach Südamerika ausgewandert sind …«

»Ja, aber die Keyders sind keine Juden, und außerdem sind sie wieder zurückgekommen.«

»Aber nur, weil sie mussten.«

Süleyman seufzte. »Ich werde das überprüfen.« Er rieb

sich übers Gesicht, und die Bartstoppeln kratzten an seiner Handfläche. »Wer einen Toten nicht begräbt, begeht eine Straftat. Im Hinblick auf das Einbalsamieren ist die Rechtslage jedoch weniger eindeutig«, sagte er müde.

»Wollen Sie versuchen, Zugang zu ihren Büchern zu erhalten?«, fragte Arto.

»Morgen früh. Wenn ich mit Çöktin geredet habe, gehe ich zu Ardiç. Die Möglichkeit, dass wir weitere nicht bestattete Leichen finden, müsste als Grund ausreichen. Wir können ihre Unterlagen mit den Namen abgleichen, die Rostow uns genannt hat. Auf diese Weise erhalten wir vielleicht offiziell Zugang zu Häusern, in denen wir uns schon seit langem gerne mal umsehen würden.«

Arto warf einen Blick auf seine Armbanduhr und stellte erschrocken fest, dass es bereits ein Uhr nachts war.

»Befürchten Sie nicht, dass Dr. Keyder ihre Unterlagen vernichten könnte, bevor Sie Zugriff darauf erhalten?«, fragte er düster. »Wenn sie tatsächlich geschäftliche Beziehungen zu diversen Mafiosi unterhält, werden die doch darauf bestehen, dass sie ihre Namen vertraulich behandelt. Denn unabhängig von Dr. Keyders Position machen sich ihre Kunden durch das Aufbewahren ihrer Verstorbenen auf jeden Fall strafbar.«

Süleyman zuckte die Achseln. »Ich weiß nicht. Vielleicht macht sie die Namen unkenntlich. Aber für ihre eigenen Unterlagen wird sie die wissenschaftlichen Daten auf jeden Fall festhalten.«

»Stimmt.«

»Wir können außerdem auf Rostows Angaben zurückgreifen. Zumindest solange sich seine Tochter noch in dem Kühlraum befindet.«

»Irgendwie erscheint es mir merkwürdig, dass Orontes und Dr. Keyder gemeinsam hier aufgetaucht sind«, sagte der Armenier nachdenklich. »Orontes meinte, er habe sie kennen gelernt, hat aber nicht verraten, wo und unter welchen Umständen.« Er schüttelte den Kopf, als wolle er einen unangenehmen Gedanken vertreiben. »Dieser Spanier ist ein merkwürdiger, beunruhigender Mann. Ich glaube nicht, dass ich ihm einen verstorbenen Angehörigen anvertrauen würde.«

Erschöpft von dem anstrengenden Abend verfielen beide Männer in Schweigen und starrten eine Weile reglos vor sich hin.

Schließlich gab Arto sich als Erster einen Ruck. Entschlossen, wenn auch etwas zittrig, stand er auf und meinte: »Ich denke, es wäre das Beste, wenn wir jetzt nach Hause fahren und schlafen gehen würden.«

Süleyman lächelte matt.

Arto nahm sein Jackett von der Stuhllehne. »Bevor Sie heute Abend herkamen, musste ich eine weibliche Leiche untersuchen, die Ihre Leute aus dem Bosporus gezogen haben«, erklärte er matt. »Selbst nach all den Jahren empfinde ich die Obduktion von Wasserleichen immer noch als sehr unangenehm.«

»Eine Frau? Wie alt?«

»Anfang zwanzig.« Arto bückte sich und griff nach seiner Aktentasche.

»Blond?«

Der Armenier kam mühsam wieder hoch und lächelte. »Gefärbt. Warum?«

Auch Süleyman erhob sich nun langsam, seufzte und stützte sich mit den Händen auf der Rückenlehne seines Stuhls ab. »Ich fürchte, ich sollte sie mir mal ansehen, Doktor«, sagte er. Und als er in Artos erschöpftes Gesicht blickte, fügte er hinzu: »Tut mir wirklich Leid.«

Seit dem Moment, als Güney angerufen und ihm von dem Licht berichtet hatte, konnte İkmen nicht mehr schlafen. Es beunruhigte ihn – das Licht, aber auch das Stöhnen und die schlurfenden Schritte, die ununterbrochen aus Talaats Zimmer drangen, Laute einer Seele und eines Körpers im tödlichen Kampf mit einem übermächtigen Feind.

Um der erdrückenden Hitze der Wohnung zu entkommen, war İkmen hinaus auf den Balkon gegangen. Über die tagsüber geschäftige Divanyolu Caddesi zu seinen Füßen schlichen nur ein paar streunende Katzen. Auf der anderen Straßenseite ragte die düstere Silhouette der in den frühen Morgenstunden unbeleuchteten Blauen Moschee über dem Hippodrom auf, dem einst blutrünstigen Zentrum des längst untergegangenen Byzantinischen Reichs. Wie viele Menschen hatten dort wohl zur Belustigung des Publikums ihr Leben lassen müssen, fragte İkmen sich, während er an seiner Maltepe-Zigarette zog. Er hatte nie verstanden, wieso man für das Treiben, das im Hippodrom stattgefunden hatte, das Wort »Spiele« verwendete. Wie konnte man etwas, bei dem Menschen umgebracht wurden, als Spiel bezeichnen? Er war zwar auch schon Menschen begegnet, die zu ihrem Vergnügen töteten, aber glücklicherweise stellten sie eine Ausnahme dar. Im Allgemeinen handelte es sich dabei um relativ schwache Persönlichkeiten mit wenig Macht und geringem Einfluss – so hatte ihm Süleymans Frau das zumindest erklärt.

Manchmal gelangten solche Leute jedoch zu großer Macht, wie etwa Hitler. Und auch der Iraker Saddam Hussein wurde von manchen, insbesondere von der amerikanischen Regierung, in diese Kategorie eingestuft. Es hieß, die Amerikaner konzentrierten sich nun, da es ihnen nicht gelungen war, den Mann zu verhaften, der ihrer Ansicht nach für den Anschlag auf das World Trade Center in New York am 11. September 2001 verantwortlich war, auf Saddam und seine Gefolgsleute. Das konnte Krieg bedeuten. Beim Gedanken daran runzelte İkmen die Stirn. Die Türkei war nicht nur Mitglied der NATO, sondern auch mit Amerika befreundet und ein direkter Nachbar des Irak. Eine neutrale Haltung einzunehmen würde nicht möglich sein, weder für ihn noch für sein Land. Und sein Sohn Bülent musste in weniger als sechs Monaten den Militärdienst antreten.

İkmen drückte seine Zigarette aus und zündete sich sofort die nächste an. Erneut blickte er über die dunklen Dächer der Blauen Moschee und seufzte. Irgendwo da draußen waren die Geschwister Akdeniz mutterseelenallein und litten große Qualen, wie er wusste. Möge Allah mir vergeben, aber ich wünschte, dieses Bild hätte sich nicht so deutlich in mein Gedächtnis gebrannt, dachte İkmen. Wenn ich doch nur nicht zunehmend davon ausgehen müsste, dass Nuray und Yaşar wahrscheinlich tot sind ...

»Talaat ist heute Nacht sehr unruhig.«

Die vertraute Stimme seiner Frau riss ihn aus seinen Gedanken.

»Fatma, was ...?«

»Ich kann bei dieser Hitze nicht schlafen«, sagte sie und ließ sich neben ihrem Mann auf einem Stuhl nieder. Als sie sich setzte, fiel eine Strähne ihrer langen, grauschwarzen Haare über seine Schulter.

»Die ständigen Grübeleien helfen wahrscheinlich auch nicht weiter«, sagte İkmen und nahm eine ihrer Hände in seine.

»Ich kann sie aber nicht abstellen«, entgegnete Fatma. »Es gibt so viele Dinge, über die ich mir Sorgen mache. Erst Talaat und dann Hülya; von den Gerüchten über einen Krieg zwischen Amerika und dem Irak ganz zu schweigen.«

İkmen zog überrascht eine Augenbraue hoch. Normalerweise schenkte Fatma dem Weltgeschehen kaum Beachtung.

Als sie den verblüfften Ausdruck in seinem Gesicht sah, musste sie lächeln. »Du würdest staunen, wenn du wüsstest, wofür ich mich so alles interessiere«, sagte sie spöttisch. »Die Politik betrifft Hausfrauen genauso wie Polizeibeamte.«

»Fatma, ich habe nie auch nur einen Moment an deiner Intelligenz gezweifelt.«

»Die Vorstellung, dass ein muslimisches Mädchen in dem gegenwärtigen politischen Klima einen jüdischen Jungen heiratet …« Sie zuckte die Achseln. »Du denkst, meine ablehnende Haltung hätte nur mit meinem Glauben zu tun, aber das stimmt nicht.« Sie wandte sich ihrem Mann zu und sah ihm in die Augen. »Ich habe auch Angst … Angst um Hülya und Berekiah. Die Menschen werden von Tag zu Tag intoleranter, oder zumindest erscheint es mir so. Welche Zukunft haben die beiden bei all dem Hass?«

İkmen schüttelte den Kopf. »Ich weiß es nicht«, sagte er seufzend, »aber wenn sie Trost darin finden, zusammen zu sein …«

»Das wird ihnen nicht viel nutzen, wenn sich ihr Umfeld gegen sie wendet.«

»Das ganze Leben ist ein Risiko. Jeder Tag könnte unser letzter sein. Du könntest aus dem Haus gehen und von einem Auto überfahren werden; wir alle könnten bei einem Erdbeben umkommen.«

»Erinnere mich bloß nicht daran!« Sie schloss die Augen, um die Bilder zu verjagen, die sie noch immer verfolgten, drei Jahre nach dem letzten großen Erdbeben 1999.

İkmen zündete sich mit dem noch glühenden Stummel seiner Zigarette gleich die nächste an. »Ich werde mich Hülya und Berekiah nicht entgegenstellen, Fatma. Ich werde mich nicht wie ein Heuchler aufführen.«

»Das habe ich auch nicht von dir erwartet«, seufzte sie. »So sehr mich diese Situation schmerzt – du wärst nicht der Mann, den ich geheiratet habe, wenn du dich jetzt meiner Meinung anschließen würdest. Weißt du, was ich glaube, Çetin? Ich glaube, Estelle teilt deine Ansichten.«

»Das würde mich nicht überraschen«, meinte İkmen lächelnd. »Ihre Familie war nie sehr religiös. Mir ist völlig schleierhaft, warum Balthasar sich so unnachgiebig verhält. Ich habe ihn nicht ein Mal auch nur in der Nähe einer Synagoge gesehen, und das Einzige, was sein Vater angebetet hat, war Raki. Aber Balthasar reitet dauernd auf seiner jüdischen Herkunft herum.«

»Vielleicht, weil ihm jetzt nur noch Berekiah geblieben

ist«, sagte Fatma und spielte damit auf die Tatsache an, dass Cohens ältester Sohn Yusuf in einer psychiatrischen Anstalt lebte. »Vielleicht ist es ihm deshalb so furchtbar wichtig.«

»Ja, vielleicht.«

İkmen legte einen Arm um Fatmas Schulter und zog sie an sich.

»Vielleicht sollte ich noch mal mit ihm reden«, meinte er müde, »nicht, um ihn vom Gegenteil zu überzeugen, sondern einfach, um ihm zu sagen, dass ich ihn verstehe. Es gefällt mir nicht, sein Feind zu sein. Und das bin ich auch nicht.« Er lächelte. »So sehr mir seine Klatschsucht auf die Nerven geht, habe ich doch eine Menge für ihn übrig. Er hat Mehmet Süleyman ein Zuhause gegeben, damals, als der dringend Hilfe benötigte. Ich weiß, dass er gewisse Schwierigkeiten mit Frauen hatte und ...«

»Schwierigkeiten!« Fatma befreite sich aus Çetins Umarmung und sah ihn mit weit aufgerissenen Augen an. »Balthasar Cohen hat mit so ziemlich jedem leichten Mädchen in dieser Stadt und noch dazu mit unzähligen Ausländerinnen geschlafen.«

»Ich weiß, ich weiß.«

»Estelle hat sich die Augen aus dem Kopf geweint.«

»Ja ...«

»Männer!« Theatralisch hob sie die Arme gen Himmel, als erhoffte sie eine Eingebung von höherer Stelle. »Ihr redet immer so leichthin über diese Dinge! Ich mag gar nicht daran denken, dass meine Tochter den Sohn dieses Mannes heiraten könnte.«

»Berekiah ist nicht wie sein Vater, Fatma!«

»Das glaubst du«, konterte sie gereizt. »Das Gleiche hat meine Mutter auch immer von Talaat behauptet! Oh, er ist ja so ein guter Junge, überhaupt nicht wie dein Onkel İsmet. Kennst du Onkel İsmet?«

»Das ist der mit der Geliebten in İzmir.«

»Und einer Nutte in Gaziosmanpaşa und irgendeiner

Italienerin, die ihn jedes Jahr im Juli besucht hat. Aber Talaat war noch viel schlimmer«, ereiferte sie sich, »mit seinen ausländischen Strandschönheiten und den eleganten Damen aus Ankara …«

»Ja, und jetzt hat er Krebs, und das Ganze hat ein Ende«, sagte İkmen, der Tirade seiner Frau gegen untreue Männer müde. »Talaat hat sein Leben so gelebt, wie es ihm gefiel.«

Fatma senkte den Kopf und betrachtete ihre Hände. »Und jetzt liegt er im Sterben.«

»Ja.«

Ihre Augen füllten sich mit Tränen, die im Licht der Straßenlaterne glitzerten, als sie den Kopf hob, um ihren Mann anzusehen. »Ach, Çetin!«

Er nahm sie in den Arm und küsste sie aufs Haar. »Wir alle müssen eines Tages sterben, Fatma«, sagte er leise, »irgendwann ist unsere Zeit abgelaufen.«

»Und dann kommen wir ins Paradies.«

»Vielleicht«, meinte er achselzuckend, »ich weiß es nicht. Aber eines weiß ich ganz genau: Wir sollten versuchen, glücklich zu sein, solange wir noch hier auf Erden sind.« Er sah zu ihr hinunter und lächelte. »Und darum werde ich Hülya und Berekiah auf jede erdenkliche Weise unterstützen. Was wäre ich für ein erbärmlicher alter Mistkerl, wenn ich ihnen das versagen wollte, was wir unser gesamtes Eheleben hatten«, fügte er hinzu und strich ihr über das dichte Haar.

»Und das wäre, Çetin?«

»Wahre Liebe.«

Fatma drehte sich leicht zur Seite und zog sein Gesicht zu sich hinunter. Bald würde die Morgendämmerung mit dem Ruf des Muezzin anbrechen, die Stunde des ersten Gebets – eine Zeit, in der ein Verlangen wie jenes, das sie jetzt verspürte, aus den Gedanken der Gläubigen verschwunden sein sollte.

15

Polizeipräsident Ardiç lehnte sich gegen das weiche Rückenpolster seines neuen Bürostuhls und betrachtete den schlanken, jungen Mann, der vor ihm saß, mit kritischem Blick. »In Anbetracht des Verdachts, den Sie äußerten, habe ich beschlossen, İskender auf Rostow anzusetzen«, sagte er. »Ich denke, das ist das Beste.«

»Es handelt sich definitiv um meine Informantin«, sagte Süleyman und schüttelte langsam den Kopf. »Sie wurde ertränkt.«

Die Prostituierte hatte ihm selbst von der Methode berichtet, mit der Rostow sich für gewöhnlich seiner Gegner entledigte: Genau wie die Sultane früher bevorzugte er das Ertränken. Was hatte Rostow noch mal so eiskalt erwidert, als Süleyman ihn nach Mascha gefragt hatte? *Ich kenne niemanden dieses Namens, Inspektor. Es gibt niemanden mit diesem Namen.*

Er hatte sie umgebracht, nachdem er sie für ein Spielchen mit der Polizei benutzt hatte – ein Spiel, das bisher keiner von ihnen so recht durchschaute, dachte Süleyman. In den letzten zwei Tagen war es mit ziemlicher Sicherheit um weit mehr gegangen als nur um die Suche nach einem geheimnisvollen jungen Russen namens Wladimir, bei der sie zufällig Tatjanas Leichnam entdeckt hatten. So gerissen Rostow auch sein mochte, es war doch sehr verdächtig, dass sie bei ihm zu Hause nicht das geringste belastende Material gefunden hatten.

»Ja, aber wir wissen nicht, ob Rostow und seine Leute es getan haben, oder?«, riss der Polizeipräsident Süleyman aus seinen Gedanken. »Viel wichtiger erscheint mir die Frage, ob dieser widerliche Handel mit konservierten Leichen uns einen Zugang zu den Anwesen anderer Mafiosi verschafft. Angesichts der Tatsache, dass Sie in Rostows Haus nichts von Bedeutung gefunden haben …«

»Es wäre möglich, dass wir auch anderenorts außer Leichen nichts finden«, gab Süleyman zu bedenken. Vielleicht war das Ganze ja ein wohldurchdachter Plan der gesamten Istanbuler Russenmafia.

»Schon möglich, aber dann könnten wir diese entsetzlichen Leichname wenigstens entfernen«, erwiderte Ardiç kurz angebunden. »Das ist eine Frage der Ethik und der Hygiene.« Er blickte auf die erloschene Zigarre hinab, die aus seinem Mund ragte, und zündete sie wieder an. »Wer weiß, was wir sonst noch finden, wenn wir Sergei Wronskis Haus gründlich durchsuchen und auch das von diesem anderen Verbrecher … wie heißt er doch gleich? Malenkow?«

»Ja, Malenkow.«

»Es könnte eine sehr erfolgreiche Aktion werden.« Ardiç blickte auf und runzelte die Stirn. »Jetzt noch mal zu dieser Dr. Keyder, der Balsamiererin.«

»Ich halte es für sehr wahrscheinlich, dass sie bestimmte Unterlagen, die mit ihrer Arbeit zusammenhängen, vor uns verbergen oder sogar vernichten will. Wenn sie auch nur den Hauch einer Ahnung hat, wer ihre Kunden sind, dann weiß sie, dass man der Polizei nicht ungestraft Informationen über diese Leute zukommen lässt.«

»Hm.« Ardiç zog an seiner Zigarre und dachte nach. »Andererseits, wenn wir Rostows Aussage haben …«

»Ich glaube nicht, dass er sehr erfreut wäre, wenn er wüsste, dass wir zum Beispiel Malenkows Anwesen nur aufgrund seines Hinweises durchsuchen«, sagte Süleyman.

»Spielt das für uns eine Rolle?«

»Wenn dadurch ein Bandenkrieg entfacht wird, sollte es das.«

Ardiç seufzte. »Aber wenn wir doch gewissermaßen den Leichnam seiner Tochter beschlagnahmt haben …«

»Ja, im Augenblick haben wir Rostow noch in der Hand. Er macht sich große Sorgen, was als nächstes mit dem Leichnam geschieht.«

»Hm …« Ardiç faltete die Hände und stützte sein Kinn darauf. »Also gut«, sagte er, »fahren Sie zu Dr. Keyder. Mal sehen, was Sie dort finden.«

»In Ordnung.« Süleyman schob seinen Stuhl zurück und stand auf.

»Ich genehmige eine Hausdurchsuchung. Aber setzen Sie Dr. Keyder nicht unter Druck – sie präpariert nur Leichen, sie ist keine Verbrecherin. Und außerdem: Nach Ihrem kleinen Missverständnis mit dem bulgarischen Priester während des letzten Einsatzes ist eine Konfrontation mit der Familie Keyder das Letzte, was ich jetzt gebrauchen kann.«

»Wie meinen Sie das?«, fragte Süleyman stirnrunzelnd. »Was hat Dr. Keyder mit Pater Alexei zu tun?«

»Natürlich nichts«, seufzte Ardiç, verärgert über den offensichtlichen Mangel an politischem Feingefühl bei seinem Untergebenen. »Wie Ihnen ja sicher bekannt sein dürfte, gehen im Augenblick die wildesten Gerüchte über einen weiteren Konflikt um, der sich in dieser Region zusammenbraut. Die Amerikaner wollen sich Saddam Hussein noch mal vorknöpfen. Das und die bevorstehenden Wahlen bereiten mir im Hinblick auf unser Ansehen in der Öffentlichkeit etwas Kopfzerbrechen. Ich habe Sie gebeten, vorsichtig mit Yeşim Keyder umzugehen, weil ich der Ansicht bin, dass es unklug wäre, unsere jüdischen Mitbürger vor den Kopf zu stoßen.«

»Sie ist Jüdin? Dr. Sarkissian hat schon so etwas vermutet.«

»Oh, ja«, entgegnete Ardiç leichthin. »Ihr Bruder, Dr. Veli Keyder, war ein berühmter Biologe; er hat zusammen mit einem meiner Cousins in der Armee gedient. Die Keyders stammen aus Balat. Eine Familie aus einfachen Verhältnissen, die es durch harte Arbeit zu einigem Ansehen gebracht hat. Allerdings begreife ich nicht, warum Velis Schwester Balsamiererin geworden ist.« Verwirrt schüttelte er den Kopf. »Ich dachte immer, sie sei Anatomin.«

»Wahrscheinlich geht das auf ihre Zeit in Südamerika zurück.«

Ardiç schaute hoch. »Bei diesem Dr. Ara.« Langsam schüttelte er den Kopf. »Südamerika. Was für ein Kontinent. Wussten Sie, dass die Azteken oder die Inkas – ich weiß nicht mehr, welche es waren – Menschenopfer darbrachten? Sie schnitten ihren ›Gottesgeschenken‹ bei lebendigem Leib das Herz heraus. Der Rest wurde anschließend mumifiziert – Allah allein weiß, wieso. Barbaren!«

»Das ist schon ziemlich lange her«, meinte Süleyman. »Ich glaube nicht, dass die Praktiken der Azteken in irgendeinem Zusammenhang mit der Einbalsamierung einer Diktatorengattin oder der Kinder von Gangstern steht.«

Ardiç, dem es nicht gefiel, wenn man ihm widersprach, brummte.

Süleyman nahm sein Jackett von der Stuhllehne und streifte es über. Bald würde er seiner Frau erklären müssen, warum er letzte Nacht so spät nach Hause gekommen war – dass er mit Dr. Sarkissian im Leichenschauhaus zu tun gehabt hatte. Den Grund würde er ihr allerdings nicht nennen. Er wollte nicht darüber reden, wie er Maschas Leichnam angestarrt hatte, minutenlang, bis er das Gefühl hatte, der Schädel würde ihm platzen. Kein Wort würde er über den Test verlieren, den der Armenier durchführen wollte, um festzustellen, ob das Mädchen vielleicht HIV-positiv gewesen war. Genau wie sein Termin bei Dr.

Sarkissians Bruder Krikor war das nicht für Zelfas Ohren bestimmt – noch nicht.

»Ich würde gerne drei Beamte zu Dr. Keyders *yalı* mitnehmen, Chef«, sagte er und öffnete die Tür zum Flur.

»Von mir aus. Aber achten Sie darauf, dass mindestens eine Beamtin dabei ist. Wir wollen Dr. Keyder doch nicht aufregen.«

»Verstehe.«

»Gut.« Und mit einer Handbewegung entließ Ardiç seinen Untergebenen.

Während er über den Flur ging und sich eine Zigarette anzündete, dachte Süleyman über das nach, was er gerade nebenbei erfahren hatte. Yeşim Keyder war also doch jüdischer Herkunft. Außerdem stammte sie ursprünglich aus Balat. Das war schon erstaunlich, wenn man bedachte, dass sie mittlerweile in einem, wie Çöktin berichtet hatte, sehr luxuriösen *yalı* wohnte. Vor vielen Jahren, als Süleyman noch İkmens Assistent war, hatte er in Balat, diesem ziemlich heruntergekommenen, aber irgendwie pittoresken Viertel, an einem Fall gearbeitet, bei dem es um einen alten jüdischen Kommunisten ging. Seltsam, dass der Name Balat jetzt wieder auftauchte, wo İkmen ebenfalls dort zu tun hatte. Zufall? Süleyman lächelte. Wenn man İkmen Glauben schenken durfte, war es kein Zufall. Er erinnerte sich, dass sein damaliger Chef ihm vor vielen Jahren einmal gesagt hatte, er glaube nicht an Zufälle, und er, Süleyman, solle das besser auch nicht tun.

Eren Akdeniz verließ das Haus gegen halb elf Uhr vormittags. Sie war allein, hatte eine Handtasche dabei und verabschiedete sich von niemandem im Haus – jedenfalls nicht so, dass Wachtmeisterin Halide Gün etwas davon mitbekommen hätte. Und da ihr Kollege Güney während der Nachtschicht weder Melih noch Reşad Kuran gesehen hatte, konnte man wohl davon ausgehen, dass die beiden Männer noch schliefen.

Als sie die steilen Stufen hinabstieg, die ins Zentrum des Viertels führten, band Eren sich ein bunt gemustertes Tuch um den Kopf. Gün, die zum Zwecke der Tarnung keine Uniform trug, war ähnlich ausgestattet. Zwar gefiel ihr dieser Aufzug nicht besonders, aber es war nun einmal notwendig. Denn trotz der Künstler, die sich vereinzelt dort niedergelassen hatten, und des kürzlich gestellten Antrags auf Anerkennung als Weltkulturerbe war Balat im Grunde ein Arbeiterviertel, dessen Bewohner – insbesondere die Frauen – sich sittsam kleideten.

Als Frau Akdeniz das Haus verließ, hatte Gün – deren Auftrag lautete, Kuran zu beschatten – sich gefragt, was sie nun tun solle. Ein kurzes Telefonat mit İkmen bestätigte ihr, dass sie Eren folgen und den Inspektor auf dem Laufenden halten sollte. Ihre Kollegin Sibel Yalçin, Tochter des ältesten und anerkanntermaßen langsamsten Polizisten auf der ganzen Wache, würde Güns Posten vor dem Akdeniz-Anwesen einnehmen. Nach Beendigung des Gesprächs steckte Gün das Mobiltelefon in die Tasche und folgte der Frau des Künstlers die Stufen hinunter.

Es war bereits sehr heiß, und die Luft hing feucht und stickig in den Straßen. Als Gün über die Dächer der alten griechischen und jüdischen Häuser hinweg auf das Goldene Horn blickte, wurde ihre Sicht von der flirrenden Hitze beeinträchtigt, die wie eine Glocke über der breiten Wasserstraße lag. Gün mochte den Sommer in der Stadt nicht, aber da sie nicht eben reich war, blieb ihr keine Wahl. Die wohlhabenden Bewohner Istanbuls konnten sich dagegen in ihre Sommerhäuser am Bosporus zurückziehen. Während Gün Eren Akdeniz' bunt gemustertes Kopftuch fest im Auge behielt, dachte sie flüchtig darüber nach, ob Inspektor Süleymans Familie wohl auch noch eine Sommerresidenz außerhalb der Stadt besaß.

Am Fuß der Stufen angekommen, bog die Frau des Künstlers nach rechts in irgendeine namenlose Gasse ein. Vor einem Friseurladen stand eine Gruppe Männer unterschiedlichen Alters, deren Haare ein klein wenig zu lang waren. Sie rauchten, unterhielten sich leise und warteten gelassen, bis sie auf dem Frisierstuhl Platz nehmen konnten, um sich den klassischen türkischen Kurzhaarschnitt verpassen zu lassen. Als Eren an ihnen vorbeiging, sah sich nicht einer der Männer nach ihr um.

Erstaunlicherweise wurde sie aber auch von den Frauen ignoriert, die mit schweren Einkaufstaschen aus einem Gemischtwarenladen kamen, das Haar züchtig bedeckt. Um die Frauen herum wimmelte eine Horde dünner, aufgeregter Kinder, die quengelnd von ihren Müttern verlangten, sie sollten ihnen dieses oder jenes kaufen. Wie ein kleiner dunkler Schatten huschte Eren an ihnen vorbei, und zwei winzige weiße Kätzchen ergriffen erschrocken die Flucht vor ihr.

Ein paar Meter weiter verkündete ein metallisches Hämmern auf der anderen Straßenseite, dass sich in dem von Weinreben umrankten Anwesen die Werkstatt eines Kupferschmieds befand. Durch ein kleines Gartentor gelangte man in einen für die vielen kleinen Balater Handwerksunternehmen typischen Innenhof. Ohne nach links oder rechts zu blicken, betrat Eren den Hof; als Gün das Tor erreichte, war sie bereits verschwunden. Doch plötzlich hörte das Hämmern im Inneren der Werkstatt auf.

Gün, die sich unsicher war, ob sie ihrer Zielperson folgen sollte, blickte sich im Innenhof um. Mehrere große, reparaturbedürftige Kessel lagen achtlos auf dem Boden vor der baufälligen Werkstatt, bei der es sich im Grunde um kaum mehr als einen Holzverschlag handelte. Dahinter ragte eine hohe, alte Mauer auf, die an manchen Stellen bröckelig wirkte, was aber für die Gegend nicht ungewöhnlich war. Vor langer Zeit hatte sie wahrscheinlich einmal zu einem Gebäude gehört, einem Haus oder vielleicht sogar einer Kirche oder Synagoge.

Wenige Augenblicke später setzte das Hämmern wieder ein. Halide Gün zog sich rasch auf die Straße zurück und wartete darauf, dass Eren herauskam. Doch Minuten verstrichen, ohne dass irgendetwas geschah. Schließlich beschloss die Wachtmeisterin, wieder hineinzugehen und nachzusehen, wo Frau Akdeniz blieb.

Die Werkstatt, in der sich Kupfergegenstände – Töpfe, Pfannen, Teller, Kessel – vom Boden bis zur Decke stapelten, war gerade groß genug für einen Handwerker. Klein und gebückt stand er an seiner Werkbank und bearbeitete einen stark verformten Teller, eine selbstgedrehte Zigarette zwischen den Lippen. Der konzentrierte Ausdruck in seinem braunen, wettergegerbten Gesicht zeigte, dass er diese einsame Arbeit liebte. Als er Gün bemerkte, ließ er sein Werkzeug sinken und blickte sie fragend an.

Die Polizeibeamtin sah auf den ersten Blick, dass sich außer ihm niemand in der Werkstatt befand.

»Guten Morgen«, begrüßte sie den alten Mann. »Ist hier nicht eben eine Dame hereingekommen?«

»Doch«, erwiderte er, »Eren Hanım. Aber sie ist gerade wieder gegangen.«

»Nein.«

»Doch.«

»Aber ich habe sie nicht herauskommen sehen. Ich habe draußen auf der Straße auf sie gewartet.«

Der alte Mann lächelte, wobei seine Augen zwischen den faltigen Lidern fast verschwanden. »Sie hat den Hinterausgang genommen.« Er deutete mit der Hand auf eine grobgezimmerte Holztür an der Rückseite des Raumes. »Da entlang geht's zur Mürsel Paşa Caddesi.«

Ohne ihn um Erlaubnis zu bitten, stürzte Gün auf die Tür zu und stieß sie auf.

»Junge Dame!«, rief der alte Mann missbilligend und sah ihr nach, wie sie höchst undamenhaft durch die Tür verschwand.

Hinter der Tür lag ein schmales Stück Brachland, das zur vielbefahrenen Mürsel Paşa Caddesi und dem dahinter glitzernden Goldenen Horn steil abfiel. Am Straßenrand stand eine Frau mit bunt gemustertem Kopftuch neben einem gelben Taxi. Als Gün den steilen, staubigen Abhang hinunterkletterte, wobei sie immer wieder ins Rutschen geriet, drehte die Frau sich um. Eren Akdeniz sprach kurz mit dem Fahrer, sah Wachtmeisterin Gün dann direkt an und stieg lächelnd in den Wagen, der in Richtung Atatürkbrücke davonbrauste.

»Die Leute, die sich meiner Fachkenntnisse bedienen, zahlen mir viel Geld dafür«, sagte Yeşim Keyder und reichte Süleyman eine große, in Leder gebundene Mappe. »Man erwartet von mir, dass ich die gesetzlichen und hygienischen Vorschriften beachte. In dieser Mappe finden Sie alle Unterlagen, die meine Zulassung durch städtische und staatliche Behörden betreffen.«

»Ich habe die Rechtmäßigkeit Ihrer Arbeit nie in Frage gestellt, Dr. Keyder«, erwiderte Süleyman, während er die Dokumente kurz überflog.

»Aber ihre Moralität«, entgegnete sie in scharfem Ton.

»Als Wachtmeister Çöktin erstmals mit Ihnen über Miguel Arancibia sprach, waren Sie nicht besonders mitteilsam, was Ihren Beruf anging.«

»Ich befürchtete einen Mangel an Verständnis, wie Sie ihn selbst ja jetzt deutlich unter Beweis stellen, Inspektor«, konterte sie. »Es dürfte Ihnen einleuchten, dass ich mich mit meiner Arbeit in einer Sphäre absoluter Verschwiegenheit und Vertraulichkeit bewege. Im Allgemeinen zählt es nicht zu den muslimischen Riten, die Toten einzubalsamieren, oder?«

»Nein.« Er legte die Mappe auf einen Metalltisch, der ihn an die Seziertische in Dr. Sarkissians Leichenschauhaus erinnerte. Das Laboratorium im Keller von Dr. Keyders *yalı* wirkte beunruhigend auf Süleyman. Auf einem Tablett lagen diverse Instrumente, deren Funktion sich durchaus erahnen ließ. Çöktin, der einen Aktenschrank durchsuchte, blickte kurz auf.

»Ich muss gestehen«, fuhr Süleyman fort, »dass ich es sehr seltsam finde, dass Sie Ihre Praxis in der Türkei führen, Dr. Keyder. In Westeuropa oder Südamerika könnten Sie doch sicher viel mehr Geld verdienen.«

»Die Türkei ist meine Heimat«, erwiderte sie kurz angebunden. »Ich war schon einmal eine ganze Weile fort, aber jetzt bin ich zu alt dafür.«

Süleyman zuckte die Achseln. »Ich dachte nur, dass Sie in beruflicher Hinsicht …«

»Ich verdiene nicht schlecht, wie Sie ja wissen.« Sie rümpfte die Nase, als hätte sie plötzlich einen unangenehmen Geruch wahrgenommen. »Meine Arbeit ist einzigartig. Man ist bereit, mir fast jeden Preis dafür zu zahlen. Und außerdem«, fügte sie mit einem boshaften Unterton in der Stimme hinzu, »befinden sich unter meinen Kunden auch Muslime. Manchmal trügt eben der Schein.«

»Da haben Sie Recht«, erwiderte Süleyman lächelnd. »So gibt es beispielsweise Juden …«

»Falls Sie versuchen wollen, mir aus der Tatsache, dass meine Eltern jüdischer Abstammung waren, einen Strick zu drehen, können Sie sich die Mühe sparen«, sagte die alte Frau und ließ sich auf ihrem Schreibtischstuhl nieder. »Nur weil ich meine Herkunft nicht an die große Glocke hänge, bedeutet das noch lange nicht, dass ich ein Geheimnis daraus mache. Ich bin Jüdin und wurde in Balat geboren.«

»Als wir uns das erste Mal unterhielten, sagten Sie mir, Ihre Familie sei aufgrund ihrer Verbindung zur republikanischen Bewegung zu Wohlstand gekommen«, warf Çöktin aus der anderen Ecke des Raumes ein. »Und Ihr Vater habe Präsident İnönü gekannt.«

»Nein«, widersprach Dr. Keyder, »ich habe gesagt, dass mein Vater an der Seite von İnönü gekämpft hat. Wie viele andere Männer damals war mein Vater bei der republikanischen Armee. Ferner habe ich Ihnen mitgeteilt, dass wir es als Familie weit gebracht haben, aber dank unserer Intelligenz und nicht aufgrund irgendeiner Gefälligkeit seitens İnönüs. Mein Bruder Veli war ein herausragender Biologe. Und aufgrund meiner Verbindung zu Dr. Ara bin ich die führende Balsamiererin weltweit.«

Süleyman lehnte sich gegen einen der Metalltische und blickte auf sie hinab. »Haben Sie irgendwelche Assistenten?«

»Ja. Für den Transport meiner Objekte bediene ich mich einiger Männer mit mehr Muskelkraft als Hirnmasse.«

»Aber das Balsamieren übernehmen Sie selbst?«

»Wie Dr. Ara arbeite auch ich allein«, erwiderte sie. »Je mehr Menschen in einem Sezierraum herumlaufen, desto größer ist die Gefahr, dass das Objekt kontaminiert wird. Männer, die dafür bezahlt werden, bringen sie hierher, legen sie auf den Tisch und holen sie wieder ab, aber die eigentliche Arbeit erledige ich allein, Inspektor.«

»Ziemlich anstrengend für ...«

»... eine alte Frau?« Sie lächelte. »Ara hat mich hervorragend ausgebildet. Ich kenne alle Verfahren, alle Maßnahmen, alle Tricks. Ich brauche nichts und niemanden.«

»Abgesehen von Ara, den Sie einst brauchten«, sagte Süleyman. »Aus dem, was Sie uns bisher mitgeteilt haben, schließe ich, dass Sie ihn über Rositas Familie kennen lernten, richtig?«

»Ja. Ich begleitete Veli und Rositas Familie, um mir anzusehen, was er mit Miguel gemacht hatte.« Plötzlich erschien ein Leuchten auf ihrem Gesicht. »Es war einfach phantastisch. So perfekt, so lebendig! Señora Arancibia, Rositas Mutter, weinte vor Freude. Dr. Ara war in der Lage, die Toten zum Leben zu erwecken, das erkannte ich damals sofort. Und genau diese Fähigkeit wünschte ich mir auch.«

»Und Dr. Ara erschien es nicht merkwürdig, dass ...«

»... ich, eine Frau, so etwas lernen wollte? Nein.« Sie blickte zu Boden, ein wenig kokett, wie Süleyman fand. »Pedro war ein faszinierender Mann. Ein brillanter Künstler. Wir ... wir haben uns gut verstanden. Wir hatten eine gemeinsame Philosophie: Schönheit darf nie vergehen. Sie ist zu kostbar und zu selten. Deswegen lehnte Pedro es ab, für die Sowjets zu arbeiten. Die Vorstellung, seine Fähigkeiten zur Konservierung von Lenin oder Stalin einzusetzen, war ihm ein Gräuel.«

»Aber einige Ihrer Objekte müssen doch alt und hässlich sein«, sagte Süleyman.

»Ich bin nicht Pedro.«

»Wussten Sie eigentlich, dass man ihn der Nekrophilie bezichtigt hat?«, warf Çöktin ein.

Yeşim Keyders Augen blitzten wütend auf. »Reden Sie doch nicht über Dinge, von denen Sie nichts verstehen! Pedro Ara war mein Seelenverwandter. Alles, was er tat, diente dem Erhalt der Schönheit. Alles!«

»Dr. Keyder!«

Yeşim Keyder, Mehmet Süleyman und İsak Çöktin blickten zum oberen Ende der Treppe, wo der korpulente, nachlässig gekleidete Wachtmeister Roditi stand und mit einem Ausdruck leichten Entsetzens zu ihnen hinabsah.

»Sie haben Besuch, Dr. Keyder«, rief er. »Eine Dame.«

»Gut, ich komme sofort«, sagte sie und stand auf. »Wenn Sie mich dann entschuldigen würden ...«

Nachdem Yeşim Keyder und Roditi verschwunden waren, bemerkte Süleyman plötzlich wieder den stechenden Formaldehydgeruch, der den gesamten Raum erfüllte. Naserümpfend ging er zu Çöktin, der noch immer mit dem Aktenschrank beschäftigt war.

»Und, schon irgendwas gefunden?«, fragte er und sah zu, wie sein Untergebener einen großen, grünen Aktenordner durchblätterte.

»Wenn Sie wissen wollen, ob ich schon auf die Namen Wronski, Bulganin oder Malenkow gestoßen bin, muss ich Sie leider enttäuschen«, erwiderte der Kurde. »Die meisten dieser Unterlagen sind über fünf Jahre alt.« Er seufzte. »Ich nehme nicht an, dass Dr. Keyder irgendwelche Namen genannt hat, oder?«

»Nein.« Süleyman blickte gedankenverloren zu Boden.

»Ich frage mich, ob sie ihren Kunden vielleicht Codenamen oder Nummern zugeteilt hat.«

»Kein einziger Aktenordner ist nach Ziffern sortiert; auch die Namen sind alle ziemlich eindeutig«, sagte Çöktin. »Dr. Keyder muss die Unterlagen vernichtet haben.«

»Gibt es gar keine aktuellen Daten? Schließlich arbeitet sie doch ständig.«

Çöktin seufzte. »Ich habe Unterlagen zu Miguel Arancibia und zu einem Mann und einer Frau namens Nabaro gefunden.«

»Und sagt Ihnen das irgendwas?«

»Nein, Chef.«

Das Gespräch wurde durch Wachtmeister Roditi unterbrochen, der alleine oben an der Treppe erschien und einen ziemlich verwirrten Eindruck machte.

»Ja, Roditi?«

Der Wachtmeister stieg die Stufen hinunter und trat näher als üblich an seinen Vorgesetzten Süleyman heran: »Inspektor?«

»Ja?«

Roditi warf einen Blick über seine Schulter zur Treppe und setzte erneut an: »Inspektor Süleyman, möglicherweise hat es ja nichts zu bedeuten, aber ... Sie wissen doch, dass ich mit Inspektor İkmen an dem Fall der verschwundenen Geschwister Akdeniz arbeite, oder?«

»Nein, das wusste ich nicht. Aber erzählen Sie ruhig weiter.«

»Frau Akdeniz ist gerade gekommen, um mit Dr. Keyder zu sprechen«, sagte Roditi.

»Und wissen Sie auch, worüber?«

»Nein.« Er zuckte die Achseln. »Sie sind direkt in den großen Wohnraum gegangen, und Dr. Keyder hat die Tür hinter sich geschlossen. Ich konnte doch nicht darauf bestehen, dass sie sie offen lässt, oder? Ich meine, diese ganze Balsamierungsgeschichte ist zwar merkwürdig, aber schließlich hat sie kein Verbrechen begangen, oder?«

»Nein«, meinte Süleyman stirnrunzelnd. »Nein, Sie haben genau richtig gehandelt, Roditi. Danke.«

»Gern geschehen, Inspektor.«

Und damit ging er wieder nach oben.

Süleyman wandte sich an Çöktin. »Ich frage mich, was Frau Akdeniz hier will.«

»Vielleicht ist einer ihrer Verwandten gestorben, und sie möchte Dr. Keyders ›Dienste‹ in Anspruch nehmen.«

»Meinen Sie nicht, dass das in ihrer momentanen Situation etwas merkwürdig wäre? Ich glaube nicht, dass ich in der Lage wäre, mich um so etwas zu kümmern, wenn ich um das Leben meines Sohnes fürchten müsste.«

»Wenn mich mein Beruf und vor allem dieser Fall hier eines gelehrt hat, Inspektor, dann, dass die Menschen merkwürdig sind«, erwiderte Çöktin und schüttelte den Kopf. »Wie sagt Inspektor İkmen immer: Das Leben steckt voller Überraschungen, und nichts ist unmöglich.«

»Hm …« Süleyman holte sein Mobiltelefon aus der Jackentasche. »Vielleicht sollte ich ihn benachrichtigen. Was meinen Sie?«

»Wäre wahrscheinlich keine schlechte Idee.«

Doch bevor Süleyman İkmens Nummer aufrufen konnte, kehrte Dr. Keyder mit einem Aktenordner zurück, der lauter Rechnungen enthielt, wie Süleyman nach einem kurzen Blick darauf feststellte. Seltsamerweise lächelte sie.

İkmen überflog noch einmal die Notizen auf seinem Block und wandte sich dann wieder der jungen Frau zu, die mit hochrotem Gesicht neben ihm stand.

»Also«, sagte er, »es war ein Mercedes, und er fuhr durch das geöffnete Tor auf der Rückseite des Anwesens …«

»Danach hat irgendjemand, den ich nicht sehen konnte, das Tor von innen geschlossen«, ergänzte die junge Frau atemlos. »Und weitere zehn Minuten später wurde das Tor wieder geöffnet, und der Wagen fuhr weg.«

»Ja.«

»Konnten Sie erkennen, wer am Steuer saß?«, fragte Ayşe Farsakoğlu.

Die junge Polizistin mit dem geröteten Gesicht, Sibel Yalçin, biss sich auf die Unterlippe. »Äh ... ein Mann.«

»War er allein?«

»Ja, ich glaube schon.«

»Wie sah er aus?«, fragte İkmen. »Jung, alt, dick, dünn ...?«

»Äh ...«

»Und das Kennzeichen haben Sie nicht notiert?«, fragte Ayşe Farsakoğlu – es war eher eine Feststellung als eine Frage.

»Äh ...«

Plötzlich verspürte İkmen maßlose Wut über den offensichtlichen Mangel an Wachsamkeit, den die junge Polizistin an den Tag gelegt hatte, und er verkündete knapp: »In Ordnung, Wachtmeisterin Yalçin, das wär's dann. Vielen Dank.«

»Ja, aber, Inspektor, wollen Sie denn nicht, dass ich dableibe?«

»Allah bewahre! Nein!« Aus ihrem gekränkten Gesichtsausdruck schloss er, dass er wohl zu weit gegangen war, und fügte in versöhnlicherem Ton hinzu: »Nein, vielen Dank, Wachtmeisterin. Das wäre für heute alles, danke.«

»Inspektor.« Sie salutierte nachlässig, aber bemüht, was İkmen nicht entging, sodass er pflichtschuldig ihren Gruß erwiderte. Dann sahen er und seine Assistentin der jungen Polizistin hinterher, die beleidigt den Hügel hinunterstapfte. Als sie außer Hörweite war, sagte İkmen: »Man sollte meinen, dass jemand wie Ardiç aus den Erfahrungen, die er mit dem Vater dieser jungen Frau gemacht hat, gelernt hätte.«

Ayşe Farsakoğlu war es ein wenig unangenehm, mit einem ihrer Vorgesetzten über einen anderen ranghohen Beamten zu sprechen, und sie blickte betreten zu Boden.

»Ich meine, der arme Hüsnü Yalçin ist schon eine ziemliche Belastung. Allah vergebe mir, ich will dem alten Mann nichts Böses, aber man sollte doch annehmen, dass Ardiç nicht auch noch dessen geistig zurückgebliebene Tochter anstellt. Sie sieht nichts, hört noch weniger ... Das Einzige, worauf man sich bei ihr hundertprozentig verlassen kann, ist ihre Begeisterung für Inspektor Süleyman, den sie ständig umkreist, sobald er auch nur in ihre Nähe kommt.«

»Also, äh ...«

»Na ja«, sagte İkmen achselzuckend, »wahrscheinlich müssen wir dankbar sein, dass sie den Wagen überhaupt bemerkt hat. Ich hätte ja gerne das Kennzeichen erfahren, selbst die Wagenfarbe wäre schon hilfreich gewesen, aber nein ...« Er schob sich eine Zigarette zwischen die Lippen und schaute zu den scheinbar blinden Fenstern des Hauses hinauf. »Also gut, Ayşe, dann wollen wir mal sehen, was Herr Akdeniz heute so alles vorhat.«

16

Melih Akdeniz stand in seinem Garten vor der großen, zwischen zwei Bäumen gespannten Stoffbahn. Als er İkmen sah, nahm er einen Schluck aus der allgegenwärtigen Arzneiflasche und wischte sich anschließend mit dem Hemdsärmel über den Mund.

»Sind Sie hier, um mit Reşad zu sprechen?«, fragte er, während der Inspektor und seine Assistentin näher kamen.

»Nein, Herr Akdeniz.«

»Also sind die Testergebnisse von seinem Wagen noch nicht da?«

»Nein«, erwiderte İkmen lächelnd und blickte seinem Gegenüber in die kranken, blutunterlaufenen Augen. »Wie ich Herrn Kuran schon sagte, brauchen solche Analysen ihre Zeit. Leider.«

»Hm ...« Melih Akdeniz schaute nach oben in den Himmel und blinzelte in die Mittagssonne. »Und was wollen Sie dann hier, İkmen?», fragte er mit heiserer Stimme. »Haben Sie meine Kinder gefunden?«

»Bedauerlicherweise nicht«, sagte İkmen. »Nein, ich statte Ihnen einen reinen Höflichkeitsbesuch ab.«

»Sie wollen wohl wissen, wem der Wagen gehört, der heute Vormittag hier war.« Der Künstler sah İkmen an und grinste. »Ich habe Ihre kleine zurückgebliebene Mitarbeiterin dabei beobachtet, wie sie es sich eifrig notierte«, fuhr er höhnisch fort. »Da müssen Sie sich schon mehr anstrengen, İkmen. Ist es denn ein Wunder, dass man meine Kinder noch immer nicht gefunden hat, wenn die Istanbuler Polizei jetzt schon Schwachsinnige einstellt?«

İkmen beschloss, diese kleine Tirade zu ignorieren, und fragte stattdessen: »Was war nun mit dem Wagen? Worum ging es dabei?«

»Dabei ging es um …«, imitierte der Künstler İkmens tiefe Stimme und ernsten Tonfall, »… ein paar Materialien, die ich für meine Performance benötige.«

»Aha.«

Plötzlich drang vom Haus ein Räuspern zu ihnen herüber: In der Hintertür stand Reşad Kuran, der mit seinen zerzausten Haaren und dem unrasierten Gesicht aussah, als sei er gerade aus einem ziemlich unbequemen Bett gefallen.

»Ich veranstalte heute Abend eine Voraufführung für die Medien«, erklärte Melih. Dann blickte er von İkmen zu Ayşe Farsakoğlu und fragte: »Die Show beginnt um acht. Hätten Sie Interesse zu kommen?«

»Äh …«

»Melih, ich glaube nicht, dass Polizeibeamte Interesse an deiner Performance haben oder auch nur in der Lage wären, sie zu verstehen«, sagte Reşad Kuran voller Verachtung.

»Die Polizistin kann von mir aus kommen«, lachte Melih und nahm einen weiteren Schluck aus seiner Flasche, »alle Polizistinnen dürfen kommen – bis auf dieses hirnlose Mädchen.«

»Wenn das so ist, können wir Oberwachtmeisterin Farsakoğlu vielleicht überreden, sich Ihre Darbietung anzusehen«, sagte İkmen, »auch wenn ich an Ihrer Stelle ein bisschen mit meinen Kräften haushalten würde, Herr Akdeniz.«

»Was meinen Sie damit?«, fuhr der Künstler ihn an.

»Ich meine damit, dass Sie offenbar ziemlich große Mengen Ihrer Arznei benötigen.«

»Glauben Sie wirklich?«, rief der Künstler lachend. Er beugte sich zu İkmen hinab und flüsterte ihm ins Ohr: »Woher wollen Sie wissen, dass ich das Zeug nicht zu meinem puren Vergnügen nehme?«

İkmen lächelte. »Weil ich mich vergewissert habe, dass es sich um ein verschriebenes Medikament handelt, Herr Akdeniz. Anderenfalls säßen Sie nämlich längst in einer meiner Zellen.«

»Stimmt.« Melih legte den Kopf in den Nacken und blickte durch die Bäume zur Sonne hoch.

»Trotz allem, was passiert ist, wollen Sie Ihre Performance aufführen?«, fragte Ayşe Farsakoğlu erstaunt.

Der Künstler blinzelte in die Sonne und erwiderte: »Kunst ist die einzige Realität. Meine Kinder wissen das. Sie sind meine Werke – ich habe sie geschaffen und besitze sie.«

İkmen hatte den Eindruck, dass der Mann von Minute zu Minute kränklicher und schwächer aussah. Vor allem im hellen Sonnenlicht wirkten seine Züge grau und ausgemergelt, skelettartig. Sowohl sein Erscheinungsbild als auch seine Worte beunruhigten İkmen sehr. Akdeniz schien dem Tode sehr nahe zu sein. İkmen meinte sogar, einen ganz bestimmten Geruch wahrzunehmen, den Geruch des Verfalls.

»Meine Performance basiert auf Karagöz.«

»Das dachte ich mir bereits.«

Der Künstler senkte den Blick und sah İkmen in die Augen. »Womit ich meine, dass das Stück als Schattenspiel aufgeführt wird. Das Thema, wenn nicht sogar die ganze Handlung, ist jedoch zeitgenössisch.«

»Aha.« İkmen räusperte sich. »Also, um noch einmal auf diese Materialien zurückzukommen, Herr Akdeniz …«

»Kostüme«, sagte Melih lächelnd, »für meine Puppen.«

»Ach, dann doch so traditionell?«

»Die Puppen tragen die traditionellen Kostüme, in gewisser Hinsicht«, erwiderte Melih. »Wie ich bereits sagte, ist das Thema modern, in gewisser Hinsicht …« Einen Moment lang blickte er nachdenklich in die Ferne. »Unsere Beziehung als Gesellschaft zu uns selbst ist grundfalsch. Genau wie Hacıvat, der osmanische Pedant, leben wir in einem Land der Illusion. Nur die Schlichtheit des einfachen, derben Mannes – Karagöz, wenn Sie so wollen – ist real und von Nutzen; das, und nur das, kann eine Aussage von immerwährender Gültigkeit sein. Wussten Sie, dass Karagöz der Tarotkarte ›Der Gaukler‹ entspricht?« Er lächelte. »Der Gaukler ist das mächtigste Symbol in der Magie – gut und böse zugleich, ist er der vollendete Magier. Meine Materialien – also Blut, pigmentreiche Farben, Pisse – spiegeln sowohl Magie als auch Ehrlichkeit wider. Meine Themen Sexualität und Tod starren dem Menschen von der Stunde seiner Geburt an unerbittlich ins Gesicht. Das muss man nehmen und den Leuten unter die Nase reiben, man muss ihnen diese Endgültigkeit zeigen, die die einzige Realität ist. Sie verdichten und konservieren …«

Das Klingeln von İkmens Mobiltelefon unterbrach die Tirade des schwerkranken Künstlers. Während der Inspektor sich abwandte, um das Gespräch anzunehmen, setzte sich Melih Akdeniz auf den Boden, woraufhin sein etwas besorgt dreinblickender Schwager zu ihm hinüberging.

Ayşe Farsakoğlu bemerkte, dass der ganze Körper des Künstlers plötzlich von einem unkontrollierbaren Zittern erfasst wurde, und hockte sich neben ihn.

»Alles in Ordnung, Herr Akdeniz?«

»Keine Sorge. Mir geht's gut.« Er holte die Flasche hervor und nahm einen großen Schluck.

»Gleich geht's ihm besser«, sagte Reşad Kuran, sah Ayşe aber verängstigt an. »Keine Sorge.«

Wachsam behielten die drei einander im Auge, bis İkmen mit ernster Miene zurückkehrte.

»Herr Akdeniz«, setzte er an, als er sich der Gruppe näherte, »das war gerade einer meiner Kollegen, Inspektor Süleyman. Ihre Frau hat …«

In dem Moment klingelte İkmens Telefon erneut.

»Mist!«, murmelte er und bedeutete Akdeniz sitzen zu bleiben, während er gleichzeitig das Gespräch annahm. »Ja, Fatma?«

Mit raschen Schritten entfernte er sich, und seine tiefe Stimme wurde von der üppigen Vegetation gedämpft, die jeden Winkel des Gartens erobert hatte. Ayşe und die beiden Männer verharrten in unbehaglichem Schweigen, bis İkmen schließlich zurückkam.

Doch irgendwie schien er verändert zu sein. Ayşe konnte nicht sagen, was es genau war, aber offenbar hatte seine Frau ihm etwas mitgeteilt, das ihn aus der Fassung gebracht hatte. Oder gab es einen anderen Grund für seine plötzliche Eile?

Ohne Zeit zu verlieren ging İkmen vor dem Künstler in die Hocke. »Also gut, Herr Akdeniz, es reicht mir jetzt. Ihre Frau hat heute Morgen eine meiner Beamtinnen bewusst abgehängt. Und ein anderer Kollege hat sie gerade im Haus einer gewissen Dr. Keyder gesehen, einer Frau, gegen die derzeit in einem anderen Fall ermittelt wird.«

Der Künstler blickte den Inspektor nur ausdruckslos an; seine Lider waren schwer von der hohen Morphiumdosis, die er im Laufe des Vormittags bereits genommen hatte.

»Sie werden mir jetzt sagen, warum Ihre Frau dort war und warum sie es für nötig hielt, ihr Ziel Sarıyer vor uns geheim zu halten.« İkmen blickte von Akdeniz zu Reşad Kuran. »Oder möchten Sie uns vielleicht aufklären, Herr Kuran? Sie sind doch Kurierfahrer. Haben Sie schon mal für Dr. Keyder gearbeitet? Haben Sie vielleicht sogar an jenem Abend, an den Sie sich angeblich kaum erinnern können, eines von Melihs Gemälden zu ihr gebracht? Ich habe jetzt nicht mehr viel Zeit, daher würde ich es sehr begrüßen, wenn einer von Ihnen beiden mir antworten würde.«

»Mein Mandant macht sich Sorgen«, sagte Lütfü Güneş, während er sich einen weiteren Whisky einschenkte, »dass

Sie die Informationen, die er Ihnen bezüglich einiger seiner Landsleute gegeben hat, möglicherweise zu deren Nachteil verwenden könnten.«

İskender runzelte die Stirn. Rostow war bei diesem Gespräch nicht zugegen, was angesichts der Wut, die sich bei seinem Kollegen Mehmet Süleyman offenbar angestaut hatte, vielleicht auch besser war. Süleyman, der gerade aus Dr. Keyders Privatlaboratorium zurückgekehrt war, hockte brütend in einer Ecke, den Kopf in die Hände gestützt, mit seinen Gedanken zweifellos bei dieser toten Prostituierten Mascha.

İskender räusperte sich. »Also, Herr Güneş, um ganz ehrlich zu sein: Ich weiß nicht, ob etwas dergleichen geschehen wird oder nicht. Die Tatsache, dass Herr Rostow glaubt, einige seiner Landsleute würden in ihren Häusern nicht bestattete Leichname aufbewahren, bedeutet nicht notwendigerweise, dass wir sie diesbezüglich befragen werden. Zudem handelt es sich hier um eine Entscheidung, die keineswegs von mir, sondern viel weiter oben getroffen wird.«

»Mein Mandant sorgt sich außerdem um die Unversehrtheit seiner Tochter«, fuhr Güneş fort.

»Dafür können wir nicht garantieren«, unterbrach Süleyman ihn schroff. »Dieses Ding da unten im Keller ...«

»Was mit Tatjana geschieht, steht noch nicht fest, Herr Güneş«, mischte İskender sich ein, wobei ein seltenes Lächeln seine Lippen umspielte, »aber welche Maßnahmen wir auch immer ergreifen, wir werden mit gebührendem Respekt gegenüber seinen väterlichen Gefühlen vorgehen, das können Sie Herrn Rostow versichern.«

Süleyman schnaubte hörbar.

İskender ging zu dem Anwalt hinüber und legte ihm freundschaftlich die Hand auf die Schulter. »Sie können Ihrem Mandanten mitteilen, dass er im Augenblick nichts zu befürchten hat.«

»Danke.«

Güneş kippte den Whisky hinunter und stellte das leere Glas auf einen der zahlreichen Beistelltische. »Ich gehe jetzt zu ihm hinauf.«

İskender nickte kaum merklich, und dann verließ Güneş den Raum, um sich ins Obergeschoss des Hauses zu begeben.

Als er die Tür hinter sich geschlossen hatte, stand Süleyman auf. »So, so, Rostow ist also vor Sorge um seine Mumie zu erschöpft, um aufzustehen …«

»Hör mal, Mehmet«, sagte İskender und baute sich direkt vor ihm auf, »wir müssen ihn zurzeit mit Samthandschuhen anfassen.«

»Einen Mörder?« Süleyman lachte seinem einen Kopf kleineren Kollegen unfreundlich ins Gesicht.

İskender ließ sich nicht aus der Ruhe bringen. »Wir wissen doch gar nicht, ob er das Mädchen umgebracht hat, Mehmet.«

»Aber wer sonst …«

»Außerdem darf uns das im Augenblick nicht kümmern, so traurig der Tod eines jeden Menschen auch sein mag.«

»Was meinst du damit?«

İskender trat noch näher an seinen Kollegen heran und senkte seine Stimme zu einem Flüstern: »Hör mal, Mehmet, ich weiß, dass du sie gevögelt hast. Das ist mehr als offensichtlich. Aber …«

»Woher?« Aufgebracht ging Süleyman einen Schritt zurück und funkelte seinen Kollegen wütend an. »Woher willst du das wissen?«

İskender blickte zur Decke, als wollte er Hilfe von oben erflehen. »Mehmet, bitte«, sagte er müde, »jedes Mal, wenn du sie getroffen hast, hast du dich benommen wie ein Teenager. Und außerdem bist zu ziemlich lange mit ihr in diesem Zimmer gewesen.«

»Ich habe …«

»Ach, jetzt hör doch endlich auf, mich anzulügen, Mehmet!« İskender ließ Süleyman mitten im Raum stehen und setzte sich auf eines der protzigen Sofas. »Ich erzähle es schon keinem!« Als er bemerkte, dass sein Kollege ihn noch immer wütend anstarrte, beugte er sich vor. »Mehmet, wenn wir Rostows Informationen für unseren Kampf gegen die osteuropäische Mafia nutzen wollen, müssen wir äußerst behutsam vorgehen. Wir können nicht einfach in ihre Häuser eindringen und nach Leichen oder irgendwelchen anderen Dingen suchen, nur aufgrund von Rostows Aussage. Er könnte ja auch gelogen haben. Und diese Dr. Keyder war auch nicht gerade sehr auskunftsfreudig, was Namen betrifft, oder? Aber selbst wenn Rostow die Wahrheit sagt, was dann? Falls wir Leichen finden und die Mafiosi nachweisen können, um wen es sich dabei handelt, werden die Verstorbenen lediglich beschlagnahmt und anschließend beerdigt. Solange wir keine Drogen oder Waffen finden, sind Malenkow und Konsorten in null Komma nichts wieder auf freiem Fuß. Und dann werden sie sich an Rostow rächen. Uns könnte ein Bandenkrieg bevorstehen. Denk mal darüber nach«, sagte er ernst. »Du weißt doch, wie die Russen sind. Willst du etwa Schießereien in den Straßen von Beyoğlu riskieren?«

»Nein.« Ernüchtert blickte Süleyman zu Boden. »Aber warum sollte Rostow lügen?«

»Um Zeit für Tatjana herauszuschlagen?« İskender zuckte die Achseln. »Vielleicht hat er gedacht, Dr. Keyder könne seine Tochter schnell präparieren, während wir uns um die Geschäfte seiner Freunde kümmern. Wer weiß? Es ist mir sowieso unverständlich, warum er ihren Leichnam immer noch aufbewahrt.«

Süleyman ging zu İskender hinüber und setzte sich ebenfalls. »Und, wie gehen wir jetzt vor?«

»Hast du Ardiç von deinem Besuch bei der Balsamiererin berichtet?«

»Ja.«

İskender zündete sich eine Zigarette an. »Wir warten einfach ab, welche Entscheidung er trifft. Wenn er meint, dass es sich lohnt, die Geschichte mit den Leichnamen zu verfolgen, dann schlagen wir vermutlich zu. Aber er muss bei seinen Überlegungen berücksichtigen, dass Rostows ›Freunde‹ mit Sicherheit Wind davon bekommen haben, dass wir hier waren. Wenn sie eins und eins zusammenzählen, und Rostows Jungs da draußen auf den Straßen rumlaufen …«

»Ich weiß, ich weiß.« Süleyman seufzte.

In dem Moment klingelte sein Mobiltelefon. Er holte das Gerät aus der Tasche seines Jacketts und hielt es sich ans Ohr.

»Süleyman.«

»Inspektor?«, meldete sich eine vertraute Stimme. »Hier ist Wachtmeisterin Farsakoğlu. Können Sie reden, Inspektor?«

»Ja.«

Sie klang sehr formell, wenn man bedachte, dass sie einst eine heiße, wenngleich kurze Affäre miteinander gehabt hatten. Aber das lag lange zurück, und Süleyman war erleichtert, dass sie sich offenbar endlich mit der Situation abgefunden hatte. »Inspektor Süleyman, ich habe eine Nachricht von Inspektor İkmen für Sie. Bedauerlicherweise ist jemand aus seiner Verwandtschaft ins Krankenhaus am Taksim Parkı eingeliefert worden, und er muss schnell dorthin.«

»Oh, das tut mir Leid.« Vermutlich bedeutete dies, dass es İkmens Schwager Talaat schlechter ging.

»Hoffentlich wird der Verwandte von Inspektor İkmen wieder gesund, Inschallah.«

»Inschallah.«

»Inspektor İkmen bittet Sie«, fuhr Ayşe fort, »sich mit ihm im Krankenhaus zu treffen, falls das möglich wäre, Inspektor.«

Süleyman runzelte die Stirn. »Warum?«

»Sie hatten ihn ja angerufen, wegen Frau Akdeniz, Melih Akdeniz' Frau …«

»Ja.«

»Inspektor İkmen muss mit Ihnen darüber reden. Ganz dringend, sagt er. Er hat das Gefühl, es könnte eine Verbindung zwischen diesem Fall und Ihren Recherchen in Sarıyer geben.«

Süleyman warf einen Blick auf die Uhr, allerdings eher aus Gewohnheit denn aus Notwendigkeit. Solange Ardiç keine Entscheidung im Hinblick auf Rostow und seine Landsleute getroffen hatte, wurde er hier nicht unbedingt gebraucht. Sein Termin bei Dr. Krikor Sarkissian – auf den er sich nicht gerade freute – war erst um sechs; er hatte also noch dreieinhalb Stunden Zeit.

»In Ordnung«, sagte er. »Ich fahre so schnell wie möglich rüber.«

»Gut, Inspektor Süleyman. Ich werde Inspektor İkmen mitteilen, dass Sie unterwegs sind.«

»Danke, Wachtmeisterin Farsakoğlu.«

Beide beendeten das Telefonat gleichzeitig. Stirnrunzelnd steckte Süleyman sein Mobiltelefon wieder ein. Metin İskender sah ihn fragend an.

»Çetin İkmen möchte mit mir über eine mögliche Verbindung zwischen den verschwundenen Kindern und Dr. Keyder reden«, sagte er, erhob sich und ging zur Tür des Salons. »Die Mutter der Kinder, Frau Akdeniz, war heute Morgen bei Dr. Keyder.«

»Was kann sie denn von der Balsamiererin gewollt haben?«, fragte İskender.

»Keine Ahnung«, erwiderte Süleyman, »deshalb fahre ich auch sofort zu İkmen rüber. Ich halte dich auf dem Laufenden.«

»Ja, tu das.«

Nachdem Süleyman gegangen war, blieb İskender allein in Rostows riesigem, geschmacklosem Salon zurück und hing seinen Gedanken nach. Vor allem der Abend in jenem zwielichtigen Nachtclub ließ ihm keine Ruhe. Er hatte Mehmet durch einen dichten Nebel aus Zigarettenqualm,

Alkoholdünsten und billigem Parfüm beobachtet, und ihm war nicht entgangen, wie sein Kollege Mascha angesehen hatte. İskender musste zugeben, dass sie auf ihre Art wirklich umwerfend ausgesehen hatte. Üppig und verführerisch. Sie wussten, dass sie für Rostow gearbeitet hatte ... dann diese Geschichte über Wladimir, einen von Rostows Knaben ...

Mehmet lag vermutlich richtig mit seiner Annahme, dass der Russe Mascha umgebracht hatte. Wenn er sie wirklich dazu benutzt hatte, die Polizei in etwas hineinzuziehen, das ihrem Ansehen in der Öffentlichkeit nachhaltig hätte schaden können, dann durfte man davon ausgehen, dass er die Prostituierte beseitigt hatte. Es war wirklich ein großer Zufall gewesen, dass Süleyman Tatjanas Leiche in Rostows Kühlraum entdeckt hatte – falls es wirklich ein Zufall war ...

İskender runzelte die Stirn. Rostow zu beschatten und sein Haus zu durchsuchen, war eine polizeiliche Entscheidung gewesen, auf die der Russe unmöglich Einfluss genommen haben konnte. Doch in Anbetracht der Tatsache, dass Mascha als Informantin mehr als suspekt gewesen war, lag dieser Schritt der Ermittler nicht nur nahe, sondern war fast schon vorhersehbar. Und als Süleyman Rostows Anwesen durchsuchte, hatte er außer dem Leichnam nicht das Geringste finden können. Wenn man es so betrachtete ...

İskender beugte sich vor und betrachtete den Boden zwischen seinen Füßen. Unten im Kühlraum lag Rostows Tatjana – oder handelte es sich vielleicht gar nicht um seine Tochter? Bisher waren noch keinerlei Untersuchungen durchgeführt worden; Dr. Sarkissian hatte sie noch nicht einmal zu Gesicht bekommen. Theoretisch konnte es also auch irgendjemand anderes sein. Aber warum versuchte Rostow dann so eifrig, sie zu behalten? Nein, das ergab keinen Sinn. Trotzdem konnte İskender den Gedanken nicht abschütteln. Irgendetwas stimmte mit Tatjana nicht, mit diesem penibel sauberen Haus – etwas, das sich nicht in das Bild einfügen wollte und das İskender zu seinem großen Verdruss noch nicht erkennen konnte.

Gegen drei Uhr nachmittags kehrte Eren Akdeniz wieder in das große ockergelbe Haus in Balat zurück. Unmittelbar danach schloss Melih Akdeniz das Tor und zog alle Vorhänge im Haus zu. Auf diese Weise von sämtlichen Vorgängen im Inneren des Anwesens abgeschirmt, lehnte sich Ayşe Farsakoğlu in ihrem Autositz zurück und zündete sich eine Zigarette an. Neben ihr saß Hikmet Yıldız. Gemeinsam waren sie zum Schutz der Familie Akdeniz abgestellt worden, wie es offiziell hieß. Selbst bei geöffneten Fenstern war es im Wagen unerträglich heiß, und Ayşe spürte, wie durch die Hitze ihr Herz bei jeder Bewegung unangenehm schnell schlug.

Der junge Wachtmeister, in dessen Gesicht die Spuren von Rostows tätlichem Angriff noch deutlich zu erkennen waren, warf ihr einen unsicheren Blick zu, ehe auch er sich eine Zigarette anzündete. Vielleicht dachte er, sie würde es nicht gerne sehen, wenn er in ihrer Gegenwart rauchte. Aber da er nicht sehr gesprächig war, konnte sie nur raten. Soweit Ayşe wusste, wohnte Yıldız in einem der Hochhäuser in der Nähe des Flughafens – nicht gerade die gesündeste Gegend der Stadt. Seine Eltern stammten vermutlich vom Land, und vielleicht missbilligte seine Mutter, dass er Umgang mit Frauen pflegte, dachte Ayşe.

»Sie sind doch die hübsche Assistentin von İkmen, stimmt's?«

Die tiefe, raue Stimme hätte einem Mann gehören können, aber das lächelnde Gesicht, das durch das geöffnete Fenster in den Wagen schaute, war definitiv das einer Frau – überdies einer extrem üppigen und exotischen Erscheinung, wie Ayşe auf den zweiten Blick feststellte.

»Ich heiße Gonca«, fuhr die Frau fort. »Ich habe mit Çetin Bey gesprochen, er kennt mich. Ich bin Künstlerin.«

»Ach.«

»Ich beobachte Sie und Ihren niedlichen Begleiter übrigens schon eine ganze Weile, wie Sie das Anwesen von Melih Akdeniz beschatten. Melih führt heute Abend sein jüngstes Kunstwerk vor. Kommen Sie auch?«

Goncas Worte ließen Yıldız erröten.

Diese Frau war ziemlich direkt, fand Ayşe Farsakoğlu – eine Eigenart, die sie weder gewohnt war noch sonderlich schätzte.

»Es steht mir nicht frei, Ihnen das mitzuteilen«, entgegnete sie hochmütig.

Gonca zuckte nur die Achseln. »Ganz wie Sie wollen, aber ich glaube, die heutige Vorstellung ist einen Besuch wert. Seine Kunst strahlt eine geradezu magische Energie aus – wenn man sie zu betrachten versteht. Er hat mich eingeladen, also werde ich kommen.« Sie lächelte. »Aber das hätte ich sowieso getan.«

»Ah ja?«

»Melih Bey und ich sind alte Freunde», fuhr die Zigeunerin fort. »Wir tun bestimmte Dinge füreinander ...«

»Wenn ich es richtig verstanden habe, zeigt er heute eine Performance, die auf Karagöz basiert«, sagte Ayşe.

»Stimmt. Ein Schattenspiel mit einem zeitgenössischen Thema.«

»Und was ist das für ein Thema?«

»Das weiß ich nicht«, erwiderte Gonca leichthin. »Nur weil Melih und ich uns gelegentlich miteinander vergnügen, heißt das noch nicht, dass er mich auch in seine beruflichen Pläne einweiht. Künstler tun so etwas nicht.«

Yıldız war nun bis zum Haaransatz rot angelaufen und räusperte sich nervös.

Gonca lachte anzüglich. »Na, mein Kleiner, hat die alte Zigeunerin dich in Verlegenheit gebracht?«

»Äh ...«

»Der arme Kleine bräuchte mal etwas Nachhilfe, wenn Sie mich fragen«, wandte Gonca sich an Ayşe Farsakoğlu.

»Tja, äh ...« Auch Ayşe räusperte sich nervös. Diese

Zigeunerin übertrieb es ein bisschen mit ihren Anspielungen. Was in aller Welt hatte İkmen mit so einer Person zu tun? Wahrscheinlich fand er sie sogar lustig. »Wissen Sie sonst noch etwas über diese Performance, Frau …«

»Gonca. Einfach nur Gonca.« Sie schob eine widerspenstige schwarze Haarsträhne aus ihrem Gesicht und meinte: »Nicht viel. Ich weiß, dass er mit Kamelhaut gearbeitet hat, dem traditionellen Material der Karagöz-Puppen. Außerdem weiß ich, dass er Kostüme für sie angefertigt und dabei irgendwelche Designer-Etiketten verwendet hat. Aber wenn Sie heute Abend zur Vorstellung kommen …«

»Wenn ich komme …«

»… wird sich alles aufklären.« Gonca drehte sich auf dem Absatz um und entfernte sich hüftschwingend.

»Äh …« Da sie nicht verstand, warum Gonca sie nun überhaupt angesprochen hatte, öffnete Ayşe Farsakoğlu die Wagentür und stieg aus. »Wollten Sie irgendetwas Bestimmtes?«, rief sie ihr hinterher.

Gonca blickte aufreizend über ihre Schulter. »Nein«, sagte sie lächelnd, »ich wollte Ihnen nur sagen, falls Sie Çetin Bey sehen, können Sie ihm Folgendes mitteilen: Ich glaube, die Lösung des Rätsels, das er aufzuklären versucht, steht kurz bevor.«

»Welches Rätsel?«, fragte Ayşe.

»Das der beiden kleinen Kinder«, sagte Gonca, »Melihs Kinder.«

»Ja, aber …«

»Sie können ihm sagen, dass ich es weiß, weil ich einen Traum hatte. Ihr Leiden hat bald ein Ende. Er wird dann schon verstehen«, erwiderte die Zigeunerin, warf Yıldız noch einen Kuss zu und stieg die steilen Stufen hinunter, die ins Zentrum von Balat führten.

Ungläubig schüttelte Ayşe den Kopf und setzte sich wieder in den Wagen. Hikmet Yıldız wandte den Blick von der Zigeunerin ab und sah seine Vorgesetzte an.

»Sie ist ein bisschen ... heftig«, sagte er. »Ein bisschen ...«

»Jeder, den Inspektor İkmen auf dieser ... dieser magischen Ebene kennt, und dort würde ich sie ansiedeln, ist irgendwie seltsam«, sagte Ayşe seufzend. »Träume, Magie – Allah! Doch Çetin Bey wird ihre Aussage wahrscheinlich ernst nehmen. Wir sind zwar eine moderne Polizeibehörde, greifen aber immer noch auf Wahrsager zurück.«

»Meine Mutter sagt immer, es sei gefährlich, alles alte, vom Land stammende Wissen über Bord zu werfen«, erwiderte Yıldız und gab damit zum ersten Mal etwas von sich preis. »Sie meint, Allah habe es in Seiner großen Weisheit so eingerichtet, dass nur diejenigen, die mit diesen Dingen umgehen können, überhaupt in der Lage sind, Mysterien wahrzunehmen.«

»Ach, tatsächlich?« Obwohl Ayşe Inspektor İkmen und seinesgleichen großen Respekt entgegenbrachte, war sie selbst ein eher bodenständiger Mensch. Skeptisch hob sie eine Augenbraue. »Und was sagt Ihre Mutter zu lüsternen Frauen mittleren Alters, die ein Auge auf junge Männer werfen?«

Yıldız errötete erneut. Um das Lächeln, das sich auf ihrem Gesicht ausbreitete, zu verstecken, blickte Ayşe zur Seite. Sie würde İkmen bei nächster Gelegenheit von der Begegnung mit der Zigeunerin berichten. Der Inspektor legte großen Wert auf diese Dinge, und Ayşe spürte trotz ihrer Skepsis, dass Goncas Worte wichtig gewesen waren.

17

Wie Süleyman vermutet hatte, strich İkmen unruhig vor dem Eingang des Krankenhauses herum. Genau wie ihn selbst auch machten Krankenhäuser seinen Kollegen nervös; außerdem durfte man drinnen fast nirgendwo mehr rauchen.

Nachdem die beiden Männer sich zur Begrüßung umarmt hatten, fragte Süleyman: »Wie geht es Talaat?«

İkmen seufzte. »Er hatte letzte Nacht starke Schmerzen«, sagte er müde, »und nachdem ich heute Morgen zur Arbeit gefahren bin, muss es so schlimm geworden sein, dass Fatma einen Krankenwagen gerufen hat.«

»Ist sie bei ihm?«

»Ja.« İkmen steckte sich mit der Glut seiner zu Ende gerauchten Zigarette direkt eine neue an. »Sie versuchen jetzt, die Schmerzen irgendwie in den Griff zu bekommen. Da drinnen geht es im Augenblick zu wie in einem Albtraum, aber Fatma weicht nicht von seiner Seite.«

»Ist jemand bei ihr?«

»Çiçek ist heute Morgen vorbeigekommen und gleich mit hierher gefahren«, sagte İkmen; Çiçek war seine älteste Tochter, die als Stewardess arbeitete. »Frauen sind viel härter im Nehmen als wir, Mehmet. Zuerst war ich mit im Zimmer, aber als Talaat anfing, vor Schmerzen zu schreien, habe ich es nicht mehr ausgehalten. Fatma hingegen hat ihn einfach weiter im Arm gehalten und ihm sanft Trost zugesprochen, während meine Tochter ihm behutsam die Stirn abtupfte. Und um sie herum lauter Überwachungsmonitore und Ärzte, die Injektionsnadeln in Talaats Arme steckten. Aber dir brauche ich über zähe Frauen ja nichts zu erzählen, oder? Du hast ja Zelfa.«

»Stimmt.« Allerdings wollte Süleyman jetzt nicht über seine Frau, seine betrogene Frau reden, daher wechselte er rasch das Thema. »Ayşe Farsakoğlu sagte, du wolltest mit mir über Dr. Keyder sprechen.«

»Ja. Hast du herausgefunden, was Frau Akdeniz von ihr wollte?«

Süleyman zündete sich eine Zigarette an, ehe er antwortete. »Dr. Keyder sagte mir, bei Frau Akdeniz' Besuch sei es um Kunst gegangen, nicht ums Balsamieren. Dr. Keyder ist offenbar eine große Bewunderin von Melih Akdeniz und besitzt eine ansehnliche Sammlung seiner Werke. Wenn ich es richtig verstanden habe, ging es ausschließlich darum.«

»Hm. Der Künstler hat mir erzählt, Dr. Keyder wolle eines seiner früheren Werke kaufen«, seufzte İkmen. »Das scheint also zu stimmen. Aber Frau Akdeniz' Bruder ist mir irgendwie nicht geheuer.«

»Wer?«

İkmen umriss kurz Reşad Kurans Rolle in dem Fall und meinte dann: »Er behauptet, er kenne Dr. Keyder nicht und sei noch nie in ihrem *yalı* gewesen. Wundersamerweise hat die Erwähnung ihres Namens aber dazu geführt, dass er sich plötzlich wieder an die Adresse in Yeniköy erinnern konnte, zu der er das Kunstwerk seines Schwagers an jenem Freitagabend transportiert haben will. Ich muss das noch überprüfen.«

»Soll ich Dr. Keyder nach ihm fragen?«

»Ja.«

»Sie liebt Akdeniz' Arbeiten; ich habe einige davon in ihrem *yalı* gesehen«, sagte Süleyman. »Genau wie Akdeniz entstammt auch sie der jüdischen Bevölkerung Balats, allerdings ist sie ein ganzes Stück älter als er.«

»Hm. Die Tatsache, dass sie in Sarıyer wohnt, scheint mir ebenfalls interessant zu sein«, meinte İkmen. »Akdeniz wollte mit seinen Kindern an dem Tag, an dem sie verschwunden sind, in ein Restaurant in Sarıyer. Vielleicht stand bei dem Ausflug ja auch ein Besuch bei Dr. Keyder an. Sie ist Sammlerin; er kennt sie. Und ich bin mir sicher, dass Kuran sie ebenfalls kennt, schließlich erledigt er sämtliche Transporte für Melih; er muss ihr einfach schon begegnet sein. Vielleicht wollen Melih und Reşad ja nicht mit so einer makabren Sache wie dem Balsamieren in Verbindung gebracht werden, andererseits sind die beiden selbst so seltsam, dass ich mir das eigentlich auch nicht vorstellen kann. Ich weiß zwar einiges über Çöktins Ermittlungen im Fall des unbekannten Toten, aber anscheinend bei weitem nicht genug über deine Nachforschungen.« Er runzelte die Stirn. »Bei der Suche nach verschollenen Kindern neigt man dazu, einen Tunnelblick zu entwickeln. Erzähl mir doch bitte mehr über den Fall.«

Die beiden Männer setzten sich auf eine niedrige Mauer neben dem Krankenhauseingang, und Süleyman berichtete ausführlich über Rostow, den Handel mit balsamierten Leichnamen und den seltsamen Werdegang von Dr. Yeşim Keyder. »Ich könnte mir vorstellen, dass sie eine Art Liebesbeziehung zu diesem Spanier Pedro Ara unterhalten hat«, schloss er.

İkmen erschauderte. »Wie makaber das alles ist, aber auch wie typisch für ein romanisches Land. Ich erinnere mich, dass Çiçek vor ein paar Jahren mal nach Sizilien geflogen ist und die Katakomben irgendeines Klosters in Palermo besichtigt hat. Dort wurden sämtliche verstorbenen Klosterbrüder einbalsamiert und senkrecht aufbewahrt. Allein der Gedanke daran jagt mir einen Schauer über den Rücken.«

Süleyman lächelte. »Ich weiß, was du meinst«, sagte er. »Wahrscheinlich muss man christlichen Glaubens sein, um diese Dinge verstehen zu können. Wie Zelfa beispielsweise.«

»Hm. Aber du hast doch gesagt, Dr. Keyder sei Jüdin ...«

»Ja, allerdings übt sie ihre Religion nicht aus. Irgendwie habe ich das Gefühl, dass das Jüdische zu einer Vergangenheit gehört, an die sie nicht gerne erinnert wird.«

»Vielleicht mit einer Ausnahme: die Kunst von Melih Akdeniz.« Nachdenklich rieb İkmen sich das Kinn. »Und du glaubst also, dass sie für verschiedene Mafiosi arbeitet?«

»Ja. Wir haben zwar keine Unterlagen mit einschlägigen Namen gefunden, aber ...«

»Und was hast du jetzt vor?«, fragte İkmen, während er gleichzeitig einem Mann, der sich der Krankenhauseinfahrt näherte, aufgeregt zuwinkte. »Da kommt Orhan!«

Süleyman lächelte dem jungen Mann zu, dann wandte er sich wieder an İkmen: »Ich würde diese unbestatteten Leichname gerne als Vorwand benutzen, um in die Häuser von Leuten wie Wronski zu gelangen. Ardiç denkt genauso, auch wenn er sich im Augenblick noch zurückhaltend gibt. Ich vermute, er ist ebenso wie wir alle besorgt, dass eine Hausdurchsuchung das Verhältnis der Mafiosi untereinander verändern und es zu einem Bandenkrieg kommen könnte.«

»Diese Sorge ist durchaus berechtigt«, stimmte İkmen zu. »Solange du nur Rostows Aussage hast, könnte eine Durchsuchungsaktion ihn in große Schwierigkeiten bringen.« Als er den empörten Ausdruck im Gesicht seines Kollegen bemerkte, fügte er hinzu: »Nicht dass Rostows Sicherheit dich im Augenblick sonderlich interessieren dürfte.«

»Er hat Mascha ermordet.«

»Das Mädchen, mit dem du ...?«

»Ja.« Süleyman drehte sich genau in dem Moment weg, als İkmens hochgewachsener Sohn sich zu ihnen gesellte.

»Orhan!« İkmen stand auf und umarmte ihn.

»Hallo Baba«, erwiderte dieser, beugte sich hinunter und küsste seinen Vater auf beide Wangen. »Wie geht es Onkel Talaat?«

»Nicht gut.«

Auch Süleyman war aufgestanden und reichte Orhan zur Begrüßung die Hand. »Hallo Orhan. Was für ein Jammer, dass wir uns unter diesen unglücklichen Umständen wiedersehen.«

Orhan İkmen lächelte. Obwohl er Mehmet Süleyman höchstens einmal im Jahr zu Gesicht bekam, mochte er den Kollegen seines Vaters sehr. Als er vor einigen Jahren als armer Medizinstudent in Ankara wohnte, hatte Mehmet ihn regelmäßig mit neuen Schuhen versorgt. Angeblich hatte er sich an ihnen satt gesehen, aber Orhan und Fatma waren fest davon überzeugt, dass der finanziell wesentlich besser gestellte Süleyman die Schuhe aus reiner Herzensgüte extra für ihn gekauft hatte.

»Mehmet.« Orhan umarmte Süleyman, ehe er sich wieder seinem Vater zuwandte. »Ist Mama schon oben?«

»Ja. Zusammen mit Çiçek. Ich bring dich gleich rauf, nur noch einen Augenblick«, erwiderte İkmen und meinte dann zu Süleyman: »Hör zu, Mehmet, ich glaube, wir sollten uns bei der Geschichte unbedingt gegenseitig auf dem Laufenden halten. Lass uns bald noch mal ausführlicher darüber reden.«

»Kein Problem.«

»Die Tatsache, dass diese Ärztin in Sarıyer wohnt, stimmt mich nachdenklich. Ach ja, noch eine Frage: Hat sie vielleicht zufällig an ›jemandem‹ gearbeitet, als du sie in ihrem Laboratorium aufgesucht hast?«

Süleyman lächelte. »Nein. Anscheinend waren die Nabaros – ein Ehepaar, glaube ich – gerade weg, an ihren Empfänger zugestellt oder so ähnlich.«

»Aha.« Nachdenklich schüttelte İkmen den Kopf und wandte sich zum Gehen, blieb dann aber abrupt stehen. »Wie hießen die gleich? Nabaro?«

Süleyman, der sich ebenfalls bereits ein paar Schritte entfernt hatte, drehte sich um. »Ja. Wieso?«

İkmen schüttelte erneut den Kopf. »Ich weiß nicht recht«, sagte er und strich sich müde über die Augenbrauen. »Klingt irgendwie vertraut, der Name.«

»Ruf doch mal Ayşe Farsakoğlu an«, schlug Süleyman vor. »Ihr arbeitet zusammen; vielleicht sagt ihr der Name ja etwas.«

»Ja, vielleicht.«

Als İkmen und sein Sohn das Krankenhaus betraten, stieg Süleyman in seinen Wagen. Während des Gesprächs mit İkmen hatte niemand angerufen, es war also unwahrscheinlich, dass Ardiç irgendeine Entscheidung bezüglich der balsamierten Leichname getroffen hatte. Vermutlich beriet er sich gerade mit seinen Vorgesetzten. Bis es soweit war, gab es für Süleyman jedoch noch eine Menge zu erledigen. Er holte sich Dr. Keyders Nummer auf das Display seines Mobiltelefons und drückte auf die Ruftaste.

»Sie wissen, was das bedeutet, oder?«, sagte Lütfü Güneş und setzte sich auf den Stuhl neben Rostows Bett. »Wenn die Polizei die Häuser Ihrer ...« – er zögerte, das Wort »Rivalen« gegenüber seinem Mandanten zu verwenden – »... Freunde durchsucht, werden die nicht gerade erfreut sein.«

Rostow zuckte die Achseln.

»Es könnte einen Krieg auslösen ...«

»Nicht, wenn die Polizei sie verhaftet«, unterbrach Rostow seinen Anwalt kühl, »was sie garantiert tun wird. Malenkow handelt mit Drogen, Wronski verschiebt Waffen, und Bulganin ist pervers. Ich stehe mit allen auf sehr gutem Fuß. Und sie wissen, dass ich im Augenblick ein paar Schwierigkeiten mit der Polizei habe. Das kommt bei russischen Geschäftsleuten hin und wieder vor. Sie werden ziemlich erleichtert sein, dass es diesmal nicht sie selbst getroffen hat, und einfach weitermachen, als wäre nichts geschehen. Die Polizei kann gar nicht umhin, jede Menge interessanter Dinge zu finden, wenn sie die Häuser nach – wie heißt es doch so schön? – ›nicht bestatteten Leichnamen‹ durchsucht.«

Güneş zündete sich eine Zigarette an. »Sie haben auch hier nach illegalen Dingen gesucht.«

»Ja, aber ich bin schließlich ein unschuldiger Geschäftsmann, stimmt's, Lütfü?« Das Blitzen in Rostows hellblauen Augen strafte sein ernstes Gesicht Lügen.

»Ach, kommen Sie, Waleri, Sie und ich, wir wissen doch …«

»Was wissen wir?« Langsam drehte Rostow sich auf die Seite, sodass er dem Anwalt direkt ins Gesicht sah. »Was wissen wir über mich, Lütfü?«

Güneş spürte, wie er unter dem spöttischen, drohenden Blick seines Mandanten in sich zusammenfiel. Instinktiv schaute er zur Seite.

»Waleri, Ihr Haus war vollkommen sauber, als die Polizei …«

»Na, das liegt dann wohl daran, dass ich in keinerlei illegale Geschäfte verwickelt bin, oder?« Rostow beugte sich vor und nahm eine Zigarette aus der Schachtel auf seinem Nachttisch.

Güneş, der nun deutlich spürte, wie sein Blutdruck stieg, wandte sich wieder Rostow zu. Ein sehr lukrativer Mandant, dieser Waleri – was jedoch nichts daran änderte, dass er ein ordinäres, widerliches russisches Arschloch war.

»Sind Sie denn sicher, dass Ihre Freunde einbalsamierte Leichname besitzen?«, fragte Güneş, als er wieder genügend Mut gesammelt hatte, Rostow in die Augen zu blicken.

»Ja. Das habe ich Ihnen doch schon gesagt, Lütfü – ich habe sie selbst gesehen.«

Bis zu dem Moment, als die Polizei in einem der Kühlräume den Leichnam gefunden hatte, von dem Rostow behauptete, es handele sich um seine Tochter, hatte Güneş weder von Tatjana noch irgendwelchen anderen einbalsamierten Toten gehört. Wie viele Menschen war auch er immer davon ausgegangen, der Russe sei schwul. Natürlich mussten Mafiosi, zu denen Güneş Rostow definitiv zählte, eine ganze Reihe harter Jungs beschäftigen, um sich und ihre Geschäfte zu schützen. Aber sie brauchten keineswegs so viele gut aussehende junge Männer um sich zu scharen. Und sie brauchten sich auch nicht von ihnen einen blasen zu lassen – wie Rostow es getan hatte, als Güneş eines Abends versehentlich ins Zimmer geplatzt war. Rostow mit einem jungen Kerl namens Wladimir, der, wenn Güneş es recht bedachte, irgendwann ziemlich plötzlich verschwunden war, genau wie verschiedene andere Jungen auch.

»Ich verstehe nicht, warum Sie mir nie von Ihrer Tochter erzählt haben, Waleri«, sagte Güneş.

»Vielleicht weil Tatjana niemanden was angeht.«

»Aber wie haben Sie sie hierher gebracht?«

»Per Flugzeug.«

»Und warum ausgerechnet jetzt?«, fragte der Anwalt.

Rostow betrachtete ihn kühl. »Weil jetzt der richtige Zeitpunkt ist, Lütfü«, erwiderte er. »Weil es mir jetzt eben passt.«

Vorübergehend zum Schweigen gebracht, blickte Güneş zu Boden. Obwohl er diesen Raum während seiner Tätigkeit für den Russen bereits mehrmals betreten hatte, fiel ihm erst jetzt auf, wie schreiend bunt der Teppich war: knallrosa, mit dünnen Goldfäden durchwirkt. Einfach schrecklich. Aber so war Rostow nun mal – mit seinen Kokainpartys, seinen in der ganzen Stadt verteilten Strichjungen und -mädchen, seinem lüsternen Gesichtsausdruck, beinahe sabbernd vor Geilheit, als dieser Junge ihn oral befriedigte.

»Dann befürchten Sie also keinen Krieg …?«

Der Anwalt blickte gerade noch rechtzeitig hoch, um Rostows Lächeln zu sehen. »Ich bin Antiquitätenhändler, und meine Freunde haben mir ihre sehr ungewöhnlichen

Kunstwerke gezeigt. Ich wusste nicht, dass sie mit diesen Objekten gegen das Gesetz verstoßen, schließlich stamme ich nicht aus diesem Land.« Dann verzog er das Gesicht und fügte hinzu: »Solange mir Tatjana erhalten bleibt, bin ich glücklich. Ich werde alles dafür tun, um zu verhindern, dass man sie mir wegnimmt.«

Güneş fragte sich erstaunt, wie Rostow glauben konnte, dass die Polizei die »ungewöhnlichen Kunstwerke« von Malenkow und den anderen Mafiosi beschlagnahmen, bei Tatjana aber eine Ausnahme machen würde.

Kurz nach sechs Uhr abends gelang es İkmen, sich aus dem Zimmer zu schleichen. Nach scheinbar endlosen Stunden war es den Ärzten schließlich doch noch geglückt, Talaats Schmerzen zu lindern, was aber im Grunde nichts anderes bedeutete, als dass sie ihn in ein Morphiumkoma versetzt hatten. İkmens Schwager war so stark betäubt, dass er nicht mehr kommunizieren konnte und einfach nur da lag, durch Schläuche und Kabel mit einer beunruhigenden Zahl von Geräten, Tropfinfusionen und Monitoren verbunden. Fatma und Çiçek saßen die ganze Zeit neben seinem Bett und hielten ihm die Hand.

Niemand außer der betreffenden Person selbst wusste, was es bedeutete, im Koma zu liegen, dachte İkmen. Der Arzt hatte Fatma und Çiçek ermuntert, weiterhin mit Talaat zu sprechen. »Er kann Sie hören«, hatte er gesagt, »Ihre Stimmen werden ihn beruhigen und trösten.« Ein Blick in Orhans Gesicht hatte İkmen verraten, dass sein Sohn anderer Meinung war. Aber er hatte geschwiegen.

Sobald İkmen das Krankenhausgebäude verlassen hatte, schaltete er sein Mobiltelefon ein. Auf der Mailbox war eine neue Nachricht. Die Spurensicherung teilte ihm mit, dass man in Reşad Kurans Wagen Spuren von Blut gefunden hatte. Die Blutgruppe stimmte mit der der Geschwister Akdeniz überein. Das war zwar – noch – kein Beweis, aber İkmen war dennoch froh, dass er seine Mitarbeiter angewiesen hatte, Kuran weiterhin zu beschatten. Er rief Ayşe Farsakoğlu an, um sie über den Stand der Dinge zu informieren.

»Kuran ist noch immer in Akdeniz' Haus«, sagte Ayşe, nachdem İkmen ihr von der neuen Spur berichtet hatte. »Und seine Frau ist auch mittlerweile zurückgekehrt.«

»Allein?«

»Ja. Die drei sind irgendwo da drinnen und treffen vermutlich Vorbereitungen für die Veranstaltung heute Abend.« Mit einem Seufzer fügte sie hinzu: »Das Ganze ist mir völlig unverständlich, Inspektor. Ich meine, Kunst mag ja wichtig sein, aber in einer Situation wie dieser müssten doch die elterlichen Gefühle alles andere überwiegen und den Alltag zum Stillstand bringen. Wenn ich ein Kind hätte, das verschwunden wäre, glaube ich nicht, dass ich auch nur einen Bissen herunterbekäme, geschweige denn eine Aufführung organisieren könnte.«

İkmen rieb sich die blutunterlaufenen Augen. »Ich weiß auch nicht recht«, murmelte er. »Diese Künstler ... diese künstlerische Aussage, die sie anscheinend unbedingt machen müssen ...« Er räusperte sich. »Ist sonst noch irgendwas vorgefallen?«

»Nein, nichts. Im Augenblick ist das Tor geschlossen, und sämtliche Vorhänge sind zugezogen.« İkmen hörte, wie Ayşe sich eine Zigarette anzündete und den Rauch ins Telefon blies. »Ach doch, so eine riesige Zigeunerin hat uns einen Besuch abgestattet.«

»Gonca?«

»Ja.«

»Und was wollte sie?«

»Sie hat mich gefragt, ob ich mir Akdeniz' Aufführung heute Abend ansehe. Und dann hat sie erzählt, das Ganze würde auf Karagöz basieren und so weiter – alles Dinge, die wir bereits wissen.«

»Aha.«

»Sie und Akdeniz haben gelegentlich was miteinander,

glaube ich ... Sie hat mich übrigens gebeten, Ihnen etwas mitzuteilen. Sie sagte, die Lösung des Rätsels um die Geschwister Akdeniz stehe kurz bevor. Sie habe da so einen Traum gehabt«, erklärte Ayşe. »Tut mir Leid, Inspektor, ich weiß ja, dass Sie an diese okkulten Dinge glauben und sie auch selbst nutzen, aber ...«

Doch die Stimme seiner Assistentin drang kaum noch zu İkmen durch. Einen Moment lang wähnte er sich wieder im Haus der Zigeunerin, ging durch den stoffbespannten Flur, betrachtete die bunten Sitzkissen auf dem Boden und die steife Gestalt von Nilüfer Cemal, der verbitterten Keramikkünstlerin, die das eine oder andere über Melih Akdeniz' Philosophie und seine Vergangenheit wusste.

»Ayşe«, unterbrach İkmen seine Mitarbeiterin, »bleiben Sie, wo Sie sind, und behalten Sie Yıldız bei sich.«

»Inspektor?«

»Tun Sie einfach, was ich sage, Ayşe. Ich mache mich sofort auf den Weg zu Ihnen. Bleiben Sie unbedingt auf Ihrem Posten.«

Als er das Gespräch beendete und eine andere Nummer wählte, zitterten İkmens Finger, und sein Herz pochte wild. Wenn das, was ihm gerade durch den Kopf geschossen war, stimmte, brauchte er jemanden, der einen mäßigenden Einfluss auf ihn ausübte, der ihm half, einen Sinn hinter dem zu entdecken, was das Geistesprodukt eines Wahnsinnigen sein musste – jemanden, der ihn davon abhielt, Melih Akdeniz umzubringen.

Krikor Sarkissian entpuppte sich als eine schlankere, ernstere Ausgabe seines Bruders Arto. Der Mediziner hatte sich auf Betäubungsmittelabhängigkeiten und damit zusammenhängende Krankheiten spezialisiert. Ihm gegenüber saß ein Mann, der über seinen Bruder zu ihm gelangt war und wie die meisten seiner Patienten einen sehr nervösen Eindruck machte.

»Hören Sie, Inspektor«, begann Krikor und kritzelte

gedankenverloren auf dem Rand seiner Schreibunterlage herum, »solche Dinge passieren nun mal. Männer lassen sich mit Frauen ein, mit denen sie sich besser nicht einlassen sollten, und Frauen kaufen sich Gigolos zweifelhafter Herkunft. Es hat keinen Zweck, sich selbst dafür zu bestrafen. Sie sollten sich jetzt lieber mit den Konsequenzen beschäftigen.«

»Aber ich habe meine Frau betrogen«, sagte Mehmet Süleyman kläglich.

Krikor Sarkissian war zwar tadellos gekleidet und wirkte äußerst gepflegt, seine Praxis entsprach jedoch nicht Süleymans Erwartungen. Die Suchtberatungsstelle befand sich in einem heruntergekommenen osmanischen Gebäude in einer Seitenstraße der Divanyolu Caddesi und diente als Anlaufstelle für Drogenabhängige, die hier Unterstützung und medizinische Versorgung erhielten. Das mit privaten Spenden finanzierte Zentrum wurde manchmal von übereifrigen Polizisten heimgesucht, die ihre Verhaftungsquote aufbessern wollten, obwohl Çetin İkmen, der Krikor bei der Verwirklichung seines Traums geholfen hatte, alles tat, um solche Aktionen zu verhindern. Für seine Unterstützung war der Mediziner İkmen sehr dankbar, weshalb er Mehmet Süleyman jetzt auch kostenlos beriet.

»Sie werden es Ihrer Frau sagen müssen, um sie zu schützen«, erklärte Krikor. »Ich weiß ja nicht, ob Sie Safer Sex mit ihr praktizieren ...«

»Im Augenblick praktiziere ich überhaupt keinen Sex mit meiner Frau«, erwiderte Süleyman unglücklich. »Wir haben schon seit Monaten nicht mehr miteinander geschlafen. Deshalb ist es ja überhaupt nur zu der Geschichte mit dieser Russin gekommen.«

»Trotzdem werden Sie es ihr sagen müssen, Inspektor.«

»Ich weiß.«

Krikor überflog die Notizen auf seinem Block und meinte: »Ich kann Sie heute auf Hepatitis B untersuchen und den ersten HIV-Test durchführen. Aber mein Bruder hat

Ihnen ja schon erklärt, dass Sie in drei Monaten noch einmal herkommen müssen, unabhängig vom Ergebnis des ersten Tests.«

»Was ist, wenn dieser erste Test negativ ausfällt?«, fragte Süleyman.

»Das wäre ein gutes Zeichen«, sagte Krikor, »aber leider keine endgültige Entwarnung.«

»Im Augenblick gibt es also keine Möglichkeit festzustellen, ob ich HIV-positiv bin oder nicht?«

»Nein, aber wenn das, was Sie mir über dieses Mädchen erzählt haben, stimmt, brauchen Sie sich, glaube ich, keine allzu großen Sorgen zu machen.« Erneut warf er einen Blick auf seine Notizen. »Sie hatte keine offenen Wunden, soweit Sie wissen, und Sie selbst haben auch keinerlei Verletzungen im Genitalbereich.« Er sah Süleyman an. »Ihr Blut müsste mit dem Virus direkt in Berührung gekommen sein. Nach dem, was Sie mir erzählt haben, erscheint mir das unwahrscheinlich.«

»Aber nicht ausgeschlossen.«

»Nein.« Einen Moment lang saßen sie schweigend da. Jetzt, da Süleyman einen Experten aufgesucht hatte, erschien ihm seine Lage nicht mehr ganz so trostlos wie zuvor, auch wenn er sich später einem weiteren HIV-Test würde unterziehen müssen. Es war ein großes Glück, dass Krikor Sarkissian sich bereit erklärt hatte, seinem Arbeitgeber gegenüber Stillschweigen zu bewahren. Insgeheim fragte Süleyman sich, ob er darauf vertrauen konnte, dass Zelfa sich genauso verhielt und nicht in einem Anfall von Wut und Enttäuschung seine Dienststelle informierte.

Krikor lehnte sich zurück und lächelte. »Wissen Sie, Inspektor, die meisten Menschen, bei denen ich einen Aids-Test durchführe, erweisen sich als HIV-negativ. Es ist gar nicht so einfach, sich den Virus einzufangen, solange man nicht regelmäßig in Kontakt mit dem Blut anderer Menschen kommt. Heroinabhängige sind am meisten gefährdet, weil sie gemeinsame Injektionsnadeln benutzen. Ich habe schon HIV-positive Junkies gesehen, die gerade mal zwölf waren.«

Süleyman schüttelte betrübt den Kopf.

»Die meisten stammen aus der ehemaligen Sowjetunion«, fuhr der Mediziner fort. »Viele der Mädchen gehen auf der Straße anschaffen, und ich kriege sie ein- oder zweimal zu sehen, bevor sie wieder verschwinden. Ich glaube, nicht wenige von ihnen werden von ihren Zuhältern oder Freiern umgebracht und landen in irgendeinem Loch. Aber das ist Ihnen wahrscheinlich nicht neu.«

»Mascha, also dieses Mädchen, mit dem ich ... sie kam aus Russland«, sagte Süleyman.

»Ja, das ist die Kehrseite in Ihrem Fall, Inspektor«, sagte Krikor seufzend. »Viele dieser Mädchen sind infiziert. Aber selbst wenn mein Bruder feststellen sollte, dass sie HIV-positiv war, bedeutet das noch nicht, dass Sie es auch sind.«

»Nein.«

Erneut verfielen die beiden Männer in Schweigen, und die ohnehin schon drückende Atmosphäre im Raum wurde noch unerträglicher. Doch Krikor war an diese Art von Reaktion gewöhnt und wusste, dass es nur einen Ausweg gab – nach vorne zu blicken und zu handeln.

»Also, Inspektor, wenn Sie im Augenblick keine weiteren Fragen haben, wäre es jetzt an der Zeit, dass ich Ihnen etwas Blut abnehme, um die Tests durchführen zu können.«

»Ja, natürlich.« In dem Moment ging der Vibrationsalarm von Süleymans Mobiltelefon. »Entschuldigen Sie bitte, Dr. Sarkissian«, sagte er und nahm das Gerät aus der Hosentasche.

»Kein Problem.« Krikor lächelte. Große Männer und ihre kleinen Spielzeuge. Mobiltelefone waren zwar nützlich, aber Süleyman hatte sich abgewandt, um das Gespräch anzunehmen: »Ja, ich bin mir sicher ... Nabaro, ganz bestimmt ... Nein, nein, habe ich nicht ... Sie war nicht da. Ich versuche es gleich noch mal ... Nein ... Nein, wenn ich sie nicht erreiche, treffen wir uns vor Akdeniz' Haus ... Nein, ich ... Ja, in Ordnung, ich sag ihm, dass er auch kommen soll. Ja ... Ja ... Ja ... Okay, bis gleich.«

Das Ganze klang ziemlich hektisch. Als Süleyman sich ihm wieder zuwandte, hob Krikor fragend eine Augenbraue.

»Also, Dr. Sarkissian, ich hoffe, Sie glauben mir, wenn ich Ihnen sage, dass ich das jetzt nicht mache, um mich vor der Blutabnahme zu drücken«, setzte Süleyman an, »aber das war gerade Çetin İkmen, und ...«

»Sie brauchen mir nichts zu erklären«, sagte Krikor mit erhobener Hand. »Ich bin mit Çetin aufgewachsen.«

»Dann wissen Sie also ...«

»... dass man springen muss, sobald er eine seiner Ideen hat? Ja, das weiß ich«, sagte er lächelnd. »Als wir Kinder waren, sind wir manchmal auf Steinmauern herumgeklettert, in Edirnekapı – das war damals noch nicht so ein Hexenkessel wie heute. Jedenfalls turnten wir eines Tages wieder mal vergnügt auf einer dieser sehr solide wirkenden Mauern herum, als Çetin plötzlich die fixe Idee hatte, dass sie gleich einstürzen und uns unter sich begraben würde. Vollkommen außer sich schrie er Arto, seinen Bruder und mich an, wir sollten uns sofort in Sicherheit bringen.«

Süleyman hatte sich inzwischen das Jackett übergestreift und suchte in seinen Taschen nach dem Autoschlüssel. »Lassen Sie mich raten: Die Mauer stürzte tatsächlich ein, richtig, Doktor?«

»Natürlich«, erwiderte Krikor. »Und zwar nur wenige Sekunden, nachdem er uns von dort weggezerrt hatte.«

»Das dachte ich mir. Aber jetzt entschuldigen Sie mich bitte, ich muss wirklich los ...« Und damit öffnete er die Tür und eilte hinaus in den Flur.

»Rufen Sie mich an, wenn Sie Zeit haben, damit wir einen neuen Termin vereinbaren können«, rief Krikor ihm hinterher.

18

Es war bereits sieben Uhr, als İkmen in Balat eintraf. Er hatte Ayşe Farsakoğlu gebeten, ihren Wagen nicht direkt vor dem Akdeniz-Anwesen zu parken, sondern auf einem Stück Brachland hinter der griechischen Jungenschule. Kurz nach seiner Ankunft fuhren Süleyman und Çöktin in Çöktins Toyota vor.

İkmen ging sofort zu Süleyman hinüber: »Unsere Dr. Keyder war nicht da, oder?«

»Nein.«

»Dachte ich mir.«

Als Çöktin den Wagen abgestellt und sich zu den Beamten gesellt hatte, die schweigend um den Inspektor versammelt waren, erklärte İkmen: »Ich habe Sie heute Abend aus einem bestimmten Grund hier zusammenkommen lassen – aus einem ganz bestimmten Grund, den ich Ihnen jetzt aber noch nicht verraten möchte.«

Yıldız und Çöktin, die mit İkmens Methoden noch nicht so vertraut waren wie die anderen, sahen ihn erstaunt an. »Denn, wenn ich es Ihnen sage und sich später herausstellt, dass ich Unrecht hatte«, fuhr İkmen fort, »werden Sie mich alle für verrückt erklären.«

»Nein, ganz bestimmt nicht«, widersprach Çöktin.

İkmen lächelte. »Doch, glauben Sie mir.« Er zündete sich eine Zigarette an und musste heftig husten, ehe er weitersprechen konnte. »Also, ich möchte, dass wir uns Zugang zu Akdeniz' Haus verschaffen, ehe seine Aufführung um acht beginnt.«

»Und wenn er uns nicht reinlässt?«, fragte Süleyman.

»Dann verschaffen wir uns gewaltsam Zutritt.«

»Mit welcher Begründung?«, hakte Süleyman nach. »Soweit ich weiß, ist er selbst Opfer eines Verbrechens. Suchen wir nach etwas Bestimmtem oder ...«

»Überlasst das einfach mir«, erwiderte İkmen.

»Aber ...«

»Auf geht's«, sagte İkmen und machte sich auf den Weg zum Anwesen des Künstlers. »Wir müssen da rein, ehe die Presse oder sonst jemand uns zuvorkommt. Falls ich mit meiner Vermutung richtig liege, werden die anständigen Bürger von Balat Akdeniz in Stücke reißen, wenn sie sehen, was er getan hat.«

Die vier Beamten folgten ihm schweigend. Gewaltsames Eindringen in das Haus eines Verbrechensopfers zählte nicht gerade zu ihren alltäglichen Aufgaben. Und wenn jemand anderes sie aufgefordert hätte, sich an solch einer Aktion zu beteiligen, hätten sie sich schlicht geweigert. Aber da İkmen die Unternehmung leitete, beschlich jeden Einzelnen von ihnen eine düstere Ahnung dessen, was ihnen an diesem Abend in Melih Akdeniz' ockergelbem Haus möglicherweise bevorstand.

Die Häuser in Balat waren für die Ewigkeit gebaut: umgeben von hohen Mauern, mit kunstvoll verzierten Gittern vor allen Fenstern und schweren, eisenverstärkten Holztüren. Die Menschen, die früher hier gewohnt hatten, schätzten keine Überraschungen, denn in ihren Heimatländern Spanien und Portugal waren sie im Mittelalter ständiger Verfolgung ausgesetzt gewesen. Und obwohl das Osmanische Reich tausende Kilometer von den Häschern der Heiligen Inquisition entfernt lag, waren Menschen wie Melih Akdeniz' Vorfahren kein unnötiges Risiko eingegangen.

İkmen stieg die Steinstufen hinauf, die zu der schweren Eingangstür führten, und klopfte. »Herr Akdeniz!«

Sowohl das Klopfgeräusch als auch der Klang seiner Stimme verhallten in den Tiefen des Hauses. İkmen blickte zu Süleyman und Çöktin hinunter, die am Fuße der Treppe stehen geblieben waren. Sie zuckten die Achseln. Farsakoğlu und Yıldız sicherten die Hintertür und den Seiteneingang.

»Herr Akdeniz!«

Minuten verstrichen. Süleyman und Çöktin blickten einander mit hochgezogenen Augenbrauen an und fragten sich, wie lange es wohl dauern würde, solch eine schwere Tür aufzubrechen. »Herr …«

»Wir sind noch nicht fertig! Kommen Sie um acht wieder!«, rief eine leicht schleppende Frauenstimme. Eren.

»Frau Akdeniz, hier ist Inspektor İkmen. Lassen Sie mich bitte herein.«

»Ich habe Ihnen doch gesagt, die Aufführung beginnt erst um acht …«

»Frau Akdeniz, ich bin hier, um Yaşar und Nuray zu sehen. Wollen Sie mich jetzt bitte hereinlassen?«

Eine atemlose Stille folgte seinen Worten, und einen Moment lang schien alles in Zeitlupe abzulaufen. Ein Ausdruck der Verwirrung breitete sich auf den Gesichtern von Süleyman und Çöktin aus; İkmen hielt den Atem an, um auf die kaum wahrnehmbaren Geräusche hinter der Tür zu lauschen – die flache Atmung der offenbar unter Drogen stehenden Frau, das Pochen ihres Herzens.

»Frau Akdeniz«, sagte İkmen langsam, »wenn Sie die Tür nicht öffnen, bin ich gezwungen, sie aufzubrechen.«

»Die Performance …«

»Die Performance ist vorbei, Frau Akdeniz«, unterbrach er sie. »Ihr Mann …«

»Ich muss zu ihm!«

İkmen hörte, wie sich ihre Schritte rasch entfernten, und rief: »Frau Akdeniz!«

Als sie nicht antwortete, drehte er sich um und sagte an Süleyman und Çöktin gewandt: »Wir müssen die Tür aufbrechen.«

»Aber warum?«, fragte Çöktin. »Ich verstehe immer noch nicht ...«

»Weil die verschwundenen Kinder da drin sind«, sagte İkmen, »und ...«

In dem Moment hörten sie ein lautes Klicken aus dem Garten, und plötzlich erstrahlte das gesamte Areal in grellem Licht. Yıldız, der in der Nähe des Gartentors stand, schaute durch einen Spalt hinein. »Da ist eine Lichtquelle, hinter einer Art Leinwand«, rief er.

»Ja, für das Schattenspiel«, sagte İkmen. »Also, wie kriegen wir jetzt diese Tür ...«

Plötzlich zerriss ein Knall die Abendstille.

Zunächst dachten die drei Männer, jemand hätte auf Yıldız geschossen, da er im selben Moment von dem Gartentor zurücktaumelte. Aber ihm war nichts passiert, er hatte nur gesehen, was da drinnen vor sich ging.

»Die ganze Leinwand ist mit Blut bespritzt!«, stammelte er und stolperte weiter rückwärts.

İkmen, Süleyman, Çöktin und Farsakoğlu, die den Schuss ebenfalls gehört hatte, liefen zu Yıldız hinüber.

»Das Tor ist nur durch eine Kette mit einem Vorhängeschloss gesichert«, sagte Yıldız, dessen Gesicht sich mittlerweile grün verfärbt hatte.

Wortlos zog Süleyman seine Pistole aus dem Halfter und zersprengte das Schloss mit einem Schuss.

»Ich weiß zwar nicht, was hier vorgeht, Çetin«, sagte er, während er an der Kette zerrte, »aber ...«

İkmen riss seinen Kollegen unsanft zur Seite. »Da drinnen ist jemand mit einer Waffe!«

Çöktin, Farsakoğlu und Yıldız zückten ihre Dienstpistolen.

»Gebt mir Deckung! Ich stoße das Tor jetzt auf«, rief İkmen.

Am ganzen Körper zitternd trat er vor und drückte die Torflügel nach innen, während gleichzeitig um ihn herum die Sicherungshebel klickten.

Im Garten stand Eren Akdeniz, die Waffe noch in der Hand. Das Licht der starken Lampe, die die blutbespritzte Leinwand von hinten erleuchtete, umgab ihren Kopf wie ein Heiligenschein.

»Legen Sie die Waffe weg, Eren.« İkmens Stimme bebte. Der Ausdruck auf dem Gesicht der Frau war so merkwürdig, dass es ihm schwerfiel, ihn zu deuten.

»Jemand ist verletzt worden«, sagte er. »Lassen Sie uns rein, damit wir helfen können.«

»Er ist tot«, erwiderte sie verträumt.

»Wer ist tot?«

»Melih.«

Im Inneren des Hauses hörte man eine Tür schlagen. Çöktin, der sich hinter den anderen befand, schlich rückwärts aus dem Garten.

»Bitte lassen Sie uns rein, damit wir nach ihm sehen können«, sagte İkmen. »Vielleicht ist ihm noch zu helfen.«

»Er ist tot ...«

»Ich würde mich gerne selbst davon überzeugen, Eren.« İkmen streckte ihr eine Hand entgegen. »Bitte geben Sie mir Ihre Pistole, damit ich sie sichern kann.«

Sie lächelte und reichte ihm die Waffe. Für den Bruchteil einer Sekunde kam ihm ihr Gesicht fast schön vor. Behutsam führte er die Frau, die sich offenbar in einer Art Trance befand, zu einer niedrigen Gartenmauer und gab Ayşe ein Zeichen, sich neben sie zu setzen.

»Hören Sie, Eren«, sagte er leise. »Ich lasse Sie jetzt hier bei Ayşe, während meine Kollegen und ich nachsehen, was wir für Melih noch tun können.«

»Das Werk ist vollbracht«, meinte sie und lächelte glücklich vor sich hin.

İkmen richtete sich wieder auf und schaute zu Süleyman

und Yıldız hinüber. »Ihr Bruder, dieser Kuran, könnte hier noch irgendwo rumlaufen«, sagte er nervös.

»Ja, es scheint jemand im Haus zu sein«, erwiderte Süleyman. »Ich glaube, Çöktin ist schon unterwegs, um nachzusehen. Was ist hier eigentlich los, Çetin?«

Die riesige weiße, nun mit roten Flecken übersäte Leinwand erstreckte sich zwischen zwei Bäumen oberhalb der kleinen Gartentreppe. İkmen setzte einen Fuß auf die erste Stufe und meinte: »Ich fürchte, wir kriegen jetzt den Ort zu sehen, an dem sich Kunst und Wissenschaft vereinen.«

Ehe ihn der Mut verließ, hastete er die restlichen Stufen hinauf und riss die Leinwand mit einem Ruck herunter.

Akdeniz war tot, daran bestand kein Zweifel. Eine Hälfte seines Kopfes hatte sich einfach in Luft aufgelöst. Trotzdem fühlte İkmen nach seinem Puls – das machte man einfach als Polizist. Außerdem erkaufte er sich auf diese Weise ein paar Sekunden Zeit, ehe er sich mit dem beschäftigen musste, was ihn sonst noch hinter der Leinwand erwartete.

Yıldız schob sich an den Karagöz-Puppen vorbei und schaltete das Flutlicht aus.

Aus den Augenwinkeln beobachtete İkmen, wie Süleyman auf eine der traditionellen Figuren zuging und meinte: »Man kann über Akdeniz' Kunst ja sagen, was man will, aber er war ein hervorragender Handwerker. Diese Puppen sind einfach umwerfend.«

İkmen zog sich der Magen zusammen, als er sehr langsam aus der Hocke hochkam und in das Gesicht von Nuray Akdeniz blickte. Das Kostüm erkannte er aus seiner Jugendzeit wieder; alle alten Schattenspieler hatten Frauen auf diese Weise gekleidet. Nuray trug einen bis zum Boden reichenden, roten Mantel, der *ferace* genannt wurde, kleine rote Samtschuhe an den Füßen und auf dem Kopf einen blauen Hut, den *hotoz*. Der feine Schleier, der die untere Hälfte ihres Gesichts bedeckte, diente nicht dazu, die Züge des Mädchens vor İkmens Blicken zu verbergen, denn die Frauen trugen den *yaşmak* beim Karagöz nicht aus Gründen der Tugendhaftigkeit, sondern um die Männer zu necken. In dem Spiel ging es um die Macht der Frauen über die Männer und um die durchsichtige Natur falscher Sittsamkeit. İkmen streckte eine Hand aus und nahm den Saum des Mantels zwischen seine zitternden Finger. Bei näherer Betrachtung erkannte er, dass der Stoff aus roten Designer-Etiketten gefertigt war. Diese Näharbeit musste Akdeniz unendlich viel Zeit gekostet haben – was bedeutete, dass er das Ganze lange im Voraus geplant hatte.

İkmen sah zu Karagöz hinüber, der vor einem auf Kamelhaut gemalten Hamam hockte. Die riesige, penisartige Nase, die an seinem leblosen Gesicht befestigt war, hätte jeden anderen aus der Fassung gebracht, aber İkmen hatte so viele Fotografien gesehen, so viele Bilder studiert …

Von irgendwoher, vermutlich von der griechischen Jungenschule, drang das Schlagen einer Turmuhr zu ihnen herüber. Halb acht, noch dreißig Minuten bis zum geplanten Beginn der Aufführung.

»Ich frage mich, ob er sie tatsächlich selbst angefertigt hat«, sagte Süleyman und betastete einen von Karagöz' Armen. »Nur noch wenige Künstler machen sich heutzutage diese Arbeit.«

»In gewissem Sinne könnte man sagen, dass er sie selbst erschaffen hat«, erwiderte İkmen.

»Aber ich habe sie in Kunst verwandelt«, unterbrach ihn eine Frauenstimme.

İkmen drehte sich um und blickte in den unteren Teil des Gartens, wo sich eine alte Frau vor der reglosen Eren Akdeniz aufgebaut hatte.

»Sind Sie hergekommen, um sich die Vorstellung anzusehen, Dr. Keyder?«, fragte er.

Die Balsamiererin sah an İkmen vorbei in Süleymans erstauntes Gesicht.

»Ich schließe aus Ihrem Gesichtsausdruck, dass Sie den Zusammenhang noch immer nicht hergestellt haben«, sagte sie zu Süleyman und wandte sich dann wieder an İkmen: »Aber Sie haben es verstanden, Herr äh ...?«

»İkmen. Inspektor Çetin İkmen.«

Scheinbar unberührt von Melihs blutüberströmtem Körper stieg sie die Stufen hinauf und strebte auf die beiden Schattenspielfiguren zu. »Und was hat Sie hierher geführt, Inspektor İkmen?«, fragte sie.

İkmen stand vor ihr und versperrte ihr den Weg. »Ich habe nach den Kindern Ihres Freundes Melih Akdeniz gesucht«, erwiderte er. Jetzt, da sich der erste Schock gelegt hatte, spürte er, wie Zorn in ihm aufstieg. Wütend funkelte er sie an. »Ich erfuhr, dass seine Familie ursprünglich Nabaro hieß: Und Sie haben Yaşar und Nuray unter diesem Namen in Ihren Büchern geführt. Haben Sie die Kinder umgebracht, Dr. Keyder? Oder haben Sie nur ihre Leichen einbalsamiert?«

Süleyman riss sich von der Betrachtung der Figuren los und trat neben İkmen. »Was?«

İkmen wandte sich seinem Kollegen zu. »Karagöz und die Dame sind keine Puppen, Mehmet«, sagte er, wobei ihm heiße Tränen der Wut über die Wangen strömten. »Es sind die einbalsamierten Körper von Yaşar und Nuray Akdeniz.«

Süleyman warf einen raschen Blick auf die beiden Gestalten, und dann starrte er die Balsamiererin fassungslos an. Aus der Nähe des ausgeschalteten Flutlichts drang Yıldız' Stimme zu ihnen herüber. »Allah!«, rief er.

»Also, Dr. Keyder?«, zischte İkmen. »Haben Sie nun oder haben Sie nicht?«

Von einem schlurfenden Geräusch am Gartentor abgelenkt, wandte İkmen den Blick in diese Richtung. Çöktin schob den sich sträubenden Reşad Kuran gewaltsam vor sich her. Als der Mann an seiner unverwandt geradeaus starrenden Schwester vorbeikam, rief er: »Sie war es –

Eren! Sie hat Melih umgebracht! Sie ist vollkommen übergeschnappt!«

»Halten Sie ihn dort drüben fest«, befahl İkmen Çöktin und wandte sich an Farsakoğlu: »Schließen Sie bitte das Tor, Ayşe. Wir wollen doch nicht, dass noch irgendjemand anderes Zutritt zu dieser ›Performance‹ erhält. Und fordern Sie bitte Verstärkung an.« Angewidert blickte er sich in dem wunderschönen Garten um. »Wir müssen hier dringend sauber machen.«

»Falls Sie vorhaben, meine Ausstellungsstücke zu entfernen«, setzte Dr. Keyder an, »dann will ich …«

»Es steht Ihnen nicht zu, irgendetwas zu wollen!«, brüllte İkmen sie an.

»Ich erwecke die Toten wieder zum Leben!«, konterte sie grimmig. »Ich arbeite hart, um ihre Seelen wieder mit ihrem Körper zu verbinden, genau wie Ara! Ich bin der einzige Mensch auf der Welt …«

»Das waren noch Kinder!«, sagte İkmen und deutete mit einer Hand auf die beiden Karagöz-Figuren. »Menschliche Wesen!«

»Aber jetzt sind sie schimmernde Sonnen!«

Alle Blicke richteten sich auf Eren Akdeniz. Sie war aufgestanden und blickte geistesabwesend und leicht schwankend zum noch hellen Horizont.

»Meine Kinder sind unsterblich«, sagte sie lächelnd, »sie stellen für alle Zeiten eine künstlerische Aussage dar. Tod und Zerfall können voneinander getrennt werden. Kunst und Wissenschaft haben sich miteinander verbunden, um Schönheit hervorzubringen – in diesem Fall in Gestalt des unsterblichen Narren Karagöz und seiner Frau.« Sie blickte auf den am Boden ausgestreckten Leichnam ihres Mannes und runzelte die Stirn. »Melih verkörperte das Gegenteil dieser Aussage – den Tod zu Lebzeiten«, fuhr sie düster fort. »Die Fliegen haben sich bereits die Reste von dem geholt, was der Krebs noch nicht zerfressen hat.«

»War das der Moment, als die Entscheidung fiel, die

Kinder zu töten?«, fragte İkmen sanft, um ihre Auskunftsfreude nicht im Keim zu ersticken.

»Leben, das man geschaffen hat, in Kunst zu verwandeln«, fuhr sie fort, »ist die ultimative künstlerische Aussage. Melih hat den Kindern Gift gegeben. Das wird nicht zu übertreffen sein, sagte er, kein Künstler auf diesem Planeten kann es jetzt noch mit mir aufnehmen ...«

Stille breitete sich im Garten aus. Von der Straße drangen Stimmen herein, jemand klopfte an die schwere Haustür. Unter denen, die Einlass begehrten, waren auch Gonca und eine Gruppe elegant gekleideter Damen. Das paillettenbesetzte Kleid der Zigeunerin schimmerte in der Abenddämmerung, während sie auf die reglosen Wasser des Goldenen Horns hinunterschaute. Wie viele Jahrhunderte hatten Juden und Zigeuner diesen Anblick geteilt? Sie würde ihn mit ihrem Juden nun nicht mehr teilen können. In ihrer Seele hatte sich ein Loch aufgetan, ein winzig kleines Loch, und sie wusste, dass Melih von ihnen gegangen war. Jemand hatte einen Schuss abgefeuert – Eren, die arme Irre, hatte ihrer jahrelangen Demütigung endlich ein Ende gesetzt.

Der Polizist İkmen war jetzt da drin – das Hexenkind. Er würde für Gerechtigkeit sorgen, egal, was geschehen war. Im Gegensatz zu Melih, der dieses fatale Karagöz-Spiel geplant hatte, würde İkmen, der Gaukler, der töricht wirkende Magier des Tarot, letztlich alle Fäden zusammenführen. Zu gegebener Zeit würde er bei ihr vorbeischauen, dachte sie, während sie langsam den Hügel zu ihrem farbenfrohen Haus hinunterstieg. Er würde ihr von den Ereignissen erzählen, soweit es ihm möglich war; er mochte sie, und wenn sie die richtigen Beschwörungsformeln sprach, würde er vielleicht sogar diesen blutjungen, attraktiven Beamten mitbringen. Aber ob er ihn nun mitbrachte oder nicht – es würde nichts an dem ändern, was geschrieben stand. Sie würde diesen Jungen zum Mann machen, weil sie es im tiefsten Inneren ihrer Seele gesehen hatte, dort, wo İkmen gesehen hatte, wie die Geschwister Akdeniz vom Turm hinabfielen in die Hölle. Noch immer kämpften die Kinder; ihr Leiden war noch nicht beendet, aber sie wusste, dass es bald vorüber sein würde. Sobald man sie der Erde zurückgegeben hatte, würden sie Ruhe finden. Die Natur würde ihren Lauf nehmen, wie sie es letztlich immer tat.

Als sie die letzten Stufen hinunterstieg, hörte Gonca, wie drei Streifenwagen vor dem großen, ockergelben Haus vorfuhren. Doch sie drehte sich nicht um. Dort herrschte der Tod, aber weiter unten, am Fuße des Hügels, wartete das Leben. Anstatt den jungen Wachtmeister mit in ihr Bett zu nehmen, würde sie sich heute vielleicht einmal wieder ihrem Ehemann anbieten, dachte sie und lächelte.

19

Dr. Yeşim Keyder saß kerzengerade an dem Tisch in Vernehmungsraum 3, eine große Lederhandtasche auf den Knien.

»Sie haben die Leichname der Kinder an dem besagten Freitagabend in Empfang genommen, nicht wahr?«, fragte İkmen. Er und Süleyman saßen der alten Frau in dem drückend heißen Raum gegenüber und rauchten eine Zigarette nach der anderen.

»Man erhält wesentlich bessere Ergebnisse, wenn der Leichnam noch frisch ist«, erklärte sie in sachlichem Ton. »Melih wollte, dass seine Objekte den Grad an Perfektion aufwiesen, den er auf Fotografien von Evita gesehen hatte. Er bestand darauf, den Kindern das Gift zu Hause zu verabreichen – er hätte das auch bei mir tun können, aber er wollte sie nicht beunruhigen.«

»Wie aufmerksam von ihm«, sagte Süleyman kaum hörbar.

»Und anschließend hat Reşad Kuran die Kinder zu Ihnen gebracht?«, fragte İkmen weiter.

»Ja. Reşad arbeitet schon seit ein paar Jahren für mich …«

»Als Leichenlieferant?«

»Dinge zu transportieren ist nun mal sein Beruf«, sagte sie achselzuckend. »Ich nutze seine Dienste für die Anlieferung und den Abtransport von Leichen, was gibt es dagegen einzuwenden? Natürlich wusste ich lange Zeit nicht, dass er Melihs Schwager ist. Außerdem war mir nicht klar, dass es eine verwandtschaftliche Beziehung zwischen Melih und dem Ehepaar Moris und Zelda Nabaro gab. Erst als ich vor einigen Jahren begann, seine Kunstwerke zu sammeln, erfuhr ich, dass Zelda, mit der ich aufgewachsen bin, Melihs Mutter war.« Sie lächelte. »Ich habe seine Arbeiten schon immer gemocht. Er hat einen typisch jüdischen Stil – vieles basiert auf der Kabbala, einschließlich dem Tarot, und das passt zu meiner Vergangenheit.«

»Hat Reşad Kuran den Kontakt zwischen Ihnen und Melih Akdeniz hergestellt?«

Yeşim Keyder schien amüsiert zu sein über İkmens tonlose Grabesstimme und lachte. »Sie tun ja so, als wären wir einander nur begegnet, um an seinem Karagöz-Projekt zu arbeiten.«

»In dessen Verlauf Sie seine Kinder umbrachten.«

»Nein. Nein, ich habe die Kinder nicht umgebracht, Inspektor«, erwiderte sie, plötzlich wieder mit finsterer Miene. »Wenn Sie sich bitte erinnern wollen: Das hat Melih selbst getan. Es war Teil seiner künstlerischen Aussage. Wenn ich oder jemand anderes, der keine direkte Verbindung zu ihnen hatte, die Kinder getötet hätte, wären damit keine neuen Maßstäbe gesetzt worden. Abgesehen vom künstlerischen Wert meiner eigenen Arbeit hätte es den Objekten an einer neuen philosophischen Dimension gefehlt.«

»Sie glauben wirklich, dass das Töten von Kindern, das Einbalsamieren ihrer Leichname und ihre Verwendung als Puppen in einer Karagöz-Aufführung Kunst ist?«, fragte Süleyman fassungslos.

»In der Kunst dreht sich alles um die Aussage«, erwiderte Dr. Keyder hochmütig. »In kabbalistischer Hinsicht war Melih der kosmische Gaukler, die Karagöz-Figur, wenn Sie so wollen, und ruhte im Zentrum dieses magischen Systems: Leben schaffen und es wieder nehmen – Leben, dem er und ich dann Unsterblichkeit verliehen. Evita war Dr. Aras künstlerische Aussage. Mit ihr hat er der Welt gezeigt, dass es möglich ist, die Lebenskraft an einen perfekt präparierten Körper zu binden. Pedro beschrieb sie als ›schimmernde Sonne‹, als ein Objekt ruhmreicher Unsterblichkeit. Aber mit meiner Arbeit an den Geschwistern Akdeniz bin ich noch einen Schritt weitergegangen …«

»Ich dachte immer, der kosmische Gaukler wäre eine ausgleichende Kraft«, warf İkmen ein.

»Dr. Keyder«, unterbrach Süleyman, »haben Sie, vielleicht unter Anleitung von Pedro Ara, jemals sexuelle Handlungen an einem Leichnam vorgenommen?«

»Können wir bitte beim Fall Akdeniz bleiben?«, fragte İkmen.

Er war jetzt sehr erschöpft, ausgelaugt von dem Wahnsinn und der Tragödie um die beiden getöteten Kinder und besorgt um Fatma und Talaat, dem niemand mehr helfen konnte und der das verdiente, was Yaşar und Nuray verweigert worden war – in Würde zu sterben.

»Die Kinder wurden am Freitag gegen Mitternacht in meinem Laboratorium angeliefert«, fuhr Dr. Keyder in geschäftsmäßigem Ton fort. »Ich habe sofort mit der Arbeit begonnen. Als Erstes habe ich eine vierprozentige Formaldehydlösung mit Hilfe einer Schwerkraftinfusion verabreicht …«

»Dr. Keyder, wir brauchen jetzt keine detaillierte Beschreibung Ihres Handwerks«, sagte İkmen scharf. Er hatte den Eindruck, als ziehe sie aus der Beschreibung des Verfahrens eine Art Befriedigung. »Herr Kuran hat die Opfer zu Ihnen gebracht, Sie haben sie konserviert und …«

»Melih war todkrank, wie Sie ja sicher wissen; er hatte Krebs im Endstadium«, sagte sie. »Die Karagöz-Aufführung sollte die Krönung seiner Karriere werden, seine ultimative aufrüttelnde künstlerische Aussage. Nach der Anlieferung der Leichname habe ich mehrere Tage hart gearbeitet. Ich habe mich in meinem Haus eingeschlossen, um durch nichts abgelenkt zu werden. Meinen Nachbarn habe ich gesagt, ich würde verreisen. Aber ich hätte eine wesentlich bessere Arbeit abliefern können, wenn ich mehr Zeit gehabt hätte. Das habe ich Melih auch gesagt. Doch durch die Ermittlungen rund um das Verschwinden der Kinder plus Rositas Tod und die vielen Fragen zu Miguel sowie meine sonstigen ärztlichen Verpflichtungen …«

»Die Konservierung der Mütter russischer Mafiosi …«

»Die Identität meiner Kunden ist allein meine Sache«, fuhr sie ihn an.

»Mit Ausnahme der Nabaros«, sagte Süleyman.

»Woher sollte ich wissen, dass der Name von den Toten wiederauferstehen würde?«, erwiderte sie verärgert. »Melih hatte ihn schon vor Jahren abgelegt. Ich konnte doch nicht ahnen, dass Sie eine Verbindung zu den Ermittlungen im Fall der verschwundenen Kinder hergestellt hatten.«

»Ist Ihnen ein Mann namens Rostow bekannt?«, fuhr Süleyman fort. »Waleri Rostow?«

»Ich weiß nicht …«

»Er sagt, er kennt Sie.«

»Yaşar und Nuray waren nicht in Ihrem Laboratorium, als Inspektor Süleyman Sie heute Morgen aufgesucht hat«, sagte İkmen in dem Bemühen, das Gespräch wieder auf den Fall Akdeniz zu lenken. »Wann wurden die Leichen der Kinder fortgebracht?«

»Gestern Abend, nach dem Gespräch mit Ihnen im Leichenschauhaus.« Sie schaute Süleyman an. »Ich wusste, dass ich Reşad nicht damit beauftragen konnte; Melih hatte mir von seinen Problemen mit der Polizei erzählt. Deshalb habe ich einen meiner Kunden gebeten, mir zu helfen.«

»Der Wagen, der heute Morgen auf dem Anwesen von Akdeniz gesehen wurde«, sagte İkmen.

»Ja.«

Süleyman räusperte sich. »Wer hat den Wagen gefahren, Dr. Keyder?«

»Jemand vollkommen Unbeteiligtes«, erwiderte sie. »Ein Ausländer.«

»Ein Russe.«

»Ein Ausländer, ja«, sagte sie lächelnd.

»Und trotzdem: Wenn Sie sich nicht als rechtmäßige ›Besitzerin‹ von Miguel Arancibias Leichnam zu erkennen gegeben hätten, säßen wir jetzt nicht in diesem Raum«, sagte Süleyman, »und Sie sähen sich nicht mit mehreren schweren Anklagepunkten konfrontiert. Warum haben Sie das getan, Dr. Keyder? Warum sind Sie mit diesem sonderbaren Spanier im Leichenschauhaus aufgetaucht?«

»Orontes?« Yeşim Keyder lachte. »Als ich ihn zum ersten Mal sah, versuchte er gerade, in die Wohnung meines Bruders einzubrechen. Er dachte, er würde dort möglicherweise etwas von Dr. Aras Balsamiermittel finden.«

»Und, hatte er Recht?«

»Nein«, sagte sie ernst. »Das Präparat stelle ich nur in kleinen Mengen her, und in Rositas Wohnung war nichts mehr, das wusste ich.« Sie blickte auf ihre Handtasche hinunter.

»Ich habe Orontes für meine eigenen Zwecke angeheuert. Aber ich musste Anspruch auf Miguel erheben, damit er zusammen mit Rosita beerdigt werden kann. Denn sonst könnte ich Velis Wohnung nicht übernehmen.«

»Aber bei Ihrer Kundschaft und Ihrem *yalı*, da brauchen Sie doch nicht noch eine Wohnung in Kuloğlu?«, fragte Süleyman.

Wütend funkelte sie ihn an. »Sind Sie jemals arm gewesen, Inspektor?«

Süleyman zuckte nicht mit der Wimper.

»Nein, das dachte ich mir«, sagte sie verächtlich. »Ich dagegen schon. Veli und ich haben Tag und Nacht gearbeitet, um aus Balat rauszukommen. Mein Bruder war ein hervorragender Wissenschaftler, wurde hier jedoch nicht gebührend gewürdigt, deshalb sind wir nach Südamerika gegangen. Damals lebten viele Juden in Buenos Aires.

Mein Bruder machte rasch Karriere, und wir erhielten Zugang zu den engsten Kreisen um Perón. Ich lernte Dr. Ara kennen und schreckte nicht zurück, als er mir von seinem Beruf erzählte – für eine Frau höchst ungewöhnlich, wie er zu sagen pflegte. Das gefiel ihm wohl, und deshalb zeigte er mir seine Arbeit, seine perfekt präparierte Ballerina, die mitten in der Drehung erstarrt zu sein schien, ein Werk von unvergänglicher Schönheit. Später habe ich selbst ebenfalls solch ein Kunstwerk geschaffen, auch eine Tänzerin …« Sie lächelte. »Wissen Sie, Dr. Ara war wie ein Gott, durchdrungen von der Macht der Ewigkeit. Durch ihn fand ich nicht nur einen Zugang zur Unsterblichkeit, sondern auch einen Weg, um sicherzustellen, dass ich nie wieder arm sein würde.«

Süleyman wollte sie gerade unterbrechen, doch İkmen hielt ihn mit erhobener Hand davon ab.

Yeşim Keyder, die mit ihren Gedanken nun weit weg zu sein schien, fuhr unbekümmert fort: »Er ließ mich an Miguels Balsamierung mitarbeiten. Es war einfach faszinierend.« Sie seufzte. »Aber dann wurde Perón gestürzt, und Veli und mir blieb nichts anderes übrig, als zusammen mit Rosita in die Türkei zurückzukehren. Miguel nahmen wir ebenfalls mit, damit ich ihn weiterhin konservieren konnte. Aber wir hatten überhaupt kein Geld. Veli fand eine schlecht bezahlte Anstellung bei einem Ministerium. Wir wohnten alle zusammen in einem winzigen Raum … Und dann kam Rosita eines Tages aus der Kirche zurück und erzählte mir von einer alten Dame, die ihren verstorbenen Mann einbalsamieren lassen wollte, sich aber die exorbitanten Preise der griechischen und armenischen Bestatter nicht leisten konnte.« Sie schaute hoch. »Von da an wusste ich, wie ich Geld verdienen konnte – Geld, mit dem ich später die berühmten Forschungen meines Bruders finanziert habe. Ich kümmerte mich um Miguel und Rosita. Und um Ihre Frage zu beantworten: Nein, ich brauche die Wohnung in Kuloğlu jetzt nicht, aber vielleicht werde ich eines Tages darauf angewiesen sein, wer weiß? Außerdem steht mir die Wohnung zu; ich habe sie mir verdient.«

İkmen dachte einen Augenblick schweigend nach. In gewisser Weise erschien es ihm äußerst passend, dass Dr. Keyder so auf ihr Eigentum fixiert war. Ihr ganzes Leben drehte sich um die Konservierung von Dingen oder darum, sich an alles zu klammern, was ihr gehörte, wie etwa diese Wohnung. Pure Selbstsucht. Die Toten nicht gehen zu lassen war selbstsüchtig. Mit aller Macht an ihnen festzuhalten, erschien İkmen wie ein Akt der Schändung. Vielleicht entsprang der alte türkische Glaube, dass die Seele eines Verstorbenen so lange Qualen litt, bis der Körper begraben war, eher einer praktischen Erwägung als reinem Aberglauben. Vielleicht ging er ja ursprünglich auf das Bestreben gelehrter Männer zurück, die Toten weiterziehen zu lassen – und so zu verhindern, dass ihr Fall von dem vom Blitz getroffenen Turm hinausgezögert und ihre Seelenqualen verlängert wurden.

»Sie werden der Begünstigung und der Beihilfe zum Mord angeklagt werden«, sagte İkmen matt, »aber angesichts der Tatsache, dass Melih Akdeniz' ›Performance‹ sowieso in aller Öffentlichkeit stattfinden sollte, gehe ich davon aus, dass Sie diese Möglichkeit von Anfang an einkalkuliert haben.«

»Selbstverständlich«, erwiderte sie mit gerümpfter Nase. »Ich habe viel zu lange im Verborgenen gearbeitet. Ich bin alt; die Welt muss von meinem Genie erfahren, bevor ich sterbe. Abgesehen davon habe ich die Kinder nicht getötet, ich habe nichts ...«

»Aber Sie wussten, was Akdeniz vorhatte!«, brüllte İkmen.

»Natürlich, genauso wie ich wusste, dass er sich vor den Augen der Presse erschießen wollte ...«

»Sie wussten also, dass ein Verbrechen bereits begangen worden war und dass ein Selbstmord stattfinden würde, und dennoch haben Sie niemanden davon in Kenntnis gesetzt?«

»Ja.«

»Dann müssen Sie Ihren Teil der Verantwortung für diese drei Todesfälle tragen!« Mit vor Wut und Erschöpfung zitternden Fingern fuhr İkmen sich durchs Haar. »Sie sind schlecht, Dr. Keyder, genau wie Melih Akdeniz. Dieser kranken Leidenschaft, die Sie für Ihre Arbeit empfinden, opfern Sie sogar Menschenleben.«

»Das Einbalsamieren, so wie ich es von Dr. Ara gelernt habe, ist keine Arbeit«, erwiderte Dr. Keyder verächtlich, »sondern eine magische Kunst. Melih wusste das. Und selbst dieser erfahrene christliche Pathologe Sarkissian war überwältigt von Miguels Anblick.«

»Vielleicht in wissenschaftlicher Hinsicht«, sagte Süleyman, »doch was Dr. Sarkissian sah, gefiel ihm nicht.«

»Kunst will nicht gefallen!«, lachte Dr. Keyder freudlos auf. »Kunst will Menschen zum Nachdenken bringen; sie will Dinge ausdrücken, die wir alle empfinden, uns aber nicht auszusprechen trauen. Niemand möchte, dass ein geliebter Mensch stirbt, und niemand möchte selbst sterben. Meine Kunst versucht, diesen Wunsch zum Ausdruck zu bringen und – da Dr. Ara mir beigebracht hat, wie man die Lebenskraft eines Objekts bewahrt – eine mystische Verbindung zum Verstorbenen wiederherzustellen. Jeder Körper ist ein einzigartiges Kunstwerk. Melihs Tod oder meine Inhaftierung haben keinerlei Bedeutung, gemessen an der Möglichkeit, eine derart überwältigende künstlerische Aussage zu machen. Und dazu kommt für mich, dass ich endlich meine unvergleichlichen Fähigkeiten der Welt präsentieren kann.«

İkmen schüttelte nur ungläubig den Kopf. Dann sagte er: »Ich kann mir das nicht mehr länger anhören. Bringen Sie sie in die Zelle, Wachtmeister.«

Alle Anwesenden gingen davon aus, dass Dr. Keyder sich entweder widersetzen oder weiter über ihre Arbeit sprechen würde. Doch das tat sie nicht, stattdessen sah sie schweigend zu, wie der Wachtmeister ihr Handschellen anlegte, und ließ sich aus dem Raum führen. Sobald sich die Tür hinter ihr geschlossen hatte, tippte İkmen eine Nummer in sein Mobiltelefon und stützte den Kopf in die Hände, während er darauf wartete, dass jemand dranging.

Ayşe Farsakoğlu stand im Korridor vor einer der Zellen, als İsak Çöktin und ein weiterer Beamter sich mit Reşad Kuran näherten. Nachdem sie den Schwager des Künstlers ohne ein Wort in eine der heißen, stickigen Zellen eingeschlossen hatten, schlenderte Çöktin zu ihr hinüber.

»Wie geht's dir?«, fragte er. Sie war sehr bleich, und ihre geröteten Augen wirkten glasig. Die Entdeckung der Leichen von Yaşar und Nuray hatte sie alle sehr mitgenommen – was man diesen Kindern angetan hatte, war so bizarr, das Motiv dahinter so verrückt, dass niemand es richtig begreifen konnte.

»Du weißt, dass Inspektor İkmen im Hinblick auf die Kinder eine seiner Ahnungen hatte?«, fragte sie, holte ein Päckchen Zigaretten aus ihrer Handtasche und hielt es Çöktin hin.

Çöktin nickte, nahm sich eine Zigarette aus der Packung und gab erst ihr, dann sich selbst Feuer. »Was machst du hier unten?«

»Ich habe gerade Eren Akdeniz für die Nacht eingeschlossen«, erwiderte sie. »Sie hat mir erzählt, sie habe ihren Ehemann umgebracht, weil er es ihr befohlen habe.«

»Wie bitte?«

Ayşe zog an ihrer Zigarette, ehe sie antwortete. »Sie meinte, nachdem Melih von ihr erfahren hatte, dass wir vor dem Tor standen und Inspektor İkmen wusste, dass die beiden Kinder im Haus waren, habe er ihr befohlen, ihn zu erschießen.«

Çöktin runzelte die Stirn. »Aber hatte Akdeniz dich nicht zu seiner Performance eingeladen?«

»Doch.« Ayşe schaute ihm in die Augen und schüttelte den Kopf, als könne sie es selbst nicht glauben. »Offenbar sollte seine letzte künstlerische Aussage von vornherein darin bestehen, dass er sich selbst erschoss – am Ende der Performance, zwischen den beiden Kindern stehend. Durch unser frühes Eintreffen haben wir sein Tableau zerstört. Kindsmord und Selbstmord als Kunst. Außerdem hat sie noch so ein wirres Zeug geredet über den Gegensatz zwischen Melihs verrottendem Körper und den einbalsamierten Leichnamen der Kinder – irgendwas über Zerfall versus Beständigkeit.« Tränen stiegen ihr in die Augen. »Sie muss vollkommen verrückt sein.«

»Ich weiß es nicht«, meinte Çöktin achselzuckend, »aber vorstellen könnte ich es mir. Rein rechtlich hängt das vom Urteil des Psychiaters ab. Hast du Dr. Sadri benachrichtigt?«

Gemeinsam gingen sie den Korridor entlang.

»Ja«, erwiderte sie, »er kommt morgen früh vorbei.«

»Muss sie bis dahin nicht sediert werden?«, fragte Çöktin und deutete mit dem Kopf zurück in Richtung der trostlosen Zellen.

»Nein.« Ayşe seufzte. »Auf irgendeine seltsame Weise scheint sie recht glücklich zu sein.«

»Weil ihr Mann und ihre Kleinen nun zusammen im Paradies sind?«, fragte Çöktin bissig. Es war nicht das erste Mal, dass er Menschen wie Eren begegnete, die ihre Angehörigen umbrachten, um sie im Himmel vereint zu wissen.

»Nein«, antwortete Ayşe, »sondern weil der künstlerische Akt, die Aussage, wie sie es nennt, nun vollendet ist. Unsere Fotografen haben Hunderte Fotos von der Performance geschossen; sie wurde als Verbrechen dokumentiert, als Pressenotiz und – zumindest sieht Eren das so – als Kunstwerk. Und weil wir alles dokumentiert haben, wird dieses Event ewig leben.« Erneut schüttelte Ayşe den Kopf. »Im Grunde haben wir Melih Akdeniz und seiner Frau sogar noch geholfen. Wir hatten zwar keine andere Wahl, aber wenn ich es richtig sehe, sind auch wir Teil der Performance – verstehst du, was ich meine?«

Çöktin verstand fast nichts mehr von dem, was sie erzählte, doch er legte ihr eine Hand auf die Schulter, um sie zu beruhigen.

»Glaubst du, dass so etwas wirklich Kunst sein kann, İsak?«, fragte sie und schaute ihm in die leuchtend blauen Augen. »Kann etwas Kunst sein, das Menschen verletzt? Kann wirklich alles, was der Künstler will, Kunst sein?«

Çöktin wusste darauf keine Antwort. Kunst war für ihn das obligatorische Atatürk-Standbild auf jedem türkischen Marktplatz, die elegante, hoch aufragende Kuppel der Süleymaniye-Moschee und sogar das Gemälde von dem Hirsch an einem schottischen See, das im Wohnzimmer seiner Mutter hing. Für ihn war Kunst etwas, das den Leuten gefallen musste.

»Lass uns irgendwo ein Bier trinken«, sagte er, während er sie die Treppen hinaufführte, weg von den Zellen.

»Ja, aber …«

»Und lass uns über irgendwas Banales reden – über's Fernsehen zum Beispiel. Hör auf zu grübeln, Ayşe«, meinte er ernst, »es war ein langer, sehr sonderbarer Abend. Wir haben eine Reise ins Land der Kranken gemacht, und jetzt müssen wir erst mal wieder gesund werden.«

Sie hatten sich nie sonderlich nahe gestanden – genau genommen bezweifelte Çöktin, dass man Ayşe Farsakoğlu in jeder Hinsicht trauen konnte. Außerdem hielt er sie für eine ziemlich arrogante Frau. Aber am diesem Abend wischte er das alles beiseite und ging mit ihr zusammen etwas trinken.

Arto Sarkissian war es nicht gewohnt, dass man ihn bei der Arbeit störte; einmal begonnene Obduktionen sollten seiner Meinung nach ohne Unterbrechung zu Ende geführt werden. Doch in Anbetracht der Tatsache, dass es sich bei dem Störenfried um Polizeipräsident Ardiç persönlich handelte, blieb ihm nichts anderes übrig, als die Arbeit ruhen zu lassen und in sein Büro zu gehen.

»Guten Abend, Herr Polizeipräsident«, begrüßte er Ardiç mit ausgestreckter Hand – wohl wissend, dass sein Gegenüber davon ausgehen musste, dass dieselbe Hand gerade noch in einem Leichnam gesteckt hatte. Ardiçs Gesichtsausdruck bestätigte seine Vermutung.

»Diese Mumien, oder wie immer Sie sie nennen, und der Künstler aus Balat sind also jetzt hier im Gebäude?«, fragte Ardiç, während er sich mühsam in den Sessel zwängte, der vor Artos Schreibtisch stand.

»Ja«, erwiderte der Armenier. »Bis jetzt konnte ich mir die Leichen aber nur von außen ansehen. Ich arbeite zurzeit an einem Fall, bei dem es sich um einen weiblichen Selbstmord handeln dürfte …«

»Eine scheußliche Sache!«

»Selbstmord ist immer scheußlich«, stimmte Arto zu und setzte sich.

»Ich meine die Mumien!« Ardiç schüttelte nachdenklich den Kopf. »Dass jemand annehmen kann, Mord und dieses widerwärtige Einbalsamieren seien Kunst, geht über meinen Verstand. İkmen zermartert sich natürlich das Gehirn auf der Suche nach einer tieferen Bedeutung des Ganzen, aber das macht er ja immer.«

Arto lächelte. Egal wie sehr seinen Freund die Akte der Gewalt und des Hasses, denen er immer wieder begegnete, auch abstießen – er versuchte stets, irgendeinen Sinn darin zu entdecken. Ein Mord geschieht nicht ohne Grund, lautete seine Devise, selbst wenn dieser Grund nicht im Reich der Realität zu finden ist.

»Also, wann können Sie mit der Arbeit an den Geschwistern Akdeniz beginnen, Doktor?«, fragte Ardiç.

»Morgen früh.« Es war schon spät, und er und seine Assistenten waren müde.

Ardiç nickte ernst. »Aha.«

»Ist das ein Problem?«

»Nein«, erwiderte der Polizeipräsident und sah ihn durchdringend an. »Nein, überhaupt nicht. Ich fürchte nur, ich muss Sie warnen, Doktor. Es könnte sein, dass Sie in nächster Zeit noch mehr von diesen Leichnamen zu Gesicht bekommen.«

»Von diesen einbalsamierten?«

»Möglicherweise.«

Arto erinnerte sich, dass Süleyman ihm etwas über die angebliche Vorliebe russischer Gangster für das Konservieren ihrer toten Angehörigen erzählt hatte. Doch natürlich erwähnte er dies Ardiç gegenüber mit keinem Wort, denn er war sich der Tatsache bewusst, dass es nicht gerne gesehen wurde, wenn er von einem ranghohen Beamten derartige Informationen erhielt, obwohl er selbst für die Polizei arbeitete.

»Ich habe Sie aufgesucht, weil ich der Meinung bin, dass Sie das wissen sollten«, fuhr Ardiç fort. »Die Untersuchung solcher Leichen muss besonders abscheulich sein.«

»Nun ja, wenn man sie mit Ertrunkenen oder Verbrannten vergleicht …«

»Es ist abscheulich!«, brauste Ardiç auf. »Die Toten nicht zu begraben! So etwas ist unnatürlich! Was glauben diese Menschen eigentlich, wer sie sind? Was tun sie nur mit den Körpern? Ich wage es mir gar nicht auszumalen.«

Offensichtlich hatte der Polizeipräsident in seinem Eifer vergessen, dass sein Gegenüber auch einer Gesellschaft entstammte, in der die Konservierung von Toten als völlig normal galt, dachte Arto. Für ihn, den Pathologen, waren die Schwierigkeiten eher fachlicher Natur – bei einbalsamierten Leichnamen ließ sich die Todesursache nur sehr schwer feststellen.

»Ganz egal, was wir glauben«, sagte Ardiç, nun wieder ruhiger, »für Sie und Ihre Mitarbeiter wäre es am vernünftigsten, sich auf einen größeren Zustrom einzustellen.«

»Ah ja …«

»Ich kann Ihnen natürlich noch keine Details nennen«, fuhr Ardiç mit erhobener Hand fort, »aber ich empfehle Ihnen, noch heute Abend entsprechende Vorkehrungen zu treffen.«

Offensichtlich war der Polizeipräsident fest entschlossen, weitere einbalsamierte Leichen zu finden, und da Arto nur von einer Verbindung zur Russenmafia wusste, würde es sich wahrscheinlich genau darum handeln. Russische Mafiosi. Gefährliche Leute. Er fragte sich, ob İkmen oder Süleyman an der Aktion beteiligt waren, doch auch diesmal behielt er seine Gedanken für sich – er wusste, dass er weder Ardiç noch seine Freunde danach fragen sollte. Abgesehen davon war es bereits nach Mitternacht, und selbst wenn einer der beiden noch nicht im Bett lag, so würde er vollauf beschäftigt sein – entweder mit den Akdeniz-Morden oder, in İkmens Fall, mit der Familie. Vor ein paar Stunden hatte Arto bei İkmen zu Hause angerufen und mit Bülent gesprochen, einem der Söhne seines Freundes. Der Junge hatte ihm erzählt, dass Çetins Schwager Talaat ins Krankenhaus eingeliefert worden war. Der arme, gelbhäutige Talaat – jetzt nahte wohl die Stunde seines Todes …

Als İkmen gegen ein Uhr dreißig seine Wohnung betrat, brannte dort noch überall Licht. Die jüngeren Kinder lagen zwar schon längst im Bett, doch die älteren Geschwister hatten sich, mit Ausnahme des Ältesten, Sınan, im Wohnzimmer versammelt. Berekiah Cohen war ebenfalls anwesend; er saß direkt neben Hülya.

Nach einem kurzen Blick in die Runde fragte İkmen: »Wo ist eure Mutter?«

»Immer noch im Krankenhaus«, erwiderte Çiçek. »Sie hat sich geweigert mitzukommen. Wir sind auch erst seit ein paar Minuten zurück.« Sie ging zu ihrem Vater hinüber und küsste ihn auf die Wange. »Möchtest du einen Tee?«

»Gern«, sagte er lächelnd. »Ich weiß es sehr zu schätzen, dass ihr alle eure Mutter so unterstützt.«

»Sınan wäre sicher auch gekommen, wenn er in der Stadt wäre«, meinte Orhan.

»Ich habe ihn vorhin angerufen und kurz mit ihm gesprochen«, sagte İkmen und ließ sich erschöpft in einen Sessel sinken. »Wie geht es Onkel Talaat?«

Orhan zuckte die Achseln. »Unverändert. Wenn jemand im Koma liegt, gibt es keinen Zeitplan. Er könnte noch heute Nacht von uns gehen, vielleicht aber auch erst morgen oder nächste Woche. Sein Herz ist trotz allem noch ziemlich kräftig.«

»Allah.«

»Mama ist bis eben keine Sekunde mit ihm allein gewesen«, sagte Çiçek, die mit einem Glas Tee ins Zimmer zurückkam. »Wir waren alle den ganzen Tag bei ihm.«

»Ihr habt die Kleinen allein gelassen?«, fragte İkmen stirnrunzelnd.

»Nein, nein, Berekiah hat auf sie aufgepasst«, antwortete Çiçek und warf dem erschöpft aussehenden Jungen ein Lächeln zu. »Ich weiß nicht, wie wir es ohne ihn geschafft hätten.«

İkmen nahm den Tee seiner Tochter entgegen und nippte kurz daran. »Vielen Dank, Berekiah.«

»Ich glaube, Mama hält ihn inzwischen für so eine Art Heiligen«, erklärte Çiçek mit einem nervösen Lachen.

İkmen schaute auf und bemerkte, wie seine beiden Söhne und seine beiden Töchter wissende Blicke tauschten. Orhan, Çiçek und Bülent waren gute Kinder: Sie wollten, dass ihre Schwester Hülya glücklich war, und unterstützten ihre Beziehung zu dem jungen Mann, den sie liebte. Er hatte seine Kinder gut erzogen, stellte İkmen mit einiger Befriedigung fest.

»Es muss etwas Wichtiges passiert sein, dass du weg musstest, Baba«, meinte Bülent.

»Ja. Das Ganze endete damit, dass ich Zeuge eines wirklich erschütternden Vorfalls wurde«, bestätigte İkmen – und nur er allein wusste, was für eine Untertreibung das war.

»Doch nicht diese armen Kinder aus Balat?« Hülya legte die Hände an ihre Wangen und schüttelte langsam den Kopf.

»Du weißt doch, dass ich nicht darüber sprechen darf«, sagte İkmen.

»Dann werden wir wohl die Nachrichten abwarten müssen«, meinte Orhan.

»Richtig.«

»Schon klar.«

Eine Weile herrschte Stille in dem Raum, während İkmens Kinder darüber nachdachten, was für ein eigenartiges Leben ihr Vater führte. Manchmal kam es ihnen so vor, als lebten sie in einem nie endenden Spionagefilm – voller vertraulicher Mitteilungen, Geheimnisse und Hochspannung.

»Weißt du, was mich am meisten geschockt hat?«, sagte Bülent. »Sein Aussehen.«

»Von wem redest du?«

Ungläubig schaute der Junge seinen Vater an. »Von Onkel Talaat natürlich. Wie er da auf dem Bett lag, umgeben von Maschinen, ganz gelb …«

»Hör auf!« Çiçek hielt sich die Augen zu, als könnte sie auf diese Weise das Bild ihres sterbenden Verwandten verscheuchen.

»Onkel Talaat war immer so cool«, fuhr Bülent fort und lächelte ein wenig bei der Erinnerung. »Jung und stark und immer mit einem Haufen Mädchen am Strand … Jetzt sieht er ganz alt aus, runzlig wie eine Mumie.«

Oder auch nicht, dachte İkmen. Obwohl es sich faktisch um Mumien handelte, hatten die Geschwister Akdeniz eher wie das Ergebnis eines künstlerischen Schaffensprozesses als wie das Resultat wissenschaftlicher Bemühungen ausgesehen – das musste selbst er zugeben. Dr. Keyder hatte etwas, nun ja, wirklich Schönes geschaffen, mit glatter Haut, klaren Augen, wenngleich aus Glas, einfach verblüffend. Wie große, prachtvolle Puppen … Und doch war Dr.

Keyders Behauptung, sie habe die Lebenskraft der Kinder bewahrt, grundfalsch. Es gab etwas – İkmen scheute immer davor zurück, es »Seele« zu nennen –, das die Lebenden unwiderruflich von den Toten trennte. Selbst wenn ein Mensch sehr krank war, wenn er im Koma oder im Sterben lag, hatte er noch etwas Lebendiges an sich. Wenn dieses Leben aus einem Körper wich, fand eine Veränderung statt, die man nicht so sehr verstandesmäßig, sondern eher instinktiv wahrnahm, wie eine primitive Reaktion, eine Art Selbstschutz – schließlich konnten in einem Leichnam alle möglichen Bakterien und Parasiten lauern. Natürlich nur, so lange nicht jemand wie Dr. Keyder Hand anlegte …

İkmen leerte sein Glas auf einen Zug. »Ich glaube, wir sollten jetzt alle schlafen gehen«, meinte er und erhob sich steif aus seinem Sessel. »Ich bin jedenfalls hundemüde.«

»Aber was ist, wenn Mama anruft?«, fragte Çiçek ängstlich.

»Dann wird jemand von uns das Telefon hören und tun, was nötig ist«, erwiderte İkmen. An Orhan gewandt sagte er: »Ich wäre dir dankbar, wenn du Berekiah und Çiçek nach Hause bringen könntest.«

»Natürlich.«

»Aber ich will hier bleiben!«, rief Çiçek mit Tränen der Erschöpfung in den Augen. »Ich will bei euch sein.«

»Wenn du möchtest, kannst du natürlich gerne bleiben«, sagte İkmen, verabschiedete sich mit einer müden Handbewegung und verließ den Raum.

Etwa zehn Minuten später hörte er, wie Berekiah und Orhan zusammen die Wohnung verließen, nachdem Hülya und der junge Cohen sich im Flur zum Abschied geküsst hatten. Kurz danach zog sich Bülent in sein Zimmer zurück, das in den letzten Monaten Talaat gehört hatte. Und dann trat Ruhe ein – bis Çiçek plötzlich in İkmens Schlafzimmertür stand.

»Baba …«

»Was ist?«

Sie trat ein und schloss die Tür hinter sich. »Baba, weißt du, dass Hülya sich geweigert hat, Berekiahs Heiratsantrag anzunehmen?«

»Nein, das wusste ich nicht.« İkmen setzte sich auf und stopfte sich das Kopfkissen hinter den Rücken.

Çiçek setzte sich auf das Bett ihrer Eltern und sah ihren Vater ernst an. »Sie hat ihm gesagt, sie wolle mit ihm zusammenziehen, ihn aber nicht heiraten. Berekiah glaubt, sie tut das nur, um Mama und Herrn Cohen vor den Kopf zu stoßen.«

İkmen, der um diese Uhrzeit wirklich nicht noch mehr Probleme wälzen wollte, seufzte schwer.

»Mir hat sie erzählt«, fuhr Çiçek fort, »wegen der ganzen Schwierigkeiten, die sie und Berekiah haben, könne sie ihn nicht heiraten – es würde einfach zu vielen Menschen Kummer bereiten. Aber sie liebt Berekiah von ganzem Herzen und will ihn nicht verlieren.«

»Arme Hülya«, sagte İkmen kopfschüttelnd. »Armer Berekiah.«

»Du musst etwas unternehmen, Baba.« Çiçek beugte sich vor und strich ihrem Vater über das Gesicht. »Du musst Mama und Herrn Cohen zur Vernunft bringen und Hülya sagen, dass sie uns alle glücklich macht, wenn sie Berekiah heiratet. Allah weiß, dass wir etwas Glück in dieser Familie gebrauchen können.« Ihre Augen füllten sich mit Tränen. »Gerade jetzt, wo Onkel Talaat stirbt und Bülent zur Armee muss. Oh Baba, auf der Arbeit erzählen sie, dass es Krieg geben könnte.«

Die Tränen liefen ihr über die Wangen, und İkmen zog sie an sich und legte die Arme um sie.

»Ist ja gut, ist ja gut«, flüsterte er und wiegte sie sanft hin und her, wie er es schon mit der kleinen Çiçek getan hatte. »Es wird alles gut.« Dann küsste er sie aufs Haar. »Ich bringe das in Ordnung, ich versprech's dir.«

»Oh Baba ...«

»Sch, sch.«

Er wiegte sie so lange in seinen Armen, bis sie schließlich einschlief. Genau wie früher, dachte İkmen, als er sich zusammen mit seiner Tochter in die Kissen sinken ließ. Çiçek hatte schon als kleines Kind nie leicht einschlafen können – genau wie Hülya schon als kleines Kind nie leicht zufriedenzustellen war. Aber jetzt ging es nicht nur um Zufriedenheit, sondern um ihre Liebe zu einem jungen Mann, der – wie İkmen wusste – ein feiner Kerl war. Sie sollte ihren Berekiah bekommen, entschied İkmen; er würde dafür sorgen. Und dann fielen ihm plötzlich die Augen zu. Vor lauter Erschöpfung schlief er so fest, dass ihn die Ereignisse des Tages glücklicherweise nicht bis in seine Träume verfolgten.

20

Im Morgengrauen nahm die Polizei in den Anwesen von drei russischen Staatsbürgern Hausdurchsuchungen vor. Alle drei Männer standen unter dringendem Verdacht, dem organisierten Verbrechen anzugehören. Die Herren Wronski, Malenkow und Bulganin hatten nicht nur unermessliche Reichtümer angehäuft, sondern auch – so fand zumindest Polizeipräsident Ardiç, der eine der Razzien persönlich befehligte – einen sehr ausgefallenen Geschmack. Bei Wronski, der mit fünfundfünfzig Jahren schon recht alt war für einen aktiven Gangster, entdeckte man seine vor zehn Jahren verstorbene Mutter aufrecht in seinem Arbeitszimmer sitzend; bei Malenkow war es ein Kind, seine kleine Tochter. Bulganin, ein leidenschaftlicher »Familienmensch« wie es schien, hatte drei Beispiele von Dr. Keyders Kunst in seinem Besitz: Er lebte mit den einbalsamierten Leichnamen seiner Frau, seiner Mutter und seiner Lieblingsmätresse zusammen. Die Gangsterbosse wurden von den Durchsuchungen offenbar völlig überrascht, denn in ihren Häusern fand die Polizei außerdem große Mengen Heroin, Kokain, Crack und Haschisch sowie Schusswaffen, Messer und sogar eine kleine Menge der Vergewaltigungsdroge Rohypnol.

Ardiç, der bei diesen Razzien nur Polizisten eingesetzt hatte, die an den jüngsten Operationen nicht beteiligt gewesen waren, konnte zufrieden sein. Die nicht bestatteten Leichname hatten ihm die Rechtfertigung für die Durchsuchung der drei Anwesen geliefert, und die Drogen- und Waffenfunde waren eine Dreingabe gewesen – auch wenn er fest damit gerechnet hatte. Nun, da einige bedeutende Kriminelle womöglich für lange Zeit im Gefängnis saßen, hatte er das Gefühl, sein Tagwerk für heute mehr als getan zu haben. Natürlich liefen immer noch eine ganze Reihe von Leuten, die für die drei Mafiosi gearbeitet hatten, frei in der Stadt herum – wobei die meisten der Polizei wahrscheinlich völlig unbekannt waren. Und sollten die inhaftierten Bosse eine Verbindung zwischen ihrem Freund Rostow und den Razzien herstellen, würden sie sicher einen Weg finden, dies ihren Kumpanen draußen mitzuteilen. Doch falls sich tatsächlich jemand in den Kopf setzen sollte, Rostow zu erschießen oder zu erstechen, würde das Ardiç weder schlaflose Nächte bereiten noch sein Mitleid erregen. Solange die Gangster die Sache unter sich ausmachten und einen offenen Krieg auf den Straßen vermieden, konnten sie sich seinetwegen ungestraft gegenseitig umbringen. Manchmal musste man solche Risiken eben eingehen, hatten ihm seine Vorgesetzten bestätigt, als er die Genehmigung für die Razzien einholte. Da die Wahlen kurz bevorstanden, unterstützte die amtierende Partei nur zu gern Männer, die rücksichtslos gegen das organisierte Verbrechen vorgingen. Ein wenig spät zwar, wie Ardiç fand, aber immerhin … Und Rostow hätte seine »Mumie« sowieso abgeben müssen, ob freiwillig oder unter Zwang.

Ardiç griff nach dem Telefonhörer und rief Metin İskender an, um ihn über die neueste Entwicklung zu informieren.

Süleyman traf İkmen in einer nach Sahne und Kaffee duftenden Pastahane in Sultanahmet. İkmen war zwar kein Freund eines ausgiebigen Frühstücks, er genoss es aber, hin und wieder bei Suzan Şeker, der eleganten Besitzerin der

Pastahane, einen Cappuccino und ein Stück Schokoladenkuchen zu sich zu nehmen. Es war erst ein Jahr her, dass İkmen ein paar Kriminelle dingfest gemacht und vor Gericht gebracht hatte, die Frau Şekers Ehemann Hassan so sehr terrorisiert hatten, dass er sich das Leben nahm. Ihre Dankbarkeit gegenüber İkmen war nach wie vor grenzenlos.

»Das geht aufs Haus«, sagte sie, während sie den Kaffee und die Kuchenstücke vor İkmen und Süleyman abstellte.

»Frau Şeker ...«

Sie hob abwehrend die Hand. »Nein, ich bestehe darauf. Entweder Sie akzeptieren meine Gastfreundschaft jetzt oder später«, sagte sie und zeigte auf die gekühlte Kuchentheke. »Sie wissen ja, was ich meine, Inspektor.«

İkmen zuckte hilflos die Schultern. Seine Tochter Hülya arbeitete an sechs Abenden der Woche in der Pastahane, und als er das letzte Mal darauf bestanden hatte, seinen Kaffee und seinen Kuchen selbst zu bezahlen, war das Mädchen mit genügend Gebäckstücken für die ganze Familie nach Hause gekommen, was angesichts der Anzahl seiner Nachkommen beträchtlich war.

Nachdem Frau Şeker gegangen war, steckte İkmen sich eine Zigarette an und betrachtete versonnen den Berg Schokoladengebäck, der vor ihm auf dem Tisch stand. Süleyman griff ebenfalls nach seinen Zigaretten.

»Ich möchte dich bitten, bei meiner Vernehmung von Eren Akdeniz dabei zu sein«, begann İkmen ohne Umschweife.

»Ich dachte, Wachtmeisterin Farsakoğlu ...«

»Ayşe wird natürlich auch anwesend sein, aber nur als Beobachterin«, meinte İkmen. »Sie hat Frau Akdeniz bereits einmal vernommen.«

»Und wofür brauchst du mich dann noch?«

İkmen schaute Süleyman durchdringend an. »Ich möchte, dass du auf mich Acht gibst«, sagte er, »und dafür sorgst, dass ich professionell vorgehe und mich menschlich verhalte.«

»Du musst einen gewaltigen Zorn auf sie haben.«

»Diese Frau hatte nichts dagegen, dass ihre eigenen Kinder ermordet, einbalsamiert und ausgestellt wurden!« İkmens Augen funkelten vor Wut. »Es widert mich zwar an, aber ich will es verstehen. Ich muss versuchen, den Sinn dahinter zu entdecken, zum einen für mich selbst, zum anderen aber auch, damit ich es meinen Mitarbeitern wenigstens ansatzweise erklären kann.«

Süleyman nippte an seinem Kaffee und lehnte sich dann wieder auf seinem Stuhl zurück. »Wie ich gehört habe, ist Dr. Sadrı heute Morgen bei Frau Akdeniz.«

İkmen zuckte die Achseln. »Wir werden ja sehen, was er von ihr hält. Ich persönlich glaube allerdings nicht, dass sie verrückt ist.«

»Warum nicht?«

»Weil ich nicht glaube, dass Liebe verrückt ist.« Er nahm einen tiefen Zug von seiner Zigarette und lächelte. »Aus irgendeinem Grund – einem sexuellen oder künstlerischen, was weiß ich – war Melih für Eren wichtiger als ihre eigenen Kinder.«

»Glaubst du, dass sie ihm hörig war?«, fragte Süleyman.

»Sie ist sehr viel jünger als er; wie du weißt, hat sie ursprünglich bei ihm studiert. Ich habe mit angesehen, wie er sie furchtbar demütigte, aber auch erlebt, wie er voller Zärtlichkeit auf sie reagierte. Welcher Art ihre Beziehung auch immer gewesen sein mag – sie war wesentlich komplizierter als wir dachten.«

Süleyman lächelte. »Vor nicht allzu langer Zeit wäre Zelfa von einem solchen Fall fasziniert gewesen.«

İkmen beugte sich vor und senkte die Stimme.

»Hast du ihr schon von der Sache erzählt?«

»Nein«, antwortete Süleyman und schaute vor sich auf den Tisch, »ich muss erst einen neuen Termin mit Krikor Sarkissian vereinbaren. Wegen der Ereignisse der letzten Tage konnte ich bisher noch keinen der Tests durchführen lassen.« Dann blickte er auf und sagte spitz: »Im Übrigen fühle ich mich vollkommen okay.«

»Das heißt gar nichts«, erwiderte İkmen ebenso spitz, »und das weißt du auch.«

»Ja.«

»Sag es ihr so bald wie möglich«, drängte İkmen, »bring es hinter dich. Ich verurteile dich nicht, Mehmet, ich bin einfach nur der Ansicht, dass ...«

»Wann willst du Frau Akdeniz vernehmen?«

Das war typisch für Süleyman: Sobald sein Privatleben zur Sprache kam, fühlte er sich unbehaglich und wechselte das Thema. İkmen hatte das Gefühl, dass die osmanische Abstammung seines Freundes in solchen Momenten besonders deutlich zutage trat und seine ansonsten glatte Fassade aus moderner Offenheit und Toleranz durchbrach.

Doch da er inzwischen daran gewöhnt war, dass Süleyman sein Privatleben nach alter osmanischer Sitte hinter hohen Mauern versteckte, zuckte İkmen die Achseln und sagte: »Wenn wir unseren Kaffee ausgetrunken haben und wieder auf der Wache sind, dürfte Dr. Sadrı die Untersuchung abgeschlossen haben.« Dann lehnte er sich zurück und seufzte. »Weißt du, ob Dr. Sarkissian irgendetwas gefunden hat, das unser russisches Mädchen mit Rostow in Verbindung bringt?«

Süleyman stach mit seiner Gabel in eines der Kuchenstücke, die Frau Şeker ihnen hingestellt hatte.

»Nein ...«

»Das bedeutet also, dass fast jeder in Istanbul sie ertränkt haben könnte.«

»Ja.« Süleyman schob sich übellaunig ein Stück Kuchen in den Mund und kaute. »Sofern man außer Acht lässt, dass entweder er oder eine seiner Kreaturen es getan haben muss. Wozu war sie denn noch nutze, nachdem sie mich in die Falle gelockt hatte – eine Alkoholikerin, heroinabhängig und HIV-positiv?«

İkmen beugte sich erneut vor. »Ist Arto sich da ganz sicher?«

»Ja. Die Krankheit war offensichtlich schon weit fortgeschritten.«

Die beiden Männer saßen eine ganze Weile schweigend da. İkmen hatte in Erwägung gezogen, dass die Prostituierte Mascha möglicherweise HIV-positiv gewesen sein könnte, doch bis zu diesem Augenblick hatte er keine Gewissheit gehabt. Der Gedanke ließ ihm das Blut in den Adern gefrieren, und er warf seinem Freund einen schnellen Blick zu. Tief im Inneren hatte er große Angst um Süleyman. Vielleicht war das ja auch der Grund, weshalb Rostow seinem Freund überhaupt die Falle gestellt hatte? Vielleicht hatte er gar nicht vorgehabt, Süleyman beruflich zu diskreditieren? War die Falle bereits zugeschnappt, bevor İskender mit Pater Alexei in Kontakt gekommen war und bevor Süleyman das ungewöhnlich »saubere« Haus des Gangsters durchsucht hatte? Und wenn dies so war, wie passte dann die Tochter des Gangsters ins Bild – das arme kleine Paket, das Süleyman in den Tiefen von Rostows Kühlraum entdeckt hatte? Was war mit ihr?

Metin İskender versuchte erst gar nicht, den kleinen, dunkel gekleideten Mann an seiner Seite vorzustellen. Dafür würde später noch genug Zeit sein; im Augenblick gab es wichtigere Dinge, um die er sich kümmern musste.

Mit ernster Miene sagte er zu Rostow: »Bulganin, Malenkow und Wronski sind verhaftet worden.«

»Oh.«

Rostows Anwalt Lütfü Güneş warf dem Gangster einen nervösen Blick zu.

»Weshalb?« Rostow setzte sich auf eines der ausladenden Sofas in seinem Salon und steckte sich eine Zigarette an.

»Sie sind einer Reihe von Vergehen angeklagt«, fuhr İskender fort, »unter anderem des Besitzes nicht bestatteter Leichname, deren Identität noch geklärt werden muss.« Er setzte sich dem Russen gegenüber und zündete sich ebenfalls eine Zigarette an. »Ihre drei Freunde wissen noch nicht, dass Sie uns auf diese Leichen aufmerksam gemacht haben, aber ich gehe davon aus, dass sie das bald herausfinden werden.«

»Das hätten Sie nicht tun dürfen!«, platzte Güneş heraus. »Sie bringen meinen Mandanten damit in große Gefahr.«

»Allerdings« – İskender brachte den Anwalt mit erhobener Hand zum Schweigen – »haben wir auch die Balsamiererin in Gewahrsam genommen. Vielleicht ist Ihre Beteiligung dadurch nicht ganz so offensichtlich, Herr Rostow.« Er schaute auf die Zigarette zwischen seinen Fingern. »Zumindest dann nicht, wenn Sie Herrn Livadanios und mir erlauben, Tatjana mitzunehmen.«

»Warum?«

»Herr Livadanios ist Bestattungsunternehmer«, erklärte İskender und deutete mit dem Kopf in Richtung des Griechen, »und bestens mit den Gepflogenheiten der orthodoxen Kirche vertraut, der Sie ja auch angehören, Herr Rostow.«

»Das Gesetz verlangt, dass wir Ihre Tochter bestatten«, erläuterte Livadanios. »Wir können sie nicht einfach hier in Ihrem Kühlraum zurücklassen.«

»Aber Waleri«, wandte sich Lütfü Güneş stirnrunzelnd an seinen Auftraggeber, »Sie wollten sie doch einbalsamieren lassen. Sie wollten Tatjana doch bei sich behalten.«

Mit einem Seufzer drückte der Russe seine Zigarette aus. »Nun ja …«

»Ich weiß nicht, ob es für Sie ein Trost ist«, sagte Yiannis Livadanios mit jenem professionell freundlichen Unterton in der Stimme, den Leute seines Berufsstands so gut beherrschten, »aber eine Balsamierung wäre ohnehin nicht möglich gewesen.«

Lütfü Güneş wirkte schockiert. »Was? Wieso nicht?« Er schaute zu Rostow hinüber. »Aber Waleri, man hat Ihnen doch erzählt …«

İskender bemerkte, wie sich das Gesicht des Russen verfärbte.

»Einmal eingefrorene Körper lassen sich nicht mehr balsamieren«, fuhr Livadanios fort. »Sobald sie aufgetaut sind, setzt der Verfallsprozess ein, und die bakterielle Zersetzung des Leichnams ist nicht mehr aufzuhalten. Ein sehr trauriger Vorgang.«

»Ihrer Meinung nach vielleicht«, wandte sich der Rechtsanwalt in aggressivem Ton an den Bestattungsunternehmer, »aber was ist mit all den anderen Körpern, die die Balsamiererin behandelt hat? Sind die etwa nicht in gefrorenem Zustand aus Russland gekommen?«

»Offensichtlich nicht. Herr Wronski beispielsweise hat zu seiner Verteidigung angeführt, seine verstorbene Mutter sei bereits in Russland einbalsamiert worden«, erklärte İskender, ohne den Blick von Rostow abzuwenden. »Angeblich hat er sie hierher gebracht, weil die Balsamiererin, die wir zurzeit in Gewahrsam haben, ihr eine bessere Behandlung zukommen lassen konnte. Seiner Ansicht nach ist seine Mutter immer noch russische Staatsbürgerin.«

»Und sie wurde nicht eingefroren?«

»Nein, Herr Güneş«, erwiderte İskender, »bis auf Tatjana wurde keiner der Leichname, die wir entdeckt haben, eingefroren. Ganz offensichtlich ist weithin bekannt, dass sie dann nicht mehr einbalsamiert werden können.«

»Da ist Herr Rostow aber sehr schlecht beraten worden.«

»Möglicherweise.«

İskender wusste, dass das nicht stimmen konnte. Zwar war er Dr. Yeşim Keyder bisher nur einmal persönlich begegnet, aber er hatte genug über sie gehört, um sicher zu sein, dass sie in Bezug auf ihre Arbeit keine Kompromisse duldete. Das verblüffende Foto der Tänzerin, das sie in Keyders *yalı* gefunden hatten, war Beweis genug. Wie bei der berühmten Ballerina ihres Mentors Pedro Ara handelte es sich auch bei Dr. Keyders Tänzerin um einen Leichnam, in einer vollendeten künstlerischen Haltung erstarrt, so viel wusste er inzwischen. Genau wie bei den Geschwistern Akdeniz war das die Art von Objekten, mit denen Dr. Keyder in Verbindung gebracht werden wollte, und nicht mit irgendeinem halbverfaulten Balg aus Moskau. Metin İskender dachte darüber nach, warum Rostow dieses ganze Schauspiel mit Mascha, seiner armen kleinen Tatjana und den Geschichten von einbalsamierten Leichen inszeniert hatte. Und diesmal fand er eine Erklärung.

Rostow erhob keinerlei Einwände gegen den Abtransport von Tatjana. Während der Bestatter, der Anwalt und zwei uniformierte Beamte, die İskender mitgebracht hatte, in den Keller verschwanden, blieb er mit augenscheinlich trauriger Miene im Salon zurück.

İskender, der seinen Platz gegenüber dem Russen nicht verlassen hatte, schlug die Beine übereinander. »Natürlich«, sagte er nach einer Weile, »haben Malenkow, Wronski und Bulganin immer noch ihre Dealer und Kuriere, Mädchen und Jungen.«

»Ich bin Geschäftsmann, ich weiß nicht, worauf Sie hinauswollen.«

»Draußen auf den Straßen warten diese Leute darauf, entweder das Erbe ihrer Herrn und Meister anzutreten oder sich einem anderen Herrn und Meister anzuschließen, der sie genauso gut, vielleicht sogar besser bezahlt.«

Er schaute den Russen an, doch dieser wich seinem Blick aus.

»Sie sind wirklich clever, Herr Rostow«, sagte İskender und griff nach einer der parfümierten Zigaretten, die in einem goldenen Kästchen vor ihm auf dem Beistelltisch lagen. »Ich habe mich immer für intelligent gehalten, aber Sie haben mich überlistet.«

»Ich weiß nicht, worauf Sie hinauswollen.«

»Wirklich nicht?« İskender zündete die Zigarette an und lächelte. »Vielleicht sollte ich es Ihnen erklären – auch wenn das eigentlich nicht nötig sein dürfte.«

Rostow blickte demonstrativ aus dem Fenster in den sonnendurchfluteten Garten.

»Die Sache ist folgendermaßen«, fuhr İskender fort. »Sie wollen alles an sich reißen, Drogen, Prostitution, einfach alles.«

»Was reden Sie da?«

»Lassen Sie mich den Gedanken zu Ende führen«, sagte İskender mit einem Lächeln. »Und wie gelingt Ihnen das? Sie bringen etwas über Ihre vermeintlichen Freunde in Erfahrung, von dem Sie wissen, dass es ein wunder Punkt ist.« Er beugte sich zu Rostow vor. »Die Leichen. Ihre geheiligten Toten, unvergänglich, aber in einem muslimischen Land illegal.«

»Sie sind ja verrückt.«

İskender ignorierte die Bemerkung. »Die Planung dürfte ziemlich aufwendig gewesen sein – allein schon die Notwendigkeit, den Leichnam genau in dem Augenblick ins Land zu bringen, als wir erstmals Interesse an diesen Dingen zeigten. Woher wussten Sie das, Rostow? Haben Sie in der Zeitung von Dr. Keyders Schwägerin gelesen? Hat die gute Frau Doktor Ihnen vielleicht sogar ihre beste Arbeit gezeigt, Miguel Arancibia, den unbekannten Toten aus Kuloğlu? Und dann mussten Sie natürlich auch noch eine Prostituierte auf meinen Kollegen ansetzen. Ich bin wirklich beeindruckt, wie viel Sie über sein Privatleben in Erfahrung gebracht haben.«

»Das sind alles Mutmaßungen«, sagte Rostow. »Sie haben keinerlei Beweise.«

»Ich wüsste gern, wer aus unserer Abteilung Inspektor Süleyman an Sie verkauft hat.«

»Ich weiß nicht ...«

» ... worauf Sie hinauswollen?«, ergänzte İskender den Satz und erhob sich, immer noch lächelnd. »Langsam ödet mich diese Phrase an.«

Plötzlich beugte er sich vor, packte ein paar von Rostows Haaren und riss sie aus.

»Was soll das?«, brüllte der Russe.

İskender ging zur Tür und steckte die Haare in die Tasche seines Jacketts.

»Falls die DNS in der Probe, die ich gerade von Ihnen genommen habe, mit der von Tatjana übereinstimmt, haben Sie nichts zu befürchten, nicht wahr, Herr Rostow?«

Der Russe runzelte die Stirn. »Und wenn nicht?«

»Dann komme ich wieder«, sagte İskender und öffnete die Tür des Salons.

»Und was tun Sie dann?«, fragte Rostow.

»Dann …«

»Dann bringen Sie mich mit einer Prostituierten in Verbindung, zu der ich keinerlei Verbindung habe?«, lachte der Russe. »Sie scheinen wirklich zu glauben, ich hätte Ihren Inspektor Süleyman aus einem bestimmten Grund von so einer Frau in die Falle locken lassen.«

»Ja, das glaube ich. Ich weiß zwar nicht, wie Ihr Plan ursprünglich ausgesehen hat«, sagte İskender, »aber das Ergebnis – nämlich dass Süleyman Tatjana gefunden und Ihnen unabsichtlich beim Schlag gegen Ihre Landsleute geholfen hat –, ist ganz in Ihrem Sinne. Wenn Sie wollen, können Sie diese Stadt jetzt allein regieren.«

»Es gibt nur ein Problem: Ich will nicht«, erwiderte Rostow und lehnte sich auf dem Sofa zurück. »Oder zumindest haben Sie keinen Beweis dafür. So wenig wie es einen Beweis für eine Verbindung zwischen mir und dieser Prostituierten gibt, so wenig gibt es einen Beweis dafür, dass der von Ihnen skizzierte Plan je existiert hat. Bei dem Leichnam in meinem Kühlraum handelt es sich um meine Tochter, wie Ihnen Ihre Tests bestätigen werden.«

»Ich glaube Ihnen nicht.«

Rostow zuckte die Achseln. »Das ist nicht mein Problem. Die Tests werden auch bestätigen, dass meine Tochter schon vor langer Zeit starb und dass ich sie aus Russland hierher geholt habe, um sie bei mir zu haben.«

»Ich glaube Ihnen immer noch nicht«, gab İskender zurück. »Der Leichnam ist tiefgefroren, er kann also überhaupt nicht mehr einbalsamiert werden.«

»Aber vereist«, lächelte Rostow, »ist sie wunderschön, Inspektor. Sehen Sie sich das Mädchen ruhig einmal an. Tun Sie es jetzt, bevor …«

»Und was ist mit Ihnen?«, unterbrach ihn İskender. »Möchten Sie Ihre Tochter nicht noch einmal sehen?«

»Nein.« Rostow blickte wieder aus dem Fenster. »Nein, ich habe sie oft genug betrachtet.«

»Und jetzt ist sie entbehrlich geworden.«

»Ich kann sie jetzt gehen lassen, ja«, lächelte er. »So soll es doch sein, oder?«

Wie vor den Kopf geschlagen von dem grausamen Zynismus des Russen, wandte İskender sich ab und verließ den Raum. Immer noch lächelnd beobachtete Rostow, wie der Leichnam aus seinem Haus abtransportiert wurde; dann rief er seine Exfrau an und dankte ihr für ihr Verständnis und ihre Hilfe. Es musste für sie sehr schmerzhaft gewesen sein, Tatjana wegzugeben, noch dazu so kurzfristig. Aber andererseits hatte sie noch mehr Kinder, und außerdem würde sie von ihm reich entlohnt werden. Gern hätte er sich auch noch bei Miguel Arancibia bedankt, diesem gut aussehenden jungen Mann, dem ganzen Stolz von Dr. Keyder. Doch schon als Bulganin ihn vor vielen Monaten nach Kuloğlu mitgenommen hatte, war Rostow klar geworden, dass Miguel das beste Exemplar seiner Art war: Yeşim Keyder hatte Pedro Ara nie ganz das Wasser reichen können.

So viele Menschen, denen er zu danken hatte – auch Mascha, die jetzt leider tot war. Ohne sie hätte er es niemals schaffen können, und ohne seinen Freund bei der Polizei, der so viel über Inspektor Süleymans Privatleben wusste. Bei Gelegenheit würde er sich wieder an ihn wenden …

In einem solchen Fall wäre es normal gewesen, erklärte Dr. Sadrı İkmen, wenn die Frau die Schuld ganz allein ihrem Ehemann gegeben hätte; schließlich war er tot und folglich nicht mehr in der Lage, ihre Aussage zu bestätigen oder zu widerlegen. Doch das Verhalten von Eren Akdeniz entsprach nicht dem üblichen Muster: Als sie İkmen, Süleyman und Ayşe Farsakoğlu beim Verhör gegenübersaß, wirkte sie eher wie eine Frau, die ein Vorstellungsgespräch führt, als wie jemand, auf den eine lebenslange Gefängnisstrafe wartet.

»Mein Ehemann war der größte Künstler aller Zeiten und wird es immer bleiben«, sagte sie. »Die Karagöz-Exponate sind einzigartig, finden Sie nicht auch?«

»Ich fände Yaşar und Nuray wesentlich einzigartiger, wenn sie noch am Leben wären, Frau Akdeniz«, sagte İkmen, »aber ich sehe das Ganze wohl auch aus einer anderen Perspektive.«

»Ihnen kommt das seltsam vor, nicht wahr?« Mit zu Schlitzen verengten Augen starrte sie ihn an. »Sie glauben wahrscheinlich, man wacht einfach eines Morgens auf und tut es dann einfach.«

»Nein.«

»Doch, bestimmt.« Sie ließ sich gegen die Stuhllehne sinken und schaute Süleyman an. »Aber so ist es nicht. Natürlich fühle ich auch Schmerz. Ihr Verlust hat mich tief getroffen; ich musste Medikamente nehmen, um den Schmerz zu lindern. Aber es gibt Wichtigeres im Leben, Dinge wie die Karagöz-Performance. Melih hat Jahre für die Entwicklung, Planung und Vorbereitung gebraucht.«

Erschöpft verstummte sie und starrte mit leerem Blick auf die fleckige Wand über den Köpfen der Polizisten.

Nach einem kurzen Seitenblick zu Süleyman sagte İkmen: »Warum erzählen Sie uns nicht etwas mehr darüber, Eren? Wir möchten es gern verstehen.«

Einen Augenblick lang sah es so aus, als hätte sie die Aufforderung gar nicht gehört. Süleyman steckte sich eine Zigarette an und dachte an Mascha und daran, was İskender ihm über Rostow erzählt hatte. Wahrscheinlich würde Rostow jetzt mit diversen Handlangern der anderen Mafiosi telefonieren, und bald darauf würde er sie alle unter Kontrolle haben, dazu noch ein paar Anwälte wie Güneş und viele todgeweihte Mädchen wie Mascha.

»Meine Eltern wollten nicht, dass ich Melih heirate«, sagte Eren plötzlich strahlend – offensichtlich war sie aus ihrer Trance erwacht. »Ich war noch sehr jung, und er war ursprünglich jüdischer Abstammung. Nabaro.«

»Ich weiß«, sagte İkmen.

»Aber ich habe ihn trotzdem geheiratet«, fuhr Eren fort. »Weil ich ihn liebte.«

»Obwohl er auch mit anderen Frauen zusammen war?« Süleyman sah, dass İkmens Gesicht den angespannten Ausdruck unterdrückter Wut angenommen hatte.

»Ja«, sagte sie lächelnd.

»Warum?«

»Weil mein Mann immer arbeitete«, erwiderte sie. »Ganz gleich, ob er mit einer Frau schlief oder Drogen nahm – alles war ein Akt der Schöpfung. Er hat mich das gelehrt. Und er hat mich auch gelehrt, dass das Beobachten ein kreativer Akt sein kann und Eifersucht einem künstlerischen Zweck dient. Er war ein Magier.«

»Er hat Sie also so weit gebracht, dass Sie all seine Handlungen für einen künstlerischen Akt hielten.«

»Nein«, widersprach sie und sah İkmen mit starrem Blick in die Augen, »all seine Handlungen *waren* ein künstlerischer Akt.«

»Und zu diesem Schluss sind Sie von selbst gekommen?«

»Nein. Ich habe es im Laufe der Zeit lernen müssen.«

»Während Melih Sie allmählich daran gewöhnte, das Unerträgliche zu ertragen«, zischte İkmen. »Bis er Sie soweit hatte, dass Sie bereit waren, sogar Ihren eigenen Kindern das Leben zu nehmen!«

Süleyman legte beruhigend eine Hand auf İkmens Arm.

»Frau Akdeniz, ich wüsste gern, wie und wann Dr. Keyder ins Spiel kam«, sagte er.

Vorübergehend besänftigt, saß İkmen schweigend und mit gesenktem Kopf da.

»Dr. Keyder war schon immer eine große Bewunderin von Melihs Werk. Sie und ihr Bruder stammen ursprünglich aus Balat. Sie ist eine sehr kluge Frau.« Eren blickte zu Boden. »Sie verstand all dieses kabbalistische Zeug, auf dem Melihs Arbeiten basieren – mir selbst ist das nie richtig gelungen. Melih stand weit über mir. Aber Dr. Keyder konnte stundenlang mit ihm über die Bedeutung seiner Kunst reden.«

»Wann sind Sie ihr das erste Mal begegnet?«

»Vor ein paar Jahren, durch meinen Bruder Reşad. Er übernimmt Transporte für sie.«

»Wissen Sie, warum Ihr Bruder solch eine grässliche Arbeit angenommen hat?«, fragte İkmen.

Eren blickte demonstrativ zur Seite.

»Hängt das vielleicht damit zusammen, dass Leichen, wie kleine Mädchen, sich nicht wehren können?«

Erneut blieb Eren eine Antwort schuldig.

»Einer meiner Kollegen hat übrigens mit dieser Frau in Bursa gesprochen, mit der Reşad befreundet ist«, fuhr İkmen fort. »Es war ein sehr aufschlussreiches Gespräch. Die beiden haben sich erst vor kurzem kennen gelernt, und sie ist sehr angetan von ihm. Zu schade nur, dass Ihr Bruder keine Erektion bekommt, wenn er mit ihr zusammen ist.«

»Ich will davon nichts hören!«

»Ganz wie Sie wünschen.« İkmen hob den Kopf und fragte in scharfem Ton: »Und wie kam dann der Plan zustande, Ihre Kinder zu töten und einzubalsamieren? Da kommt man doch nicht einfach so drauf!«

Unbeeindruckt entgegnete Eren: »Melih war von Dr. Keyders Arbeit fasziniert. Schon allein ihre Verbindung zu Eva Perón über Pedro Ara erschien ihm als ein Werk der Kunst. Als er letztes Jahr erfuhr, dass er Krebs hatte, bat er Dr. Keyder zunächst, ihn einzubalsamieren. Sie sagte ihm, sie könne den Auftrag übernehmen, aber kein gutes Ergebnis garantieren. Denn abgesehen von seiner Krankheit hatte Melih seinen Körper bereits durch jahrelangen Drogenkonsum ruiniert. Er war überzeugt, dass es dennoch für ein eigenständiges Kunstwerk reichte, aber Dr. Keyder hatte Bedenken.«

»Dann hat also Dr. Keyder vorgeschlagen, Ihre makellosen kleinen Kinder zu verwenden?«

Eren runzelte die Stirn. »Nicht direkt.«

»Was meinen Sie damit?«

Sie schaute hoch. »Melih hatte sich bereits Gedanken gemacht, wie er ohne die Kinder zurechtkommen sollte, als Dr. Keyder eine Möglichkeit zur Sprache brachte, wie er sie mit sich nehmen und gleichzeitig das provokativste Kunstwerk aller Zeiten schaffen könne.«

»Ohne die Kinder zurechtkommen?«, fragte İkmen. »Ich nehme an, das soll heißen …«

»Ohne sie zu sterben, genau.« Sie lächelte. »Der Gedanke war ihm unerträglich. Aber wenn er sie an seinem eigenen Tod teilhaben lassen konnte, als Kunstwerk …«

»Wie meinen Sie das, ›als Kunstwerk‹?«, fragte Süleyman, der nun ebenfalls spürte, wie eine kaum bezwingbare Wut in ihm aufstieg.

»Ich meine, dass Melih, wie Sie ja selbst gesehen haben, sein Werk vollendet hat – die ultimative künstlerische Aussage mit einer Fülle von Tabubrüchen: Kindstötung, Selbstmord, die Konservierung des Fleisches, das so gut erhalten ist, dass man förmlich sehen kann, wie die Seele an den Körper gebunden bleibt. Die Tatsache, dass er dies in einer urtürkischen Form, dem Karagöz, zum Ausdruck brachte, passt exakt zu dem, was er sein ganzes Leben lang geschaffen hat. Alles fügt sich zusammen. Sie wissen doch, dass alle großen Meister des Schattentheaters entweder Zigeuner oder Juden waren, genau wie Melih. Daher bildete die Karagöz-Aufführung einen stimmigen Abschluss für sein Werk …«

»Ihr Mann hat Ihre Kinder vergiftet!«

»Ja, aber …«

»Kein Aber!« Warnend hielt İkmen einen erhobenen Zeigefinger vor Erens Gesicht. »Ihr Mann hat die Kinder mit Ihrem und Dr. Keyders Wissen getötet.«

»Aber sie existieren innerhalb der sich bewegenden Schatten des Karagöz' fort, genau wie er«, sagte Eren mit leuchtenden Augen. »Die Aufführung ist, wie Melih immer zu sagen pflegte, übersät mit kabbalistischen Anspielungen. Diese universellen Archetypen, die Karagöz und in gewisser Hinsicht auch Melih versinnbildlichen, werden niemals sterben. Meine Familie ist unsterblich.«

»Mit Ausnahme von Ihnen und Ihrem Bruder«, sagte İkmen, »zwei Familienmitglieder, die zurückbleiben, um die Strafe für die Verbrechen auf sich zu nehmen, die Ihr Mann im Namen der Kunst begangen hat.«

Eren beugte sich weit vor und sah die beiden Polizisten ungerührt an. »Was aber genau wie die Berichterstattung und die Fotos, die Sie von dem Ereignis gemacht haben, nur eine Fortsetzung der Performance ist. Ich habe schon mit Wachtmeisterin Farsakoğlu darüber gesprochen«, sagte sie und lächelte die Beamtin an. »Die Performance begann in dem Moment, in dem Melih gezeugt wurde, und wird so lange weitergehen, wie sie in den Köpfen der Menschen und in den Archiven auf der ganzen Welt lebendig ist. Sie ist unsterblich, und da Reşad und ich ein Teil davon sind, sind auch wir unsterblich. Kunst kann man nicht töten.«

»Ich habe sowohl bei Ihren Kindern als auch bei Ihrem Mann eine Autopsie angeordnet«, sagte İkmen. »Das bedeutet, Frau Akdeniz, dass Ihre Verwandten zur Feststellung der Todesursache aufgeschnitten werden. Im Fall Ihrer Kinder bedeutet dies weiterhin, dass der Balsamierungsprozess unterbrochen wird und wir die Leichen nach Abschluss aller Untersuchungen Ihrer Mutter zur Bestattung übergeben werden.«

»Ja, aber ...«

»Ich will damit sagen, Frau Akdeniz«, fuhr İkmen unbeirrt fort, »dass ich Ihrer so genannten Performance ein Ende setze.« Er räusperte sich. »Sie und Ihr Bruder, der behauptet, von Ihrem Mann dazu gezwungen worden zu sein, sowie Dr. Keyder werden vor Gericht gestellt. Und sobald Ihr Mann und Ihre Kinder begraben und Sie und Ihre Komplizen hinter Gitter sind, wird die Welt sich weiterdrehen.«

»Nein ...«

»O doch, Frau Akdeniz, das wird sie.« Er beugte sich jetzt ebenfalls über den Tisch. »Und wissen Sie auch warum? Weil alles eines Tages stirbt: Menschen, Tiere, Ideologien, Glaubensrichtungen, sogar die Kunst. Jedes Ding unter der Sonne hat seine Zeit und dann ...« – İkmen klatschte so laut in die Hände, dass Eren zusammenzuckte – »... verschwindet es, genau wie Karagöz, genau wie die Liliputaner und Possenreißer, von denen sich unsere alten osmanischen Herrscher unterhalten ließen. Altes verschwindet, Neues kommt. Das nennt man Fortschritt.«

»Ja, aber manche Dinge sind unsterblich, wie die Bauwerke des großen Sınan. Noch heute bewundert jeder die Süleymaniye-Moschee oder die Sokullu Mehmet Paşa-Moschee ...«

»Richtig«, stimmte İkmen ihr zu, »und wissen Sie auch, warum?«

Bevor sie auch nur zu einer Antwort ansetzen konnte, mischte Süleyman sich ein, der nun deutlich erkannte, worauf İkmen hinauswollte: »Weil das Werk großer Künstler keinerlei Erklärung bedarf. Ganz gleich, was man von der Religion oder der Monarchie hält, die Sınans Arbeiten förderte – man kommt nicht umhin, die Schönheit und künstlerische Vollendung seiner Bauwerke zu bewundern. Sein Können und die Anmut seiner Werke sprechen unsere Sinne direkt an. Sie helfen uns, höhere

Stufen der Spiritualität zu erlangen, die Herrlichkeit Allahs ...«

»Das Werk meines Mannes hat die Stufe des Göttlichen auf eine viel vollkommenere Art und Weise erreicht!«

Eren war aufgesprungen, und auch İkmen erhob sich jetzt. »Das Werk Ihres Mannes wird in die Annalen der Gewaltverbrechen eingehen! Ihr Mann war ein Ungeheuer! Er hat nichts als Hässlichkeit geschaffen! Ich weiß, dass Ihre Kinder wunderschön waren, Frau Akdeniz, aber als Ihr Mann sie umbrachte und zum Balsamieren fort gab, ist es ihm nicht gelungen, ihre Seelen auf immer mit ihren Körpern zu verbinden – stattdessen hat er ihnen alles genommen, ihr Leben, ihre Zukunft, ihre Würde! Er hat ihre armen Seelen unbehütet, nackt und allein zurückgelassen ...«

»Dieser alte muslimische Schwachsinn!«

»Der den Toten aber eine gewisse Würde verleiht, ob Ihnen das nun passt oder nicht!«, sagte İkmen. »Auch ich besitze, wenn Sie so wollen, magische Kräfte, Frau Akdeniz. Ich habe die Qualen gesehen, denen er Ihre Kinder ausgesetzt hat. Selbst jetzt haben sie noch keine Ruhe gefunden. Und wie lässt sich das wieder gutmachen? Indem man die Toten schnell begräbt, damit sie und ihre Familien Frieden finden!«

»Ja, wenn Sie daran glauben!«, erwiderte sie. »Aber das trifft auf Melih nicht zu. Er wird immer weitermachen. Das Werk ist vollendet, aber die Performance dauert an.« Theatralisch hob sie die Arme. »Wenn man ein Künstler ist oder einfach nur mit einem Künstler zusammenlebt, dann hört der Schaffensprozess, die Magie niemals auf. Selbst im Gefängnis werde ich mich weiterhin entfalten, das Werk wird immer und ewig fortbestehen ...«

İkmen sah Süleyman an und schüttelte den Kopf. Wer immer diese Frau vor Melih Akdeniz' Tod gewesen sein mochte – Ehefrau, Gehilfin, gedemütigte Sklavin, irgendwann einmal sicher auch besorgte Mutter –, jetzt war sie jedenfalls ein vollkommen anderer Mensch. Jetzt war sie die Künstlerin, die freudige Erbin des künstlerischen Vermächtnisses ihres Mannes.

21

Talaat Erteğrül starb am Nachmittag desselben Tages. Zwei seiner Schwestern, darunter Fatma İkmen, waren bei ihm, als er seinen letzten Atemzug tat. Sein Leichnam wirkte klein und bemitleidenswert und erinnerte kaum mehr an den Mann, der er noch zu Beginn dieser Woche gewesen war. Tränenreich sagte Fatma ihrem Bruder ein letztes Lebewohl; für einen längeren Abschied blieb ihr kaum Zeit. Zwar war Talaat selbst nicht übermäßig fromm gewesen, doch er hatte einer sehr gläubigen Familie angehört, für die eine schnelle Beerdigung selbstverständlich war. In den Stunden nach seinem Tod wurden Fatma und ihre Angehörigen in einen Strudel hektischer Betriebsamkeit gerissen. Als die Beerdigung schließlich begann, traf sie – wie es bei diesen hastig organisierten muslimischen Totenfeiern üblich ist – alle unmittelbar daran Beteiligten fast wie ein Schock. Glücklicherweise galt dies nicht für İkmen.

Obwohl er durchaus Zuneigung für seinen Schwager empfunden hatte, vor allem während dessen Krankheit, berührte dessen Tod ihn vor allem deshalb, weil er Fatma und die Kinder so mitnahm. İkmen half, wo er konnte, traf Vorkehrungen, benachrichtigte Verwandte außerhalb der Stadt und kümmerte sich vor allem um seine Frau, wenn sie Trost und Beistand brauchte. Doch viel mehr konnte er nicht tun. Fatmas Familie war etwas zu fromm für seinen Geschmack, und so genügte ihm der Anblick von zwei Kopftücher tragenden Nichten seiner Frau als Entschuldigung, um sich aus dem Kreise der Familie Erteğrül zu verabschieden und eine ganz andere Art von Totenfeier aufzusuchen.

»Ich bin sehr froh, dass Sie kommen konnten«, sagte Pater Giovanni Vetra, als er İkmen und Çöktin am Grab mit Handschlag begrüßte.

»Das ist doch selbstverständlich«, erwiderte İkmen mit einem freundlichen Nicken.

Rosita Keyders Freunde, ausnahmslos ältere Menschen, hatten sich bereits von der Grabstätte zurückgezogen. Der Priester hatte seine Mühe damit gehabt, ihnen zu erklären, warum die alte Dame nicht allein bestattet wurde.

Pater Giovanni nahm eine Hand voll Erde und ließ sie auf den Deckel des Sarges von Miguel Arancibia fallen.

»Als ich mich gestern Abend auf diese Totenfeier vorbereitete«, sagte er, »dachte ich daran, wie sonderbar und schrecklich es gewesen sein muss, so lange mit diesem Leichnam zu leben. Dass Veli Keyder so etwas zugelassen hat …« Er zuckte die Achseln. »Doch dann kam mir plötzlich das Wunder der heiligen Reliquien in den Sinn, und je mehr ich darüber nachdachte, desto mehr ergab die Balsamierung von Miguel Arancibia einen Sinn. Schließlich war er jung und schön, als er einen grausamen Tod erlitt – genau wie Evita Perón.« Der Priester lächelte. »Und weil wir unsere jungen, schönen Toten nicht einfach gehen lassen wollen, machen wir sie zu Heiligen.«

»Nach dem, was ich über den Katholizismus weiß, ist das nicht unüblich«, sagte İkmen. »Vergeben Sie mir, wenn ich mich irre, Pater, aber ich glaube beobachtet zu haben, dass einige Elemente Ihres Gottesdienstes auf der Anbetung von Abbildern beruhen.«

»Sie müssen uns für Heiden halten«, erwiderte Pater Giovanni lächelnd, »wenn Sie uns vor Statuen und Bildern stehen und beten sehen.«

»Darüber mache ich mir keine Gedanken, Pater«, gab İkmen zurück. »Ich würde nie für oder gegen eine Religion eintreten.«

»Nein?«

»Ich habe meine eigenen Vorstellungen, falls Sie verstehen, was ich meine.«

»Aber Sie teilen die Überzeugung, Inspektor, dass die Toten so lange Qualen leiden, bis ihre Körper begraben sind?«, fragte der Priester, während er zur Seite trat und den Totengräbern bedeutete, das Grab zuzuschaufeln.

»Ja«, antwortete İkmen, »und ich fühle mich besser, jetzt, da Frau Keyder und ihr Bruder in ihren Gräbern liegen.«

»Die Geschichte mit Rositas Schwägerin ist doch wirklich eigenartig«, meinte Pater Giovanni und schüttelte den Kopf. »Einfach diese armen Kinder umzubringen ...«

»Inspektor«, unterbrach Çöktin und berührte İkmen leicht am Arm.

»Ja?«

»Dort drüben.« Der junge Mann deutete mit dem Kopf in Richtung einer knorrigen Zypresse, die am anderen Ende des kleinen Friedhofs stand.

İkmen kniff seine Augen zu Schlitzen zusammen, sowohl zum Schutz gegen die grelle Nachmittagssonne als auch, um seine zunehmende Kurzsichtigkeit auszugleichen. Als er die Person vor dem Baum schließlich scharf sah, erkannte er sie sofort – sehr zu seinem Leidwesen.

Er bat Çöktin und den Priester, ihn bei der nun folgenden Begegnung allein zu lassen. Dann zündete er sich eine Zigarette an und ging auf den Mann zu.

»Señor Orontes?«

Der kleine Mann drehte sich ruckartig um und schnappte nach Luft.

»Was tun Sie hier, Señor?«

»Ich, äh, ich ...«

»Falls Sie hierher gekommen sein sollten, um die letzte Ruhestätte von Miguel Arancibia in irgendeiner Weise zu beschädigen oder zu entweihen, möchte ich Sie darauf hinweisen, dass wir die Toten in unserem Land sehr tief begraben. Und außerdem müssten Sie nicht nur eine spezielle Ausrüstung dafür mieten«, fuhr İkmen mit einem Lächeln fort, »sondern auch noch an meinen Beamten vorbeikommen, die dieses Grab bewachen werden.«

Scheinbar beleidigt richtete Orontes sich zu seiner vollen, nicht allzu eindrucksvollen Größe auf. »Ich kam nur aus Respekt vor dem jungen Mann und der künstlerischen Leistung hierher, die bei seiner Balsamierung vollbracht wurde.«

»Also nicht, weil Sie etwas von dem retten wollen, was von Dr. Aras Werk noch übrig ist?« İkmen legte dem Spanier eine Hand auf die Schulter. »Und auch nicht, weil Dr. Keyder Ihnen den Toten versprochen hat – oder Sie darum gebeten hat, ihn für sie weiterzubehandeln?«

»Nein!«

»Das freut mich zu hören«, sagte İkmen. »Denn der Gedanke wäre mir unerträglich, dass Ihre Begeisterung für die Kunst Sie zur Ausübung einer Straftat verleiten könnte.«

»Nein.« Orontes schaute zu Boden. »Auch wenn ich aus tiefstem Herzen davon überzeugt bin, dass das Begraben eines solch wunderschönen, einzigartigen Kunstwerks …«

»… nur natürlich, moralisch geboten und ein Beweis des Respekts gegenüber dem Verstorbenen ist«, unterbrach İkmen. »Das meinten Sie sicher, nicht wahr, Señor Orontes?«

Der Spanier schaute ihn mit einem so hasserfüllten Blick an, dass İkmen einen Moment sprachlos war. Als er sich wieder gesammelt hatte, schlug er einen gänzlich anderen Ton an. Er packte den Spanier am Nacken und führte ihn langsam, aber bestimmt aus dem Blickfeld von Pater Giovanni und Oberwachtmeister Çöktin.

»Hören Sie mir mal zu, Sie kleiner Dreckskerl«, zischte er. »Wenn auch nur ein Hund am Grab von Miguel Arancibia schnüffelt, komme ich Sie holen.«

»Aber …«

»Wenn Sie nach dem Geheimnis von Dr. Aras Mixtur suchen, dann gehen Sie doch hin und graben Sie ihn aus«, sagte İkmen höhnisch. »Oder warum besuchen Sie Dr. Keyder nicht in ihrer Zelle? Nach ein paar Jahren Gefängnis wird sie Ihnen ihr kleines Geheimnis schon verraten. Vielleicht verrät sie Ihnen dann auch gleich, woher der Dschinn kommt, der sie jede Nacht heimsucht und quält.«

»Eine Frau wie Dr. Keyder sollte man niemals ins Gefängnis stecken!«

»Da haben Sie Recht, Señor Orontes«, erwiderte İkmen ernst. »Eine Frau wie Dr. Keyder sollte man hinrichten. Auch wenn ich persönlich nicht für die Todesstrafe bin, sollten wir genau das mit ihr tun.« Er beugte sich vor und flüsterte dem Mann ins Ohr: »Sie hat Beihilfe zum Mord an zwei kleinen Kindern geleistet – ein unmenschlicher Akt und ein Verbrechen, das keine Gnade verdient.«

»Sie ist ein Genie!«

İkmen schüttelte fassungslos den Kopf, ließ den Nacken des Spaniers los und wandte sich ab, um zu Çöktin und dem Priester zurückzugehen. Aber vorher warf er Orontes noch über die Schulter zu: »Ich werde Pater Giovanni bitten, für Sie zu beten, Señor Orontes. Ein so guter Mensch hat vielleicht Einfluss auf Ihren Gott. Ihre kranke Seele kann jede Hilfe gebrauchen.«

Sie war eine attraktive Frau, auf dieselbe Art, auf die auch seine eigene Frau attraktiv war: hoch gewachsen und üppig. Allerdings hatte sie viel dunklere Haut als Zelfa, war ein paar Jahre jünger als sie und ihrer Kleidung und ihrem Benehmen nach zu urteilen zweifellos eine Zigeunerin. Es war nicht so, dass Mehmet Süleyman Gonca, der Zigeunerkünstlerin, nachspionierte – er kannte sie noch nicht einmal. Eigentlich wusste er selbst nicht genau, was ihn bewogen hatte, nach Balat zurückzukehren. Vor einigen Jahren, als er İkmen noch direkt unterstellt war, hatten beide in diesem Viertel einen äußerst komplizierten Fall bearbeitet, daher kannte er sich dort aus. Doch es waren weniger die Erinnerungen an jene Zeit, die ihn nicht losließen, sondern eher die Dinge, die seine Kollegen und er vor nicht allzu langer Zeit hier erlebt hatten, vor allem mit Melih Akdeniz. Süleyman blickte hinauf zu den Fenstern des inzwischen leeren ockergelben Hauses und verzog das Gesicht. Er dachte daran, dass dieses Anwesen in früherer Zeit, genau wie viele andere Häuser in diesem Viertel, seinen aus religiösen Gründen verfolgten Bewohnern eine sichere Zuflucht geboten hatte. Wie schrecklich, dass dies alles durch Melih Akdeniz und seinen künstlerischen Wahn zerstört worden war. Aber vielleicht hatte gerade das Gefühl der Andersartigkeit zum Absturz des Künstlers beigetragen; vielleicht brauchte die breite Masse mit ihrer mangelnden Toleranz kleine Gruppen, die in ihren Augen andersartig, seltsam oder sogar gestört waren?

Doch wenn das zutraf, warum waren dann nicht mehr Menschen gestört oder geistig verwirrt? Warum nicht auch er? Schließlich gehörte er als Osmane doch ebenso einer Minderheit an wie der Jude Melih Akdeniz. Nein, die Andersartigkeit konnte nur bis zu einem gewissen Grad als Erklärung herangezogen werden; darüber hinaus war jeder Mensch selbst für seine Taten verantwortlich, im Rahmen dessen, was das Schicksal für ihn bereithielt.

Die Zigeunerin, die von Kopf bis Fuß in nahezu durchsichtigen gold- und purpurfarbenen Chiffon gehüllt war, musterte Süleyman durch den Rauch ihrer Zigarre wie durch einen Schleier. Sie stand vor dem Tor zum Garten des Künstlers, jenem Tor, durch das İkmen und Süleyman das Anwesen betreten hatten, bevor sie den toten Hausherrn und die angestrahlten Körper seiner Kinder entdeckten. Offenbar wartete sie auf jemanden. Mit Sicherheit jedoch nicht auf ihn – Frauen, ganz egal wie anziehend, waren für Süleyman im Augenblick tabu. Erst einmal musste er einen neuen Termin bei Krikor Sarkissian machen, und dann blieb immer noch die Frage, wann und wie er Zelfa von Mascha und dem, was er mit ihr getan hatte, erzählen sollte. Wie töricht ihm das alles jetzt vorkam, wie töricht und schwach und letztlich zerstörerisch. Mascha war tot, aller Wahrscheinlichkeit nach von dem Mann ermordet, der sich vermutlich gerade in diesem Augenblick daran machte, die Stadt in nie gekanntem Ausmaß mit seiner Bösartigkeit zu infiltrieren: Waleri Rostow. Süleyman selbst konnte sich eine Hepatitis zugezogen haben oder sogar AIDS; fast alles war denkbar. Offen war auch immer noch die Frage, wer Rostow über sein Privatleben informiert hatte. Laut Metin İskender musste es jemand aus der Abteilung sein, jemand in seiner Nähe, der gleichwohl nahezu unsichtbar war …

So oder so würden sie sich umgehend mit Rostow befassen müssen. Vielleicht boten die Untersuchungsergebnisse von Tatjanas Leiche neue Anhaltspunkte? Aber davon war nicht auszugehen. Süleyman wischte sich den Schweiß von der Stirn und zündete sich eine Zigarette an. Wenn Rostow jemanden in seiner Abteilung bestechen konnte, würde ihm das auch bei Mitarbeitern der Spurensicherung gelingen. Doch spielte dieser Aspekt des Falls überhaupt eine Rolle? Einige besonders gefährliche Verbrecher warteten zurzeit auf ihr Gerichtsverfahren wegen des Besitzes von Waffen und Drogen. Wronski und Konsorten waren als Killer bekannt, und ihre Verhaftung konnte nur als Erfolg gewertet werden. Trotzdem nagte der Gedanke an Süleyman, dass er und seine Kollegen Rostow wahrscheinlich zu noch größerer Macht verholfen hatten. Die Angelegenheit würde für ihn erst dann aus der Welt geschafft sein, wenn er sich Rostow persönlich vorknöpfen konnte, und Süleyman war überzeugt, dass ihm das eines Tages gelingen würde. Tief in seinem Inneren wusste er, dass es für ihn nur eine Art von Rache gab.

Als die Zigeunerin einem jungen Mann zulächelte, der den Hügel hinaufgekeucht kam, fragte sich Mehmet

Süleyman, wie lange es dauern würde, Rostows Ermordung zu planen und durchzuführen, ohne dass der Verdacht auf ihn fiele. Das perfekte Verbrechen war natürlich eine Illusion, aber wenn Menschen wie Rostow mit ihren Morden davonkamen …

Der junge Mann, der zuerst die Zigeunerin und dann Süleyman bemerkte, errötete. Süleyman nahm dies zum Anlass, Balat zu verlassen, um nach Hause zu gehen, wo ein alles andere als einfaches Gespräch mit seiner Frau auf ihn wartete, schließlich hatte er kein Interesse daran, den jungen Mann in Verlegenheit zu bringen. Mit ihren sinnlichen Bewegungen und ihrer aufreizenden Kleidung machte die Zigeunerin unmissverständlich deutlich, dass sie den jungen Mann nicht zufällig auf seinem Heimweg abpasste – und dass sie nicht vorhatte, mit ihm Tee zu trinken und zu plaudern, stand ebenfalls außer Frage. Und richtig, kaum hatte Süleyman sich von dem Pärchen abgewandt, um den Hügel hinunter zum Goldenen Horn zu gehen, hörte er hinter sich das Geräusch leidenschaftlicher Küsse.

Der junge Hikmet Yıldız wurde also von einer Zigeunerin verführt, dachte Süleyman lächelnd. Warum auch nicht? Sie war schön, er jung, und es war ein heißer, schwüler Nachmittag. Wahrscheinlich würde ihr Liebesspiel Stunden dauern. Vielleicht würden seine Frau und er so etwas eines Tages auch wieder genießen können – und wenn nicht, so blieb ihm immer noch der Hass, der ihn durch die schwülheißen, trägen Sommernachmittage bringen würde. Man ist nie allein mit Mordgedanken, dachte er …

Da er wusste, dass Hülya und ihr Freund Berekiah noch bei seiner trauernden Frau in der Wohnung waren, ergriff İkmen die Gelegenheit, Berekiahs Vater aufzusuchen. Balthasar Cohen würde zwar mit Sicherheit nicht allein sein, doch İkmen konnte davon ausgehen, dass Estelle, die Frau seines ehemaligen Kollegen, ihn unterstützen würde. Sie öffnete die Wohnungstür, bat ihn herein und verschwand, sobald ihr Gast es sich in einem Sessel gegenüber ihrem Mann bequem gemacht hatte.

Obwohl Balthasar Cohen bei dem schweren Erdbeben 1999 »nur« beide Unterschenkel verloren hatte, war sein ganzer Körper seitdem förmlich in sich zusammengefallen. Der Mangel an Bewegung, der fehlende Appetit und die starke Abhängigkeit von Schmerzmitteln und Tabak hatten ihn in einen abgemagerten, verbitterten Mann verwandelt. Immerhin wusste İkmen von Berekiah, dass es zumindest einen Hoffnungsschimmer am Horizont gab, da Balthasar wohl endlich zugestimmt hatte, es mit Prothesen zu versuchen. İkmen war zwar nicht hergekommen, um darüber zu sprechen, doch er nutzte das Thema, um eine Unterhaltung mit dem Mann zu beginnen, der sich über Monate geweigert hatte, mit ihm auch nur ein Wort zu wechseln.

»Man hat mir gesagt, es wird anfangs wehtun«, beantwortete er İkmens Frage nach den Prothesen, »andererseits ...«

»Sie sind ein starker Mann«, warf İkmen ein, »und zäh.«

Cohen blickte sein Gegenüber durchdringend an. »Ich werde einer Heirat meines Sohnes mit Ihrer Tochter niemals zustimmen«, sagte er ohne Umschweife. »Wenn Sie deshalb hier sind, können Sie gleich wieder gehen.«

»Ich weiß«, sagte İkmen achselzuckend. »Aber die beiden werden es sowieso tun.«

»Und Sie geben ihnen Ihren Segen, Çetin Bey.«

»Richtig.« İkmen sah zu, wie Balthasar sich eine Zigarette anzündete und steckte sich daraufhin selbst eine an. »Ich kann mir keinen jungen Mann vorstellen, den ich lieber in meiner Familie begrüßen würde als Berekiah.«

»Und Ihre Frau?«

İkmen lächelte. »Meine Frau ist im Grunde ihres Herzens eine Realistin, Balthasar. Sie sieht genau wie ich die aufrichtige Liebe, die unsere Kinder verbindet, auch wenn sie eine Heirat eigentlich nicht gutheißt.«

Estelle Cohen betrat den Raum mit zwei Gläsern Tee. Als sie ein Glas neben ihrem Mann abstellte, warf er ihr einen misstrauischen Blick zu.

»Und du?«, fragte er schroff. »Was denkst du über unseren Sohn und die Tochter dieses Mannes?«

Estelle schaute kurz zu İkmen hinüber, bevor sie antwortete. »Ich glaube, dass wahre Liebe etwas sehr Seltenes ist und dass man sie festhalten muss, bevor sie vergeht.«

»Also bedeuten dir fünfhundert Jahre jüdischen Lebens in dieser Stadt gar nichts?«

Wie immer, wenn dieses Thema zur Sprache kam, wanderten Estelles Gedanken zurück zu ihrem alten Leben in Balat und zu Ersin, jenem türkischen Jungen, der sie einst geküsst hatte.

»Doch schon«, erwiderte sie, »aber ich liebe meinen Sohn mehr als …«

»Wenn du ihn so sehr liebst, warum hältst du ihn dann nicht davon ab?« Balthasar starrte seiner Frau finster ins Gesicht. »Sieh dir doch nur mal an, was in Israel los ist. Juden und Moslems, die einander dauernd an die Kehle gehen! Sieh dir doch nur mal an, wie die Juden noch heute aus Ländern wie dem Irak oder dem Iran vertrieben werden – muslimische Länder, in denen man uns hasst!«

»Und dann sieh du dir nur mal an, wie sicher wir hier sind, Balthasar!«, erwiderte seine Frau leidenschaftlich. »Unsere Synagogen werden beschützt! Wir können in diesem Land kommen und gehen, wie es uns gefällt! Nichts von dem, was du sagst, trifft auf unser Leben hier zu!«

»Mag sein, aber das kann sich ändern!«, zischte Balthasar. »Mein Onkel ist nach Südamerika gegangen, weil er …«

Estelle warf die Arme in die Luft. »Das ist Jahrzehnte her!«, rief sie. »Damals sind Juden aus aller Welt nach Südamerika ausgewandert! Bis sie gemerkt haben, wie viele

Nazis schon dort lebten! Und bis diese entsetzlichen Menschen in Chile und Argentinien an die Macht kamen!«

»Ja, und bald haben wir hier auch wieder Wahlen, nicht wahr?« Balthasar zog wütend an seiner Zigarette. »Kannst du mir sagen, wer uns dann regieren wird? Vielleicht Fundamentalisten? Wer weiß das schon?«

»Genau, wer weiß das schon?«

»Gut. Aber falls unsere neue Regierung sich auf die Gesetze der Scharia beruft, was wird dann mit Paaren wie Berekiah und Hülya? Was glaubst du, werden die Leute von ihnen denken? Was wird mit ihnen und mit ihren Kindern geschehen?«

»Ich weiß es nicht!«, rief Estelle mit Tränen in den Augen und setzte sich. »Ich weiß es nicht.«

İkmen, der aufmerksam zugehört hatte, beugte sich vor und sah die beiden Cohens ernst an.

»Niemand weiß es«, sagte er, »und niemand kann es wissen. Es gibt Leute, die behaupten, in ein paar Monaten würde der Dritte Weltkrieg ausbrechen. Ganz gleich, wo auf der Welt man sich befindet, Tatsache ist, dass Herrschaftssysteme und Meinungen sich ändern können. Wir müssen das als Möglichkeit akzeptieren, auch wenn wir es nicht unbedingt gutheißen.« Er seufzte. »Ich weiß, dass eine solche Heirat zu Problemen führen kann. Aber diese Probleme werden häufig nicht von den Eheleuten selbst verursacht, sondern von anderen, die ihnen Hindernisse in den Weg legen und Barrieren der Andersartigkeit in ihren Köpfen errichten.«

Wenn Melih Akdeniz sich seiner Andersartigkeit nicht so bewusst gewesen wäre, hätte seine »Kunst« dann so krankhaft ausfallen müssen? Hatte er durch sein extremes Verhalten nicht versucht, dem »Establishment« etwas zu beweisen, das gar keines Beweises bedurfte? Zwar hatte er auch zuvor schon gemalt und Skulpturen angefertigt, doch vielleicht war die Ablehnung durch Erens Eltern zu viel für seine ohnehin schon labile Psyche gewesen und hatte ihn endgültig in den Wahnsinn getrieben. Angst hatte Melihs Eltern einst dazu bewogen, ihre wahre Herkunft zu verbergen. Aber die Angst wovor? Balat war seit jeher ein sicherer Ort für Juden gewesen, selbst als das Viertel seinen Charakter zu verändern begann. Vielleicht war es die gleiche Angst gewesen, die auch Balthasar jetzt empfand, die Angst vor der Zukunft, dem Unbekannten, überschattet von einer Vergangenheit, die İkmen sich kaum vorstellen konnte. Denn, so hatte Bruder Konstantin, der griechische Mönch, ihm bei ihrer Begegnung vor Melih Akdeniz' Haus erzählt, die Vorfahren der Juden von Balat waren auf unfassbar grausame Weise verfolgt und gefoltert worden, bevor sie aus Spanien und Portugal flohen. Vielleicht saß die Erinnerung an diesen Schmerz immer noch in irgendeinem versteckten Winkel ihres Gehirns – als eine Art Schutzinstinkt, der immer dann aktiviert wurde, wenn ihre Gemeinschaft bedroht war.

Doch İkmen war nicht gekommen, um über Dinge nachzudenken, die mit dem gerade abgeschlossenen Fall zusammenhingen. Letztlich war hier nur eines von Bedeutung: Seine Tochter und Balthasars Sohn liebten einander. Was ihnen die Zukunft auch immer bringen würde, war so ungewiss und verschwommen wie Nebel über dem Meer, und in dieser Hinsicht glichen sie jedem anderen jungen Paar auf der Welt.

»Mein Schwager Talaat ist gestern verstorben«, sagte İkmen.

»Möge Ihr Geist lebendig sein«, murmelte Estelle.

İkmen dankte ihr mit einem Lächeln. »Und wenn die Trauerzeit vorüber ist, werde ich eine Hochzeit vorbereiten. Dem Tod, Wahlen, religiösen Konflikten, Krieg und knapper Kasse zum Trotz werde ich mit meiner, und gerne auch mit Ihrer Familie ein Fest feiern.«

»Aber …«

»Denn wenn ich das nicht tue, ziehen die beiden einfach zusammen, um uns vor den Kopf zu stoßen. Balthasar, das

Leben muss und wird weitergehen«, sagte İkmen. »Und obwohl ich tief in meinem Herzen weiß, dass das Schicksal letzten Endes mit uns macht, was ihm gefällt, glaube ich, dass es manchmal dennoch wichtig ist, das zu tun, was man selbst will, und die Konsequenzen zu tragen. Ich werde diesen beiden jungen Menschen meinen Segen geben …«

»Das gilt auch für mich«, warf Estelle leise ein.

Plötzlich bemerkte sie die Tränen in den Augen ihres verkrüppelten Mannes. »Balthasar …«

»Sie wollen mir auf dem Tiefpunkt meines Lebens auch noch meine Ehre nehmen, Çetin Bey?« Wütend starrte er İkmen an.

»Nein.«

»Oh, doch! Sie nehmen mir mein Kind weg und …« Von der Kraft seiner Gefühle überwältigt, verstummte er.

Estelle blickte kurz zu İkmen hinüber, ging dann zu ihrem Mann und legte ihm die Arme um die Schultern. Und obwohl sie sich ihm offen widersetzt hatte, wehrte Balthasar sich nicht gegen diese Geste. Heftige Schluchzer ließen seinen ganzen Körper erbeben, während jahrelang unterdrückter Kummer, der nichts mit Berekiah zu tun hatte, wie İkmen wusste, sich einen Weg an die Oberfläche bahnte.

Aber İkmen wusste auch, dass ein Mensch solch schwere Qualen nur denen gegenüber zeigen konnte, die ihm besonders nahe standen. Darum lächelte er Estelle zu und verließ den Raum. Er hatte gehofft, dass Balthasar sich, genau wie Fatma, aus eigenem Antrieb seiner Sichtweise anschließen würde, doch während er die steilen Straßen von Karaköy hinunterging, wurde ihm klar, dass diese Hoffnung bei genauerer Betrachtung nicht sonderlich realistisch gewesen war. Jede Veränderung, selbst wenn sie eigentlich willkommen war, fügte Balthasar Schmerzen zu. Vielleicht würde die Zeit seine Wunden heilen.

Vielleicht aber auch nicht. Wichtig war allein die Zukunft. Hülya, Berekiah, seine anderen Kinder. Was vergangen war, blieb vergangen; auch wenn es große Bedeutung hatte, war es doch ein für alle Mal vorbei. Veraltete Vorstellungen verrotteten und zerfielen genau wie alte Körper. Er hatte mit angesehen, wie Fatma Talaat schweren Herzens hatte gehen lassen müssen, doch er wusste, dass sie das Richtige tat. Jetzt, da Talaats Leichnam unter der Erde war, konnte sie mit den Planungen für die Hochzeit beginnen. Fatma und seine Töchter würden sich voller Freude daran machen, Speisen und Kleider auszuwählen. Und was ihn selbst betraf, so glaubte İkmen, dass es auch ihm gut tun würde, sich an der Organisation der Feierlichkeiten zu beteiligen. Zigeunermusik und Wahrsager mit Tarotkarten und Pferdeschwänzen – genau wie in den alten Zeiten, dachte er lächelnd. Vielleicht sollte er Gonca aufsuchen und sie mit der festlichen Dekoration der Wohnung beauftragen; vielleicht sollte er sie oder einen ihrer Verwandten sogar darum bitten, ein paar Beschwörungsformeln gegen den Krieg und für den Schutz von Bülent und seinen jungen Freunden zu sprechen. Solange Menschen wie George W. Bush oder Saddam Hussein frei herumliefen, brauchten ganz gewöhnliche Jungen wie sein Sohn jeden Beistand, den sie bekommen konnten.

Doch all das lag in der Zukunft. Die Zeit war noch nicht gekommen, den Hügel hinaufzugehen und Gonca in ihrer bunt schillernden Wohnung zu besuchen. Hätte irgendjemand ihn gefragt, warum dies der falsche Zeitpunkt war, hätte İkmen ihm keine Antwort geben können – er wusste es einfach. Gonca hatte anderes zu tun, entweder im wirklichen Leben oder in ihren Träumen. Und İkmen wusste auch, dass sie ihm bei ihrer nächsten Begegnung alles darüber erzählen würde. Er lächelte. Die Zigeunerin war immer und unter allen Umständen sie selbst, nicht schwarz und nicht weiß, nicht gut und nicht böse. Und genau das gefiel ihm so an ihr.

İkmen schlenderte den Hügel hinunter und ging über

die Galatabrücke nach Sultanahmet. Die ungewohnte Bewegung strengte an und ließ ihn schwitzen, doch das erinnerte ihn wohltuend daran, dass er lebte. Als er seine Wohnung betrat, kamen andere lebendige Menschen auf ihn zu und begrüßten ihn, und jeder von ihnen berührte ihn voller Zuneigung.

Danksagung

Dieses Buch ist all jenen wunderbaren Menschen gewidmet, die mir mit Rat und Tat zur Seite gestanden haben, es aber vorziehen, nicht namentlich genannt zu werden. Ihr wisst, wer ihr seid, und ich danke euch.

Darüber hinaus gilt mein Dank Ersin und Erdoğan für ein weiteres unvergleichliches Istanbul-Abenteuer, Martin Fletcher, meinem Lektor bei Headline, und – wie immer – meiner leidgeprüften Familie.

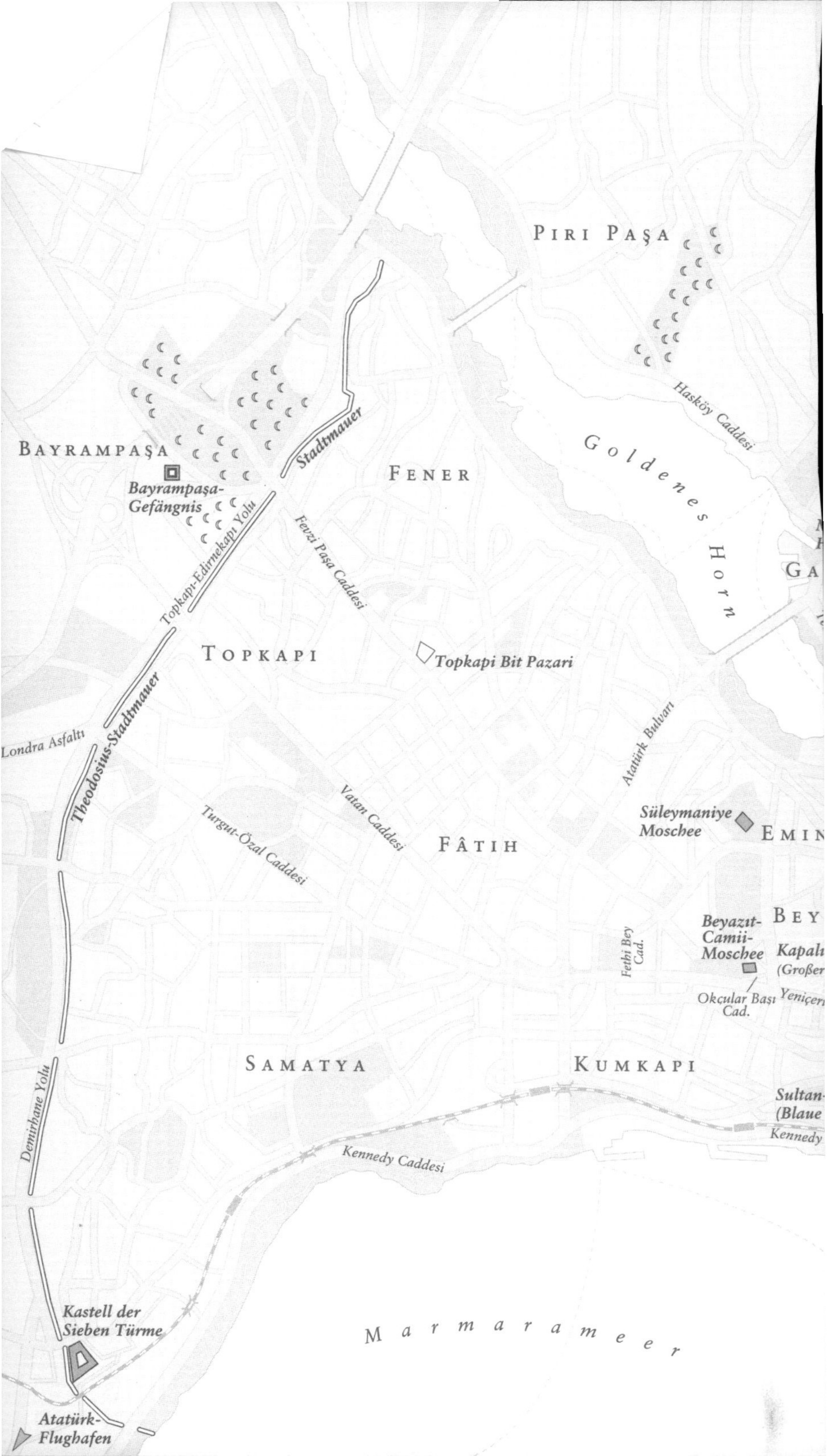

Piri Paşa
Hasköy Caddesi
Goldenes Horn
Bayrampaşa
Bayrampaşa-Gefängnis
Stadtmauer
Fener
Feuzi Paşa Caddesi
Topkapı-Edirnekapı Yolu
Topkapi
Topkapi Bit Pazari
Theodosius-Stadtmauer
Londra Asfaltı
Atatürk Bulvarı
Vatan Caddesi
Turgut-Özal Caddesi
Fâtih
Süleymaniye Moschee
Beyazıt-Camii-Moschee
Fethi Bey Cad.
Okçular Başı Cad.
Samatya
Kumkapi
Demirhane Yolu
Kennedy Caddesi
Kastell der Sieben Türme
Marmarameer
Atatürk-Flughafen